Firenze, 2.X.1995

"Chi ha passione e orgoglio
è intimamente diviso e ferito:
ha in fondo all'animo un tremore
sconosciuto a lui stesso,
che lo rende debole, perchè duri
sono coloro che sono privi di
passione e di orgoglio" P.P.P.

Un abbraccio forte, forte

Teresa

Pier Paolo Pasolini
Vita attraverso le lettere

A cura di Nico Naldini

Einaudi

ISBN 88-06-13580-5

Indice

Vita attraverso le lettere

Tra Bologna e Casarsa (1940-1942)

Fontana di rustico amore (1942-1944)

«L'amore dell'umile... la competenza in umiltà»
(1955-1959)

«Il successo è l'altra faccia della persecuzione» (1970-1975)

Appendice Lettere inedite

Introduzione

La prima richiesta, all'inizio degli anni Ottanta, è stata avanzata da Giulio Einaudi in persona e conteneva un ordine che era giustificato dal piacere di obbedirgli subito. Cercare le lettere scritte da Pasolini qualsiasi ne fosse l'argomento o il destinatario e vedere se, mettendole insieme, potevano costituire non una semplice raccolta epistolare ma un vero epistolario, cioè un *corpus* divaricato nel tempo e aggregato all'interno in molteplici carteggi.

Il lavoro di ricerca che vide impegnati subito assieme al curatore gli uffici di Torino e di Roma della casa editrice, cominciò sulla spinta di una serie di supposizioni. Se era scontato aspettarsi una ben nutrita corrispondenza con familiari e amici, con sodali di imprese culturali e con editori di libri e di giornali, data la cura incessante di Pasolini di mantenere rapporti epistolari conservando tra l'altro *tutte* le lettere ricevute, non era da trascurare una nebulosa di corrispondenti difficili da identificare, composta dagli allievi delle scuole dove aveva insegnato, da poeti in erba che gli avevano chiesto aiuto, e, molto piú interessanti per il biografo, dagli anonimi ragazzi incontrati nel grande mare della vita cui aveva dedicato una parte non trascurabile del suo tempo. Legami che avevano lasciato impronte manifeste nel suo archivio con missive che erano tali da indicare l'esistenza delle responsive o viceversa, dato il carattere di Pasolini sollecito e coscienzioso.

In questo senso fu allora indirizzato lo sforzo maggiore di ricerca avvalendosi anche di messaggi radiofonici e giornalistici, soprattutto nel sud dell'Italia dove Pasolini aveva

fatto soggiorni frequenti e mantenuto rapporti piú saldi che
col nord del Paese. Un'attrazione datata *in illo tempore*, che
aveva la violenza dei sentimenti esclusivi, lo teneva legato
alla gioventú popolare siciliana, lucana, napoletana e naturalmente laziale, prima che scoprisse quella del Terzo
Mondo.

Lo sforzo allora compiuto, che generò solo risultati par-
ziali, andava tuttavia fatto sia per dimostrare l'esistenza di
quegli ignoti corrispondenti, sia per giungere alla conclusione fatale che molte delle lettere inviate loro avevano avuto
poche probabilità di essere conservate, dato l'ambiente sim-
paticamente disordinato in cui erano pervenute.

Piú facile e perfino ovvia la ricerca negli ambienti letterari, con la suddivisione degli intellettuali italiani in due categorie: quelli che conservano le lettere ricevute e sanno come recuperarle alla minima richiesta e quelli che le buttano
via, oppure le mettono da parte in certi scatoloni abbando-
nati in soffitta per i quali non c'è stata la possibilità, malgrado le insistenze al limite della discrezione, di pronuncia-
re la magica formula: «Sesamo apriti!» Casi per fortuna rari, da contarsi sulle dita di una mano. Piú numerosi gli archivi che si sono subito aperti mostrando materiali intatti
e ben annotati. E poiché un giorno Madame de Sévigné
sentí le foglie degli alberi del suo giardino cantare nella sua
immaginazione, anche noi modestamente nella nostra abbiamo sentito quegli archivi cantare mentre si formavano le
varie parti del sospirato *corpus*. Lettere che a rivisitarle nel
fitto intreccio dei diversi corrispondenti – si può mentire
qualche volta a qualcuno ma non sempre e a tutti, per cui
ogni intreccio epistolare rivela piú verità di quelle che na-
sconde – raccontavano una storia – quella di Pasolini – dura e contrastata ma, vista retrospettivamente, leggera e vit-
toriosa.

I primi a collaborare all'impresa inviando copia delle let-
tere in loro possesso sono stati Gianfranco Contini, Franco
Fortini, il gruppo degli amici di «Officina» e poi Vittorio
Sereni, Giacinto Spagnoletti, Leonardo Sciascia, Silvana
Mauri, Sergio Maldini, Carlo Betocchi, Biagio Marin, Gio-
vanna Bemporad. E il fatto che nessuno di loro ponesse

condizioni ovvero obiezioni di qualsiasi natura, dava molto conforto.

Stabilite le prime sequenze epistolari, cominciarono a intravvedersi delle tracce che avrebbero fornito qualche scoperta. Questa, ad esempio. Conoscevamo un Pasolini inconciliabilmente solitario negli ultimi anni di vita. Ma durante tutta la giovinezza egli aveva ripetutamente sognato – e qualche volta ottenuto – di far parte di una cerchia di *confrères* con un comune orizzonte di idee e di propositi. Meglio se in congiunture battagliere di superamento di schemi e valori scaduti.

Il primo di questi sodalizi aveva addirittura un marchio, «Eredi», ed era composto oltre che da Pasolini, da Luciano Serra, Francesco Leonetti e Roberto Roversi. Quattro adolescenti che nella Bologna del 1941 avevano già cominciato la loro battaglia di idee, ripresa, quindici anni dopo, dagli stessi protagonisti con la rivista «Officina».

Tra i casi fortunati di ritrovamento ci furono le lettere giovanili indirizzate a Franco Farolfi, caro compagno di studi liceali, con le quali si è potuta formare la prima sequenza epistolare di Pasolini diciottenne. Fortunato anche il caso che Pasolini andasse ogni anno a trascorrere l'estate in Friuli nella casa della nonna materna e fosse quindi costretto a scrivere lunghe lettere per mantenere vivo il dibattito coi suoi amici poeti bolognesi. Una fortuna che si è subito riflessa su di lui perché la distanza epistolare era già una chiarificazione delle tumultuose idee sue e dei suoi amici e dei princípî nascenti della loro poetica.

Andando da un capo all'altro di questa raccolta, fortunato anche il ritrovamento dell'ultima lettera scritta un mese prima di morire, inviata all'amico Gianni Scalia, in cui non c'è nessun presagio di morte ma al contrario c'è il pathos di una vita intellettuale ben lontana dal volersi estinguere. Le lettere raccolte, datate tra il 1940 e il 1975, sono state pubblicate in due volumi dall'Einaudi (*Lettere 1940-1954*, uscito nel 1986 e *Lettere 1955-1975*, uscito nel 1988) per complessive 1543 pagine, in cui hanno trovato posto anche le lettere dei corrispondenti di Pasolini. Un epistolario a senso unico, con le sole lettere di un autore, è infatti un organismo dimezzato, senza la pregnanza storica e letteraria delle raccolte basate sui carteggi, in cui tra l'autore principale e i suoi corrispondenti vengono ristabiliti i rispettivi dialoghi a distanza.

Nella presente scelta le lettere dei corrispondenti invece non ci sono, perché altro è stato l'obiettivo. E cioè di trasceglierе quelle lettere e quelle sequenze epistolari che avevano la maggiore incidenza sulla biografia di Pasolini, connettendo un gruppo all'altro con commenti biografici che si spera possano tenere per mano il lettore, soprattutto il giovane lettore cui questo libro è idealmente dedicato. Questi commenti dovevano necessariamente essere concisi, ma chi ha voglia di ampliare la conoscenza di fatti e documenti pasoliniani può leggere la mia biografia *Pasolini, una vita*, pubblicata da Einaudi nel 1989. Inoltre, se la presente scelta in qualche punto può destare ma non esaurire l'interesse del lettore, è bene ricordare che sono disponibili i due volumi della corrispondenza generale già citati.

Ci sono molti tormenti per il curatore di epistolari. Il primo è di dover seguire delle piste che non portano a nulla, e subito dopo, quando si pensa che le fatiche della ricerca siano esaurite, altro tormento veder spuntare dei *feux follet* spesso ingannevoli ma che talvolta guidano al ritrovamento di lettere disperse e dimenticate. Poiché cosí è avvenuto anche per l'epistolario pasoliniano, in appendice alla presente scelta sono state raccolte le lettere ritrovate dopo la pubblicazione dei due volumi, e poiché altre se ne ritroveranno ancora e poi ancora per chissà quanto tempo, si spera che a un certo punto verranno raccolte in un'edizione definitiva.

Come tutte le opere letterarie di Pasolini, per non parlare delle cinematografiche, l'epistolario è stato accolto con interesse anche all'estero. Fino ad oggi sono uscite le seguenti traduzioni: *Correspondance Générale (1940-1975)* a cura di René de Ceccaty, Gallimard, Paris 1991; *«Ich bin eine Kraft des Vergangenen...» Briefe 1940-1975*, Verlag Klaus Wagenbach, Berlin 1991; *The letters of Pier Paolo Pasolini*, I (1940-1954), Quartet Books, London 1992.

Ringrazio Graziella Chiarcossi per l'ulteriore documen-
tazione fornitami.

NICO NALDINI

Solighetto, primavera 1994.

Vita attraverso le lettere

Tra Bologna e Casarsa

(1940-1942)

Nel 1940 Pasolini ha diciotto anni e frequenta il primo corso della facoltà di Lettere dell'Università di Bologna, dopo essere stato per qualche tempo indeciso se iscriversi all'Accademia navale di Livorno data la sua passione per i viaggi per mare.

Il padre Carlo Alberto, ufficiale di carriera nell'arma di fanteria, è in procinto di partire per l'Africa Orientale Italiana dove, fatto prigioniero due anni dopo dall'esercito inglese, verrà rinchiuso in un campo di concentramento in Kenya fino al 1947.

Nell'appartamento di via Nosadella sono rimasti in tre: la moglie Susanna Colussi e i due figli Pier Paolo e Guidalberto che ha quindici anni. Una famiglia molto unita negli affetti e negli ideali di nobiltà e delicatezza di sentimenti.

La città in cui vivono è piena di incanti per ragazzi che amano lo sport, l'arte e la vita che si svolge nella comunanza di amici fraterni. I portici che formano la caratteristica del centro cittadino bolognese riecheggiano l'animazione di una collettività allegra e ben nutrita, grossolana, ma educata e sensibile. Le terrecotte che ornano le facciate testimoniano ricchezza e vetustà, mentre la biblioteca dell'Archiginnasio e le aule della facoltà proteggono l'atmosfera sacra del sapere. Nel Portico della Morte si allineano le bancarelle dei libri usati, in un altro portico la libreria Zanichelli espone le novità librarie e in questi luoghi il giovane Pasolini, abbastanza rifornito di denaro paterno per comprarsi tutti i libri che desiderava, si apre alla cultura moderna dei grandi poeti romantici, dei grandi romanzieri dell'Ottocento, della poesia di Giacomo Leopardi e attraverso essa alla poesia italiana del Novecento. Una grande vitalità segna il ritmo delle sue giornate perché non è solo un volto chino sui libri, ma un giovane dai muscoli scattanti con la passione del calcio, della pallacanestro, dello sci, delle lunghe gite in bicicletta. A Bologna, dove Pier Paolo è nato il 5 marzo del 1922, i Pasolini sono tornati a risiedere dal 1937, dopo aver seguito il padre in vari trasferimenti, da un centro provinciale all'altro: Parma, Conegliano, Belluno, Idria, Sacile, Cremona, Scandiano. Un susseguirsi di ambienti nuovi, di scuole, di amicizie che, provocando traumi da adattamento, hanno dato risalto e risonanze indelebili ai ricordi dell'infanzia.

I piccoli venditori di stelle alpine di Belluno, gli impuberi slavi di Idria, i figlioletti degli operai di Sacile e dei contadini di Casarsa, erano stati durante il lunghissimo decennio della mia fanciullezza i compagni di generazione; un preparato il cui *reagente* della mia diversità *interiore*, e sociale, la mia delicatezza e la mia durezza, restava insolubile: dava luogo non a un rapporto di logica, ma di poeticità insaziante, insaziabile. Per amarci, essendo cosí lontani, occorreva che essi declinassero dalla loro lontananza, si infangassero nell'umile, subordinata fedeltà (che era negli attendenti di mio padre), o che declinassi io dalla mia prossimità, mi infangassi precocemente nella nostalgia...

Intanto Sacile era divenuta la mia patria, mio possesso: o meglio, mio e di mia madre; in quelle meravigliose avventure senza tempo, spostate nei maggiolini persi nell'asiatica aria d'una Livenza tappezzata dalla primavera, nelle primule aride come mucchietti di splendida immondizia sui ciglioni calvi; lungo i prati a nord di Sacile limitati dai monti, o nel Pra' del Gobo tra le curve del fiume la cui erba nera nell'incupire della sera, prendeva riflessi di ottone, gelava, mentre nelle case assai da lí lontane, scure e accecanti contro le boschine e le nubi incendiate, sgorgavano precocemente le prime luci bagnate, di cristallo.
Al ritorno i vani della casa all'angolo di via Solferino e della piazzetta risuonavano come dopo un trasloco intorno a noi imperlati della secca freschezza primaverile, specie la pelliccia di mia madre in cui pareva restare rappresa l'aria ancora gelida.

Al ginnasio e al liceo è sempre stato uno scolaro modello. Ha superato brillantemente l'esame di maturità classica presentandosi un anno in anticipo dopo aver studiato da solo durante le vacanze estive.

È curioso, ma in conclusione forse corrispondente alla norma-lità dei casi, questo impasto senza nome di moralità attiva, questa intransigenza senza dogma vissuta fino all'ebbrezza; e mi spiego in quel minuto Pier Paolo appena decenne le sproporzionate di-mensioni del suo senso del dovere, della sua giudiziosità, in una elezione iniziale da cui non era peccaminoso ma semplicemente inconcepibile venir meno. Il sentimento mortale di vuoto, di ab-biezione, che si formava dentro di me quando mancavo alle for-me, nell'intellettualistica disciplina famigliare, piú convenzionali del dovere come tonalità piú che ordine, si assestava drammatica-mente; mi sfregava i tessuti del cuore come una enorme dura en-fiagione, scolorava il mondo depauperandolo fino a un estremo squallore senza rimedio.

L'orgoglio del padre, anche per la buona riuscita del se-condogenito Guido, rende ancora piú compassata la sua fi-gura di ufficiale fiero del proprio nome di antica nobiltà ra-vennate. Ma a contrastare l'aspetto esteriore c'è nel suo in-timo un'ossessività amorosa nei confronti della moglie che ha determinato da sempre un rapporto difficile nel quale Susanna, col passare degli anni, non ha potuto tenere celata una parte di fredezza, essendosi il suo amore già tutto river-sato sui figli, soprattutto sul maggiore.

Scosso alle radici – a Cremona, come a Sacile e negli altri luo-ghi dove la mia famiglia si spandeva fino a otturare ogni piú pic-colo vuoto con la sua intimità – dall'amore per mia madre, che era, di quella intimità il colore luminoso, e quasi invisibile tanta era la sua dolcezza – io ero come incapace di sentire altro, se non ingolfandolo in quel sentimento. Ci sono dei rumori quotidiani, che il nostro udito non riésce a cogliere tanto illimitato è il loro volume: era come se per un istante io avessi percepito uno di que-sti rumori fuori dal mondo umano, e il mio udito ne fosse rimasto poi per sempre velato. La sua candida, infantile violenza mi ave-va invaso: tutto il resto non era che una piattaforma dove svolge-re le azioni il cui unico rapporto fosse un rapporto, ora piú ora meno struggente, con quel mio amore; ogni storia, per quanto di-versa potesse essere, riverberata, calamitata da esso, deponeva i suoi caratteri di oggettività, di diversità: ne prendeva subito la tinta interiore, già vecchia per un bambino, e sempre atrocemen-te fresca in inebbrianti abbandoni.

Le liti tra i genitori intrasentite dai bambini creano in Pier Paolo stati traumatici nei quali riconoscerà l'origine di quello che chiamerà il suo masochismo, «da cui poteva salvarlo appunto solo il desiderio di essere ucciso». A sette anni ha cominciato a scrivere versi in stile aulico e libresco. A diciotto le sue poesie, maturate in un originale distacco dall'ermetismo dominante, sono piene di forti contenuti autobiografici messi a confronto coi simboli dell'alterità della forza e dell'innocenza rappresentate dal mondo contadino friulano in cui la famiglia materna vive da secoli. Questi simboli rivestono una vita emotiva ed erotica che sotto la violenza dello scacco esistenziale si nutre di sogni compensativi e di un sommovimento sentimentale che trova il suo epicentro nella nostalgia.

I primi lettori dei suoi versi sono alcuni amici. Un legame appassionato tra coetanei conferma in ciascuno di loro la forza di una gioventú che si nutre di felici aspirazioni e di ambizioni già lanciate nel mondo culturale e letterario. Li ha incontrati a scuola, al liceo e poi nelle aule universitarie: Luciano Serra, Ermes Parini detto «Paria», Franco Farolfi, Agostino Bignardi, Sergio Telmon, Carlo Manzoni, Elio Melli, Francesco Leonetti, Roberto Roversi e altri. Un lungo elenco destinato in breve a farsi piú essenziale, come attestano le lettere qui raccolte. Poiché la cerchia si è andata via via restringendo tra coloro che sono passati dalle vaghe aspirazioni letterarie proprie di ogni gioventú studiosa a una sorta di iniziazione poetica che adesso li vede accomunati in modo esclusivo.

La possibilità di raccogliere in sintesi i fili della giovinezza letteraria di Pasolini ci è offerta dalla consuetudine della sua famiglia di passare a Casarsa in Friuli i mesi estivi. Da Casarsa Pier Paolo trascrive nelle lettere agli amici una sorta di diario intimo e poetico, con un fervore favorito dal distacco. Le discussioni che a Bologna si immagina avvenissero a ritmo serrato, ora sono sostituite dallo scambio epistolare – nessuna delle lettere inviate dagli amici a Casarsa è stata ritrovata – fino a costituire una sorta di dibattito a piú voci in cui si chiarisce il fatto essenziale: che ciascuno dei quattro amici, Pasolini, Luciano Serra, Roberto Roversi, Francesco Leonetti, sente di far parte di un gruppo militante con uno sfondo culturale comune, comuni idee di ribellione e rinnovamento e una comune vita poetica che si rifrange in quattro diverse storie.

A Casarsa i ragazzi Pasolini arrivano con la madre – talvolta vi fa una breve apparizione anche il padre – al termine di ogni anno scolastico, e il senso della vita si ripropone ogni volta in quella lunga estate che sta davanti a loro cosí ricca di promesse. Sono ospiti della nonna materna Giulia venuta da Casale Monferrato tanti anni prima per sposare il giovane baffuto Domenico Colussi, proprietario di una distilleria di grappa. Del tutto assimilata al mondo casarsese specialmente da quando è diventata vedova, ospita nella sua grande casa due interi rami di discendenti. L'amore di Pier Paolo per la madre proprio perché è tanto esclusivo si riflette fatalmente in quello per la nonna. La grande dolcezza del suo animo che scorre in una vita piegata in lavori umili e ispirata a forti dedizioni, è pervenuta fino a lui nella trasmissione del sangue. Trascinando tuttavia con sé i primi interrogativi su quella che già gli si è delineata come una fatalità erotica e che sembra essere sortita proprio da quel nido di dolcezza, delicata mestizia, timidezza e allegria, attraverso i misteriosi patti che il sangue conclude con la vita.

La casa di Casarsa sorge nel centro di un paese in cui alcune migliaia di abitanti conservano nelle usanze, nella lingua e nei rapporti con la Chiesa cattolica, l'antico spirito del mondo contadino. Anche i riti agresti sono immutati da secoli e la parlata di questi contadini, arcaica e quasi incomprensibile agli stessi veneti dominatori secolari, è una varietà della lingua ladina sopravvissuta nel troncone friulano. Gli altri due, separati dall'infiltrazione del veneto, sono il ladino dolomitico e il romancio parlato nel Cantone dei Grigioni in Svizzera. Dialetto o lingua? Secondo il piú illustre glottologo italiano, Graziadio Isaia Ascoli, il friulano a differenza del dialetto veneto che lo assedia da ogni lato e che da tempo ha permeato le piccole borghesie locali, è una lingua che appartiene al dominio neolatino delle lingue minori come il catalano, il rumeno, il sardo, il provenzale. Sentendola parlare sia in casa, mescolata col piú «distinto» veneto, sia fuori in tutti i paesi della Riva Destra del Tagliamento, Pasolini ha assimilato questa lingua fin dall'infanzia, ed ora che sta frequentando i corsi di Filologia romanza all'Università, riconosce in essa le voci e l'eco della grande Selva romanza, già pronto a subire il fascino dell'arcaico e dell'incognito poiché di questa lingua non ci sono né tradizioni né testimonianze scritte. Ma essendo stata parlata lungo i secoli dai suoi antenati materni, ciò aggiunge nuove suggestioni alla sua autobiografia poetica e nuovi echi all'immagine storica e nostalgica di questo popolo, al quale brama di appartenere con l'ansia di sentirsene escluso. Ha molti amici in paese e dopo una mattinata spesa sui libri e sui fogli sui quali va scrivendo in inchiostro verde una quantità impressionante di versi, dopo mangiato, salta su una scintillante bicicletta da corsa per raggiungere il fiume Tagliamento che dista pochi chilometri da Casarsa. Tra gli sterminati ghiaioni calcinati dal sole su cui l'aria trema condensandosi nelle apparizioni della Fata Morgana, scorrono dei corsi d'acqua di un turchino di sogno, verde nei punti piú profondi, profumata dai boschi delle montagne da cui è appena scesa, intorbidata nella stagione dei bagni dalla gazzarra dei nuotatori. Qualche ora piú tardi, quando la luce si è fatta meno sfolgorante, i ciclisti nuotatori riprendono la strada del ritorno e un gruppo di ragazzi segue Pier Paolo al campo sportivo dietro il deposito della stazione ferroviaria, dove, compiuto il rito di gonfiare il pallone, ha inizio un interminabile allenamento di fronte a una sola porta, poiché raramente c'è un numero sufficiente di giocatori per formare due squadre e disputare una partita.

Casarsa con la chiesa e i suoi due campanili, la vita dei campi, il Tagliamento, le rogge che scorrono con profusione scaturendo limpidissime dalla linea delle risorgive su cui sorgono in processione tutti i paesi della Riva Destra e all'orizzonte la linea azzurra e rosa dei monti della Carnia, sono i primi luoghi della poesia di Pasolini, emblemi di un'innocenza naturale che ancora per molti anni continueranno a essere raffigurati nello specchio della sua poesia.

Il ritorno a Bologna all'inizio dell'autunno ha sempre strascichi nostalgici. Ma poi la vita cittadina lo riprende con studi e svaghi: il cineforum, il teatro, i concerti, i campi sportivi della periferia, i campeggi della Milizia universitaria, le riunioni alla Casa del Soldato, luogo di ritrovo delle famiglie degli ufficiali.

Il lavoro letterario richiede come sempre un veicolo per rendersi noto e Pier Paolo lo trova come ogni altro studente italiano degli anni Quaranta in alcuni istituti fondati appositamente dal fascismo per favorire il diffondersi di una cultura di tipo propagandistico. Tuttavia per l'ineliminabile fondo di libertà che sopravvive anche nei regimi totalitari, le correnti della cultura moderna benché filtrate e impoverite al massimo, riescono a scorrere malgrado la censura catturando l'attenzione dei giovani intellettualmente piú impegnati. Specialmente se tra gli insegnanti c'è un maestro come Roberto Longhi, che dalla cattedra di Storia dell'arte educa i suoi allievi al riconoscimento dell'evoluzione delle forme artistiche, mettendo le une a confronto con le altre, scoprendo quanta parte di storia civile, morale e religiosa vi è stata sublimata. Ma le ambizioni dei ragazzi bolognesi Serra, Leonetti, Roversi e Pasolini stretti in un gruppo esclusivo, si scoprono presto inappagate dalle possibilità che si offrono loro e puntano su quello che è il primo sogno di ogni «chierico» letterario: la fondazione di una rivista in cui aprire prospettive proprie e offrire in giudizio i loro frutti poetici. Dovrebbe intitolarsi «Eredi» perché considerano la cultura moderna un'eredità sulla quale vogliono rispecchiarsi criticamente, filtrandola nelle loro esperienze. Il dibattito a quattro si fa piú serrato, e ciò che piú colpisce è la concretezza degli interventi critici mai generici ma centrati sui testi poetici che ciascuno di loro produce assieme ai primi lineamenti di una ideologia letteraria.

Nel rapporto con i tre amici Pasolini mostra una caratteristica che si ripeterà anche in seguito: quella di coltivare e difendere lo spirito originario del gruppo contro ogni tentativo di deviazione, disordine o perdita di tempo. La passione con cui procede nella sua iniziazione poetica è tuttavia ancora per un po' di tempo resa incerta dalla convinzione di poter dare il meglio di sé nella critica d'arte, segnato com'è dalla «fulgurazione figurativa» longhiana. Non solo: con lo stesso ardimento con cui compone le sue prime poesie ha cominciato a dipingere alcuni quadri a olio secondo le ricette impressionistiche usando anche tecniche di sua invenzione come quella di stendere sensibilissimi grumi o grovigli di linee monocrome su carte trasparenti oppure disegnando in inchiostro di china con una penna rapida come uno stocco.

I soggetti figurativi sono quelli offerti dalla campagna friulana e dai suoi abitanti, dalla cerchia degli amici e dei famigliari, poiché il mondo casarsese non è piú solo l'avventuroso luogo delle vacanze estive ma il «paese natio» con una storia secolare di antenati su cui rispecchiare la propria *pietas*. I richiami poetici e umani che sgorgano da questo ambiente formano il tessuto autobiografico delle poesie scritte in questo periodo.

I brani citati sono stati tratti da uno scritto inedito conservato nell'Archivio Pasolini, dedicato in gran parte ai ricordi d'infanzia e intitolato *Operetta marina*.

A Franco Farolfi - Parma [1]

[Casarsa, agosto 1940]

Caro Franco,

del mio lungo silenzio non mi scuso con la mia pigrizia, dato che la pigrizia è *scusabile* come scusa soltanto fra i parenti anziani; ho aspettato di risponderti, prima per la partenza per Casarsa, poi per lo sposalizio di mia cugina Annie [2], poi per scrivere a Paria [3] e all'Emilietta a cui avevo delle cose piú urgenti da dire.

Sono vuoto e abulico. Gli avvenimenti passano come sempre insulsi, qualche volta commoventi. Lo sposalizio è una bella cosa, ma non ha fatto che confermarmi nelle mie idee contrarie allo sposalizio stesso. Casarsa mi ha deluso, ma del resto ogni cosa mentre è mi delude e quando è passata la rimpiango: ora tutto quello che la campagna mi può dare lo posso avere: pace, ragazze, raccoglimento, prati, ozio, bevute, ed in realtà tutto questo è in mio possesso, ma è sporadico, annacquato da un profluvio di ore vuote e aride. E quanto rimpiangerò quest'inverno le presenti giornate, come sempre mi accade! Speriamo venga Paria, quando si è con un amico anche i minuti piú soliti e vuoti si possono utilizzare.

Ad ogni modo una cosa bella da essere confusa con un sogno, l'ho avuta: il viaggio da S. Vito a qui, in bicicletta (130 km): esso appartiene a quel genere di avvenimenti che non possono essere raccontati senza l'aiuto della voce e dell'espressione. L'alba, le Dolomiti, il freddo, gli uomini coi visi gialli, le case e i sagrati estranei, l'accento estraneo, le cime e le valli nebbiose irraggiate dall'aurora.

Sto leggendo un libro che mi appassiona, l'*Iperione* di Hölderlin; tocca dei problemi e un *divenire* di sentimenti e situazioni spirituali che sono per me una bruciante realtà; molte volte mi sembra di sentir parlare me stesso.

In quanto a ragazze non avrei che scegliere: passi per la strada, vedi due morette, le guardi e loro ti dicono «Ciao bel putel!» Ce ne sono di veramente graziose; ma la mia abulicità e il mio scetticismo *vincono* qualunque altro sentimento, e sono in aspettativa chissà di che cosa, forse di Paria.

Vado, com'è di prammatica, a giocare a pallone, ma neanche questo mi diverte piú come una volta.

Sembrerebbe da quanto ti scrivo che io sia triste appartato e pessimista, mentre non son mai stato cosí gaio e cosí pieno di appetito: forse dipende dal fatto che sto diventando sempre meno intelligente (nel senso comune della parola), e piú *gazzosa*, almeno cosí mi sembra.

Ti abbraccio   P.P.

Saluti alla tua famiglia.

Presso il destinatario.
Autografa.

[1] Compagno di scuola e amico di adolescenza.
[2] La cugina materna Annie Naldini.
[3] L'amico e compagno di scuola Ermes Parini.

A Franco Farolfi - Parma

[Casarsa, settembre 1940]

Caro Franco,

ti scrivo ma non so immaginare dove e quando tu potrai leggere questa lettera. Sei a Milano oppure a Mantova? Parlo cosí perché mi è rimasta un'idea vaga di quel che tu mi hai scritto intorno al tuo viaggio in bicicletta.

Dovevate essere molto carini tu e la *fornaia*; la baciavi con la lingua? Forse è perché non facevi cosí che non provavi molto piacere. Forse Paria ti ha detto come è andata a fi-

nire con la Giovannina: lei non è Giovannina, ma quasi un
Giovannino, cioè sta a metà strada tra una Giovannina e un
Giovannino; la sua amica me l'ha descritta senza reticenze:
non te la posso ridescrivere. Puoi immaginare chi sia piú
scalognato di me? È una cosa che succede a un uomo ogni
tre milioni di uomini, e anche piú. Lei continua, mi dice
Claudia, a essere innamorata di me: ed io sono d'acqua [?]
e di pietra quando mi avvicino a lei. Il bello è che, ora che
non può assolutamente essere mia, sento che la desidero piú
di prima. Tutto ciò mi ha disgustato, e non posso piú, per
ora, ricominciare con un'altra.

Ormai la mia vita qui a Casarsa si è stecchita; mi par
sempre di esser vicino all'ora della partenza e di non poter
concludere nulla di quanto incominci. È molto triste la partenza da qui; è finita un'altra estate e un altro periodo della
mia vita; sono impaziente di rivedere un'altra volta le cose
che lascio e nello stesso tempo spero che quel momento sia
molto lontano perché deve intercorrere un anno della mia
vita, e voglio sperare che sia il piú lungo possibile perché i
diciannove anni non torneranno piú.

Qui intanto continuerà la vita, si vendemmieranno le viti, si spargerà la semenza, si canterà nell'andare dietro alle
ragazze, ed io sarò assente a tutto ciò come se fossi morto.
D'altra parte la mia vita bolognese mi attira; ho in programma alcune belle cose da realizzare durante l'anno (libri,
prelittoriali [1], sport).

Adesso non faccio altro che studiare e leggere. Ho letto
Le Occasioni di Montale che mi è piaciuto ma non mi ha entusiasmato, entusiasmato mi ha invece la traduzione di
Quasimodo di lirici greci [2]. «O incoronata di viole, divi-
na | dolce ridente Saffo!» Ho letta la straordinaria *Penthe-
silea* di Kleist; *Gli Abitanti di Hemsö* di Strindberg, bellissimo. Dipingo anche, e sono migliorato ancora. Arriverò a
Bologna il 20: la prima domenica dopo il mio arrivo ci vedremo a Modena. Non è molto lontano, dunque, il momento che ci ritroveremo.

Ti abbraccio   Pier Paolo

Tanti saluti alla tua famiglia.

Presso il destinatario.
Autografa.

[1] Gare culturali e sportive istituite dal regime fascista per gli studenti universitari.
[2] Cfr. Salvatore Quasimodo, *I lirici greci*, Edizioni di «Corrente», Milano 1940.

A Franco Farolfi - Parma

[Bologna, inverno 1941 - I]

Caro Franco,

naturalmente comincerò col dirti le ragioni per cui ho tardato per un periodo di tempo abbastanza lungo a risponderti: esse sono due: 1) mi sono dato morbosamente a scrivere un articolo per «Architrave»[1], ed una rappresentazione radiofonica per i Prelittoriali di Radio. 2) Ho avuto l'influenza per una settimana con i soliti molesti malesseri che impediscono e inibiscono ogni attività mentale e fisica. Ora che sono convalescente mi par di essere uscito da un tubo gelato.

Son contento come una pecora, perché mi sento fisicamente abbastanza bene, se mi sentissi benissimo sarei allegro come una renna. A proposito di renne ho visto un film nordico: *Laila*[2], che aggiunge pregi meravigliosi a difetti irrimediabili. Il regista è un poeta che non sa usare la macchina da presa: intuisce delle bellissime sequenze, e talvolta le realizza. Il montaggio è goffo. Nell'insieme il film mi ha molto turbato e ha aperto nuove plaghe nella mia fantasia (sogno renne, sgeli, fiordi, branchi di lupi e la vita folcloristica dei giovinotti che a primavera si adornano con monili, e, vestiti di pellicce, cantano con voce dolcissima sciacquando con i piedi nel lucido fango).

Ringrazia Umberto per la cartolina d'auguri, cui non ho potuto rispondere non conoscendo alcun suo indirizzo. Mettiti d'accordo con lui, chiedigli quando è a Bologna, a che ora ecc., e digli di venire a trovarmi a casa mia, disponendo lui naturalmente di un tempo abbastanza lungo: scrivimi quando egli può fare tutto ciò, ed io lo aspetterò.

Oggi avevo deciso di scriverti dicendoti di venire a Bologna: ma mi è arrivata una cartolina della Milizia che mi invita ad andare il 17 all'ufficio per avere notizie intorno al campeggio a cui mi sono iscritto. Intorno a tutto ciò ti darò ulteriori notizie.

La mia vita in questi ultimi venti giorni (tolti gli ultimi: influenza), è stata pacifica e, perché no, simpatica. Abbiamo formato una piacevole compagnia io, Paria, Manzoni (che si è fatto piú intelligente e piacente di quanto fosse un tempo) e Melli (che è tornato in lettere, ed è di piú buon umore). Insieme ci siamo dati dapprima alla pallacanestro, che continua a piacermi assai. Abbiamo poi fatto idolo dei nostri pensieri il teatro: abbiamo deciso di metter su una compagnia ed eventualmente recitare alla Casa del Soldato. Ancora le cose sono in sospeso: finora non abbiamo fatto altro che recitare brani di tragedie e commedie fra noi quattro (a due a due, alternativamente). Sono spesso in preda a pensieri concupiscenti, ma in quanto ad agire...

Ho visto *Stasera si recita a soggetto* di Pirandello (come forse ti ho già detto), e la *Piccola città* di Wilder³. Spettacolo quest'ultimo interessantissimo, e che merita lunghissime discussioni, poiché tocca originali e necessari problemi, specialmente di tecnica scenica teatrale. Se l'hai visto anche tu potremo parlarne con comodo a viva voce.

In questi ultimi tempi mi son dato con slancio alla musica. Un avvenimento per me d'importanza eccezionale: Beethoven. Ho sentito in questi ultimi giorni alla radio la 4ª; la 6ª; la 7ª; l'8ª sinfonia. Le ho ascoltate quasi del tutto attentamente, provando un piacere e una consolazione grandissima: sensazioni che provavo davanti a un'opera d'arte teatrale, o lirica, o pittorica ecc. le ho finalmente provate anche davanti alla musica. Ho inalzato la musica da un concetto puramente edonistico, casuale, labile, a una visione che potrei definire «spettacolare». Ed ho mutato radicalmente certe convinzioni: per es., non piú, come ti dicevo una volta, cerco nella musica la musica oggettiva, descrittiva, ma la musica vivente per se stessa: spettacolo non di figure o caratteri umani, né di bellezze della natura, ma spettacolo vivente per la contrapposizione di sentimenti puramente musicali. (Tutto ciò naturalmente per la musica sinfonica, o da camera ecc., non per quella melodrammatica). Ora, non riesco compiutamente ad esprimermi perché è la prima volta che scrivo di cose musicali, e l'espressione mi sfugge: ma vorrei dirti quanto è piú bello esser coscienti di capire in una musica ciò che l'autore ha voluto esprimere, non facendo, piú o meno gratuitamente e dilettantescamente, corrispondere nostre idee pittoriche o sentimentali alle idee musicali del creatore, ma facendo vibrare in noi stessi il sentimento sotto fascino di musicalità, senza ricorrere a troppo facili ripieghi immaginifici. Perché, se in un pittore si ammira la sua *pittura* e non quegli aspetti morali, rappresentativi, commemorativi che eventualmente ci possono essere nel suo quadro (vedi: Croce), in un musicista non dovremmo ammirare semplicemente la sua musica, in sé stessa, prescindendo da ciò che eventualmente voglia descrivere (caso che del resto nei grandi musicisti non accade mai)?

Ora mi sono accorto che, mentre prima per stare ad ascoltare una musica e capirla, dovevo ricorrere ad immagini a sentimentalismi, non ce n'è invece affatto bisogno: c'è in noi senz'altro qualcosa di musicale che diviene sentimento direttamente, senza bisogno di sentimentalismo, rimanendo musica, senza bisogno d'immagini. Tutto ciò lo puoi collaudare ascoltando Beethoven: ascolta un tempo qualunque di una sua qualunque sinfonia: sentirai una tal forza di sentimento, una tal passione che ti commuove e non sai perché. (Tu non immagini certamente fanciulle sedotte e abbandonate, o un amante geloso, o un fanciullo maltrattato, o una madre amorosa), eppure sei commosso da quel susseguirsi di domande e risposte, da quel rincorrersi di suoni, sei commosso benché tu non veda descrivere niente (descrivere s'intende nel senso comune della parola). Il fatto è questo che il dolore, il problema, l'anelito (chiamalo come vuoi) dell'anima beethoveniana si è espressa in musica, e la musica fa rivibrare in te (per mezzo di quel quid *puramente* musicale che in noi esiste, e deve solo essere coltivato), quel dolore, quel problema, quell'anelito.

Ecco perché la musica *semplicemente* descrittiva non è grande musica, ma solo mediocre o medio edonismo; ecco perché nulla c'è di piú brutto della musica onomatopeica, che imperversa nei concerti di musica varia e leggera, *organizzati* dall'EIAR[4] con esasperante frequenza.

Ecco anche perché la 6ª di Beethoven è, fra quelle che ho sentito, quella che mi piace meno: infatti, checché si dica, c'è in lei qualche rimasuglio descrittivo, non trasformato puramente e pienamente in «musica in sé stessa» (il cucú, il tuono, un albero rovesciato dal temporale ecc.); mentre quella che fra tutte, finora, preferisco è la 7ª, l'«apoteosi della danza», la piú equivoca, la meno definibile: tutto vi è unicamente musica e ritmo (il secondo tempo è per me la piú grande pagina musicale che sia mai stata scritta).

Per la musica operistica (che però m'appassiona meno) dovrei ricominciare un lungo discorso: ti dirò in breve che mi pare in essa avvenga tutto il contrario della musica sinfonica, poiché il canto piú che essere bella musica, bella melodia, deve servire a ritrarre un carattere ed esprimere una passione; l'accompagnamento musicale poi deve descrivere un clima ed essere anch'esso descrittore di sentimenti e passioni umane. Perciò erra chi dice essere preferibile ascoltare l'opera alla radio per gustarne meglio la musica: l'opera è nata per essere vista, oltreché ascoltata, perché la musica non vi nasce per mera autocreazione musicale, non come espressione di se stessa, ma come interpretazione musicale ed espressione di un'azione visibile. Tutto ciò piú in teoria che in pratica, poiché assai spesso i musicisti si sono affidati al mero estro musicale dimenticandosi dei propri personaggi, di tutto il resto (difetto specialmente della musica italiana, dalla scorrevole vena). Sono certo caduto in qualche contraddizione, cui potrei rispondere, ma mi manca il tempo e lo spazio. Conserva queste lettere, perché un giorno penso vorrei rivederle, perché sono i primi semi di un pensiero musicale che mi sta nascendo. È molto bello il lamento di Margherita del *Mefistofele*[5] di Boito. Com'è retorico, arido, corto di idee Puccini!

Saluti ai tuoi, agli amici.

Ti abbraccio

Pier Paolo

Presso il destinatario.
Autografa.

[1] Foglio del Guf (Gioventú Universitaria Fascista) di Bologna, pubblicato dal dicembre 1940.
[2] *Laila. La figlia del nord* (1937), film del regista danese Georg Schnèevoigt.
[3] Commedia di grande successo scritta nel 1938 dello statunitense Thornton Niven Wilder (1897-1975).
[4] Ente Italiano Audizioni Radiofoniche, l'attuale Rai.
[5] Opera lirica (1868) di Arrigo Boito (1842-1918).

A Franco Farolfi - Parma

[Bologna, inverno 1941 - II]

Caro Franco,

ieri ho ricevuto la tua lettera e oggi ho visto Umberto: la tua lettera mi ha fatto un effetto carico di ilarità, povero Franco hai tanto freddo tu?

Con Umberto ho parlato abbastanza a lungo ma non comodamente, perché c'era con me Serra, poi abbiamo trovato Sgardi ecc. ecc.: spero d'intrattenermi piú spesso con lui nei prossimi giorni.

Debussy[1] lo conosco poco, ma quel poco mi piace moltissimo: non posso dire altro.

Come ti avrà già detto Umberto, a S. Vito[2] è impossibile andare per il prezzo enorme: ti consiglio, se puoi, di andare con la Milizia di Parma; è quello che noi faremo, molto probabilmente (il divertimento però è cosí almeno dimezzato). Mi ha scritto l'Emilietta, ed io le ho risposto. La Gazzotti mi attacca, come si dice, lunghi bottoni: non devo esserle indifferente. La Franchina è a Roma, e ho chiesto alla Gazzotti il suo indirizzo. La Magri (ricordi?) è morta.

Al primo momento di buon umore e d'ozio ho già pronto un piano d'abbordaggio: mi avvicino a lei (una ragazza carina qualunque), la saluto levandomi il cappello e glielo metto sotto la bocca dicendole «sputateci dentro»: lei natural-

mente non ci sputa ed io la ringrazio pel piacere che mi fa
non sputandoci dentro. Quindi mostro di sentirmi in obbligo e di doverle ricambiare il piacere, e faccio il gesto
di pestarle un piede, ma all'ultimo momento non glielo
pesto. «Ora siamo amici, le dirò, perché coloro che si
scambiano gentilezze e piaceri sono amici». E cosí ce ne
andremo a spasso per viali cantando, e sussurando parole
d'amore.

Umberto mi ha parlato di Ibsen e Benassi[3]: io non condivido che in parte il suo parere intorno alla scadente interpretazione di Memo: è ad ogni modo senz'altro migliore di
quella famosa e classica di Zacconi: quella del primo pecca
meno in faciloneria estetizzante di quel che quella del secondo pecchi in messa in scena psico-fisiologica.

Le mie due poesie non mi piacciono piú: mi sono fra le
piú antipatiche, solo di «invettiva» mi paiono belli il primo
e gli ultimi due versi. Forse, dato che leggi Baudelaire, è
giusto quel che tu trovi di poeta maledetto in me; ma fra la
mia e tale poesia c'è una differenza sostanziale: in me la
poesia maledetta non rappresenta che saltuarie contingen-
ze, mentre nei poeti maledetti è il partito preso, la sostanza,
l'essenza. Quanto poi a Soffici e i futuristi; non c'è assolutamente nulla: c'è se mai nella prima (non nei concetti, ma
nel suono), un andamento ungarettiano. Ma non meritano
assolutamente altre parole.

Paria sono 3 o 4 giorni che sta poco bene: oggi non l'ho
visto, perciò vuol dire che non si è ancora rimesso.

Sono, ora, preso nel vortice di una nuova occupazione,
l'esercitazione d'italiano: le Rime del Tasso dopo S. Anna:
la bibliografia è immensa, sono ormai in totale quattro ore
di lavoro in biblioteca, solo per annotare e guardare che libri vi siano intorno a questo argomento. È questo il classico
lavoro universitario, fatto per puro senso di retorica e di
erudizione, da cui aborro e che stroncherò, con atto di coraggio, sul viso stesso al prof. Calcaterra[4], quando pronun-
cerò la mia relazione. Cosa può importare a me, che idola-
tro Cézanne, che sento forte Ungaretti, che coltivo Freud,
di quelle migliaia di versi ingialliti ed afoni di un Tasso minore?

Vado spesso a giocare a pallacanestro: sono schiappone, ma mi diverto molto. Lo sport è veramente la mia piú pura, continua, spontanea consolazione. Ora ho una voglia frenetica di andare a sciare: sogno le dolomiti, come una terra alta, sopra le nubi, solatia, risonante di grida e risa. Ti ricordi come in cima ai picchi il vento sollevi nembi di nevischio, quando tutto è sereno? E le camerette di legno, i bambini del paese, e tutte le altre magnifiche cose? Pensa inoltre che noi passiamo i nostri vent'anni senza una festa da ballo. È triste, per non dire disgustoso: ma noi siamo virili e guerrieri.

Accludo a questa lettera una poesia che ho scritto circa un mese fa; non ti obbligo a leggerla, ma penso che probabilmente ti interesa; e poi interessano soprattutto a me i tuoi giudizi freschi e spontanei. L'ho scritta in uno di quei momenti che i classici solgono chiamare «furor poetico»: scrivevo senza sapere quello che avrei scritto e come sarei andato avanti, eppure i versi mi uscivano chiari, come prestabiliti. Ero triste e pieno di ignoti desideri: scrivendo mi sono sfogato. Rileggendo a distanza di tempo questa poesia ho ritrovato lo stato d'animo che me l'ha ispirata. Essa è soltanto uno stato d'animo: il titolo e il significato logico gliel'ho dato in seguito: il significato narrativo, logico, è dato dalla leggenda del suonatore di flauto che si fa seguire, incantandoli, dai fanciulli di un paese, e poi li chiude dentro una grotta; il significato allegorico è: il suonatore di flauto rappresenta il passaggio, segreto, dall'ingenuità alla malizia, dall'impubertà all'adolescenza.

Tutto ciò, ti ripeto, è secondario e susseguente; è parallelo al significato principale che ha fatto nascere la poesia che è rimpianto della fanciullezza perduta ed esaltazione della giovinezza violenta e sensuale.

Il flauto magico

Ecco l'inverno, sentilo che viene!
il vento soffia; le nubi, scompigliato mare
aprono gli occhi fuggendo senza tregua:
mi coprono il volto i capelli di quei nudi sogni
gelidi e sfuggenti! Sui colli è il fango,

umide le forre curvano le schiene, gli antri
ed i muschi odorano di morti.
Oh, ch'io di qua mi fugga e vada via
sulle benigne schiene di quei monti
dove, di verdi ramarri incoronati
e di stillanti gemme
conduca il sole per mano primavera,
rami agitando e frondosi peschi!
Oh, ch'io mi tenga fra le ferme mani
la forata canna, e cosí dolce suoni
per le piane e le piazze, le forre ed i canneti,
le ridenti contrade e gli orti seminati,
i paesi, le strade, e via pei verdi rugiadosi broli,
cosí dolce suoni, e cosí bello vada
il mio corpo di fanciullo adulto,
che non indugi la stirpe dei ragazzi,
non sprezzanti né ostili, ad inseguirmi
con incerto passo. Cantino poi con me
le melodie, danzino poi con me tutti fioriti
di cinte e serti, tutti turbati di novello amore.
Suona, o mio flauto tenero danzante!
Ammirate, fanciulli, l'agevole mio passo?
Nel tergo glauco io porti il piú piccino:
lí con le mani giuochi, tra il serto che mi cingo
di bianchi fiori. Andiamo, tenera mia greggia:
il monte è largo, umida la selva.
Io vi farò miei schiavi, ed il piú bello
(quale fra voi?), lucidi i capelli
se ne starà diritto presso la mia coppa.
È primavera. Io sono il principe. Andiamo.
È dolce il marzo delle vostre membra,
teneri uccelli, fuggiti dal bosco!
Voi non udite il pianto delle madri?
Piangono esse sopra i letti vuoti!
Ma andiamo, è primavera, e romba il tuono,
e ad ogni passo l'ora s'allontana...
Vergini impubi, e voi nel viso guardarmi non ardite:
l'impudico segreto della mia adulta vita si vergogna!
Vi narrerò, col suono del mio flauto
delle *trascorse* nudità notturne la cupida violenza.

Tanti saluti e auguri ai tuoi.
Ti abbraccio

                                        Pier Paolo

PS. Io penso che i tuoi desiderino che tu passi il Natale con loro, se no ti direi di venire presto a Bologna: infatti il campeggio, per noi, comincia ai primi di gennaio. E se nessuno andrà a sciare (di noi tre), passeremo lo stesso liete giornate insieme, qua a Bologna.

PS. Sono contento per te, poiché hai trovato un nuovo e simpatico amico in Umberto.

Presso il destinatario.
Autografa.

[1] Il compositore francese Claude Debussy (1862-1918).
[2] Si riferisce a una villeggiatura invernale a San Vito di Cadore.
[3] Si riferisce al dramma di Henrik Ibsen (1828-1906), *Spettri*, interpretato in Italia dagli attori Ermete Zacconi e Domenico (Memo) Benassi.
[4] Carlo Calcaterra, docente di Letteratura italiana all'Università di Bologna al quale Pasolini presenterà la tesi di laurea sul Pascoli.

A Franco Farolfi - Parma

[Bologna, gennaio-febbraio 1941]

Caro Franco,

io ti chiedo scusa e riconosco il mio torto piú che grave, stupido. Ma questo è stato per me piú che un mese, un periodo della mia vita. Mi ha travolto una *burrasca* tale, che a stento ho potuto parlare con me stesso; adesso mi sento quasi ormai sul lido, ma non oso rivolgermi col capo indietro e guardare, perché ho paura che il mondo che ho lasciato mi richiami con le sue lusinghe. Sono sul ciglio del lido, sono ormai quasi certo di essere al sicuro sulla terra ferma. Quando avrò in pugno senza tentennamenti e rimpianti la vittoria, ti spiegherò meglio tutto ciò.

Hai mai sentito, in qualche filosofia, il concetto: spezzare i *vincoli* che legano al passato con un atto di pura volontà? È quello che io tento di fare. Io voglio *ammazzare* un adolescente ipersensitivo e malato che tenta di inquinare anche la mia vita di uomo; ed è già quasi moribondo; ma io sarò crudele verso di lui, anche se in fondo lo amo, perché è stato la mia vita fino alle soglie dell'oggi.

A parte tutto questo altre ragioni mi hanno assillato e tolto quasi il respiro: alcune manie inziali (imparare a suonare il banjo, darmi all'atletica, iscrivermi alla Virtus[1]) poi gli esami, per cui, non so le ragioni, mi sono preoccupatissimo, e se questa lettera è cosí affrettata è perché fra pochi minuti dovrò andare a fare mille *beghe burocratiche* in segreteria, e poi chiedere anche quando ci sarà il prossimo esame.

Ma un altro importantissimo avvenimento è avvenuto nella mia famiglia: mio babbo è partito l'altro ieri per Roma, da dove proseguirà per l'AOI[2]: non ti descrivo, perché ti immaginerai bene, lo stato di cose che è sopraggiunto tra di noi.

Credo che finché non ho fissato gli esami non ci potremo vedere; peccato, poiché la tua presenza, nella lotta di cui ti ho parlato, mi sarebbe stata utilissima.

Anzi, ho deciso che, come avevamo stabilito, tu venga da me qui a Bologna per due giorni: poi appena mi sarà possibile verrò anch'io a Parma.

Se puoi venire, vieni subito, mandandomi un telegramma: *ti aspetto*, per lo meno prima della fine del mese.

Guarda di far di tutto per venire.

Ti abbraccio affettuosamente   Pier Paolo

Presso il destinatario.
Autografa.

[1] Società sportiva bolognese.
[2] Africa Orientale Italiana.

A Franco Farolfi - Parma

[Bologna, primavera 1941]

Bi e tri caro Franco,

oggi siamo martedí 1, ed oggi ho ricevuto la tua lettera in cui mi dici che il piú tardi stamattina ci saremmo dovuti incontrare sotto la Ghirlandina. Come vedi ciò è astronomicamente impossibile. D'altra parte non avremmo potuto incontrarci ugualmente, per due ragioni; 1, perché ho un esame il tre ed ho una preparazione miserabile, 2, perché da due giorni mi tiene un mal di pancia da non dirsi che mi obbliga a star chiuso in casa con panciere, e pieno di precauzioni.

Addio, Modena! Ma prima delle reciproche villeggiature estive ci possiamo lo stesso vedere e salutare, cosí: tu, nell'andare ad Ancona ti potrai fermare un giorno o due da noi (vorrei dire una settimana, ma con queste tessere!) Scrivi subito, fissando il giorno e l'ora del tuo arrivo qui.

Paria è partito ieri. Serra doveva partire il tre. Carlo partirà domani. Noi partiremo il 10; Melli (come sempre) non si sa quando parta.

Sono superbamente idiota, ma come sono idioti i gesti del vincitore di una lotteria; finalmente il mal di pancia comincia ad andarsene, ed io mi sento perciò in preda ad euforia.

Quando alle parténai passo ore di languore e sogni vaghissimi, che alterno a meschini, anzi stupidi, conati di azione, ed a periodi di estrema indifferenza: tre giorni fa io e Paria siamo scesi alle latebre di un allegro meretricio, dove grasse mamme e aliti di nude quarantenni ci hanno fatto pensare con nostalgia ai lidi dell'innocente infanzia. Abbiamo poi minto sconsolatamente.

L'amicizia è una assai bella cosa. Nella notte di cui ti ho parlato, abbiamo cenato a Paderno, e poi nel buio illune siamo saliti verso Pieve del Pino, abbiamo visto una quantità immensa di lucciole, che facevano boschetti di fuoco dentro i boschetti di cespugli, e le invidiavamo perché si amavano, perché si cercavano con amorosi voli e luci, mentre noi eravamo aridi e tutti maschi in artificiale errabondaggio.

Allora ho pensato come sia bella l'amicizia, e le comitive di giovani ventenni che ridono con le loro maschie voci innocenti, e non si curano del mondo intorno a loro, continuando per la loro vita, riempiendo la notte delle loro grida. La loro maschilità è potenziale. Tutto in loro si trasforma in risa, in risata. Mai la loro foga virile tanto chiara e sconvolgente appare come quando sembrano ridiventati fanciulli innocenti, perché nel loro corpo è sempre presente la loro completa e ilare giovinezza. Anche quando parlano di Arte o Poesia. Ho visto (e me stesso vedo cosí) giovani parlare di Cézanne, e pareva parlassero di una loro avventura d'amore, con uno sguardo scintillante e turbato. Cosí eravamo noi quella notte; ci siamo poi inerpicati sui fianchi delle colline, tra gli sterpi che erano morti e la loro morte pareva viva, abbiamo varcato frutteti ed alberi carichi di amarene, e siamo giunti sopra un'alta cima. Di là chiaramente si videro due riflettori lontanissimi e feroci, occhi meccanici a cui non era dato sfuggire, e allora un terrore d'essere scoperti ci prese, mentre abbaiavano cani, e ci parve d'esser colpevoli, e fuggivamo sul dorso, cresta della collina. Allora abbiamo trovato un altro spiazzo erboso, dal breve giro sí che sei pini a breve distanza l'uno dall'altro bastavano a cingerlo; lí ci siamo distesi avvolti nelle coperte, e parlando fra noi piacevolmente, sentivamo il vento battere e infuriare nei boschi, e non sapevamo dove fossimo e che luoghi fossero intorno a noi. Ai primi segni della luce (che sono una cosa indicibilmente bella) abbiamo bevuto l'ultime gocce delle nostre bottiglie di vino. Il sole sembrava una perla verde. Io mi sono denudato e ho danzato in onore della luce; ero tutto bianco, mentre gli altri avvolti nelle coperte come Peones, tremavano al vento. Abbiamo poi lottato, alla luce dell'alba fino all'esaurimento; poi ci siamo distesi, poi abbiamo acceso il fuoco in onore del sole, ma il vento ce lo ha spento... Son successe tante altre cose che qui non ho tempo e spazio per dirti: lo farò appena possibile. Arrivederci presto. Saluti a Umberto e ai tuoi.

Ti abbraccio   PPP

Presso il destinatario.
Dattiloscritta.

A Luciano Serra - Bologna

[Casarsa, 18 luglio 1941]

Carissimi amici,

io ciceronianamente vi amo e vi invio anzitutto le comu-
nicazioni in un certo senso burocratiche.

Tu, Luciano dovrai andare il piú rapidamente possibile,
per me, alla Milizia Universitaria con quest'invito che ti invio, in mano. Chiedi quel che devi fare; credo che tu possa
dare per me le notizie richieste. Qualsivoglia dei tre[1] dovrebbe inoltre andare da Cap(p)elli[2] ad urgere per i miei
libri.

A Luciano quanto prima arriverà un libro per l'Archiginnasio con ulteriori istruzioni.

* * *

Mi sono accadute molte cose e non so da che parte incominciare: alcune che mi parevano importanti nell'accadere,
viste sotto la luce degli avvenimenti susseguenti, mi sono
parse trascurabili. Come, per esempio, un temporale scop-
piato l'altro ieri, 16 luglio. 16 luglio, una di quelle giornate
che succedono poche volte all'anno, non so piú per quali ragioni; alla mattina mi sono svegliato male; tuonava; ha continuato a tuonare per tre ore, fino a mezzo della mattina, le
nuvole erano leggerissime quasi invisibili, a mezzo della
mattina, le campane improvvisamente hanno suonato pel
cattivo tempo; ha cominciato a grandinare: era la grandine
della campagna, la grandine che ricorda i millenni. Siamo
corsi a salvare le giovanissime anitre, dentro l'orto, io ride-
vo e Nico[3] era molto preoccupato. Annie era all'ultimo
stadio della gravidanza; la doglia era cominciata durante la
notte, (Annie che io avevo conosciuto bambina e giocato
con lei, l'ho vista incinta e le si era ingrossato anche il viso,
e la bocca assai larga); il pomeriggio, mentre io ero dal capostazione Fuselli a parlare con lui e a guardare la sua galleria,
è nata una bambina, che io son subito corso a vedere. Non
ho pensato ad altro, ma solo a questo: «Quando fra ven-

t'anni le dirò che l'ho vista appena nata!» Non ricordo cosa altro sia successo durante quel giorno, so di sicuro che qualcosaltro è successo, ma adesso non ricordo, sono un po' tramortito dalle cose che passano.

Vorrei procedere con ordine e dire una cosa alla volta, suddividendo secondo categorie: 1) (alloggio) Non ho voluto dormire nella solita camera, come s'usa. Ma a *casa* di mia nonna esiste un cosiddetto «camerone», non comunicante con il resto della *casa* ma a cui si accede per mezzo di una scala esterna, come se ne vedono spesso nelle *case* di campagna. Lí sono solo, in compagnia del rumore delle oche. L'ho fatto scopare e pulire, mettere due brutte tende rosse alle finestre; portare un letto, un comodino, due tavolini, sedie, e sul baule i miei libri: stanza-soffitta da bohemien rustico. Inarrivabile. 2) (letture e Arte) Ho riletto Sereni[4] che mi è piaciuto molto, me lo sono sentito assai vicino, quando parla di Lombardia o di ragazze, mi sembra uno di noi; tutto ciò può essere un giudizio contenutistico, o peggio, sentimentalistico, ma tant'è, vi consiglio di leggere Sereni. Moscardelli, è orrendo. De Pisis, purtroppo, brutto[5]. Molto bene *Sangue* di Malaparte[6], soprattutto alcuni racconti. Malissimo Calcaterra, che non mi sta insegnando niente sul '600.

Buso[7], il pittore esaltato e scoperto dal capostazione (che ho scoperto essere probabilmente un introvertito o pervertito sessuale), non mi piace molto; un momento: ha delle possibilità meravigliose, ma una cultura scarsissima, è pittore di provincia, i cui grandi maestri sono, ahimè, i macchiaioli. Io allora mi sono proposto di iniziarlo alla nostra arte; ma purtroppo quest'anno sarà a Casarsa solo pochi giorni e non farò in tempo a far niente. Peccato, è un eredista[8] senza filtro, e credo, ormai irrimediabilmente; mi sono un po' disgustato col capostazione, perché gli ho fatto intendere, in parte il mio giudizio; egli è rimasto malissimo, e ci siamo salutati (Vada a farsi benedire lui e i suoi Tito, Milesi, Silvestri e Martina[9]! L'unico macchiaiolo della sua raccolta che è un vero pittore è *Cima*[10] di cui egli ha numerosissimi quadri e quadretti di grande valore). In compenso ieri, al cinema, ò trovato De Rocco[11], ragazzo

simpaticissimo vincitore, a Venezia, dei prelittoriali di affresco; ci saremmo visti a S. Remo! Oggi nel pomeriggio
staremo insieme, e domani insieme andremo a dipingere.

Carta[12] invece, non ha dipinto quasi niente ed è un po'
bighellone. 3) (avvenimenti vari accaduti o futuri); soltanto
a voce si potrà descrivere la serenata che io, Paolo, Galante
e Tunin (!)[13] siamo andati a fare alle finestre di due ragazze; la cosa piú poetica e sconvolgente che mi sia successa finora. Credo che per la ragazzetta-fidanzata mi andrà bene.
Giocherò a pallone nel Casarsa; domenica prima partita con
un paese qui vicino.

Molte altre cose avrei da dirvi, ma sono stanco e impaziente di fare, non di scrivere. Vi aggiungo qui di dietro una
poesia che ho fatto la mattina dopo del mio arrivo; non ho
mai scritto tanto, riempito tanti fogli di prove e riprove, come per questa lirichetta che è ancora provvisoria e forse
sempre resterà, ormai tale.

Ritorno al paese

Nico s'è desto, ed erba va a tagliare
nella gronda dell'alba, per le oche.

1) A me è di premio questo estraneo
sole, che riconosco.

                      Di tanti anni
che qui ho trascorso,
2) questo gracchiar di gallina massara,
solo mi rimane.

                      E alla nebbia del sole
non so se sono nel mio nido
antico, grave di tempo che non passa,
o in un triste esilio.

Il mio paese è di color smarrito[14].

Note. Le strofe 1, e 2, sono provvisorie, anzi credo che
farei meglio a toglierle completamente lasciando il resto cosí, nell'ordine, come rimane.

Cosí vi saluto e vi abbraccio te Luciano e Franco e Berto

                                                    Pier Paolo

Ode a un fiore, a Casarsa

Deserto fiore, fuori dal cerchio
delle nostre case, dove all'aperto
le famiglie fanno baruffa,

sulle pietre del giorno, bruci
umile, dove si vede intorno
campagna e cielo, come cielo e mare.

Deserto fiore campestre,

non sera grondante di lumi.

Non pastori bagnati dalla rugiada,

tenue fuoco delle siepi.

Non caltha, mirtillo, viola palustre,
o giaggiolo, o genziana, non l'angélica,
non la parnassia o il mirto di palude.

Tu sei Pieruti, Zuán,
e Bepi alto sui bastoni delle ossa,
magro al timone del carro,

fiore di pascolo.

Tu diventi fieno. Brucia, brucia
sole del mio paese, fiorellino deserto.

Sopra di te passano gli anni,
ed anch'io passo, con l'ombra delle acacie,
con il giro del sole, in questo quieto giorno.

Vi mando anche questa poesia, scritta all'ultimo momento

PP

Presso Luciano Serra.
Autografa con correzioni; indirizzata anche a Franco (Francesco Leonetti) e a Berto (Roberto Roversi).

[1] I sodali bolognesi Francesco Leonetti, Roberto Roversi, Luciano
Serra.
[2] La libreria Cappelli di Bologna.
[3] Nico Naldini, cugino materno.
[4] Cfr. Vittorio Sereni, *Frontiera*, Edizioni di «Corrente», Milano 1941.
[5] Si riferisce probabilmente ai volumi *Canto della vita* di Nicola Moscardelli, Vallecchi, Firenze 1939; *Poesie* di Filippo De Pisis, Edizioni di Moder-
nissima, Roma 1939.
[6] Cfr. Curzio Malaparte, *Sangue*, Mondadori, Milano 1940.
[7] Armando Buso, pittore veneto.

[8] *eredista*: partecipe dei programmi della rivista «Eredi».
[9] Pittori di gusto ottocentesco.
[10] Luigi Cima, pittore bellunese (1860-1944).
[11] Federico De Rocco, pittore di San Vito al Tagliamento.
[12] Paolo Carta, pittore di Casarsa.
[13] Amici casarsesi.
[14] Questo verso, tradotto in friulano («il mè pàis l'è di colôr smarît») diventerà il v. 2 di *Canto delle campane* in *Poesie a Casarsa*, Libreria Antiquaria, Bologna 1942. Ora in *Bestemmia. Tutte le poesie*, a cura di G. Chiarcossi e W. Siti, Garzanti, Milano 1993, pp. 1191-221.

A Luciano Serra - Bologna

                    [Timbro postale: Casarsa, 1° agosto 1941]

Cari e addolorati amici,

sarà questa mia, un grido di dolce ottimismo: non importa se la rivista[1] dovrà uscire a data indeterminata e molto lontana; meglio per la nostra preparazione, la nostra serietà, la nostra maturità; se esce fra due anni io e Serra saremo professori e guadagneremo; avremo tutti e quattro una propria personalità almeno 15 volte piú sviluppata; pensate in due anni (o anche, uno) quale sviluppo possono avere delle culture adolescenti come le nostre! Entreremo sempre di piú nel vivo dei problemi dell'attuale cultura italiana, sapremo vedere piú chiaro e piú profondo. Del resto, dobbiamo dircelo chiaramente: eravamo noi preparati per sopportare il peso e la responsabilità di una rivista, per un anno e piú di seguito? Tu, Serra, per la letteratura, io per l'arte ecc.? No, a meno di non ricorrere alla malafede o alla polvere negli occhi.

Sopra una cosa vorrei, però, insistere particolarmente: la costanza; io per conto mio, vi posso assicurare che l'avrò, poiché questo è ormai il mio ideale, anzi, di piú, il punto in cui i miei ideali empirici e superiori s'incontrano; e cosí credo sia per voi. Dovremo pazientare, macinare e prepararci. Dovremo depurarci da ogni scoria di egoismo e ambizione personale che finora, diciamo la verità, ha turbato il perfetto equilibrio: davanti a «Eredi» dovremo essere quattro, ma, per purezza, uno solo.

La mia sicurezza e il mio ottimismo, non hanno subito scosse: mi sentivo preparato a questo e ad altro. Tutto ciò non toglie, a meno che non ci sia un altro decreto ministeriale in proposito, che possano uscire dei nostri libri[2]: del resto, eravamo già d'accordo in questo, cioè di pagare di volta in volta un quarto della somma occorrente per la pubblicazione di un libro. Ad ogni modo su questo ritorneremo con argomenti piú positivi, a settembre. (Anzi mi balena l'idea di un libro di carattere antologico [critico-poetico], da intitolarsi per esempio: *Sul concetto d'eredismo*; ma anche su questo rimandiamo la discussione). Sarei, per finire, del parere che ognuno lavorasse per conto suo, senza preoccuparsi degli articoli obbligati ecc.

Sulle poesie: Sulla *Nostra ora* niente da eccepire: è una piccola cosa perfetta; *Vendemmia*, anch'essa è in sé compiuta, sebbene in tono un po' inferiore; due cose non mi piacciono molto e tuttavia non saprei cosa suggerire, cioè: «il venire» delle immagini sacre, che è un po' scialbo; e il rito antico «delle genti» che ha un suono un po' retorico. In *Maggio*, che rileggendola mi sembra piú bella ancora delle prime volte, mi pare che il «d'argento» possa senz'altro rimanere, anche se non è certamente molto nuovo. (A proposito, qui, del «soave nemico» non ricordo bene, ma mi pare d'aver scritto quel «dolci e nemiche» prima di ricevere la lettera con la poesia di Luciano). Anche le poesie di Franco[3], rilette a distanza di tempo mi sembrano piú belle; due consigli: in *Alta sulla finestra* ti consiglierei di snellire, non so in che modo, il centro che si trascina un po' e la fa perdere in immediatezza; in *Come una giovanetta dea* mi sembra che faresti bene a usare un po' piú le rime, che giustificherebbero con piú eleganza l'arcaismo eredistico della poesia.

Intorno alle mie poesie mi son riusciti molto grati i vostri giudizi, piú nelle osservazioni che nelle lodi, poiché tutte hanno colpito nel segno quasi tutti i punti che voi mi avete consigliato di cambiare erano stati già precedentemente da me trasformati. Non vi mando le correzioni (eccetto una:

Casarsa[4] che è radicale), perché la cosa sarebbe troppo lunga: a Bologna, a Bologna!

Ecco il pacco delle ultime, trascritte senza distinzione di ben riuscite e mal riuscite:

1   *Vita in Estate*

Della calura tuono silente
e antico vento, estate antica
caligine del sole vecchio di trista
furia,

  Guido il mare delle oche
turba in grigio orrore di fame,
s'ode il suo grido: Viri
viri! l'oca è spenta alla vita.

Del caldo non mi lagno, io. Ho sopportato
il gelo. Accolgo ogni tua cosa, vita.
Prosegui, giorno.

2   *Comicità rustica* (esperimento)

Oh gioia rustica, tu turbi e chiami
chioccia voce alla lode:

qua cortile, aia, siepi di verde
polvere, la razza delle oche, qua,
aride di vita, mute sullo stagno
l'anatre d'irrompenti virate.
Viri viri è per le prime il grido
d'«amoroso» richiamo, buti
buti, per te anatra d'acqua.

  Qua, qua, tu non mi spiri,
apolline dal verde manto, tu,
finalmente cordiale, non batti fuggente,
poi, passo doloroso, ma sosti,
e meco ridi, giulivo, al suono
di queste rustiche grida.

3   *Elegia* (per gli amici casarsesi)

Oggi, tu mi sei fresca, luce del mio paese,
clivi di luce, sereni fiumi, e il passo delle cose
amico e chiaro sotto i lontani gelsi e le viti.

Se cammino sull'aia, ti calpesto,
o freschissima luce, discesa a ristorarci,
serena come non mai.

                          Acqua di roggia,
noi siamo dolci cose nelle tue mani;
sensibile a te sul ciglio è l'anatrella
e rapita ti canta, e l'oca tace.

E già fu notte, notte fu di lampi
e sui campi minaccia di nubi e cani,
notte, ubriachi, noi fummo felici,
io ti ringrazio per avermi donato
amici di paese, e vino, e la roca brace del riso.

Vino, tu m'hai sposato alla vita;
ed or che s'è risolta in fresco lume
la bufera del buio, ormai remotissima notte,
non piú distante vivo, sopra la fatica
degli uomini, che sparsa e varia suona d'intorno:
l'amicizia m'unisce, il cuore, e questa luce
che non è persa sui nostri dolcissimi campi.

4   *Mattini casarsesi* (rifacimento)

Or che il sepolcro del sole, mattino,
estraneo lavoro dei campi, mi pesa
sui canti che il contadino tace,

                          ahi, ahi,
trista nebbia, apollo, è nel tuo sguardo,
riverberi l'insegna del sole,
come sempre m'eludi, ma fuggi,
ora, con passo di carri e bovi.

    Frana di carri si perde
    verso gli ignoti campi.
    Tu mi derubi la gente,
    volti non vedo. Solo
    la gallina.

Chi spezza legna, chi il carro guida,
si scambiano saluti, prosegue
il giorno, il tempo battono i suoni
sparsi della fatica, t'elevo un canto,
disperato mimnermo, sole.

    O gente del rosario, passato
    è maggio! amica gente
    io son dei vostri! e terra

tu non mi somigli,
e per questo ti amo.
                    Ritornerà
la sera, sarà sera di canti.

5   *Maria*

Tempo era, che fermo il volto
del giorno – e tenue dei pollastri il grido –
io parlassi a Maria:

«Maria, sei tu la cara ombra
che questa pioggia serale ci conduce?»

e, nei veroni, erano lampi
le grida dei fanciulli.

Ma, disadorni orti, o sera
che piovi dall'agre nubi, e vento
sui tetti delle nostre case,
non m'è tempo d'amare!

Sereni lampi, grida dei fanciulli,
corona di grida a te che non mi senti,
Maria, io l'amore dispregio, alto
io sono sugli impeti del lento vento
che impigrisce il volo degli occhi e cresce
muschi, sulle labbra, spenti.

6   *Viaggio di ragazza*

Maria, oh, porta nel tuo viaggio il segno
dei tuoi occhi dolcissimo, e l'aurora
dei tuoi capelli, e la mite calma di te,
donna degli aspri paesi.

Io solecchio da molto lontano mi faccio,
oh donna del rosario,
io ti lascio per la tua strada andare,
non ti voglio schiava fare delle mie parole.

Scusate l'orrenda scrittura. Sono impaziente delle vostre
opera omnia. Che Roversi scriva qualcosa anche lui,
diomio.

Partite: Azzano-Casarsa: 4-1; Camino-Casarsa: 1-4. Ho
purtroppo perduto il giornale in cui io ero notato come ala
sinistra nella partita contro l'Azzano.

W il triplista Serra
W lo sport e l'eredismo.

Sapete cos'è un CA 313? Un «Macchi»? Sapete cosa sono i longheroni, le centine, gli ipersostentatori? Potrei giurare di no. Io mi son completamente immerso nello studio di queste cose, che sono cose, se non lo sapete, che riguardano l'aeronautica.

Presso il destinatario.
Autografa; indirizzata anche a Leonetti e Roversi.

[1] La rivista «Eredi», che non poté uscire per le disposizioni ministeriali sul consumo della carta.
[2] Saranno pubblicati l'anno successivo presso la Libreria Antiquaria di Bologna (Francesco Leonetti, *Sopra una perduta estate*; Roberto Roversi, *Poesie*; Pier Paolo Pasolini, *Poesie a Casarsa*; Luciano Serra, *Canto di memorie*).
[3] Leonetti.
[4] Si riferisce a *Mattini casarsesi*, che nella prima stesura della lettera precedente si intitolava *Casarsa*.

A Franco Farolfi - Parma

[Casarsa, estate 1941]

Caro Franco,

devi come al solito scusarmi per il ritardo. Ho tante lettere da scrivere; a te, a Paria, a Melli, a Serra, a Manzoni, a Roversi, a Leonetti, che divento pazzo. Mi sono imposto troppe cose da fare, quest'anno, e, come accade, faccio ancor meno di quello che potrei fare. In questi ultimi tempi ho dipinto molto, e sono anche molto migliorato. Anche leggo, ma con ritmo poco intenso, e svogliato. Maledico ogni giorno quel cretino esame di italiano, che mi riempie la testa con quei corsi monografici sul Tasso, Alfieri, ecc., che letti poco alla volta, bene, ma lette di seguito le loro «opera omnia» fanno morire d'inedia. Fortuna, ho con me molti poeti moderni e moderni critici, e monografie d'arte, la cui consolazione non è poca.

Devi anche scusare la stupidità della presente lettera, infatti ho scelto per mettermi a scrivere questo momento in cui non sono né contento né triste, il che dà risultati mediocri, per chi riceve. (Mi ha tanto stomacato la «prosa» dell'Alfieri, e l'aulica lirica del Tasso, che, per sfogo, scrivo non dico frasi prive di sintassi, ma anche sgrammaticate).

Dolcissima vita qui conduco: pigra si svolge, ma orrendamente rapidi passano i giorni. Mi trovo ogni giorno una settimana piú avanti. Tremo all'idea della partenza.

Una fra le mie tante compagnie sono le oche: le oche scontente, sempre piene di fame, non c'è animale piú scontento e *ansioso* delle oche: le vedi, e credi che stiano, giacenti, a poltrire nella dolce luce, ma se ti avvicini, immediatamente si alzano e ti si avvicinano urlanti, con il becco aperto e muovendo il sedere: ciò dimostra che non stavano pacifiche a riposare, ma erano continuamente in preda all'agitazione e ad un pensiero: mangiare.

Ragazze ce ne sarebbero, ma io sono, come sempre, pigro; e poi ho tanti altri pensieri, come sempre, tra l'arte, la vita sociale e lo sport, che mi fanno troppo rassomigliare le ragazze alle oche (vedi la descrizione precedente).

Credo che non ci sia cosa piú bella della vita in campagna, nel paese natío, tra semplici amici.

Tu, che hai meno corrispondenza di me, credo, scrivimi piú sollecitamente di me.

Tanti saluti ai tuoi. Ti abbraccio   Pier Paolo

Presso il destinatario.
Autografa.

A Luciano Serra - Bologna

[Casarsa], 1° settembre [1941]

Carissimo Luciano,

ti scrivo rapidamente perché oggi è il giorno in cui ho deciso di cominciare l'esercitazione d'Italiano: come vedi ho pochissimo tempo, anzi ti prego subito, per non dimenticarlo, di farmi un favore: informati a chi ed entro quando bisogna consegnare detta esercitazione.

Ho appena ricevuto il tuo espresso, che mi ha riempito di

tenerezza per quel che riguarda i nostri rapporti, ma che mi ha allarmato intorno a Leonetti e Roversi. Non dovevi mostrare quel mio sfogo-lettera[1] a Franco, poiché, se come tu giustamente dici, egli è legato da antica amicizia al Roversi, pensa che ferita dev'essere stato per lui quello che ho scritto intorno a Berto! Tanto piú che io come sempre ho ecceduto: ma la colpa del mio eccesso è stato quel malaugurato Meluschi[2]. Ci sono rimasto molto male a sentire che à letto la mia *Tempesta*[3] e che ha trovato molto brutta la seconda parte del tuo *Canto*. Cretino! Quel bellissimo nella sua semplicità «palpiti fuggiaschi di libeccio», quel magnifico confronto dei suoni della pioggia con gli «insetti tra l'erba», che dà fisicamente la sensazione di ciò che divengono nell'anima quei suoni, lui li considera brutti! Non pensiamoci: ti sono molto grato di aver seguito il mio consiglio e non essere andato da quel povero.

Dí a Leonetti che scusi molto il mio eccesso su Berto, del quale eccesso alcune frasi sono da sopprimersi completamente: il giudizio generale, però, intorno all'irraggiungibilità di un accordo letterario tra noi e lui, rimane. Quanto allo stesso Leonetti può conservare ambedue le amicizie. («Roversi» e «io e tu»), perciò non si pregiudicherebbero vicendevolmente; faccio qui notare che la mia amicizia con Franco, ha assunto ormai i caratteri generali di un'amicizia extraletteraria perché mi sento vicino a lui, oltre che per corrispondenti idee e ambizioni letterarie, anche per veri e propri legami di simpatia umana, che, sono sicuro, si approfondiranno sempre piú e in breve tempo. E insisti ancora, presso lui, perché si distacchi totalitariamente da Meluschi.

Intorno a quello che mi dici del tormento che affiora, quando, rimasto ai margini della vita fuori dall'allegra cerchia dei tuoi colleghi (che ti si imprimono nella mente con l'effige del riso nel volto, e cosí li irridî), ti senti solo e ti chiudi in te stesso, è questa la situazione, caro Luciano, che io ho sentito piú profondamente e che è stata il primo fondamento del mio sentimento poetico; del resto guarda il mio (ormai a me vecchio) mito della notte e del giorno, dove «notte (ho scritto) nel mio mito è uguale a me presente a me stesso» e ciò (ora preciso) avviene per esasperato sentimento di solitudine tra gli uomini che vivono (giorno).

Mi sono espresso confusamente perché ho fretta, ad ogni modo spero che tu abbia compreso; però puoi star sicuro di questo, che io ti capisco profondamente; e quando ti senti solo pensa a me e vedrai che ti sarò vicinissimo a indugiare tristemente con te. (La vera liberazione, è vero, sarebbe l'amore; il primo sentimento di solitudine, molto corrispondente al nostro, l'ha avuto ed espresso Saffo, per amorosa pena «καί ἐγὼ μόνα κατεύδω»).

Ho letto un interessantissimo articolo di Betocchi *Ritorno al canto*[3]. E ho riletto le poesie di Luzi[4] che mi sono piaciute piú della prima volta, ma ancora non mi entusiasmano e non posso considerarlo tra i nostri migliori poeti, come fa Bo[5].

Vi accludo qui senza entusiasmo alcune poesie, che mi pare inizino una svolta della mia poesia stessa (distacco dal motivo casarsese verso sentimenti e approfondimenti in senso piú generale e universale).

Fui guerriero negli orti

Felice chi, ora che pioggia sgronda
giú dal cielo a brividi, e già già sbuca
fresco il sereno, il vento fende
giú per l'umide piazze!
Acre a me sale agli occhi
ombra di fumo su dai fuochi
accesi. Mattina è questa
di dolci confidenze.

     Ma il vento
che sbatte le finestre e stilla
i salici, e questo vago raggio
di sole, ai consueti miti
sono richiamo: e già io vedo
nell'assolato pergolo la forte
vita che ogni giorno guadagno
fuori da queste mura.

      Già nuovi
mondi spalanca in cielo, pianto
di scrosci, la morte azzurra
della pioggia: mi ritorna l'infanzia
guerriera nel fresco tumulto degli orti.

Evento dopo la tempesta (marginale)

Crolla l'albero al vento,
son ritornate ai loro
siti le case dopo lungo
viaggio, e trasognano.

Mesta s'avvia l'anima
ai sogni: sgombra resta
la stanza: sono lontano.

Il giovane (non è compiuta, e siccome non potrò mai compierla,
resta tra le mie marginali)

Or son molte stagioni,
in quest'ora ero fanciullo.
Térrea m'era la fronte al gioco
in questa luce di passata tempesta.

Ma dietro gli spazî d'un albero
che vasto si curva, scorgo tremando
intoccabili i mondi, meta sicura
per l'età presente, dal fanciullo
sognata.

       Questo era
l'approdo del fiducioso mio gioco?

(Senza titolo) (potreste suggerirmelo)

Severina nell'aria buia
monda l'aia dalle fangose
spoglie del temporale.
             Strappar
pavento dai rami foglie,
lunghi tramonti, il male
sordido della vita
che ricomincia*.
         Severina,
estinta, per cosa sopravvivi?
La morte (è vero) come questo
sospeso rombo di tuono,
te sovrasta che vivi
e me che ti contemplo.

* È qui ancora adombrato, anzi rinato, il mito del giorno
(«tu che vivi») e della notte («io che ti contemplo»). La visione però mi sembra nobilitata innanzi alla morte, e credo

non avere mai trovato accenti piú forti nella loro continua cupezza. 1) Nasce qui, inoltre, un nuovo sentimento (nasce in quanto me ne rendo chiaramente conto, avendomi esso ispirato, senza che lo teorizzassi, molte altre poesie: *Seconda elegia*, *Nostalgia del tempo presente*, *Paesi nella memoria*, ecc. ecc.); questo sentimento è il «Timore del futuro», che si può identificare, appunto, nell'espressione «nostalgia del tempo presente».

Presso il destinatario.
Autografa.

¹ Si riferisce a una lettera precedente che non compare in questa scelta.
² Lo scrittore bolognese Antonio Meluschi (1909-1977).
³ Cfr. *Premesse e limiti di un ritorno al canto*, in «Frontespizio», maggio 1937.
⁴ Si riferisce probabilmente ad *Avvento notturno*, Vallecchi, Firenze 1940.
⁵ Il critico Carlo Bo.

A Luciano Serra - Bologna

Casarsa, - ultimi giorni -
[Timbro postale: Casarsa, 16 settembre 1941]
Miei cari amici,

sono almeno quattro giorni che ogni mattina aspetto, sicurissimo di riceverla, una vostra lettera. E ogni mattina rimango molto male a non riceverla. Essa è l'unico legame al «male sordido della vita che ricomincia»; ne avevo assolutamente bisogno, in questi giorni; ora che vedo distinto e chiaro il colore della morte sopra ogni cosa che mi circonda.

Questa è cosí l'ultima lettera che vi scrivo da Casarsa; sabato sarò a Bologna, e, dopo cena, verrò a prendervi, come una volta, a casa vostra.

Aspettatemi allora, a casa vostra, sabato dopo cena.

Queste poesie che vi invio, sono foriere di me stesso, io non so cosa pensarne; forse hanno impressi, anch'esse, i colori della morte.

Mi sento distaccato ed estraneo, a tutto ciò che prima m'era occasione di confidenza e allegrezza; anzi dimenticato. Ieri sera, tristissima sera, fredda, non buia ancora, ho sentito suonare in piazza la banda dei militari, e il brusio della gente intorno, e le sospensioni delle risa, e mi è parso di toccare fisicamente la morte.

Mi sento già strappato e remoto, vagare qui come un'ombra, mentre il solito uso di vita, qui, continua incurantissimo e preciso.

Ma anche Bologna, dove ho affondato radici e ricordi da molti anni, e ho antiche consuetudini e cose che si ripetono secondo un uso ormai divenuto caro e fonte di nostalgia, mi è una meta molto dolorosa: questi ritorni, ormai uguali da molti anni, nei giorni non ancora estinti dell'estate, nel dolcemente squallido sole di settembre, sono per me una vera pena. E non ho nessuna speranza neanche per la mia poesia; poiché, per consuetudine, il tempo di settembre mi pone in uno stato di sentimento estetizzante-sentimentale, che si risolve in giochi di parole, docilmente idioti. Per fortuna ho voi; ma anche voi, non so perché, tardate a rispondermi.

Arrivederci prestissimo.

Vi abbraccio affettuosamente   Pier Paolo

PS. Anche se uno di questi giorni, o domani stesso riceverò una vostra lettera, non risponderò, perché sarebbe fuori tempo; lo farò a voce.

Preghiera d'amore

a Luciano *

> A quel pietoso fonte **, onde siam tutti
> s'assembra ogni beltà che qua si vede,
> piú c'altra cosa, alle persone accorte;
> né altro saggio abbiam né altri frutti
> del cielo in terra; e chi *** v'ama con fede
> trascende a Dio, e fa dolce la morte.
>
>   Michelangelo

Duro martirio mi chiude
ma non dispero: se viva pietra
tu non mi fosti, spezzeresti il vuoto
che mi tiene ****.

Per te, dolci colori alle fronde;
per te, sensati suoni: vento che soffre
sopra chiuse mura e dice
sua reiterata morte, vento che spiana
di triste luci il cielo e stampa
colori di sventura, a noi sarebbe
soave ancella, tra i fiori romita
icona di fredde erbe.

    Accostati. Dell'acque, dei paesi
e delle terre rompi la solitudine,
incidi il tuo sorriso
nel mio pensiero. Dove non giunge
amico (ma soltanto, e remoto,
mi comprende), dove ogni umano
vive in un'altra vita, tu sola,
tu, presso puoi starmi, essere
compagna, qui, tra questi prati
e case, dove invano legarmi
cerco con l'altrui vite,
avere fratelli in Cristo.

   * «Diogene cercava l'uomo, io vorrei cercare la Donna».
  ** L'origine divina.
 *** La bellezza amorosa.
**** Questi tre versi sono da scriversi in differente stampa.

Alba nei luoghi dell'infanzia*

Conegliano, leggero d'anni
sulla collina, con vaganti orme ascendo
le tue strade, e mi ripugna
la tenera viltà dell'infanzia

che, vergognato fanciullo,
in quest'aria esalavo.

Al deserto albore di focolari
son ritornato, e premo la rugiada,
qui, presso il vecchio cancello
del Ginnasio.

Era un sogno quel tempo
quando non vidi questo sole
che nasce, questa collina
che laboriosi greggi pasce?

Ahi ma nuova non m'è la campanella
che ora per altri fanciulli suona!

* Poesia molto marginale, scritta in piedi, sullo spiazzo del castello di Conegliano, in cima a una collina. Era di prima mattina, ed ero lassú, aspettando la coincidenza del treno per Belluno.

Preghiera al non Creduto

> I' parlo a te, Signore, di ogni mia prova
> fuor del tuo sangue, non fa l'uom beato:
> Miserere di me, da ch'io son nato
> a la tua legge; e non fia cosa nova.
>
> Michelangelo

Non con occhi assenti riguardare
ciò che va morendo ormai, mi preme,
né d'ogni stagione il nudo consumarsi,
sapere tempo che sopragiunge,
freddo rasserenarsi porta,
e morire d'uccelli sui rami.

Non lacrimare con crudo riso
il tempo, con occhi assenti,
mentre sopra a te, e d'intorno
noti stamparsi fredde erbe.

Perché trema nella secca terra
l'acqua, penetra i volti
il duro cielo,
io non mi dolgo, né grida
che pungono i tetti, o schiena
della terra che si fa remota
e piange, la insensibile ressa degli umani.

Unisci Tu, Uno, questi discordi
relitti, ch'io amando deturpo,
con troppo amore odio. Regnami
Tu, governami, m'inchioda sulla croce,
oscura il mio futuro. In Te mi scordi,
cessi sentire piaghe ad ogni vista,
sí me non ferisca tempo in tramutarsi,
l'incidersi nemiche risa degli umani.

In Te mi penta

> Dammi ch'io faccia al tuo cammin ritorno,
> quasi vestito di celesti piume,
> Signore, e tu mi pasci e tu m'alberga.
>
> Tasso

Con dure risa eludo, fronde
ove s'oscura, pena che mi recide.
Ma non l'avverto, ed essa preme

ch'io sempre e altrove di me stesso
sento. O corpo, o amore, o sconosciuto
altare, o tu che ritto resti
d'uom prega e s'inchina!

    Sciolgila tu, sí che in la vociante
ressa di questi umani di me stesso
sparga, e meno chieda e pensi,
e piú la vita dia di che ne cerchi.

    Non credo che deserto vada, morti
a scoprire nelle pietrose aurore
e morto sia, e, morto, mi rinasca
a breve luce e in me giorno con lume
doloroso, scuro si riaccenda.

    Non sia notte la notte, dove cielo
che rassereni ho luci di sventure
nuove, e piú mi riconosco, deserto vero.

    Risorga a nuova vita, poiché, se mi ritrovo
in ira al mio peccato (forse cosí Tu chiami)
dove, se non in Te, mi penta? E Tu m'umilia
sí che smarrito, questo d'altrui
passare sulla terra non deserto mi sia.

    Ma mi ridesto, e a questa fredda luce
tra gli alberi risorta e tra le mura,
brucio, ed al peccato torno,
e non mi pento. Quella fiamma seguo,
che di chiusi silenzi, me, caduto, accende.

Sera di Tempesta

                    (Si volge il tempo a passati autunni)

Campi rasi e deserti dal pallore
dell'aria, ecco anche l'unico amico,
il contadino, vi abbandona.

Solo resto, e sono cosa dove sera abbuia:
pace io mai vi chiesi, piante?
Mi lamentai con vostra allegrezza?

Ora che vi recide il vento i rami
felici! Felici nel silenzio
della bufera.

Ma sopra me si torci il buio,
cielo, dove qui incerto cado
nella pestata dai miei fanciulli
piedi, erba*.

    * Nell'erba che ho calpestato quand'ero fanciullo.

PS. Ho aspettato ancora un giorno prima di spedirvi questa lettera; cosí ho ricevuto la vostra, ma la risposta sarebbe troppo lunga, e cosí la farò a voce.

Mi ha spaventato la notizia di dover presentare il 20 l'esercitazione: in un'altra lettera, Luciano, mi aveva detto che bastava il 25. Io, ormai non potrò consegnarla che il 23 (lun. 21 lo passerò a dattilografarla). Speriamo che accettino lo stesso.

Finora sono abbastanza contento di lei.

Presso il destinatario.
Autografa; indirizzata anche a Leonetti e Roversi.

Fontana di rustico amore

(1942-1944)

Nel luglio del 1942 Pier Paolo è per tre settimane al campo militare di Porretta Terme per seguire un corso allievi ufficiali di complemento. Tra le brighe della vita militare, a sollievo del momento e a coronamento di un esperimento che è durato un anno, arrivano le bozze del suo primo libretto intitolato *Poesie a Casarsa*. Anche gli altri tre amici, Serra, Leonetti e Roversi hanno pubblicato ciascuno il proprio, ma quello di Pasolini ha la stranezza, che in epoca fascista si poteva definire scandalosa, di essere stato scritto nel dialetto dei contadini di Casarsa. La sua ricerca poetica ha subíto una inattesa rottura, solo a metà consapevole, liberandosi dal linguaggio letterariamente ricercato e insieme realistico delle poesie italiane che ha scritto finora, oscillante tra il piú riflesso classicismo e la violenza della poesia *maudite*. Con questo dialetto ha disegnato le immagini di se stesso, Narciso ferito ma felice dei tocchi musicali e delle figure simboliche di nuovi miti, che la sua mano ha saputo trarre da quell'informe massa verbale.

Il libretto, come la leggenda pasoliniana ha subito consegnato alla storia, viene notato da un grande critico, Gianfranco Contini e la sua recensione dà alla carriera di Pasolini l'avvio piú fortunato. In questo scritto ci sono i lineamenti di una nuova poetica dialettale con l'accostamento dell'operetta friulana ai raffinati linguaggi poetici del felibrismo provenzale.

Ai primi di agosto del 1942 Susanna e i suoi due figli partono per Casarsa per trascorrervi le solite vacanze, ma questa volta con la previsione di un trasferimento definitivo da farsi entro l'anno e farlo durare quanto sarà lunga la guerra. Dentro questa prospettiva Casarsa diventa ancor piú luogo di «dolci miti»: le rogge, le campane, i giovinetti che entrano in chiesa o gridano nei campi, la nostalgia del tempo perduto degli antenati contadini e del tempo anch'esso perduto ma ritrovato nei ricordi materni – che prolungano la vita della madre in quella del figlio – di una Casarsa che è ancora e sempre un borgo oscuro e triste sotto la pioggia ma dove il profumo dell'incenso delle feste cattoliche si mescola a quello delle primule che alla fine di febbraio nascono nei fossi. Ma Casarsa è anche un luogo reale, con la sua società contadina che parla friulano e quella piccolo borghese che parla veneto, con un forte condizionamento religioso e un'economia basata sulla piccola proprietà agraria che dà a ciascuna famiglia assieme al sostentamento materiale un saldo rapporto spirituale con la vita, poiché per ogni frutto raccolto non è necessario solo il lavoro ma la benedizione del Signore.

Mentre la pubblicazione della rivista «Eredi» è stata rinviata alla fine della guerra, un progetto piú realizzabile è di collaborare – ma in modo da determinarne l'indirizzo culturale – alla rivista della Gil bolognese (Gioventú Italiana del Littorio), «Il Setaccio», di cui in novembre esce il primo numero. È stato preceduto da discussioni che hanno coinvolto altri giovanissimi intellettuali bolognesi come Fabio Mauri, Fabio Luca Cavazza, Luigi Vecchi, Mario Ricci, Giovanna Bemporad. In queste discussioni provocate anche dalle ricorrenti crisi tra la direzione politica della rivista e i redattori letterari, c'è un primo consapevole scontro con le istituzioni fasciste e il sorgere di un primo ingenuo antifascismo tutto ideale e culturale. Pasolini vi pubblica un articolo, *I giovani, l'attesa*, che proietta le sue esperienze personali come destino generale dei giovani intellettuali, con la richiesta di un massimo di libertà intellettuale e di severa solitudine. Posizioni talmente in contrasto con quanto reggeva un'istituzione come la Gil – conformismo ideologico, propaganda retorica – che se potevano evitare un'immediata censura data la pigrizia e la confusione correnti – o forse a causa di un'aria di fronda che comunque circolava –, alla fine non potevano non provocare altri contrasti con i responsabili della rivista. Altra anomalia del primo numero del «Setaccio» la pubblicazione di una poesia in dialetto friulano, quando quello stesso regime era il piú accanito osteggiatore dell'uso dei dialetti per motivi nazionalistici. Come straordinariamente contestativo risulta uno scritto del terzo numero sull'incontro a Weimar della gioventú europea degli stati soggetti o affiancati al fascismo, cui Pasolini ha partecipato nella primavera del 1942. In questo articolo la propaganda nazista di cui ha avuto una visione diretta, viene liquidata come ciò che è maggiormente in contrasto con la cultura moderna.

Tra le migliaia di volumi che adesso occupano la vecchia cucina di Casarsa, ci sono varie monografie di pittori contemporanei poiché da qualche mese Pier Paolo è occupato alla stesura della tesi di laurea sulla pittura italiana del Novecento da presentare a Roberto Longhi. Alla mattina passa alcune ore a lavorare, nel pomeriggio va a giocare al pallone: è la vita di sempre ma adesso vi è scavato il segreto di un desiderio sessuale a lungo contrastato, che sta cercando di attraversare il proprio deserto fino a incontrare la vita amorosa degli altri. Quando il desiderio viene finalmente appagato nei primi mesi di vita casarsese, il partner di questo miracolo è un ragazzetto incontrato sulla sponda di un laghetto. Sgarbato e violento, è stato lui a decidere l'iniziazione, «Quod factum est infectum fieri nequit!»

Ai primi di settembre è a Pisa per la chiamata alle armi e il giorno dell'armistizio lo sorprende a Livorno dove il suo reparto viene catturato dai tedeschi. Nel trambusto scatenato da un mitragliamento aereo riesce a fuggire e dopo due giorni si mette in salvo a Casarsa. Durante la fuga ha perduto gli appunti della tesi di laurea, ma dopo il ritorno a casa, invece di cercare di ricostruirli, ne chiede una tutta diversa al docente di Letteratura italiana Carlo Calcaterra, un'antologia con commenti della poesia del Pascoli: un mondo magico, altamente artificiale, falsamente ingenuo, molto vicino al suo gusto.

La vita a Casarsa, prima che i tedeschi abbiano completato l'occupazione militare del territorio che verrà denominato Litorale Adriatico, sembra aver ripreso il corso normale delle abitudini. Dopo aver lavorato tutto il giorno in casa Pier Paolo esce verso sera per compiere lunghe passeggiate nella campagna. Al ritorno, assieme al richiamo delle campane, sono cominciate le funzioni del vespro cui intervengono molti giovani del paese. Anche Pier Paolo comincia ad affacciarsi in chiesa e con il nuovo fervore che prova per l'anima paesana ha sempre piú particolari cui appuntarsi e sottili armonie da intrecciare. Tra i fumi dell'incenso e il coro dei giovani, un nuovo sentimento si colora di arcaica religiosità contadina e gli vellica il cuore, formando i miti poetici che verranno trasfusi nell'*Usignolo della Chiesa Cattolica*, versi italiani nati dall'elegia friulana, «tra i gelsi e le vigne viste con l'occhio piú puro del mondo».

Quando i tedeschi scendono nel Friuli assoggettandolo alle leggi di guerra, Casarsa non è piú un'isola di pace. È attraversata dalla strada che va in Austria e la stazione ferroviaria vede ogni giorno il passaggio dei treni merci carichi di prigionieri italiani deportati nei campi di concentramento nazisti. Le biciclette vengono requisite o sono inutilizzabili per l'impossibilità di sostituire i pneumatici. L'autunno del 1943 è quindi goduto a piedi per i campi. Durante una di queste passeggiate Pier Paolo arriva a Versuta. Un borgo di poche case con scale e poggioli di legno esterni e davanti cortili e orti delimitati da barriere di dalie e di zinnie che le incastonano leggiadramente nel mondo agreste. Attratto dalla grazia primitiva di una di queste casette tutta rosa stinto, Pier Paolo si rivolge alla padrona di casa incuriosita da quel giovane cosí ammodo, chiedendo di affittare una stanza. Ottenuto un rapido accordo, qualche giorno dopo vi sistema i suoi libri adibendola ai raccoglimenti poetici ma con la premonizione che presto diventerà un rifugio dal terrore dei bombardamenti e dei rastrellamenti dei tedeschi. E poiché le incursioni aeree hanno già creato difficoltà ad alcuni studenti di Casarsa a raggiungere il ginnasio di Udine, Pier Paolo organizza per loro in casa propria una scuoletta privata dove si manifesta per la prima volta la sua vocazione pedagogica. Il corso delle materie letterarie si rivela molto appassionante e gli scolari, una decina in tutto, vengono trascinati molto al di là dei programmi scolastici, fino al lieto fanatismo di diventare poeti essi stessi. Per tutti, maestro e allievi, è un apprendistato in cui candidamente si sta formando l'Academiuta di lenga furlana. Ma anche nei confronti del mondo paesano, di Casarsa e dei paesi sulla Riva Destra del Tagliamento, Pasolini è intento ad avviare un complesso intervento culturale. Fonda una rivistina, «Lo Stroligùt», scritta in gran parte in friulano, cui fa collaborare i suoi allievi e organizza un teatrino popolare con i ragazzi del paese. Sfollata a Casarsa e diventata presto sua amica c'è una giovane violinista slovena, Pina Kalč, che tralasciando per qualche ora le sue esecuzioni di Bach, si dedica all'istruzione di un gruppo di ragazzi che già cantano in chiesa per costituire un coro di villotte friulane antiche e moderne. Altri ragazzi imparano a recitare i «dialoghi» friulani che Pasolini ha scritto espressamente e con questo programma piú un intermezzo musicale di soli strumenti, si allestisce un «Meriggio d'arte» prima nel teatrino delle monache di Casarsa e poi in qualche paese vicino.

Tra settembre e ottobre i bandi dell'esercito fascista con minacce di morte per i renitenti, le incursioni aeree ormai giornaliere e i rastrellamenti dei tedeschi in tutta la zona sospettata di fornire aiuto ai partigiani, fanno decidere Pier Paolo e Susanna di rifugiarsi a Versuta. Appena sistemati nella stanzetta, madre e figlio aprono un'altra scuoletta gratuita; per gli scolari delle elementari seguiti da Susanna, e per i ragazzi delle prime classi della media, circa una dozzina, con i quali Pier Paolo ripete ma in modo ancora piú appassionato i suoi esperimenti pedagogici. Anche Pina e i suoi famigliari hanno trovato una sistemazione di fortuna a Versuta e assieme agli amici Pasolini si accingono ad affrontare, dandosi vicendevole conforto e aiuto, gli imprevedibili e forse interminabili rischi dell'ultima fase della guerra.

Manca il fratello Guido che già nel maggio del '44 ha

raggiunto le formazioni partigiane della divisione «Osoppo-Friuli» nelle montagne della Carnia. È partito con un tascapane pieno di panini imbottiti, alcuni veri messi sopra altri simulati che sono delle bombe a mano, un vocabolario nelle cui pagine è stata scavata una nicchia per nascondervi una pistola Berretta, e col volume *Canti Orfici* di Dino Campana. Dopo aver combattuto contro tedeschi e cosacchi, morirà il 12 febbraio dell'anno successivo in un'imboscata tesa da partigiani comunisti slavi e italiani che, secondo le direttive del maresciallo Tito, avrebbero dovuto attuare la forzata annessione di parte del Friuli al territorio della futura Jugoslavia. Un pugno di giovani tra cui Guido, rimasti a combattere anche dopo che scontri e rastrellamenti avevano decimato la divisione Osoppo, si era opposto a queste mire, pagando col sangue la propria opposizione.

A Luciano Serra - Bologna

[Timbro postale: San Vito di Cadore, 31 maggio 1942]
Caro Luciano,

ho immediatamente ricevuto la tua lettera bibliografica:
sei ineffabile.

È quasi pronto da cenare. Riprenderò a scrivere fra un
po'. Non è vero che sia pronto da cenare (magari!); e allora
continuo.

Veniamo subito agli affari: dovresti celermente andare
da Cap(p)elli, e farti dare difilato i libri che dovevano arri-
varmi, e poi, senza por tempo in mezzo, spedirmeli. Tutto
questo, però, solo nel caso che i libri (o il libro) mi arrivino
al massimo entro mercoledí. Arriverò, infatti, circa domenica.

La vita qui sarebbe bella e particolarmente indicata ai
lunghi equilibrati ozî letterari se un continuo aspro orgasmo
che talvolta si tramuta in una sorta di timor panico o
spleen, non mi minasse incessantemente. Pier Paolo Vergerio e Leonardo Bruni[1] mi sono di consolazione, per due ragioni; 1) perché esaltano le letture lunghe e i dolci studi
umanistici, 2) perché dicono i poeti essere gli unici grandi
educatori dell'umanità. Soprattutto quest'ultima cosa mi
solleva a sicura speranza: tu ricorderai i miei stupidi dubbi
su una utilità magari non tanto dell'arte, quanto della fatica
artistica, non per noi stessi ma per gli altri.

Ma quello che in poche e stecchite parole voglio dirti oggi è la mia corsa mattutina alla Forcella Grande: ho fatto in
2 ore quello che mi assicuravano dovesse essere fatto in 3
1/2: parlo di cammino o marcia.

Il fragore dei miei scarponi sulle pietre e i detriti del

monte, ma soprattutto il mio silenzio e la mia solitudine, nonché il desiderio di salire in alto, mi avevano tenuto compagnia lungo la massacrante marcia. Ma arrivato là in cima (ora, da quaggiú, è un minimo ocra elemento [?] di roccia, disperso e straniero tra le nuvole e la sera), mi distesi, tra prati coperti di neve, in un ciglio erboso (l'erba era tiepida); ma, cosí disteso, vennero meccanicamente a cessare il Rumore delle scarpe e il mio Ardore, ma non mi accorsi ancora della terrificante solitudine. Ma non appena fui scosso dal mio torpore, dall'improvviso ingrigirsi dell'aria, essendosi il sole eclissato tra i nugoli, mi avvidi d'improvviso della mia insostenibile posizione. Mi alzai e spaventato come un bambino in una camera buia mi sono messo a correre giú per le rocce capron caproni. Mi pareva di aver fissi sulla schiena i minacciosi occhi dello Spirito di quei luoghi, impassibili, alla deriva del silenzio, impenetrabili, e nella loro perfetta tranquillità, nemici. La stessa impressione l'avevo provata da bambino, quando restato solo dentro le acque verdi del Tagliamento, mentre i luoghi erano perfettamente deserti, mi pareva di essere afferrato per i piedi dal feroce e silenziosissimo nume di quei gorghi. Son scappato fuori, nudo, gocciolante con grida appena represse, e felici.

Va là, caro Luciano, che sono felice, tutti noi siamo felici, felici anche nel dolore, quando questo sia ben definito e chiarito interiormente. Viva i poeti, come noi siamo. Evviva anche gli stupidi come Cicciarelli[1], a cui risponderei freddamente, come gettando una secchia d'acqua gelata sulla sua non richiesta cordialità di poetastro.

Ti abbraccio   PP

Presso il destinatario.
Autografa.

[1] Gli scrittori umanisti Pier Paolo Vergerio (1370-1444) e Leonardo Bruni (1374-1444).
[2] Il poeta Tullio Cicciarelli.

A Luciano Serra · Bologna

[Timbro postale: Porretta Terme, 10 luglio 1942]

Caro Luciano,

sono affranto di esistenza: è questo uno di quei vaghi momenti in cui la poesia torna come una memoria lontana, e l'unico senso presente e certo è quello della propria umana solitudine.

Vedo ora un fanciullo che reca l'acqua dalla fontana dentro a due brocche: egli cammina nell'aria chiara del suo paese, che è un paese a me sconosciuto. Ma egli, il fanciullo, è figura a me notissima, e con il cielo che sbianca con funerea dolcezza, e con le case che si abbandonano a poco a poco all'ombra, mentre ogni cosa, nella piazzetta, è soverchiata da un tormentoso suono di tromba. La giornata è sul finire, ed io ricordo il numero infinito di giorni ch'io ho visto morire in questa maniera, fin dai lontani tempi di Idria e di Sacile, che tu, Luciano, non conoscerai mai: io allora ero un ragazzo, e ora sono un uomo. Ma la sera non desiste di lambire i paesi del mondo, le loro piazzette caste e quasi solenni, in un acuto profumo d'erba e d'acqua ferma. Ecco ora che si fa al balcone una donna, e lancia un grido che a me è un brivido: «Figliooo!» Cosí era un tempo nella piazzetta di Sacile, quando indugiavo con gli amici.

Eccomi qui, ora, come lontano e come mutato: la mia vita in apparenza priva di lutti è ai margini dell'esistenza.

Oggi è venuta mia madre a trovarmi, ed è partita da poco. Pensando a lei provo una dolorosa fitta d'amore; mi vuol troppo bene, ed anch'io. Io sono poeta per lei. Mi ha scritto l'altro giorno una lettera che mi ha fatto salire alla gola una vampata di pianto.

Rido e soffro con somma decisione. Il riso è vero, la sofferenza è congenita. Io e tu crediamo al riso: nella vita a vele spiegate; al futuro in bonaccia. Noi siamo poeti. L'ambizione è coscienza di noi. Il futuro è certo. Ho le mani sporche di due giorni: il campo è un inferno, ma io lo vivo per la memoria. Lavo le gavette: orribile cosa! Vegliare tutta la notte di guardia: orribile cosa! Questi sono, dal punto di vista della comodità, i piú brutti della mia vita. Ma la vita pianta le sue radici dappertutto, e la coda le rinasce come alle lucertole. Io vivo.

Per le bozze sono abbastanza contento[1]: apporterò molte modifiche tipografiche, ed anche di testo (per quel che riguarda le traduzioni).

Mi è piaciuto assai il libretto di Berto[2]: di cui parleremo a lungo insieme.

Scrivimi. Ora la pianto perché sono bruciato dal sonno. Ti abbraccio

Pier Paolo

Presso il destinatario.
Autografa.

[1] Si riferisce a *Poesie a Casarsa* cit.
[2] Si riferisce a R. Roversi, *Poesie* cit.

A Luciano Serra - Sassuolo

[Bologna, luglio-agosto 1942]

Carissimo Luciano,

come stai? Io piuttosto male dato che sono in preda a un – non grave – esaurimento. Evviva il mio libretto[1]. Ho ricevuto varie lettere di elogio tra cui questa di G. Contini «Caro Pasolini, ho ricevuto ieri il vostro *Poesie a Casarsa*, è piaciuto tanto che ho inviato subito una recensione a "Primato", se la vogliono»[2]. Per due giorni sono stato felice; ed ora comincio ad avvertire l'ombra dell'«excelsior». Scrivimi, o caro e insostituibile maledetto, ma non di frappè. Ti abbraccio

Pier Paolo

P. P. Pasolini, Nosadella 48 Bologna.

Presso il destinatario.
Cartolina postale autografa inviata al campo militare universitario di Sassuolo.

[1] *Poesie a Casarsa* cit.
[2] Non uscirà su «Primato» bensí sul «Corriere del Ticino» del 24 aprile 1943.

A Luciano Serra - Sassuolo

[Casarsa] Giorno 12 [agosto 1942]

Carissimo Luciano,

sono a Casarsa, in camera mia, al mio carissimo tavolino e tutto qui è apprestato per la mia esistenza di studioso.

Ho cominciato a scriverti perché mi è venuto in mente, leggendo un libro di Tecchi[1], che ho qui ancora fresco e aperto sotto la mia sinistra, una cosa forse importante. È ciò che segue:

Noi forse possediamo un'anima come possibilità, e questa possibilità rende l'uomo, in genere, superiore all'animale. Ma questa possibilità si attua solo a coloro che «in vita, sforzandosi, tesero verso l'alto», e solo in costoro può essere immortale, o tuttavia parte che trascende la carne. Negli altri, dopo la morte, forse sussiste per brevi istanti o brevissimo tempo uno spirito divino, che, indi, si dissolve e cade nella terra, spento per sempre.

Questa è retorica, costruzione inutile, e frammento, ma è anche uno dei dolci miti, che, qui a Casarsa, mi nascono piú generosamente e spontaneamente che in qualsiasi altro luogo della terra.

Qui a Casarsa mi trovo in un perfetto giusto mezzo, in cui tristezza e gioia si equilibrano in se stesse, e vicendevolmente. Medio affetto (in confronto a quello materno) per i parenti; media vita solitaria; media vita comune; i libri, strappati dalla libreria di Bologna, qui vivono in un'altra aria, oscura nei loro confronti, ed essi vi brillano come austere costellazioni.

Che piacere provo nel vederli cosí scelti ed allineati! Ho

fatto veramente una bellissima scelta! Come amo toccare con le mani esperte quelle pagine intatte, ruvide e lucide, piene e succose di concetti chiari e documentati, ognuno dei quali contribuirà ad accrescere di qualcosa la mia anima, sí che ogni giorno io possa sentirmi superiore a quello precedente.

I contrasti e le tensioni cerebrali, come affannosa ed arida ricerca, sono terminati quasi d'incanto; mi ascolto sempre dolcemente vivere, e sono sempre chiaro come quando ci si ridesta da un benefico sonno meridiano, in estate, e non è ancora sera, e l'aria è brillante e festevole per remoti brusii.

Passo da un'ora all'altra da un pensiero all'altro candidamente, quasi rifatto fanciullo. Ma è una ben saggia e pensosa fanciullezza questa! Novero il tempo che passa e la vita che lo accompagna, non mia, ma di tutta la gente che conosco e che non conosco, che vive intorno a me. Il mio balcone aperto nel cielo, i tetti, il cortile, è come il polso in cui sento battere l'esistenza dell'intero paese.

È passato un giorno, e ricevo la tua cartolina. Sono in bolletta, o quasi, i soldi dirò a mia mamma di mandarteli.

È domenica mattina: ricordati la III parte delle *Litanis*[2]. È tornato quel tempo: ma è destino che tutto subisca cambiamenti (franamenti, direbbe Montale), ma qui a Casarsa avvengono sí i cambiamenti, ma le cose non si tradiscono, e rimangono fondamentalmente immutate. Che brutto paese è Casarsa! Non c'è niente. È tutta morale, niente bellezza: la maleducazione paesana dei ragazzi, la malignità delle femmine, la polvere grigia e pesante delle strade. Tutto ha perduto il mistero onde la fanciullezza la circondava, ed è nudo e sporco dinnanzi a me: ma questo è un nuovo incanto, un nuovo sogno, e un nuovo mistero. Sono entrato in una adulta fanciullezza, ora che l'altra ha perduto i miei rimpianti.

Ti abbraccio   P.P.

Presso il destinatario.
Autografa.

¹ Si riferisce probabilmente al libro *Il nome sulla sabbia* di Bonaventura Tecchi (1896-1968).
² *Li litanis dal biel fi* (*Le litanie del bel ragazzo*), in *Poesie a Casarsa*, pp. 16-19; ora in *La nuova gioventú*, Einaudi, Torino 1975, pp. 12-15.

A Fabio Mauri - Bologna¹

[Casarsa, febbraio 1943]

Caro Fabio,

ti scrivo una breve e secca lettera. Perché non hai mandato lo scritto per il «Setaccio»?² Abbandonarlo in un momento simile, è di una leggerezza che solo un «ragazzotto» può commettere. Me ne dispiace molto: il tuo volto mi torna alla memoria non coperto dei bei colori della fiducia e dell'affetto aperto. Perché mi deludi sempre cosí? Naturalmente avrai le tue buone ragioni, e chi avrà torto, come sempre, sarò io.

La mia vita – in questa luminosa stagione, per le campagne che senza foglie non fanno alcun schermo alla luce, e le distanze, cosí, sembrano infinite: tra bravi e cordiali amici, e tante piccole cose beate – non è piú serena come una volta. Un continuo turbamento senza immagini e neanche parole mi batte alle tempie e mi oscura.

Caro Fabio, per te, qualsiasi cosa faccia, è gratuita; hai la speranza di un futuro. Per *me è doveroso dare dei risultati*: il futuro non c'è piú. C'è la vita che sarà mia, unica fra le infinite. Ha un peso enorme, non sono capace di approfondirla, e lascio che i giorni si perdano: a ventun anni sono nel medesimo stato precario che a diciassette. Ho perduto la mia serenità? La mia fiducia in me? Forse è solo un periodo; e poi, noi siamo vili, e saprò comprimere anche queste ragioni di dolore, che è fatica. Ma credo che la ragione principale del mio stato, sia il continuo crudele, insistente penoso pensiero per la sorte di Paria³. Ogni volta che dico que-

sto nome devo mordermi le labbra o fissare forte qualcosa
per inghiottire le lacrime. Attendo sempre tue notizie.

Ti abbraccio, caro Fabio, scrivimi   Pier Paolo

PS. Compro da uno (innominato) un'acquaforte di Bartolini[4] per 200 lire. Se vuoi fare a metà con me, non ti ren-
derò le 100 lire che ti devo, e saremo comproprietari dell'o-
pera. Scrivi.

Presso il destinatario.
Autografa.

[1] Il commediografo, pittore, scenografo Fabio Mauri (1926), amico di
Pasolini dagli anni di Bologna.
[2] Mensile della Gil (Gioventú Italiana del Littorio) di Bologna.
[3] Ermes Parini, che era al fronte russo.
[4] Lo scrittore e artista Luigi Bartolini (1892-1963).

A Fabio Luca Cavazza - Bologna[1]

[Casarsa, febbraio 1943]

ho ricevuto le tue ultime notizie intorno al «Setaccio»;
ed anche una cartolina di Ricci. Cosí rispondo a te, a Ricci
e a Falzone[2].

Ho pensato a lungo sul da farsi; e mi son convinto di
questo, che non dobbiamo cedere. Abbiamo parlato a lungo, e Vecchi se lo ricorderà, della missione educatrice della
nostra generazione, ed ora che abbiamo un mezzo per poter
attuare questo – una goccia nell'oceano –, perché dovremmo arrenderci?

Ci resta ancora un tentativo da fare, e cioè di scendere al
compromesso con nobiltà. Se poi anche questa «nobiltà»
dispiacerà, allora taceremo. Se invece riusciremo ad accon-
tentarli, noi, un po' alla volta, sottilmente, ritorneremo sui
nostri passi fino a giungere pressapoco al livello della presente posizione.

Del resto non credo che il «compromesso nobile» ci verrà osteggiato, dati i vari consensi suscitati dal «Setaccio».
Infine, un «compromesso nobile» non può in nessun mo-

do sminuire la nostra dignità se si pone mente ai momenti veramente seri, e – oserei dire! – antiletterari, che la Patria sta attraversando.

Insomma, vi ricordate quello che dicevo nel mio scritto su Weimar³, cioè che noi italiani non saremo mai sopraffatti dalle imposizioni esterne, ma pur non demolendo le barriere, le scavalcheremo lo stesso, ma infiltrandoci sotto di esse, come un'acqua? La nostra dovrà essere un'operazione sottile e *diplomatica*! In ogni caso l'aver tentato tornerà tutto a nostro vantaggio. Ora resta a definire che cosa dovrebbe essere il *compromesso nobile*.

1) Non lasciar scrivere nuovi collaboratori, che siano ragazzotti retorici e stupidi.

2) Dedicarci noi stessi a problemi di educazione – e chiamiamola cosí – di fede!

3) Il dottor Falzone dovrebbe scrivere – nel prossimo rinnovato numero – un articolo di fondo in cui precisare quel suo concetto che il nostro deve essere sí, non un giornale per giovani, ma *di* giovani, ma che tuttavia, dovendo restare nell'ambito della Gil, cioè dovendo essere dedicato a problemi di gioventú, questo giornale *di* giovani, tratterà appunto di tali problemi, ma nel modo piú elevato possibile, perché è naturale che un giovane debba dare di sé il meglio, non compromettersi e limitarsi ad un'opera di divulgazione, per cui occorre tutta la saggezza e l'esperienza di un [illeggibile].

4) Pubblicare moltissimi disegni che hanno il merito di occupare molto spazio, togliendolo a varie e faticose scritture, e di essere in se stessi opera di divulgazione. (I disegni saranno sempre di Ciangottini, Mandelli che miei e di Fabio⁴).

5) Togliere le divisioni in politica, letteratura, arte ecc., il che dà un tono troppo letterario. S'intende che gli articoli letterari, diminuiti, resteranno, e prevarrà la prima parte politico-educativa.

6) Scenderemo anche a qualche polemica con gli altri bollettini, tanto per far vedere che ce ne interessiamo.

7) Il Notiziario potrebbe esser preceduto da una specie di Cronaca, di una o due pagine (fatta per esempio da Ugo-

lini) a commento dei fatti del giorno, con qualche bella fotografia di cerimonie non solo bolognesi, o di guerra.

8) Man mano che vengono idee di questo genere attuarle.

Presto vi spedirò: 1) L'impaginazione-abbozzo del nuovo, rinnovato, Setaccio. 2) Articoli miei, con firma e pseudonimo, e un articolo di Castellani[5], molto approfondito, sui rapporti fra scuola e Gil, nelle scuole di campagna, con proposte ecc.

Tu, caro Fabio Luca, dovresti farmi i piaceri di cui ti ho pregato nella lettera precedente; inoltre, dovresti mandarmi gli ultimi bollettini dei principali comandi federali, e il bollettino di Roma con i famosi articoli. Dovresti inoltre andare alla redazione di «Architrave», e farti dare il mio articolo *Commento a un'antologia*[6], che quel tale Rendinia (?), non pubblica per divergenza di opinioni. Scrivere per il 5 n. del «Setaccio».

Ti abbraccio   Pier Paolo

Presso il destinatario.
Autografa.

[1] Lo studioso di economia Fabio Luca Cavazza, collaboratore negli anni bolognesi della rivista «Il Setaccio».
[2] Giovanni Falzone, direttore responsabile de «Il Setaccio».
[3] Si riferisce all'articolo *Cultura italiana e cultura europea a Weimar*, in «Il Setaccio», III, n. 3, gennaio 1943.
[4] Fabio Mauri.
[5] Si riferisce all'articolo di R. Castellani, *Fascismo come spiritualità*, in «Il Setaccio», n. 5, marzo 1943.
[6] Cfr. *Commento a un'antologia di «Lirici nuovi»*, a cura di L. Anceschi, Hoepli, Milano 1943, prima in «Il Setaccio», n. 5, marzo 1943.

A Franco Farolfi - Parma

                                          [Casarsa, primavera 1943]

Caro Franco,

evidentemente noi parliamo due linguaggi diversi. Ormai io mi sono talmente inoltrato nel mio sogno, che non so come la mia voce raggiunga quelli che non mi accompagnano. Ora, sono abbastanza calmo: i gesti dell'aprile la luce e cercare la carta hanno fermato la furia dei miei pensieri; ma sono ancora fresco della notte casarsese, consumata soffrendo per queste strade che calco da anni. Io vorrei parlarti, ora; ma non ti arriveranno che parole, e per di piú falsate dalla sincerità che mi sento costretto ad usare con te.

Tutta la tua risposta alla mia lettera batte una strada che già io conosco, come le mille altre che prevedo: ma *non posso rassegnarmi*. Fermati un momento su queste parole, e immagina che in un momento di sincerità assoluta, senza affetto e senza pose, te le gridi con quanta voce ho in corpo. E tu invece mi parli, e cosí gli altri con cui accenno a questi argomenti, di una possibilità a rassegnarsi e a non pensare che gli uomini abbiano avuto in dono dalla natura. Tutta la tua lettera è equilibrata su questa possibilità illogica di rassegnazione. Ebbene, si vede che come nella materia tutti gli squilibri sono compensati, cosí nelle cose dello spirito, forse, esiste un tale equilibrio per cui una cosa non pensata o mal pensata, poniamo, da una gran quantità di spiriti, deve essere pensata e sofferta da una minoranza, ma con tanta intensità e fedeltà da compensare la sproporzione. Tu non crederai, ma se, come pensi, Schopenhauer avrà avuto momenti di stasi (mangiare, prender moglie), io tali momenti non li ho. Ogni immagine di questa terra, ogni volto umano, ogni battere di campane, mi viene gettato contro il cuore ferendomi con un dolore quasi fisico. Non ho un momento di calma, perché vivo sempre gettato nel futuro: se bevo un bicchiere di vino, e rido forte con gli amici, mi *vedo* bere, e mi *sento* gridare, con disperazione immensa e accorata, con un rimpianto prematuro di quanto faccio e godo, una coscienza continuamente viva e dolorosa del tempo.

Ma non sono né malato, né pazzo: sono normale e sereno, non solo nell'aspetto e nei gesti esteriori, ma anche dentro di me. E credevo – te l'ho scritto – che tale «serenità» fosse dovuta ad un fondamentale e sano equilibrio del mio spirito. Ma probabilmente devo la mia salvezza (non diventare un maniaco, non consumarmi) alla mia fantasia, che sa trovare un'immagine *concreta* ad ogni sentimento, e cosí mi sembra, l'imprigiona, gli impedisce di lavorare sfrenatamente nel mio cervello.

Cosí al doloroso e continuamente sofferto urgere dei sentimenti, corrisponde metodicamente in me, un riordinamento poetico, che se non altro serve a mettere tra due argini, a tramortire la corrente di quel mio sentimento sempre in moto. L'altra volta ti ho detto qual è pressapoco l'argomento dei miei pensieri. Non crederai se ti dico che mi costringo a piangere...[1].

... Vedi come tutte le cose che la possibilità a rassegnarsi ed accettare rende ovvie agli uomini, per me sono astrusamente e dolorosamente aperte ai pensieri: la mia esistenza è un continuo brivido, un rimorso, o nostalgia. Ho passato perfino un'ora intera a guardarmi le mani, perché sono stato preso dallo scrupolo che in punto di morte l'uomo non sa che mani ha avuto: si è sempre rassegnato ad averle, si è troppo abituato ad esse; non pensa che tra le *infinite* mani, quelle sono le sue.

Mi sono risvegliato abbastanza contento, e concludo. Quanto a cercare dell'esistenza una giustificazione logica, cioè filosofica, non la cerco nemmeno. Non mi interessano quelle cose astratte che sono Dio, Natura, Parola. I filosofi non mi interessano affatto se non in certi brani poetici. Non trovo nulla di piú vano e doloroso che prendere a prestito un linguaggio usato da secoli e servirmene per una nuovamente astratta costruzione filosofica. Tanto piú che io trovo una specie di consolazione ed equilibrio attraverso le immagini poetiche, come dicevo. L'unica filosofia che io senta moltissimo vicina a me è l'*esistenzialismo*, con il suo poetico (e ancora vicinissimo a me) concetto di «angoscia», e la sua identificazione esistenza - filosofia. (Leggi il libro di E. Paci[2], *L'Esistenzialismo*, C.E.D.A.M., Padova, dove troverai credo una bibliografia).

Ieri sera ho visto (chissà come è capitato qua) *La tragedia di Jegor*[3], che dev'essere quel film di cui mi parlavate tu e Umberto. Stavo poco bene e la vista di quel film mi ha completamente risanato. Era tanto che non provavo un entusiasmo cosí puro e disinteressato per opere altrui (né per *Gli angeli del male*[4] né per *Il porto delle nebbie*)[5]. L'ingenuità e retoricità del contenuto, che molte volte sono quasi buffe, si riscattano attraverso una tecnica cosí originale, fresca, poetica (quasi tutti primi piani), come da molto non mi capitava di vedere.

Scrivi presto, ti abbraccio, salutami i tuoi

Pier Paolo

Presso il destinatario.
Autografa.

[1] Foglio mancante.
[2] Il teorico dell'esistenzialismo Enzo Paci (1911-76).
[3] Film del 1933 del regista sovietico Grigorij L'vovič Rosál.
[4] Il titolo italiano esatto è *L'angelo del male* (*La bête humaine*), realizzato da Jean Renoir nel 1938.
[5] Film di Marcel Carné realizzato nel 1938 col titolo *Quai des brumes*.

A Franco Farolfi - Parma

Casarsa, 4 giugno [1943]

Carissimo Franco,

il momento per me dovrebbe essere bellissimo. Se l'avessi immaginato un anno fa, l'avrei pensato con commozione e gioia. La presentazione di Gatto sulla «Ruota»[1], una recensione sul Bollettino Filologico Friulano[2], e soprattutto un bellissimo articolo di Contini *Al limite della poesia dialettale*[3]; l'invito a collaborare a varie riviste, «Eccoci», «Spettacolo», «Signum», ecc.; tutto un insieme di successi dovrebbero rendermi lieto. Ma sono invece tristissimo, sofferente, deluso. Caro Franco, *noi*, proprio *noi*, avere 21 anni: è una meraviglia, una doccia fredda cui non riesco abituarmi. Tutta la vita è cambiata, non siamo piú adolescenti; ormai questi nostri volti, questi nostri gesti sono quelli definitivi – i nostri, tra gli infiniti che avremmo potuto e sperato di avere. Nell'eternità questa nostra breve e precaria apparizione sulla terra, si è vestita dei nostri occhi, dei nostri capelli, delle nostre parole, e noi non dovremmo usare questi attributi in senso assoluto? Adesso io sono al tavolo e scrivo: sono questi i gesti di me ventunenne, che rimarranno nella storia della mia vita, cosí orrendamente breve, inclinata verso la MORTE, i gesti della stagione verde e lieta? Ma dov'è il loro vero senso, che cosa li divide dalla loro assolutezza? Non posso rassegnarmi ad essere giunto: di non dover crescere e migliorare piú. Il mio corpo. Lo ricordi quando eravamo al liceo, per le strade emiliane?... Ed eccoci anche noi a ricordare e rimpiangere, misere cose che io disprezzavo negli altri, come cose che a me non dovessero capitare mai, a me, eternamente ragazzo. E invece, caro Franco, sei un signore di 21 anni, mio amico, e ricordiamo insieme i tempi andati, i tempi al liceo... Ma non vedi che questo è ridicolo, che questo stona per noi due? Come ci siamo traditi, Franco, non è questa la nostra vita, non era cosí che dovevamo parlarci, secondo le promesse che ci facevamo al Sasso, in via Nosadella. Ieri ho visto la fontana di Venchiaredo dove il corpo giovane di Ippolito Nievo ha schiacciato l'erba e ha respirato; allora *lui* era giovane, *lui* rideva, *lui* non pensava neanche lontanamente – e non sarebbe stato ridicolo che l'avesse pensato? – che anche per lui avrebbe dovuto giungere la morte. E infatti è giunta. Io non posso vivere perché non riesco e non riuscirò ad abituarmi a pensare che anche per me c'è un tempo, una morte.

Gettato cosí in mezzo a questi pensieri, che, bada, non mi lasciano.

Presso il destinatario.
Autografa; conservata incompleta.

[1] Cfr. «La Ruota», I, 1943.
[2] Cfr. Ercole Carletti, *Su «Poesie a Casarsa»*, in «Ce Fastu? Bollettino della Società Filologica Friulana», 31 dicembre 1942.
[3] Cfr. «Corriere del Ticino», 24 aprile 1943. La recensione di Contini a *Poesie a Casarsa* sarà ripubblicata in «Il Stroligùt», n. 2, aprile 1946.

A Luciano Serra - Casagiove di Caserta

[Timbro postale: Casarsa, 4 giugno 1943]

Carissimo Luciano,

dovremmo vederci e parlarci, ho infiniti nuovi sentimenti e pene da narrarti. La mia vita si è tutta rinnovata; sono andato ancora avanti. Nuova meraviglia vedere i visi degni degli uomini, i ragazzi, le ore del giorno. Non ho mai sofferto tanto come in questi mesi per nulla. Ma queste sono frasi generiche che potrebbero andar bene per te per me per il signor Luigi. Vorrei molto parlarti, tutto un nuovo sistema di dolori avrei da aprirti. Della *Via Appia*, che manderò ad «Architrave»[1], nei cui riguardi, del resto, non so piú nulla né per me né per Facchini etc.

Io continuo a lavorare molto, e non vedo l'ora di leggerti i miei ultimi quaderni friulani; con te posso confessarmi, Luciano, e posso dirti che la mia fantasia si è molto maturata in questi ultimi mesi, e sono giunto ad una chiarezza di invenzione, che mi fortifica a vivere, e molte volte mi entusiasma. Ho inventato un'infinità di miti.

Ho costruito una storia leggendaria di questi luoghi che prima non esisteva; e spero che un giorno verrà ad essa riconosciuto un valore...

Ma lasciamo andare. Sono stato invitato a collaborare al Bollettino filologico friulano[2] con poesie; Paolo Grassi mi ha invitato a collaborare a «Eccoci» e a «Spettacolo». Ma la piú bella delle notizie che ora posso darti è che è uscito sul «Corriere Ticinese»[3] (e presto sarà ripubblicato in un giornale universitario) un articolo su me di Contini, bellissimo, intitolato *Al limite della poesia dialettale*. Spero di fartelo leggere presto.

È venuta qui a Casarsa per una settimana la Giovanna Bemporad[4]; sei giorni passati insieme.

Tu, come fisionomia e come poesia, mi sembri messo a conservare sotto ghiaccio; il ghiaccio sarebbe la naia.

Ti abbraccio molto forte

Pier Paolo

Presso il destinatario.
Autografa.

[1] Rivista del Guf (Gruppo Universitario Fascista) di Bologna.
[2] «Ce Fastu?» di Udine.
[3] Cfr. «Corriere del Ticino», 24 aprile 1943.
[4] La poetessa e grecista Giovanna Bemporad (1928).

A Franco Farolfi - Parma

[Casarsa, 19 giugno 1943]

ogni volta che sento suonare a morto, e chiedo notizie di quel morto, o ricostruisco la sua vita (fanciullo, giovanetto, bagni nel fiume, la Processione con la candela in mano), e mi par impossibile non vedere tutta la vita da oltre il punto della morte, vederla già passata e compiuta, gesto per gesto, una catena di giorni tutti immaginabili, di sorpresa in sorpresa, di meraviglia in meraviglia: trovarsi al punto della morte, e non aver avuto ancora il tempo di chiudere perfettamente il periodo della fanciullezza.

Stamattina, con l'alba, sono stato svegliato da alcune voci: voci calde, precise, chiare, dolci. Erano voci di giovanetti diciottenni che facevano complimenti amorosi alla figlia di mia cugina, nata ieri, fanciulla di un giorno, e da me sognata ormai giovanetta; e con lei, il mio volto vecchio. Da non pensarci? Ridicolo? Ma non abbiamo gli esempi lucidi, crudeli, davanti ai nostri occhi, di gente che ci ha visto nascere, ed ora in disparte ci guarda esser giovani? *Non so rassegnarmi*. Mai, in nessun momento del mio giorno: l'estate che passa; il frumento, ieri e l'altro ieri biondeggiante sulla terra, ed ora segato e trebbiato; l'improvviso ricordo di Sergio fanciullo che faceva il bagno con me nel fiume, ed ora è giovane brutto e grigio. Affondiamo in una palude di volti, mani, riccioli, voci. Sono enormi, illogiche, inesprimibilmente assurde le relazioni che legano gli uomini fra di loro: immagini, per esempio, che relazione può passare fra un ufficiale morto (di cui ho visto le esequie, con la fanfara e le corone), e due fanciulli che giocano in un prato (che contemporaneamente vidi?) È la stessa relazione che lega me ad una vespa.

un istante di tregua, tutto è nuovo. Ogni gesto che fanno coloro che sono intorno a me è una fitta al cuore: chiede una collocazione nuova nella mia immagine del mondo. Ogni campana a morte mi fa soffrire come se fosse morto un mio caro, tanto rispetto e amore porto per la vita, che vedo anche quella di uno sconosciuto, direttamente, come se mi fosse stata con concretezza vicina. Lo vedo fanciullo e giovanetto e, nei giorni di festa, cercare i divertimenti come se quel momento fosse eterno e il piú importante fra tutti i momenti: e ora è invecchiato e morto. La guerra non mi è mai sembrata tanto schifosamente orribile come ora: ma non si è mai pensato cos'è una vita umana?

Non ho risposto direttamente alla tua lettera: tu sei uno fra i due o tre con cui posso sfogarmi, e lo faccio di tutto cuore. Io credo che la tua scontentezza abbia le stesse fonti della mia, e si rivesta di differenti attributi. Credo molto che una donna veramente amata possa riempire molto del nostro tempo, assicurarci di un sostegno che nemmeno la madre o i fratelli potrebbero esserlo. Il corpo nudo è il piú vero, e il suo abbraccio è l'unico ponte che possa essere gettato nell'abisso di solitudine che ci divide l'uno dall'altro.

Intanto «sono di una tristezza senza pari», scrivevo a mio zio, continuamente in lotta con gli avvenimenti della vita, troppo belli e dolci per essere goduti. Non mi soccorre la speranza di un qualsiasi avvenire, perché amo troppo il presente, lo amo con una violenza uguale al ricordo, alla memoria. Qualsiasi cosa mi capiterà, sarò felice, perché io vorrei rimanere immobile in questi giorni, in questa età, in questa infelicità. E invece i giorni mi passano sotto i piedi senza toccarmi, piuttosto simili alle ombre delle nuvole che passano sui sassi del Tagliamento, che a una qualsiasi cosa concreta *da viversi*. In certi momenti, se non cado in una specie di incantesimo o pazzia, devo ringraziare la mia indole che per natura è sana, serena e allegra...

Di Paria la notizia ufficiale è che è prigioniero. La sua immagine, là, in Russia, distaccato dalla sua vita, come in un altro mondo dove solo si soffre e si rimpiange, mi dà un'angoscia continua.

Ti abbraccio affettuosamente.

Saluta i tuoi

Pier Paolo

Presso il destinatario.
Autografa; foglio di una lettera conservata incompleta.

A Luciano Serra - Casagiove di Caserta

[Timbro postale: Casarsa, 24 giugno 1943]

Caro Luciano,

eccomi a te fresco come una rosa. Ho dieci minuti di libertà; aspetto il giornale radio, ché poi vado al Tagliamento: Lí nero e quasi nudo lancerò al sole i miei giovanili gesti di ragazzo che fa il bagno. Avrò confidenza col sole; pesterò l'erba coi piedi come se fosse viva e cercasse di pungermi, falciata e tenera.

Sono libero e sano: è una settimana di serenità, di incoscienza, di cordialità. È un mio volto amatissimo, ma che non risponde alla vera realtà della mia natura, e tu lo sai, inutile che te lo dica un'altra volta. La serenità ha assunto il volto di una ragazza di Valvasone, grassa e avvenente, che sta tra un fiore di magnolia e un pomo di San Pietro. La bacio e le tengo il respiro tutte le sere, e lei non mi chiede altro in compenso che tenerla allegra.

Sono belle sere, Luciano. Ma non piango – come, me maledetto!, faccio sempre – la loro ormai avvenuta bellezza, la ben saputa fugacità. I giorni non mi passano piú sopra la testa come ombre, ma è un giorno solo, infinito, dove io nuoto lietamente. La mia angoscia che dura giorni e giorni è terribile ma anche la mia serenità non è comune.

Lavoro molto, non con orgasmo, ma quasi con ironia.

Ma non pensiamo a queste cose! Quando ho cominciato a scriverti cantavo:

c'al sedi clar il seil
soreli sensa nûl[1].

Ora non avrei piú voglia di cantare. Colpa tua. Mi hai fatto pensare a Renato Fucini[2].

Ho voglia di essere nel Tagliamento, a lanciare i miei gesti uno dopo l'altro nella lucente concavità del paesaggio. Il Tagliamento, qui è larghissimo. Un torrente enorme, sassoso, candido come uno scheletro. Ci sono arrivato ieri in bicicletta, giovane indigeno, con un piú giovane indigeno, di nome Bruno[3]. I soldati stranieri[4] che lí si lavavano hanno ascoltato con meraviglia i nostri rapidi e incomprensibili discorsi. E ci hanno visti quasi vergognosi tuffarci senza indugio in quell'acqua gelida e per loro misteriosa. Siamo rimasti soli, e il temporale ci ha colto, in mezzo all'immenso greto. Era un temporale livido come un pene eretto. Siamo fuggiti – vestendoci in fretta – ma a metà ponte il vento ci ha fermati. Il Tagliamento era scomparso, come in mezzo alla nebbia. La rabbia che il vento alzava furiosamente nel cielo ci accecava. E il cielo, da nero e giallo, era divenuto bianchissimo. Tutto si è placato quasi d'improvviso. Arrivati a stento in fondo al ponte, il Tagliamento alle nostre spalle era ancora un po' arruffato di sabbie. Bruno, respirava sollevato. Tre, quattro carrozzoni di zingari, fuggivano come noi il temporale, che muggiva ormai, con qualche brivido di gocce, verso Codroipo. Dentro un carrozzone celeste un ragazzo zingaro suonava a distesa con una tromba.

Ti bacio

Pier Paolo

Presso il destinatario.
Autografa.

[1] [che sia chiaro il cielo | sole senza nuvole].
[2] Il poeta Renato Fucini (1843-1921).
[3] Per Bruno si veda *Amado mio*, Garzanti, Milano 1982, pp. 46 sgg. e Nico Naldini, *Nei campi del Friuli*, Scheiwiller, Milano 1984, pp. 23-24.
[4] Tedeschi.

A Luciano Serra - Casagiove di Caserta

[Casarsa, agosto 1943]

Caro Luciano,

io credo che tu sia in preda a un vastissimo rimbecola-
mento. E incolperò la naia. Che discorsi mi fai di «guerri-
glieri» e di «guerriglie»[1]: non so se ridere o se aver rabbia.
Se hai poca stima del tuo sangue, tienilo da conto, per ora,
e se mai spargilo per qualcosa di meglio che guerrigliare con
quei buoni croati. L'Italia ne avrà bisogno, eccome, di sangue: ma è la mia terra che deve essere bagnata. Ha bisogno
di una dilagazione di sangue – o di lacrime – che distrugga
tutto un secolo di errori monarchici liberali, fascisti e neo-
liberali.

L'Italia ha bisogno di rifarsi completamente, ab imo, e
per questo ha bisogno, ma estremo, di noi, che nella spaventosa ineducazione di tutta la gioventú ex fascista, siamo
una minoranza discretamente preparata. E io, in questo, ti
accuso, (o devo invece, come spero, accusare i lunghi mesi
di rincretinimento militare?), perché, nella tua lettera, non
un accenno di sapore politico, non un commento di dolore
o di gioia per l'avvento della libertà. E pensare che per me
invece, anche per la mia singolare ed intimissima esperienza
poetica, questi giorni sono di una portata immensa.

La libertà è un nuovo orizzonte, che fantasticavo, desi-
deravo sí, ma che ora, nella sua acerbissima attuazione, rivela aspetti cosí impensati e commoventi, che io mi sento
come ridivenuto fanciullo. Ho sentito in me qualcosa di
nuovo sorgere e affermarsi, con un'imprevista importanza:
l'uomo politico che il fascismo aveva abusivamente soffocato, senza che io non ne avessi la coscienza.

Ora la vita mi sembra piú lunga: la retorica *giovinezza* fascista non è infatti ancora che uno stato di inesperienza e
perciò tutti «i noi giovani» degli ex fogli del Guf si trovano, giustamente, con tutta una nuova educazione da rifare.
E la Storia sembra piú vicina, nei suoi fatti di mezzo secolo

fa, che noi conoscevamo con tanta incuranza e provvisorietà. Mi credi, Luciano?

Sento nelle narici un odore fresco di morti; i cimiteri del Rinascimento hanno la terra appena smossa e recenti le tombe. E noi abbiamo una vera missione, in questa spaventosa miseria italiana, una missione non di potenza o di ricchezza, ma di educazione, di *civiltà*.

Ti bacio.

Tanti cari saluti ai tuoi   Pier Paolo

Presso il destinatario.
Autografa.

¹ «Il rimprovero iniziale si riferisce alla notizia da me data che alla scuola allievi ufficiali ci stavamo preparando alla guerriglia; la lettera appena anteriore al 25 luglio gli era giunta, direi fortunatamente, in ritardo, perché dal risentimento di P. su me innocente nacque la sua mirabile presa di posizione politica» (L. Serra in P. P. Pasolini, *Lettere agli amici (1941-1945)*, a cura di L. Serra, Guanda, Parma 1976, p. 55, nota).

A Luciano Serra - Bologna

[Timbro postale: Casarsa, 26 gennaio 1944]

Caro Luciano,

che grande dolcezza mi hai dato. Oggi è domenica e mi sono alzato da poco, tutto caldo di sonno; chi credeva che proprio ora avrei accarezzato con tanta amicizia la tua immagine? Dopo tanto tempo, tanti mesi, tante domeniche. Siamo perduti ognuno nella nostra vita, uno qua uno là, due corpi che vivono nel fiore di una trista giovinezza. Che gesti fai tu mentre io qui cammino per i campi, o sto presso la stufa, o vado a Rosario, o rido tra visi che tu non conosci? Albe, vespri, sere, meriggi, i miei gesti qua, i tuoi gesti là, lasciati apparire inutilmente giorno per giorno dentro la conca della luce o il silenzio delle notti.

Ma adesso quello che piú mi addolora è la tua lontananza; in questo momento penso solo alla nostra dolce amicizia interrotta, alla tua compagnia che mi manca, alle confidenze cosí lunghe e gioiose che ci facevano consumare insieme lunghe ore. Penso come eravamo vivi in quel momento, e come ora quei nostri due corpi che chiacchieravano come se quel momento dovesse durare per sempre, siano inesistenti nella nostra memoria, due immagini che hanno il solo scopo di farci rattristare e rimpiangerci. Io non son mutato affatto, e questo talvolta mi impaura; quando ci rivedremo vedrai in me l'identico adolescente che hai trovato nei primi anni della nostra amicizia. Il mio amico di qui, Bortotto[1] (che adesso anche lui mi è lontano) giocando a uno di questi nostri giochi mi ha definito «l'eterno *fantasùt*». È una cosa che credo giustissima, non so se a mio vantaggio o a mia infelicità. Giovanna[2] è venuta qui solo perché c'era bisogno di un insegnante di greco; lei era l'unico dei miei amici che fosse cosí indipendente da poter venire. Ora la nostra scuoletta privata si è semisciolta, e lei se ne è tornata a casa. Ho passato con lei molti bei giorni poetici, e fatto belle discussioni, ma in compenso in quanti pasticci mi ha messo qui in paese.

Durante quest'anno ho lavorato moltissimo; ma in modo molto differente da quello di un tempo. Piú calma, piú costanza, piú serenità, piú fedeltà alle fantasie che sono meno violente e numerose ma molto piú concrete. In friulano ho concluso tre libretti: il primo, la seconda edizione delle poesie a Casarsa; il secondo un libretto di dialoghi («Dialoghi friulani»: dialogo tra le Nuvole e il Friuli; dialogo tra un casarsese e un pellegrino o la conchiglia; dialogo tra una giovinetta e un usignolo; tra un fanciullo e un cappellano o la tempesta; dialogo tra una vecchia e l'alba)[3]. Ti ho scritto i titoli perché tu abbia un'idea. Terzo un libretto di meditazioni religiose: *L'usignolo della Chiesa Cattolica*[4].

In italiano anche ho molto lavorato, con risultati piú rari però. Finora fra le molte decine di poesie italiane che ho scritto quest'anno solo cinque o sei sono presentabili: due o tre ne conosci (*Lacrima*; *La pioggia...*), tre (le ultime)[5] te le faccio conoscere ora. Che grande dolcezza ho provato leggendo le tue, vecchio Luciano! Alla prima lettura mi sembrano bellissime, specialmente *In memoria di Fabio* e *Sirio*. Nelle altre mi pare che rimanga il Serra minore, quello a cui piace troppo l'ingrumarsi sillabico di parole (armonia piú raziocinante che musicale) e insieme si riconduce a Quasimodo, brutto segno di educazione poetica.

Dio mio, quando potremo parlare di queste cose, lieti e assorbiti da esse come una volta? Quando torneranno i giorni in cui il nostro libretto di poesie sarà la cosa piú dolce e importante della vita?

La tesi di laurea[6] l'ho perduta a Pisa. La fuga da Livorno (dove avevo il fucile con la sicura tolta per far fuoco contro i Tedeschi) è stata romanzesca. Ma ora è un'appendice inutile della mia vita; è passata come alle mie membra la stanchezza dei cento chilometri fatti a piedi.

Salutami tutti, i tuoi, Carlo, Odoardo, Cavazza[7].

Ti abbraccio forte

Pier Paolo

PS. Con la tesi ho perso anche il libretto mio; potresti fare il favore di andare in segreteria e chiedere cosa debbo fare? Io dell'Università non so niente. Come si fa ad essere «fuori corso»? Bisogna iscriversi? Cerca di sapermi dire qualcosa e di aiutarmi in questo senso.

Io devo fare lezione per circa 5 ore al giorno.

Senti, chiedi anche a Calcaterra, se puoi, se, nelle mie condizioni, può accettare una tesi su «Giovanni Pascoli»[8]. Nella prossima lettera mi dedicherò di piú a queste cose pratiche.

Presso il destinatario.
Autografa.

[1] Cesare Bortotto, nella «scuoletta privata» insegnava matematica e materie tecniche.
[2] Giovanna Bemporad insegnava greco e inglese.
[3] Cfr. *Discors tra na fantasuta e un rosignoul*, in «Stroligùt di cà da l'aga», aprile 1944; *Discors tra la Plèif e un fantàt*, in «Stroligùt», agosto 1944; *Discors tra na Veça e l'Alba*, in «Il Stroligùt», n. 1, agosto 1945.
[4] Si riferisce al primo nucleo di poesie di *L'usignolo della Chiesa Cattolica* (1943-49), Longanesi, Milano 1958.
[5] Non rintracciate.
[6] La tesi sulla pittura italiana del '900 che avrebbe dovuto presentare a Longhi.
[7] Gli amici bolognesi Carlo Manzoni, Odoardo Bertani, Fabio Luca Cavazza.
[8] Il testo della tesi di laurea è stato pubblicato recentemente. Cfr. P. P. Pasolini, *Antologia della lirica pascoliana*, a cura di M. A. Bazzocchi, Einaudi, Torino 1993.

A Luciano Serra - Bologna

[Casarsa, febbraio-marzo 1944]

Carissimo Luciano,

chissà perché, questa sera ti scrivo; avrei pensato a tutto fuori che questa sera ti avrei scritto. Suona l'ora di notte, scricchiolano le stelle in cielo, scurissimo nel centro, mentre giú, verso l'orizzonte, biancheggia. Nascerà la luna. Una giornata passata, la giovinezza passata. Che aridità! Col bruciore sulla pelle dovuto al lungo indugiare al sole tra i gelsi secchi e le primolucce umide, sento nel mio corpo l'aridità di una noia quasi adolescente, il senso di avere perduto gli anni. Non so se ci rivedremo, tutto puzza di morte, di fine, di fucilazione. Che cosa viene a fare a Casarsa Telmon[1]? Sai che mi ha dato una stranissima notizia con un tono ineffabile? Ogni volta che ci penso mi cresce lo stupore. Sergio a Casarsa? Viene o non viene? Perché non scrive? Lo accoglierei a braccia aperte.

La guerra puzza di merda. Gli uomini sono cosí stomacati che si metterebbero a ridere, e direbbero «non vale!» Ma aspettano, non so che cosa: che si stacchi il marcio. Marcio ce n'è poco, ma puzza come la merda. E io me ne vado a spasso per i campi vuoti, con qualche primoluccia qua e là, qualche lista di verde lancinante, contro le nevi del monte Cavallo sospeso con le sue creste bianche nell'aria azzurra. Solo, vado per i campi, e cammino cammino, dentro il Friuli vuoto e infinito. Tutto puzza di spari, tutto fa nausea, se si pensa che su questa terra cacano quei tali[2]. Vorrei sputare sopra la terra, questa cretina, che continua a metter fuori erbucce verdi e fiori gialli e celesti e gemme sugli alni; vorrei sputare sul monte Rest, lontanissimo, in fondo al Friuli, sul mare Adriatico, invisibile dietro le Basse; e anche sulle facce di questi casarsesi, di questi italiani, di questi cristiani. Tutto puzza di fucilate e di piedi. Che cosa mi lega a questa terra? Non aver paura, Luciano, che sono abbastan-

za puzzolente anch'io per esser capace di non sentirmi legato a tutta questa merda. Domani (fra sessanta anni; ci tengo) avremo una buca: non sarebbe una novità se non avessi
visto con QUESTI occhi calarci dentro una morta, di cui sapevo che era stata viva[3]; e allora in quel corpo che calava
giú, ho misurato tutta questa umanità merdosa; viene qualcuno (la morte) a turarti il naso, e tu non senti piú niente.
Nel mio paese nasce primavera.

Ti bacio   Pier Paolo

Presso il destinatario.
Autografa.

[1] Sergio Telmon, allora dirigente del Partito d'Azione.
[2] I soldati tedeschi.
[3] Si riferisce alla morte della nonna materna Giulia Zacco che gli ispirò
le poesie de *I Pianti*, Edizioni dell'«Academiuta», Casarsa 1949 ed ora in *Bestemmia* cit., pp. 1283-86.

A Federico De Rocco - San Vito al Tagliamento

[Casarsa, maggio 1944]

Caro Rico,

   stanotte sono venuti per arrestarmi, ma io ero a Versuta,
nascosto lí per paura dei rastrellamenti. Oggi io, Pino, Gastone etc.[1] abbiamo avuto interrogatorî etc., con l'accusa
di aver messo noi i bigliettini per le strade[2]. Però, grazie a
Dio, la nostra innocenza è emersa, e adesso siamo liberi. Ti
racconterò i particolari tragicomici.
   Dovresti farmi un piacere: parlare ai professori di San
Vito di questi due ragazzi Ovidio Colussi e Giovanni
Cappelletto[3]; due bravi giovani, seri e diligenti. Io non ti
chiedo una banale raccomandazione. Basterà che tu accenni

loro la serietà dei giovani, e, perlomeno, l'ambizione della nostra preparazione.

Ti abbraccio   Pier Paolo

Presso gli eredi del destinatario.
Autografa.

[1] Amici casarsesi.
[2] Foglietti di propaganda antifascista distribuiti dal fratello Guido.
[3] Allievi della sua scuola privata.

Academiuta di lenga furlana

(1945-1947)

Il 18 febbraio del 1945 a Versuta viene fondata l'«Academiuta di lenga furlana». Ne fanno parte gli amici Cesare Bortotto, Pina Kalč, il pittore Federico De Rocco piú alcuni studenti della prima scuoletta casarsese, Nico Naldini, Bruno Bruni, Ovidio Colussi. La lingua poetica adottata è il friulano occidentale: «Friulanità assoluta, tradizione romanza, influenza delle letterature contemporanee, libertà, fantasia», sono gli spunti estetici del nuovo *félibrisme*. Ci si riunisce ogni domenica nella stanzetta di Versuta dove Pier Paolo sollecita e indirizza le discussioni poetiche con l'autorità che tutti gli riconoscono. Ciascuno dei piccoli accademici recita le poesie composte durante la settimana e Pina suona Bach al violino.

Con l'arrivo della bella stagione e la fine della guerra la scuoletta di Versuta si trasferisce nel brolo di una casa colonica dove si iniziano le prove di una favola drammatica, *I fanciulli e gli elfi*, mentre il vecchio coro di Casarsa si sta riorganizzando sotto la guida di Pina in vista delle prossime recite teatrali. In agosto esce un nuovo numero dello «Stroligùt» e in settembre Pier Paolo è a Bologna per gli ultimi esami e la discussione della tesi di laurea. A Bologna incontra il padre appena rientrato dalla prigionia nel Kenya e ritornano assieme a Versuta dove il vecchio Pasolini si adatta a vivere in quel mondo primitivo con lo stesso spirito con cui si era adattato ai lunghi anni di prigionia.

Il mondo contadino del dopoguerra è ancora identico a se stesso, come uno o due secoli prima, con qualche superficiale cambiamento portato dai tempi nuovi. I giovani passano da una festa paesana all'altra come volessero recuperare il tempo perduto negli anni di guerra, formando gruppi di spedizioni serali che si incontrano con i gruppi di altri paesi in una catena di felicità domenicale. I ragazzi di Versuta non partono mai senza Pier Paolo. Vanno in bicicletta nei paesi dei dintorni dove l'«eros indigeno» è onnipresente, festante e a notte alta ubriaco. Nel gruppo c'è spesso anche Tonuti. È il piú appassionato dei suoi allievi e adesso si prova anche lui a scrivere dei versi friulani intonati all'innocente magia della sua infanzia. Pier Paolo lo segue con un'attenzione amorosa che non è piú tanto segreta e provoca delle crisi nell'animo del ragazzo. Ma poi la loro amicizia riprende il corso segnato dagli appagamenti del primo amore.

Si riallacciano anche le antiche amicizie e da Milano arriva la piú cara delle amiche del tempo di Bologna, Silvana Mauri, sorella di Fabio, portando le novità del mondo letterario.

Nell'aprile del 1946 esce un secondo numero dello «Stroligùt» con l'intento programmatico di estendere gli interessi della rivistina alle lingue romanze minori e alle loro produzioni poetiche. Ambizione presto soddisfatta da Gianfranco Contini che mette in contatto Pasolini col poeta catalano Carles Cardò, al quale viene chiesto di curare una breve antologia della poesia catalana da pubblicare nel successivo numero della rivista dell'Academiuta il cui titolo verrà cambiato in «Quaderno romanzo».

Le pubblicazioni poetiche dell'Academiuta e i programmi teorici che le sostengono suscitano assieme alle simpatie le prime polemiche nell'ambiente culturale udinese che si riconosce nel simbolo rappresentato da Pietro Zorutti, il poeta ottocentesco molto caro alle orecchie vernacole. Pasolini non si rifiuta al compito di evangelizzarle rivendicando i progressi poetici del felibrismo casarsese rispetto alla tradizione dialettale precedente. Quella del '47 è l'ultima estate di Versuta. L'ala della casa di Casarsa crollata per i bombardamenti è stata ricostruita con l'aggiunta di una saletta che ospita la sede dell'Academiuta e dove si iniziano subito attività culturali aperte al pubblico con incontri, proiezioni di film classici e il funzionamento di una piccola biblioteca.

All'inizio dell'anno scolastico Pier Paolo ottiene l'incarico di insegnante di lettere alla prima media della scuola di Valvasone.

Se il casarsese resta la lingua base della sua poesia, Pasolini ha già colto nell'ambito del Friuli occidentale la varietà delle parlate locali, diverse da paese a paese, da borgo a borgo, nelle quali si rispecchiano temperamenti, fisionomie, condizioni sociali e storiche della collettività contadina. Questo mondo, dopo aver ceduto alcuni dei suoi misteri ai rispecchiamenti poetici, si presenta ora nella sua realtà sociale dove la lotta di classe iniziata dopo la guerra ha colto Pasolini del tutto impreparato politicamente. Ma, a differenza di altri intellettuali, egli è sostenuto da una straordinaria consapevolezza ed esperienza dei modi diversi di esistenza – di mentalità, di anima, di sessualità – dei contadini friulani. Uno scontro tra classi che qui non assumerà mai forme drammatiche per l'antica soggezione al potere che ne limita la ribellione e tuttavia la sua verifica diretta da parte di Pasolini farà maturare il suo vecchio antifascismo di matrice culturale in una visione nuova che ha come centro lo spirito e l'opera di Antonio Gramsci.

Alla fine del 1947 si iscrive alla cellula del Partito comunista di San Giovanni di Casarsa. A differenza del mondo casarsese dove domina la piccola proprietà terriera e i contadini severamente cattolici spartiscono il frutto dei campi tra figli numerosi senza troppa fame e miseria, a San Giovanni e nei villaggi intorno e ancora piú a San Vito e dintorni, l'economia agricola è basata sul latifondo con mezzadri, braccianti e una piccola frazione di sottoproletariato operaio. Con questa iscrizione, Pasolini, che si considera un intellettuale piccolo borghese che ha tradito il suo mondo, vorrebbe costituire un perno di mediazione tra le classi per la difesa soprattutto del mondo contadino piú umile e diseredato.

A Luciano Serra - Bologna

Versuta, 21 agosto [1945]

Carissimo Luciano,

ho ricevuto la tua lettera del 14 luglio, carissima, consolantissima. Cerca di scrivermi spesso, anche se la posta è cosí lenta. Quante cose mi dici di te; ed io di me non ho nulla da raccontare, e l'unica cosa la sai[1]. La disgrazia che ha colpito mia madre e me, è come un'immensa, spaventosa montagna, che abbiamo dovuto valicare, e quanto piú ora ce ne allontaniamo tanto piú ci appare alta e terribile contro l'orizzonte. Non posso scriverne senza piangere, e tutti i pensieri mi vengono su confusamente come le lacrime. Dapprincipio non ho potuto provare che un orrore, una ripugnanza a vivere, e l'unico, inaspettato conforto era credere nell'esistenza di un destino a cui non si può sfuggire, e che quindi è umanamente giusto. Tu ricordi l'entusiasmo di Guido, e la frase che per giorni e giorni mi è martellata dentro, era questa: Non ha potuto sopravvivere al suo entusiasmo. Quel ragazzo è stato di una generosità, di un coraggio, di una innocenza, che non si possono credere. E quanto è stato migliore di tutti noi; io adesso vedo la sua immagine viva, coi suoi capelli, il suo viso, la sua giacca, e mi sento afferrare da un'angoscia cosí indicibile, cosí disumana. Credo che non potrò dirti niente per l'articolo che pensi di scrivere[2]; mia mamma è qui che sfaccenda in cucina, e io devo fare sforzi tormentosi per non farmi veder lacrimare da lei. Ora l'unico pensiero che mi consola non è l'idea che occorra essere saggi, che bisogna superare e rassegnarsi; questa rassegnazione è egoismo; è crudele, disumana. Non è questo che bisogna dare a quel povero ragazzo che se ne stà laggiú chino in quel silenzio terribile. Bisognerebbe esser capaci di piangerlo sempre senza fine, perché solo questo potrebbe essere un poco pari all'immensità dell'ingiustizia che lo ha colpito. Eppure la nostra natura umana è tale che ci permette di vivere ancora, di risollevarci, perfino, in qualche momento. Perciò l'unico pensiero che mi conforta è che io non sono immortale; che Guido non ha fatto altro che precedermi generosamente di pochi anni in quel nulla verso il quale io mi avvio. E che ora che mi è cosí famigliare; la terribile oscura lontananza o disumanità della morte mi si è cosí schiarita da quando Guido vi è entrato. Quell'infinito, quel nulla, quell'assoluto contrario ora hanno un aspetto domestico; c'è Guido, mio fratello, capisci, che è stato per vent'anni sempre vicino a me, a dormire nella stessa stanza, a mangiare nella stessa tavola. Non è dunque cosí innaturale entrare in quella dimensione cosí a noi inconcepibile. E Guido è stato cosí buono cosí generoso da dimostrarmelo, sacrificandosi pel suo fratello maggiore, forse a cui voleva troppo bene a cui credeva troppo.

Per questo posso dirti, Luciano, ch'egli si è scelto la morte, l'ha voluta; e fin dal primo giorno della nostra schiavitú. Il 10 settembre del '43 lui e un suo amico avevano già rischiato la vita piú volte per rubare armi ai Tedeschi nel campo di aviazione di Casarsa; e cosí per tutto l'autunno del '44' il suo amico Renato', durante una di quelle rischiosissime imprese, ha perso una mano e un occhio; non per questo hanno desistito; anzi, per tutta la primavera' hanno, di notte durante il coprifuoco sparso biglietti di propaganda e scritto sui muri (nel muro di una casa crollata di Casarsa si legge ancora la sua scritta: L'ora è vicina). E tu Luciano ricorderai il nostro arresto, in cui si accusava me di essere colpevole di quella propaganda; era Guido invece. Da quei giorni la sorveglianza su di noi fu continua ed esasperante. Andavamo spesso a dormire a Versuta; intanto Guido aveva preso da molto tempo la decisione di andare sulle montagne. E agli ultimi di maggio del '44, partí, senza che si potesse far nulla per convincerlo a restarsene nascosto a Versuta, come poi ho fatto io per un anno. Io l'ho aiu-

tato a partire, una mattina di buonora. Avevamo preso un
biglietto per Bologna, dicendo a tutti che quella era la meta
del suo viaggio. Erano i giorni di maggior terrore e di piú
stretta sorveglianza. E la sua fuga fu abbastanza drammatica. Ci siamo salutati e baciati in un campo dietro la stazione; ed era l'ultima volta che lo vedevo. Partí per Spilimbergo; ed arrivò finalmente a Pielungo, incorporandosi nella
divisione Osoppo. Cominciano allora le sue imprese leggen-
darie, che io non conosco bene. Le sue lettere erano rare e
oscure. In quel tempo, sui monti della Carnia, i patrioti erano ancora un numero esiguo; il reparto di Guido era di sei
o sette uomini, che dovevano fingere di essere una compagnia, con furiose, incredibili marce sui monti. In settembre
mia mamma è andata a trovarlo; stavolta era a Savorgnano
del Torre, sopra Tricesimo. Lí stava bene, i partigiani erano
ben organizzati, e il morale altissimo. Poi venne l'offensiva
di ottobre e novembre da parte delle brigate nere e dei tedeschi; offensiva memorabile, che i Friulani non potranno
piú dimenticare. In quell'orribile confusione Guido ha dovuto passare dei momenti tremendi; e restano testimoniati
in una lunga interessantissima lettera indirizzata a me[6]. Finalmente i partigiani si riorganizzano; Guido si trova a Musi con il suo amico Roberto d'Orlandi, «Gino», ed «Enea».
È di questo periodo la sua impresa piú eroica (siamo nel
gennaio 1945); il suo comandante «Gino» mi ha raccoman-
dato che se dovessi scrivere di Guido non risparmiassi gli
aggettivi piú straordinari. Egli lo ha visto all'opera, e io ti
ripeto quello che lui ne ha detto, senza poterti rendere la
sua ammirazione e la sua commozione. Insomma, Guido e
Roberto hanno tenuto testa da soli ad un centinaio di Cosacchi, che erano andati a rastrellare Musi; ritirandosi su
pel monte, sparavano, con una calma e una freddezza da ve-
terani, loro, che erano ragazzi diciannovenni; e benché fossero quasi al corpo a corpo non perdettero un momento la
testa, e resistettero fino a che i Cosacchi si ritirarono. Un
mese dopo, cioè il 7 febbraio[7], Guido era morto; e avrebbe
potuto, invece, essere qui, felice, glorioso, con la sua ban-
diera, vicino a sua mamma. Ma gli avvenimenti gli si sono
presentati in modo tale che avesse modo di scegliere fra la

sua vita e la libertà. E ha scelto la libertà, che vuol dire leal-
tà, generosità, sacrificio. Da alcuni mesi un gruppo di traditori si dava d'attorno per tradire la causa di quella libertà,
e vendersi a Tito; gli osovani di quella zona, a capo dei quali
era De Gregoris (Bolla) col suo stato maggiore a cui appar-
teneva Guido, non volevano piegarsi alle richieste slavo-
comuniste di passare nelle file del nostro nemico Tito. Questo fin dal novembre '44; ora le cose si erano tese, quando
senza scopo, senza una ragione plausibile, se non l'odio e un
loro ripugnante egoismo, un gruppo di disoccupati e facino-
rosi che militavano tra i garibaldini della zona, fingendosi
scampati da un rastrellamento, si fanno ospitare da Bolla e
i suoi; poi, improvvisamente gettano la maschera, fucilano
Bolla, gli levano gli occhi; massacrano Enea; prendono prigionieri tutti quegli altri poveri ragazzi, circa 16 o 17, e ad
uno ad uno li ammazzeranno tutti; questo avvenne in alcune Malghe presso Musi[8]. Quel giorno mio fratello si trovava a Musi con Roberto ed altri, e stava recandosi da Bolla
per portargli alcuni ordini; ed ecco che sentono le prime fucilate, e vedono uno fuggente, che dice loro di scappare,
tornare indietro, che non c'è nulla da fare. Tutti si lasciano
convincere a ritirarsi. Ma mio fratello e Roberto, no; vogliono andare a vedere, a portare il loro aiuto, poveri ragazzi. Ma di fronte ai cento e piú traditori, hanno dovuto cedere. Dopo alcuni giorni, essendo stato richiesto a questi
giovani, veramente eroici, di militare nelle file garibaldino-
slave, essi si sono rifiutati dicendo di voler combattere per
l'Italia e la libertà; non per Tito e il comunismo. Cosí sono
stati ammazzati tutti, barbaramente. I funerali, delle spoglie riesumate, sono stati fatti dopo alcuni mesi, a liberazione avvenuta, in grande solennità a Udine; ora Guido è nel
cimitero di Casarsa.

Guido era iscritto al partito d'azione. E da quella lettera,
di cui ti accennavo, eccoti Luciano, un pezzo che ti riguarda: «Ti mando una copia del programma del partito d'azione al quale ho aderito con entusiasmo. Quanti ho conosciuto del P.A. sono persone onestissime miti e leali: veri italiani. Enea rassomiglia moltissimo a Serra!» Egli ti voleva
molto bene, Luciano; e te lo scrivo piangendo. Si è fatto

chiamare «Ermes» come nome di battaglia, per ricordare Parini, di cui ancora non mi dite nulla. Ora tutto questo amore che quel ragazzo aveva per me e i miei amici, tutta quella sua stima per noi e per i nostri sentimenti (per i quali è morto) mi tormentano sempre; vorrei poter contraccambiarlo in qualche maniera. Il suo martirio non deve restare ignoto, Luciano. Cerca di scrivere tu intanto qualcosa; questo farebbe un grandissimo piacere anche alla nostra povera mamma, che vuole a tutti i costi avere una ragione per cui quel suo figlio è morto. Non posso continuare su questo tono, perché mi sento angosciare.

Enea (Gastone Valenti) quello che ti somigliava, era un udinese; ed è morto gridando Viva l'Italia e viva la libertà, e poi, massacrato, aveva ancora la forza di mormorare «Dite ai miei ch'io muoio per il Partito d'Azione». Spinto da queste circostanze anch'io mi sono iscritto a questo Partito.

Scrivimi presto, Luciano; e intanto mostra questa lettera a tutti i nostri amici, che non mi sento in grado di scrivere ad ognuno di loro. Di' che essa è per essi come per te, e che mi scusino. Mandatene, se potete, un riassunto a Farolfi e a Mauri.

Ti bacio e con te tutti   Pier Paolo

Presso il destinatario.
Autografa.

[1] Si riferisce alla morte del fratello Guido avvenuta il 12 febbraio 1945.
[2] Cfr. L. Serra, *Ricordo di Guido*, in «Giustizia e Libertà», settimanale bolognese del Partito d'Azione, 18 settembre 1945.
[3] Sta per autunno '43.
[4] Il coetaneo casarsese Renato Lena.
[5] La primavera del '44.
[6] Il testo di questa lettera è pubblicato integralmente in N. Naldini, *Pasolini, una vita*, Einaudi, Torino 1989, pp. 72-78.
[7] Informazioni successive stabiliranno la data della morte di Guido al 12 febbraio.
[8] Malghe di Porzùs (Udine).

A Sergio Maldini - Udine

Versuta, 27 dicembre [1945]

Caro Sergio,

ho letto con grande interesse la tua lettera a puntate. Mi compiaccio col tuo spirito critico: tutto quello che potevi cogliere nelle mie poesie l'hai colto. Esse non sono che un minimo frammento di un mio lavoro quotidiano, in cui non vien meno nemmeno per un'ora il senso dell'infinità che è in me, e della sproporzione tra la mia esperienza ed ogni altra cosa del mondo. Il sentirmi vivo e come tale diverso da tutto ciò che avrei potuto essere – quel leggero spostamento che io ho accentuato fino al rimbaudiano «dérèglement de tous les sens» (lungo, immenso, sragionato) mi pone ad un'altezza iniziale che io non voglio tradire con nessun concedimento ai sensi, che pure ho quasi mostruosamente sviluppati. A questo punto potrei innestare un discorso sulla mia poesia friulana, che rappresenta un abbandono ai sensi, al piú ingenuo e forse piú profondo respiro della carne di fronte all'ineffabilità di certe misteriose relazioni (di nomi, ore, immagini, affetti ed altre cose che non esistono nel vocabolario). Ma la poesia italiana, i miei diarii[1], che rappresentano il massimo del mio sforzo poetico, nascono da una maturità che tu forse non immagini. Insieme alla mia esperienza di assoluta, macabra solitudine, che mi ha fatto sfociare a certe inaspettate aperture mistiche (il rientrare in se stessi agostiniano, nello spazio inesteso della propria *vita*, fino a tali profondi deserti da cui il mondo, riesaminato, riappare nella sua originaria e terribile oggettività), si è svolta di pari passo un'esperienza estetica, che rappresentava una continua, estrema salvezza dal «nulla». Come tutti i poeti da Novalis a Baudelaire in cui si afferma la coscienza della poesia come poesia, dal misticismo sono sboccato di continuo nell'estetismo, cosí che l'attività di *scrittura* poetica, di versificazione, ha lentamente assunto in me una funzione assoluta, quasi sproporzionata. Stando cosí le cose, come sarebbero possibili in me degli abbandoni? Io non posso tendere, ormai, che alla perfezione; so che non posso scrivere che in quello che tu chiami propriamente «secondo tempo», e che è appunto la *serenità* di tutta la grande poesia italiana. Di questa serenità, che è poi una cosa sola con la capacità di stile, di forma, io ho una coscienza forse eccessiva (scrivo versi dall'età di sette anni), e considero nullo ogni tentativo che si appaghi di un'espressione minore, per quanto consentita (Montale, e piú giú Pascoli). Perciò un giusto giudizio di quei versi miei che tu hai letto, dovrebbe impostarsi storicamente, ed essere inserito in una specie di studio che si potrebbe intitolare, non so, *Evoluzione dello sciolto italiano dal Leopardi a Pascoli a Ungaretti...*; questa puoi considerarla come una delle stranezze che hanno di solito gli autori nel considerare la propria opera. Ma mi pare che ci sia qualcosa di essenzialmente esatto. Non per nulla, vedi, sono forse l'unico in Italia, e spero consentitamente, tra coloro che scrivono versi, che non imiti Montale, né Saba, né altri minori (Betocchi, Penna, ecc. ecc.), né i simbolisti francesi, né, infine i migliori romantici, e per cui si possano fare i nomi di Leopardi, del Foscolo, forse, e anche di certo ambizioso Pascoli con certi suoi ottimi endecasillabi.

Mi accorgo di aver fatto ciò che non volevo, cioè di aver tentato un discorso qualsiasi sulla mia poesia, e l'ho fatto currenti calamo, schematizzando in maniera insopportabile. Spero che sia la prima e l'ultima volta: ciò mi avvilisce.

Per quel che riguarda il tuo libro, forse per una specie di pudore, nell'altra lettera[2] non ti ho fatto abbastanza capire che io lo considero senz'altro positivo; che lo considero un'ottima preparazione per un futuro romanzo, e, nello stesso tempo, una lettura già completa e soddisfacente. Ti ripeto è molto che non leggo della prosa narrativa contemporanea con tanto interesse. La frase «naturalezza della tua libidine» non deve farti male: è, forse un equivoco, e mi spiego: naturalezza per me voleva dire normalità, salute, tranquillità.

La poesia di Menichini[3] mi delude, mi pare senza mordente. È la prima volta che non ho coraggio di dare il mio esatto giudizio all'autore: son sicuro che darei una forte amarezza a Menichini se gli dicessi che la sua poesia mi sembra meccanica, che egli non è ancora giunto a un ripensamento del perché scrivere; egli è troppo entusiasta, espansivo, ambizioso e una doccia fredda gli farebbe male. Cosa devo fare? Fare dei complimenti falsi? Non me la sento. Quello sradicamento delle comuni sensazioni umane dal loro corso per ridurle ad un corso forzato dell'intelligenza, è in uso in Europa già da qualche decennio; ed egli ha tutta l'aria di essere un epigono. Tuttavia sa fare delle belle immagini, la sua sete di poesia, cosí bramosa, qualche volta lo aiuta. E la tua opinione?

Ti lamenti della tua vita, mi accenni a un tuo «spleen» invernale. Io a tutto questo sono divenuto quasi insensibile per quanto ciò mi sembri inaudito. Mi pare come di intendermene troppo di questi strazi, di questi disagi, di questi ingorghi nei sensi. Possibile che non ci sia un'altra strada oltre a questa? Io la tento. Forse per questo vedi *troppo* ordine, troppo distacco nelle mie immagini poetiche... Viviamo, caro Sergio, stiamo vivendo, capisci? E purtroppo come dice Rilke: «Come è possibile vivere se gli elementi di questa vita ci sono del tutto inafferrabili? Se noi siamo tuttavia sempre inefficienti all'amore, incerti nel decidere, e incapaci di fronte alla morte, come è possibile esistere?»

Cordiali saluti

tuo Pier Paolo

Presso il destinatario.
Autografa.

[1] Cfr. *Diarii*, Edizioni dell'«Academiuta», Casarsa 1945, ora in *Bestemmia* cit., pp. 1265-75.
[2] Lettera non riprodotta in questa scelta.
[3] Dino Menichini, poeta di Udine.

A Franco Farolfi - Parma

Versuta, 12 gennaio [1946]

Carissimo Franco,

non avrei mai immaginato che la nostra vita andasse cosí miseramente distrutta. Il dolore non migliora, anzi peggiora. La mancanza di mio fratello se non mi dà quella meraviglia insopportabile dei primi mesi, è ora entrata dentro di me, si è diffusa nel mio animo, deprimendo tutti gli slanci e i momenti della mia esistenza. Tutto si è colorato intorno a me di un colore squallido e pauroso. Vedo il fondo di ogni cosa; perciò devi scusarmi quella cattiva lettera[1] che ti ha cosí raffreddato con me. Cerca di compatire quel mio gesto come uno di quei caratteristici impulsi che tu conosci, e che ora è avvenuto in senso inverso. Avrei bisogno di stare coi cari amici; parlare e ridere.

Cerca di scrivermi in un momento di distensione, col nostro antico linguaggio. Ti abbraccio con grandissimo affetto

Pier Paolo

Presso il destinatario.
Autografa.

[1] Lettera non riprodotta in questa scelta.

A Pina Kalč - Opicina (Trieste)

[Versuta, 17 gennaio 1946]

Cara Pina,

è il giorno di Sant'Antonio, sono sempre uguale, alla mia scrivania qui a Versuta. Lei meglio di ogni altro può immaginarmi in questa solitudine.

È una giornata buia solcata da un vento spasimante, che viene giú dai monti invisibili, alludendo impassibile a quelle lontananze. Carmela canta dietro al muro che ci divide, con una voce da bambina: s'intrecciano a quell'esiguo suono il tonfo della pompa e quel rintoccare freddo delle campanelle di Versuta, senza eco. Peccato che mi sia venuta l'idea di scriverle questa mattina: mi sono accorto un poco in ritardo che è festa, e subito quel disgustoso veleno che lei conosce, mi ha riempito come un liquido incolore, e tutti i miei sentimenti vi galleggiano immobili.

Lei sa l'infinità di cose che abbiamo ancora da dirci, che la conversazione iniziata piú di un anno fa continua ancora, per certe sue strade invisibili, alleggerendosi o caricandosi di argomenti o memorie secondo un regolare processo nel tempo. Solo la nostra morte la interromperà in un suo punto qualsiasi (ma se esiste Dio non sarà un punto casuale!)

Certo man mano che il nostro discorso si dipana nel tempo, io sento che qualcosa si risolve, naturalmente. L'aver rinunciato a dirci tante cose, oltre alle forse troppe che ci siamo dette, è probabilmente un bene, perché cosí le nostre immagini reciproche non si sono consumate, ma conservano un residuo inesauribile di incanto.

Viltà, pudori, impedimenti si rivelano ora mezzi di una necessità impassibile, che come una corrente ci ha travolti, divisi, isolati in un gorgo. Per questo io mi sento ancora fortemente commuovere dalla sua immagine che suona Bach; lei ha costruito un edificio solidissimo nella mia vita.

Mi scusi Pina, non riesco (e non voglio) abbandonarmi alla piena delle memorie o delle evocazioni. In tutta la nostra particolare amicizia è infatti predominato in me quel lato del mio carattere per cui reagisco alla mia sensibilità eccessiva; e naturalmente la reazione se non si può dire anch'essa eccessiva, riesce per lo meno incoerente, disordinata.

Mi scriva. Io la saluto, anche da parte della mamma, che le scriverà, con affetto.

Suo

                                                    Pier Paolo

Presso la destinataria.
Autografa.

A Gianfranco Contini - Domodossola

Versuta, 27 marzo [1946]

Egregio Sig. Contini,

eccomi qui ancora a ringraziarLa per la Sua ultima lettera[1] e i Suoi ultimi giudizi. Io sono nello stato d'animo di chi deve tutto cominciare e sa ormai come tutto andrà a finire. È brutale dirlo ma io m'illudo soltanto in quei sentimenti che mi dicono che sono vivo, sentimenti diretti e corporei, abbandoni che mi conducono all'esattezza del diario. Questa solitudine, volevo dirLe, non è dunque coatta, ma volontaria, benché io sappia che è un vicolo cieco, o diciamo pure, peccato, egoismo. È l'insofferenza di un limite e anche di un orizzonte troppo aperto, un agnosticismo non rassegnato, un'eccessiva abitudine agli esperimenti proustiani. Ma è inutile che Le dica queste cose; so che le immagina, che fanno parte di un bagaglio obbligatorio.

Ho riso per il mio povero Sempione; è un nome cosí carico di geografia che sembra inventato dal Cattaneo. Ma io sono poco tenero con le mie trovate poetiche, e vedrò di sopprimerlo, per quanto pensi di non essere l'unico a crederlo un monte.

Gli altri membri dell'Academiuta *esistono*, almeno fisicamente; ma sono giovanissimi studenti delle scuole medie, eccetto uno o due. Se ha tempo però provi riguardare le cose di mio cugino Domenico Naldini e quelle del Bortotto; forse un avvio originale c'è. Davvero, come sarebbe utile il Suo aiuto al nostro minuscolo félibrige; anzi, guardi, Le getto qui un'idea che col tempo, chissà, potrebbe rivelarsi non tanto gratuita e infeconda: che ne direbbe che lo «Stroligùt» (magari mutando nome) divenisse una piccola rivista, ma piú poetica che filologica, di tutte le parlate ladine? Io penso a quel gigantesco volume dell'Ascoli[2] in cui una curva ideale unisce l'Engadina al Friuli, in cui tutti «quegli s finali, quelle palatali, quei dittonghi» sono come impregnati di un inquietante aroma d'alta montagna. Coira e Cividale posseggono indubbiamente una suggestione inedita. Lei sarebbe l'unico che potrebbe curare una rivista di questo genere, il cui tono potrebbe cangiare da quello della filologia convenzionale a quello delle piú raffinate riviste d'avanguardia. La materia non sarebbe molto vasta; però sconosciuta, eccitante. Cosí dal cuore della Svizzera ai monti di Gorizia potrebbe disegnarsi quella regione ideale e astratta la cui presenza era stata indicata dall'Ascoli. Nello stesso numero degli invitati potrebbero figurare tutte le altre lingue minori della Romania... Ecco l'idea che cullo da qualche anno, e che da solo non potrei mai concretare. Ora veda Lei se è poi tanto assurda.

Ho scritto a Falqui, dicendogli che Lei sarebbe disposto a far ripubblicare il Suo articolo in «Poesia»[3].

Mi scusi questa lunga lettera; io, purtroppo, ho molto tempo libero, ma non pretendo affatto di rubarLe il Suo.

La saluto cordialmente.

Suo dev.mo   Pier Paolo Pasolini

Presso il destinatario.
Autografa.

[1] Non ritrovata.
[2] Si riferisce all'opera *Saggi ladini* di Graziadio Isaia Ascoli (1829-1907).
[3] Rivista diretta da Enrico Falqui.

A Tonuti Spagnol - Versuta

Roma, 25 ottobre [1946]

Mio caro Tonuti,

avrei voluto scriverti prima, anche perché tu avessi modo di rispondermi. Ma non ho mai avuto un momento libero, cioè, un momento di calma.

Questa volta non ho da descriverti niente di grandioso: infatti ho conosciuto uomini, non opere d'arte. Mi sono incontrato con alcuni scrittori e letterati di qui, e questo incontro non è neppure da paragonare con quello con Michelangelo o Piero della Francesca. Tuttavia ieri mi è accaduta una cosa commovente. Mentre aspettavo sopra un ponte sul Tevere alcuni amici (era notte), mi è venuta l'idea di scendere lungo una scala che giungeva al livello dell'acqua. Eseguii subito quanto avevo pensato, e mi trovai sopra un lembo di sabbia e di fango. C'era un gran buio; sulla mia testa si distinguevano le arcate del ponte e, lungo le rive, i fanali un numero infinito di fanali. Ero a circa venti metri sotto il livello della città, e i suoi frastuoni mi giungevano sordi, come da un altro mondo. Proprio non credevo che nel cuore di una metropoli bastasse scendere una scala per arrivare alla piú assoluta solitudine. I tram passavano stridendo sulla mia testa, ma io ero a quattr'occhi col Tevere, col secolare Tevere, che trascinava le sue onde melmose e i suoi riflessi verso il Tirreno. Ma lo strano era questo, che io non pensavo di essere vicino al Tevere di adesso ma a quello di duemila anni fa, e mi pareva di vedere, con una precisione allucinante, Orazio Coclite che lo attraversava a nuoto.

Mi sembra impossibile che esista Versuta e che fra pochi giorni (mercoledí) sarò lí anch'io. Mi sono molto distratto, stavolta, e abituato a una vita intellettuale e socievole che, ahimè, a Versuta è proprio irrealizzabile. Tu sapessi come mi sembra microscopica e assurda, pensandola da qui! Ad ogni modo essa ha per me dei pregi insostituibili. Qui si vive troppo col cervello e pochissimo col cuore: l'unico sentimento della gente di qui è l'ambizione nel migliore dei casi, e, in genere, l'avidità dei piaceri e del denaro. Arrivederci presto, dunque. Salutami tanto la tua famiglia.

Pier Paolo

Presso il destinatario.
Autografa.

A Silvana Mauri - Roma [1]

Casarsa, 8 aprile [1947]

Carissima Silvana,

eccomi ormai nel cuore della mia atmosfera casarsese. Sono riassalito da tutte le mie abitudini, da tutti i miei miasmi e le improvvise vene di profumi.

Vorrei scriverti a lungo, particolare per particolare, del mio ritorno. Lo farò fra una settimana, quando avrò disimpegnato il pacchetto di posta che si è ammucchiato sulla mia scrivania. È vero, che potrei mandare a farsi benedire tutti gli altri miei noiosi corrispondenti, dedicare un'ora a te (un'ora epistolare); ma sono innervosito e la penna mi scatta tra le mani. Sai, c'è intanto la solita difficoltà d'infinito. E poi una quantità di richiami, di sottintesi, di pigrizie, di esultanze, che mi impediscono assolutamente di impegnarmi. Ti farò solo un'introduzione al ritorno.

Nei pressi di Conegliano (che poi stanotte ho sognato colmo di colline e di castelli) nelle maglie del fragore del treno, è venuto a inserirsi come un lamento, un canto metallico e remoto. Ho capito che erano le campane; ma ciò mi ha dato solo un piacere musicale. Che si fosse di Sabato Santo era un particolare che mi lasciava freddo. Tu avessi visto i colori dell'orizzonte e della campagna! Quando il treno si fermò a Sacile, in un silenzio fittissimo, da ultima Tule, ho sentito di nuovo le campane, cosí dolorosamente fredde, appena venate di malinconia; e in uno stagno vicino alla stazione cantavano a distesa, violentissime, nitidissime, centinaia di raganelle.

Lí, dietro alla stazione di Sacile, si spinge verso la campagna una strada che non so se ho percorsa durante l'infanzia o se ho sognata. Dovrei parlartene a lungo: c'era con me una compagnia di signore amiche di mia mamma; poi si vide un casolare con un'aia, delle oche; si giunse a una strada piú grande... Tu non puoi immaginare il mortale disagio che mi dà questa memoria. Un giorno dovrò andare a Sacile a distruggere tutto. Anche a Pordenone, appena cessato il rumore del treno, in un silenzio elisio, ho sentito suonare una campana, solitaria, affannata e fredda nel tempo stesso. I viaggiatori, impressionati, tacevano, disegnando contro i finestrini di opale, che davano su un cielo sterminato, i loro profili di animali feriti. Di quei luoghi io conoscevo tutto, con una sottigliezza mostruosa; erano marci di famigliarità. Quella campana mi accusava. Poi il treno si mosse per Casarsa.

Scusami tutta questa cattiva letteratura ma la mano mi trema, per non so che ansia. So che se uscissi dal generico riuscirei sgradevole, ora.

Ti dirò che rigiro tra le mani un brillante dall'acqua purissima: il nostro 2 aprile. Ho già scritto una ventina di endecasillabi per quel poemetto che ti dicevo (un brillante falso).

A Bologna ho visto tutti bene, Lionella[2] carissima. Qui ho trovato una lettera di Fabio[3] che mi chiede di mandargli quanto gli avevo promesso. Lo farò il piú presto possibile, sai Silvanuta, per quanto la mancanza della macchina da scrivere mi crea grave impedimento.

Scrivimi presto, dalla tua camera di via Belsiana tra i gridi delle romane!

Ti ringrazio moltissimo e ti saluto affettuosamente

tuo Pier Paolo

Presso la destinataria.
Autografa.

[1] Lettera inviata all'amica Silvana Mauri dopo un incontro a Roma.
[2] Lionella Calcaterra, figlia di Carlo, amica dei Mauri.
[3] Fabio Mauri, fratello di Silvana.

A Gianfranco Contini - Domodossola

[Timbro postale: Casarsa, 23 luglio 1947]

Egregio Sig. Contini,

mi avventuro di nuovo, e con molto timore, nel lago del silenzio e di distanza che ci divide, fortunatamente prece-

duto dalla candida bandierina del «Quaderno romanzo», la
quale per lo meno le annunci che sono in vita e che la campagna friulana, proprio come puro dato geografico, non mi ha
ancora assorbito nella fitta rete dei meridiani e dei paralleli.

Insieme a questa lettera le faccio avere un pacchetto che
contiene i *Ciants di un muart*[1] cioè il mio canzoniere friulano che se non vivessimo in Italia nel 1947 potrei osar sperare di vedere pubblicato. Glielo mando per una specie di
sfogo, ma anche perché è un pezzo che, nella mia immaginazione, Lei è il mio unico lettore. Insieme ai versi friulani
c'è qualcosa che forse La stupirà, cioè un dramma, *Il
Cappellano*[2], che mi è costato due anni di desiderio. Lo
mando a Lei, sperando che Lei affronti l'ora e mezza di lettura che esso richiede e che me ne dica qualcosa: soltanto in
seguito a questo potrei cercare di farlo avere a qualche uomo di teatro (ma a chi?)

Sto passando un brutto periodo (25 anni, l'età in cui
Gozzano ha detto addio alla giovinezza: ricorda l'appendice
all'*Usignolo*?); non posso dire di essere *sfiduciato* perché il
mio orgoglio non me lo consente: ma, insomma, in poche
parole sto tradendo la poesia per certe ingenue aspirazioni
giovanili. Questi campi solitari sono ormai saturi di quelli
che Lei chiamava i miei «complessi», d'altra parte l'affetto
che mi lega ad essi è ormai una malattia inguaribile: mortale. L'ultimo stadio del mio narcisismo era dunque l'indifferenza! Immagino che Lei abbia superato tutte queste cose;
e immagino che sorriderà se Le dico che dopo un intervallo
di alcuni anni il desiderio appassionatissimo di fuggire nel
Mare dei Caraibi come mozzo in qualche vascello di pirati
ora mi si ripresenta come desiderio di fuggire in una città,
nella sua accezione piú civile, magari a Venezia, per morirci
e *proprio* come il letterato di Thomas Mann. Mi scusi. Ora
con estrema impudenza devo chiederLe ancora due piccoli
favori, cioè di darmi notizia di Carles Cardò, a cui ho scritto circa un mese fa e a cui ho spedito il «Quaderno»[3] senza che egli si facesse vivo. Spero che non gli sia accaduto
nulla di male! Il secondo favore è di dirmi a chi potrei chiedere di farmi restituire una copia del dattiloscritto del mio
Usignolo. Nel copiarlo per il Concorso vi ho infatti ap-

portato varie modifiche che ora non ricordo: e ora quel dattiloscritto, cosí limitato, mi sarebbe necessario per farlo
avere a Bassani, il quale mi aveva promesso di parlarne alla
casa «Astrolabio» per un'eventuale pubblicazione. Vallecchi infatti è immerso, nei miei riguardi, in un profondo silenzio. Nel caso (in cui io non credo) che l'*Usignolo*[4] venis-
se stampato, Le andrebbe una dedica di questo genere: «A
Gianfranco Contini con sottile amor de lonh»?

Tanti cordiali saluti

Suo   Pier Paolo Pasolini

PS. Mi scusi questa lettera cosí indelicatamente espansa.

Presso il destinatario.
Autografa.

[1] Verrà pubblicato con l'aggiunta di poesie friulane scritte fino al 1953
col titolo *La meglio gioventú. Poesie friulane*, Sansoni, Firenze 1954.
[2] Primo titolo del testo teatrale *Nel '46!*
[3] «Quaderno romanzo», n. 3, Pubblicazioni dell'Academiuta, Casarsa
in Friuli, giugno MCMXLVII.
[4] *L'usignolo della Chiesa Cattolica*, poi pubblicato da Longanesi nel
1958.

A Silvana Mauri - Milano

Casarsa, 15 agosto 1947

Carissima Silvana,

la tua lettera, ieri, è caduta sulla mia scrivania come una
pietra; mi è stata da un parte cosí inesplicabile cosí illeggibile (il tifo di Fabio)[1] e dall'altra cosí dolce (i segni della
tua amicizia), che ne sono rimasto stordito, con la pura e
semplice reazione di un lungo batticuore. Anche ora non so
a quale delle tue due lettere rispondere... Ma ti dico subito,
e l'avrai già immaginato, che la notizia del male di Fabio,
mi ha molto turbato: non tanto per il male (che si può mettere a tacere considerandolo senz'altro guaribile) ma per la
sua minacciosa allusione a un destino accanito e avverso. Io
che mi sento cosí coinvolto al destino di Fabio, ho sentito

venirmi dall'interno e non dal di fuori questo nuovo urto. E il primo impulso che mi è venuto è stato quello di avventurarmi in questa assurda Etruria dove vi siete immersi e correre ad abbracciare il mio povero Fabio.

Con te non me la caverò in due parole, Silvana, a costo di fare di questa lettera origine di sconforto invece che di consolazione; ma bisogna che io ti recuperi in qualche modo, che esca da quella mia ineffabile (e ridicola) serenità a cui contribuiscono i campi casarsesi, il mio aspetto troppo giovanile, ecc. Quella serenità assurda che ci ha fatto trascorrere tanti momenti di disagio inesplicabile e crudele; ti ricordi la nostra conversazione nella sala d'aspetto di Casarsa mentre perdevamo il treno?². E quei miei silenzi odiosi sulla scalinata di Piazza di Spagna?³. E l'angolo rosso del mio quaderno⁴ che mi spuntava dalla tasca, causandoti quella puntura dolorosa? Tutte forme di quel mio silenzio, di quel mio ignoto interiore, di quella zona desertica in cui tu ti disorientavi, forse offesa, qualche volta, che io non ti guidassi liberandomi da quella specie di insistente viltà.

Ma facciamo un passo indietro: ricordi la mia ultima lettera che ti descriveva quell'orribile sogno?⁵. Ebbene, ora ho di nuovo superato quella forma di tristezza e di protesta; sono tornato alla mia allegria... alla mia serenità. Motivo di questo è il mio ritorno a quel famoso quadernetto rosso dove andavo descrivendo non so a chi i fatti di quella mia vita ferocemente privata, intima, la cui inconfessabilità mi aveva fatto comportare con te in modo tanto poco virile e onesto. Ora ho ripreso il filo della mia narrazione, con nuova coscienza: ho capito che l'*involontarietà* delle mie pagine⁶ non era tanto dovuta a un meccanismo psicologico quanto a un'aspirazione moralistica molto accentuata ma poco consapevole. È per essa che mi sono deciso oggi a essere esplicito con te, a costo magari, di perderti. Fin dai miei primi incontri con te tu avrai capito che dietro la mia amicizia c'era qualcosa di piú ma *di non molto diverso*; una simpatia che era addirittura tenerezza. Ma qualcosa di insuperabile, diciamo pure, di mostruoso si frapponeva tra me e quella mia tenerezza. Ricordati ancora una cosa, Silvana, e poi avrai finalmente capito: rivedi noi due in quel ristorante di piazza

Vittorio, davanti ai «calzoni», e ricorda il calore con cui ho difeso quella tua amica omosessuale. Non allarmarti, per pietà, Silvana, a questa ultima parola: pensa che la verità non è in essa, ma in me, che infine, malgrado tutto, sono largamente compensato dalla mia joy, dalla mia gioia che è curiosità e amore per la vita. Tutto ciò ti serva unicamente a una cosa: a spiegarti certe mie remore, certe mie incomprensioni, certe mie provvisorietà e false innocenze, che forse (dico forse) ti hanno fatto del male. Non ho la pretesa di essere stato cosí importante per te da averti sul serio ferita; non ho, su questo, che qualche sospetto. Tuttavia credo che tu non biasimerai questa improvvisa franchezza, e che anzi tu la considererai necessaria, è vero? Perché devo aggiungere ancora questo, che è poi la ragione vera di tutto questo discorso: tu sei la sola donna verso cui ho provato e provo qualcosa che è molto vicino all'amore, certo un'amicizia eccezionale.

Ti ho ancora una volta ferita, Silvanuta? Mi perdonerai? Certo questa lettera cosí rapida, precipitosa, inaspettata non può che amareggiarti, magari agghiacciarti; ma come potevano continuare i nostri rapporti allo stato in cui erano? Tutto ne veniva falsato, perfino Fabio; bisognava ricorrere a questa risoluzione, a questo intervento; non lo credi? Del resto, quante volte non ti avevo ripetuto che tu saresti stata l'unica persona a cui avrei letto il mio quaderno? E che se non facevo questo era unicamente per non gravarti di un peso che io solo dovevo sopportare?

Ora mi sembra che questo sia il momento propizio; all'ombra della malattia di Fabio tu potrai pensare piú con dolcezza che con dolore all'amico che ti si è aperto, e, con se stesso, ha aperto a una giusta interpretazione tutto il nostro passato comune. Ora, Silvana, volente o nolente, tu sei entrata dentro il piccolo cerchio della mia vitale confidenza, nella cameretta dell'io; e cosí potrò dirigere verso te il bene che ti voglio senza provare la confusione del bambino colto in fallo... Non so come mi risponderai, anzi cosa penserai: ricorda ad ogni modo che questa lettera in fondo non vuol dir niente: io sono infatti lo stesso che tu hai veduto a Bologna, a Macugnaga, qui, a Roma... Quando ci incontreremo? Allora sí, finalmente, potremo parlare; parleremo fino a impazzire. Oh come dovevi detestare quel Pier Paolo che ti mentiva coi suoi silenzi, davanti alla stufa della cucina di Macugnaga, mentre tu immergevi le dita nell'acqua calda, presa dalla vitalità delle tue parole! Questo non si ripeterà.

Come un baleno, ricordo ora che questa notte devo averti sognata: eravamo appunto a Macugnaga, ma in una Macugnaga felice, marmorea: una Macugnaga senza il Monte Rosa, o il torrente. Quell'angolo della camera di soggiorno, si vede, ha lievitato nella mia memoria poetica l'odore del legno, il colore del divano, del tavolino... fino a farne una specie di sostanza di marmo o ambrosia, in cui io e te discutevamo tranquilli e divertiti. Cosa devo dirti ancora? Tutto il resto è divenuto cosí scialbo, dopo la violenta commozione che mi ha fatto scrivere questa lettera! Ora penso a Fabio, esasperato di non poter fare nulla per lui; cerca di parlarmene a lungo, Silvana; vorrei sapere il suo stato di questi ultimi mesi, il suo modo di accettare la malattia. Credi che gli farebbe piacere una mia lettera? Ma se non so nulla di lui non gli posso scrivere.

Sono anche tanto in pena per tua mamma e tuo babbo; vedo le loro immagini nei miei genitori. Dunque aspetto assai presto una tua lettera, che mi raggiungerà nel cuore di una vita immutata e spesso assai dolce.

Ti abbraccio   Pier Paolo

Presso la destinataria.
Autografa.

[1] Fabio Mauri, fratello di Silvana.
[2] Si riferisce all'ultima visita di Silvana in Friuli.
[3] Si riferisce all'ultimo incontro avvenuto a Roma nell'aprile del '47.
[4] Con la denominazione «Quaderni rossi» si riferisce a un diario intimo datato 1946-47, pubblicato quasi integralmente in N. Naldini, *Pasolini, una vita* cit.
[5] Cfr. lettera a Silvana Mauri dell'8 aprile 1947.
[6] *Pagine involontarie* era uno dei titoli del diario trascritto nei «Quaderni rossi».

Il sogno di una cosa

(1948-1949)

Il 7 gennaio del 1948 a San Vito c'è una manifestazione organizzata dalla Camera del Lavoro e dai partiti della sinistra per l'applicazione del «Lodo De Gasperi», una legge dello Stato che intende garantire posti di lavoro ai disoccupati e aiuti ai mezzadri che hanno subìto danni di guerra.

Un gruppo di manifestanti assalta un palazzo di nobili proprietari che abitano a Roma e che come tanti altri si sono opposti all'applicazione di questa legge. Dopo qualche ora vengono cacciati dalla polizia e alcuni vengono arrestati. Pier Paolo, che nel frattempo è stato nominato segretario della sezione comunista di San Giovanni, è nella piazza di San Vito. Nelle pause degli scontri si raccolgono attorno a lui gruppi di giovani col fazzoletto rosso annodato attorno al collo. Mai come in questo giorno la prospettiva di una rivoluzione contadina sembra un sogno realizzabile, e su questa onda emotiva Pasolini comincia a scrivere il romanzo di quegli avvenimenti. Ma come un romanziere realista d'altri tempi non gli basta aver visto coi propri occhi la piccola rivoluzione di San Vito, aver parlato con capi e gregari, averne poi discusso nella cellula per molte sere. Negli anni successivi, durante le differenti stesure del romanzo – il suo primo titolo è *I giorni del Lodo De Gasperi* poi mutato in *La meglio gioventú*, titolo ceduto in seguito alla raccolta di versi friulani, e infine *Il sogno di una cosa* – continuerà a sollecitare memoriali da protagonisti e testimoni di quel giorno.

Le elezioni del '48 richiedono una militanza da organizzare sia in seno alla cellula di San Giovanni sia nell'ambito provinciale con comizi, dibattiti, interventi sui giornali, strategie elettorali, mentre cresce l'ostilità dei suoi avversari. Anche gli amici cambiano, alcuni si sono allontanati respinti dalle sue idee politiche, molti altri si sono stretti entusiasti attorno a lui. Si saldano anche altre amicizie, col pittore Giuseppe Zigaina e altri intellettuali comunisti.

La sua militanza continua con molto impegno per gran parte del 1949. È diventato una figura pubblica, partecipa ai congressi del partito come l'intellettuale piú in vista nella provincia, è saldamente responsabile della cellula di San Giovanni e si appresta a tracciare una linea culturale del partito nel contesto regionale.

Anche per la scuola di Valvasone ha nuovi programmi in seguito alla proposta da parte dell'autorità scolastica di trasformarla in una sorta di scuola sperimentale.

Nel '49 esce *Dov'è la mia patria*, versi friulani in varie parlate della Destra del Tagliamento che andranno a costituire *El testament Coran*, primo nucleo della seconda parte della *Meglio gioventú*.

Dopo la «stupenda primavera della Bassa», l'estate del 1949 si svolge sugli stessi scenari delle estati precedenti: i bagni nel laghetto del Pacher nei dintorni di Ramuscello, e al fiume Tagliamento verso Carbona e Malafiesta; e poi le sagre, i balli e le nuove amicizie. In realtà questa estate è insidiata da ricatti e vaghe minacce che provengono dall'ambiente politico avversario, ma a cui non vien dato alcun peso, anzi eccitano come una sfida e rendono ancora piú ossessivi gli appagamenti dell'eros.

La sera del 30 settembre a Ramuscello durante la sagra di Santa Sabina, Pier Paolo incontra un ragazzo che già conosce e assieme a due suoi amici vanno a riapararsi tra i cespugli. Il 22 ottobre viene denunciato per corruzione di minori e atti osceni in luogo pubblico. Il 28 ottobre i giornali pubblicano la notizia e il giorno dopo «l'Unità» annuncia la sua espulsione, con un corsivo scritto da Ferdinando Mautino:

> Prendiamo spunto dai fatti che hanno determinato un grave provvedimento disciplinare a carico del poeta Pasolini per denunciare ancora una volta le deleterie influenze di certe correnti ideo-

logiche e filosofiche dei vari Gide, Sartre, di altrettanto decadenti poeti e letterati, che si vogliono atteggiare a progressisti, ma che in realtà raccolgono i piú deleteri aspetti della degenerazione borghese.

Su questa duplice catastrofe – la perdita dell'insegnamento e l'espulsione dal Partito – si conclude il 1949.

Nel corso del 1949 nuovi importanti carteggi epistolari si aggiungono a quelli consueti. Col poeta Vittorio Sereni (1913-83) che lo invita a pubblicare testi poetici nella collana della «Meridiana» che allora dirigeva. Col critico letterario Giacinto Spagnoletti (1920) che ha puntato su Pasolini come una novità poetica da presentare nella sua *Antologia della poesia italiana (1909-1949)* (Guanda, Parma 1950), in cui apparirà il poemetto *L'Italia* tratto dalla raccolta *L'usignolo della Chiesa Cattolica*.

A Franco Farolfi - Parma

[Casarsa, settembre 1948]

Caro Franco,

tu non sai che sollievo e che specie di felicità mi hai dato
con la tua lettera. Sono stato mille volte sul punto di rispondere a quella in cui mi avvertivi della tua malattia e non ne
sono mai stato capace, non per viltà ma per egoismo. Ero
forse felice, chissà, non ricordo piú. Ora che almeno poten-
zialmente anche tu sei tranquillo e in piena vita, posso trat-
tarti da pari a pari, e risponderti magari nel modo piú pazzo. Prima cosa da dirti è questa: sento come non mai la mia
amicizia per te, desidero molto vederti. Non sarà, immagino, come l'ultima volta a Bologna, un incontro appesantito
dalla responsabilità di *doversi ritrovare*. Ormai possiamo farci credito a fondo perduto; chissà che ne è di noi (almeno di
me... tu hai un'aria molto pura, e, come dirti? dostoiew-
schiana).

Non mi è mai capitato di dimenticare in una tasca centomila lire (per il semplice fatto che non le ho mai possedute:
sono un professorino povero in canna), ma immagino che
l'amicizia nostra sia un po' come ritrovare per caso in una
vecchia tasca centomila lire dimenticate. Che ne facciamo?
Spendiamole nel modo piú leggero possibile, senza preoccu-
pazioni o nostalgia: vieni tu a trovarmi o dimmi se posso venire io da te.

Seconda cosa da dirti... è che io ho finito il periodo della
vita in cui si crede di essere saggi per avere superato le crisi
o soddisfatto certi terribili bisogni (sessuali) dell'adolescenza e della prima giovinezza. Son disposto a ritentare a rifarmi illusioni e desideri; sono definitivamente un piccolo Vil-

lon o un piccolo Rimbaud. In tale stato d'animo, se trovassi un amico, potrei andare anche nel Guatemala o a Parigi.

La mia omosessualità è entrata ormai da vari anni nella mia coscienza e nelle mie abitudini e non è più un Altro dentro di me. Ho dovuto vincerne di scrupoli, di insofferenze e di onestà... ma infine, magari sanguinante e coperto di cicatrici, sono riuscito a sopravvivere salvando capra e cavoli, cioè l'eros e l'onestà.

Cerca di capirmi subito e senza troppe riserve; è un capo che devi doppiare senza speranza di poter tornare indietro. Mi accetti? Bene. Son molto diverso dal tuo amico ginnasiale e universitario, vero? Ma forse molto meno di quello che tu creda, anzi forse sono rimasto troppo simile al Pier Paolo di quel tempo (se il mio caso clinico è l'infantilismo). Se non ci fosse stata una ingiustificabile e strana secca in questi ultimi mesi, ti direi che la poesia è sempre la mia competenza (per non dirti proprio vocazione o asilo o norma igienica). Ho le mie poesie in un incredibile disordine e inoltre non mi piacciono; per queste due ragioni non te le mando.

Caro Franco, ringrazio il destino per la tua ricomparsa (a proposito sei calvo? Ti avverto che mi sei ricomparso «biondo»), sono pieno di freschezza e di attesa.

Ti abbraccio con affetto

Pier Paolo

PS. Rileggendo la lettera mi sono accorto di essere stato troppo brusco; è una questione di misura e di civiltà: non si può approfittare così della comprensione altrui! Del resto c'è stata una nostra passeggiata alla Montagnola, ricordi? ma allora non ero ancora abbastanza umano per accettare l'umanità in ogni sua forma. Del resto, basta, perché tu mi annoieresti se parlassi troppo della tua infiltrazione polmonare.

Forse ti interessa sapere qualcosa della mia famiglia: mio padre è un po' migliorato, mia madre il solito, io sono un po' in pensiero aspettando le nomine, guai se non avessi il posto[1]. In genere, a parte le calme e terribili prese di coscienza, specie di mestruazioni mensili, vivo in una sorta di felicità, anzi tutto preso dall'ossessione di questa felicità immediata, sensuale.

Presso il destinatario.
Dattiloscritta con firma autografa.

[1] Si riferisce al posto di insegnante alla scuola media di Valvasone.

A Silvana Mauri - Milano

[Casarsa, marzo 1949]

Carissima Silvana,

tu hai detto a Lerici che ormai noi due abbiamo meno bisogno di parlare. Sí, indubbiamente hai ragione, ma perché ammetterlo? Ho provato molto spesso che quando non ho piú un sentimento o un bisogno, posso fingerlo: e non è ipocrisia, ma abilità. Si tratta di una specie di interregno in cui io, come reggente, prendo il potere; poi quel sentimento o quel bisogno ridiviene adulto e allora ricomincia a regnare lui. S'intende che abilità simili non si applicano se non ne vale la pena; e credi che la nostra amicizia non ne valga la pena? Io credo di sí; per quel che riguarda il passato tu rappresenti per me alcune delle ore piú limpide della mia vita, e, soprattutto, la mia unica confidenza; per quel che riguarda il futuro... Non facciamo delle previsioni e non sfruttiamo la nostra «esperienza», è sempre possibile che un po' di pazzia ci sia restata. Quando ci siamo incontrati, abbiamo parlato poco, con tutto quel Lerici intorno; del resto non potevamo pretendere di costituire artificialmente il calore necessario, e siamo vissuti di rendita. Però che cosa stupenda quel mare e quegli odiosi narcisi!

Sono quasi due mesi dacché ci siamo visti, ma ti assicuro che mi sembra un'eternità. Forse per quel leggero cambiamento che ho visto in te e nella tua famiglia (il figlio di Ornella, Luciano[1] divenuto «grande» e deluso).

Qual è il tuo cambiamento? Forse assomiglia al mio; sai, quell'esperienza di cui parlavamo, ma non ne sono molto sicuro, perché malgrado tutto noi due siamo molto diversi. La mia malattia consiste nel *non mutare*, mi capisci, vero? E allora se c'è in me qualche cambiamento è puramente superficiale, e si tratta di uno scadimento morale (ma allora dovremmo fare un altro discorso) ... ma no, neanche in tal caso potrei giurare su una essenziale importanza di tale scadimento. Ho perso molti scrupoli e molte timidezze; ho imparato per esempio a fare l'amore senza amore e senza rimorsi. (Ecco, infine confessato, il mio cambiamento). «Divenire felici è un dovere» (Gide), questo è stato l'unico dovere della mia vita, e l'ho compiuto con accanimento, lo strazio e la malavoglia che il «dovere» comporta. Che miserabile questo tuo amico, eh Silvana? Tu invece sei effettivamente un poco mutata, e sapessi come ti invidio! È ormai quasi un decennio che tu rappresenti per me una specie di Modello di purezza tanto piú autentica quanto piú abitudinaria e congenita. Ora ti vedo allontanarti per una strada pervasa da una specie di luminosità accorata, dove io mi perderei, timido e sacrilego. No, non c'entra piú il complesso d'inferiorità o il mio eros maniaco, sono cose scontate e divenute humus, sottobosco, dati senza piú valore diretto; è l'individuo che io ci ho costruito sopra, e che in fondo avrebbe anche potuto essere un capolavoro, che non mi accontenta. Possibile che il trovarsi fuori dalla pura funzionalità della natura non provochi, alla fine dei conti, che una nostalgia per la natura? Bah, non parliamo di ciò, ti annoi.

Tornato a Casarsa la mia vita solita mi ha ingoiato. Come un sasso caduto nell'acqua ho sollevato qualche onda concentrica, poi la superficie si è completamente distesa. Sotto l'acqua vivo di deliziosi sotterfugi, perfettamente felice di essere nascosto.

Faccio scuola, ho grandi programmi (un teatro e un'infinità di faccende parascolastiche: il Provveditore ha deciso di fare della scuola di Valvasone una specie di scuola sperimentale).

Lavoro molto anche in campo politico; come sai sono segretario della Sez. di San Giovanni[2], e ciò mi impegna molto, con conferenze, riunioni, giornali murali, congressi e polemiche coi preti della zona che mi calunniano dagli altari. Per me il credere nel comunismo è una gran cosa.

Quanto alla mia vocazione letteraria, la mia vena è fin troppo abbondante; i soliti versi in friulano e in italiano, un po' di critica e il romanzo³ che continua a tenermi occupato non so dirti con che batticuori e che altissime ore di impegno.

La domenica mi diverto; ora il tempo è bello, tutta una piaga azzurra. Domenica tornerò a Malafiesta. Trepidazione e ghigni.

Ora, cara Silvana, attendo una tua lettera. Bada, mi bastano anche due righe: cosa fai tu, che ne è di Fabio, come stanno i tuoi. Con tutto il male che ti ho detto di me, puoi accettare ora questo piccolo elogio: io, l'incostante, il politeista, il nomade, il libertino, sono molto fedele ai miei affetti. (Un elogio? a parte il tono ridicolo con cui me lo sono fatto – «Io non sono mai stato fascista, signore» –, mi accorgo che non è altro che un dato della mia malattia).

Comunque rispondimi anche solo con due righe all'affetto paleozoico del tuo aff.mo

Pier Paolo

Se ti ricordi, o non l'hai perduto, mandami il dattiloscritto di *Manuti*⁴: mi serve per il romanzo. Se vedi Vittorio Sereni, chiedigli se ha ricevuto ciò che mi aveva chiesto (cioè dei versi per la Rassegna). Salutami tutti quanti con calore, in specie la tua carissima madre.

Presso la destinataria.
Dattiloscritta con firma autografa.

¹ Ornella e Luciano Mauri, sorella e fratello di Silvana.
² Sezione del Pci.
³ Probabilmente *Il sogno di una cosa* (Garzanti, Milano 1962).
⁴ Probabile abbozzo de *Il sogno di una cosa*.

A Ferdinando Mautino - Udine[1]

[Timbro postale: Casarsa, 31 ottobre 1949]

Caro Carlino,

circa tre mesi fa, come forse sai, sono stato ricattato da un prete: o io la smettevo col comunismo o la mia carriera scolastica sarebbe stata rovinata. Ho fatto rispondere a questo prete come si meritava dalla intelligente signora che aveva fatto da intermediaria. Un mese fa un onorevole democristiano amico di Nico mi avvertiva molto indirettamente che i democristiani stavano preparando la mia rovina: per puro odium theologicum – sono le sue parole – essi attendevano come iene lo scandalo che alcune dicerie facevano presagire. Infatti appena la manovra di Ramuscello, sempre per odium theologicum, è riuscita (altrimenti si sarebbe trattato di un fatterello senza importanza, una qualsiasi esperienza che chiunque può avere nel senso di una vicenda tutta interiore), probabilmente il Maresciallo dei Carab. di Casarsa ha eseguito gli ordini impartitigli dalla Dc, mettendo subito al corrente i dirigenti, che a loro volta hanno fatto scoppiare lo scandalo in Provveditorato e nella stampa. Mia madre ieri mattina è stata per impazzire, mio padre è in condizioni indescrivibili: l'ho sentito piangere e gemere tutta la notte. Io sono senza posto, cioè ridotto all'accattonaggio. Tutto questo semplicemente perché sono *comunista*. Non mi meraviglio della diabolica perfidia democristiana; mi meraviglio invece della vostra disumanità; capisci bene che parlare di deviazione ideologica è una cretineria[2]. Malgrado voi, resto e resterò comunista, nel senso piú autentico di questa parola. Ma di che cosa parlo, io in questo momento non ho avvenire. Fino a stamattina mi sosteneva il pensiero di avere sacrificato la mia persona e la mia carriera alla fedeltà a un ideale; ora non ho piú niente a cui appoggiarmi. Un altro al mio posto si ammazzerebbe; disgraziatamente devo vivere per mia madre. Vi auguro di lavorare con chiarezza e passione; io ho cercato di farlo. Per questo ho tradito la mia classe e quella che voi chiamate la mia educazione borghese; ora i traditi si sono vendicati nel modo piú spietato e spaventoso. E io sono rimasto solo col dolore mortale di mio padre e mia madre.

Ti abbraccio

Pier Paolo

Pubblicata in aa.vv., *Pasolini: cronaca giudiziaria, persecuzione, morte*, Garzanti, Milano 1977.

[1] Funzionario della Federazione comunista di Udine.
[2] Si riferisce al corsivo di Mautino (Carlino) pubblicato su «l'Unità» del 29 ottobre 1949.

A Teresina Degan - Roveredo in Piano (Pordenone)[1]

[Timbro postale: Casarsa, 10 novembre 1949]

Cara Degan,

ti spiegherò a voce i retroscena[2], che del resto puoi già immaginare. È stato un lavoro perfetto, minuzioso e paurosamente tempestivo: abbiamo molto da imparare da loro[3]. Quanto a me sono condannabile per un'ingenuità addirittura indecente. È magari tardi per imparare, comunque i sette o otto amici sopravvissuti vanno ripetendomi che sono molto giovane e che posso rifarmi. Bella consolazione! C'è stato un momento che avrei potuto annegare nel letamaio dell'odio borghese, adesso però sto riprendendomi e se mai ho avuto una vitalità me la sento ora addosso come un vestito nuovo. Quello che tu dici avermi fatto un difensore delle classi lavoratrici è un dato ormai assoluto del mio pensiero e, non temere, nulla lo muterà.

Cordiali saluti dal tuo

Pier Paolo Pasolini

Presso la destinataria.
Cartolina postale dattiloscritta con firma autografa e con l'intestazione «Quaderno romanzo».

[1] Militante comunista di Pordenone.
[2] Si riferisce alla denuncia per corruzione di minorenni.
[3] Si riferisce al mondo cattolico-borghese di Udine.

A Franco Farolfi - Sondalo

[Casarsa, 31 dicembre 1949]

Carissimo Franco,

ti scriverò lungamente fra qualche giorno; ora due parole: ho perso il posto di insegnante a causa di uno scandalo in Friuli in seguito a una denuncia che mi è stata fatta per corruzione di minorenni.

Per fortuna questo autunno ci siamo scritti, cosí la cosa ti meraviglierà di meno. Il fatto che mi è costato la rovina della carriera e questo tremendo scossone biografico, non è in sé molto grave o importante: è stata tutta una montatura dovuta a ragioni politiche. I democristiani e i fascisti udinesi hanno colto l'occasione per togliermi di mezzo, e l'hanno fatto con un cinismo e un'abilità ripugnanti. Ma te ne parlerò un'altra volta.

Oggi è l'ultimo giorno dell'anno: davanti a me non ho nulla, sono disoccupato; senza assolutamente nessuna speranza di lavoro, mio padre è nelle condizioni fisiche e morali che sai. Aria da suicidio. Sto lavorando accanitamente intorno a un romanzo[1], su cui fondo tutte le mie speranze anche pratiche; so che sono speranze pazze, tuttavia in qualche modo mi riempiono. Nelle mie condizioni non potevo naturalmente venire a Parma. Chissà ora, quando ci vedremo, e me ne dispiace immensamente, perché sento sempre di volerti un gran bene.

Ti bacio   Pier Paolo

Presso il destinatario.
Dattiloscritta con firma autografa.

[1] *Il sogno di una cosa*.

A Silvana Mauri - Milano

[Casarsa, 18 gennaio 1950]

[...] Milano mi ha dato, con troppa leggerezza e incompetenza perché io potessi fidarmi ad esserne felice, che Fabio sta guarendo. Forse avrai letto nei giornali del processo di Brescia[1]: vi sono stato anch'io come testimonio, e sono tornato a Casarsa ieri sera. Sono stato tentato, a Brescia, di venirti a trovare; ma poi ho pensato che ormai ero troppo Giovanna Bemporad.

Il mio futuro, piú che essere nero, non esiste. Mi concedo ancora un mese o due per finire *La meglio gioventú*[2] il mio romanzo (cui ti ho accennato a Lerici) e poi partirò: per dove? A Roma, a Firenze, forse anche; se le cose seguiranno una certa piega, nel Libano. Mi accorgo di non avere capito niente del mondo e che me ne allontano sempre piú: non trovo non la forza ma le ragioni, per riabilitarmi, redimermi, rassegnarmi, mimetizzarmi – una di quelle azioni, insomma, che fanno coloro che hanno un'idea di cosa sia il mondo dove vivono – e deraglio sempre piú, Rimbaud senza genio. Ti prego di scrivermi qualcosa della tua vita e di Fabio.

Affettuosi saluti dal tuo   Pier Paolo

Presso la destinataria.
Dattiloscritta. Foglio conservato di una lettera perduta.

[1] Per la strage di Porzùs, dove aveva trovato la morte il fratello Guido.
[2] Titolo del romanzo *Il sogno di una cosa*, poi passato alla raccolta di poesie friulane.

Disonore, disoccupazione, miseria

(1950-1954)

In casa gli umori del padre sono fissi al peggio. Uno psichiatra di Udine che ha potuto vederlo per qualche istante ha diagnosticato una sindrome paranoidea. Il recente scandalo non ha potuto che peggiorare la situazione famigliare facendola divenire insostenibile. Il 28 gennaio del 1950 Pier Paolo e sua madre partono segretamente per Roma dove trovano ospitalità presso un parente. Mentre Susanna si adatta a fare la governante, un sacrificio che offre subito al figlio, Pier Paolo, malgrado la ricerca disperata di un lavoro qualsiasi riesce a procurarsi solo qualche collaborazione a giornali minori. Però «Roma è divina» e in poche settimane compie la scoperta di una città visionaria e musicale – il dialetto romanesco parlato ancora con le cadenze del Belli dilaga nelle strade – percorrendo a piedi i Lungoteveri, il Gianicolo, raggiungendo con le circolari e i vecchi autobus le borgate periferiche.

Immediata alla scoperta di Roma, e con quella carica di vitalità che regge la sua esistenza e la sua scrittura come un unico esperimento, nasce la nuova vocazione narrativa con la stesura dei primi «cartoni» di *Ragazzi di vita*. Riconoscendosi in perfetta sintonia con lo stato di emarginazione delle borgate, le percorre giorno e notte scoprendovi insieme alla disperata miseria molta allegria e molto sole. Per le strade formicola un infinito numero di ragazzi sbandati e sfaccendati; e in essi il narcisismo plebeo ha i suoi contrappunti erotici gaiamente illimitati. In un giorno d'estate sulle sponde dell'Aniene gremite di bagnanti incontra Sergio Citti, un imbianchino diciottenne chiamato il Mozzone o anche «Er pittoretto della Maranella». Sergio diventa subito il suo «vivente lessico romanesco» referente di parlate malandrine e di gerghi di bande borgatare.

La lontananza ha migliorato i rapporti col padre col quale da tempo si discute di un possibile ricongiungimento. Affittata una casetta ancora in via di costruzione a Ponte Mammolo, una borgata oltre Rebibbia, la famiglia Pasolini si riunisce nel luglio del 1951. Il vecchio Pasolini ormai sopravvive a se stesso ma lasciando imprevedibilmente svolgersi i suoi lati migliori. Partecipe puntiglioso di ogni atto della nascente fama del figlio, da adesso in avanti sarà il suo solerte segretario addetto a incarichi quotidiani come spedire e ricevere la posta, datare e archiviare i suoi scritti che via via escono sui giornali e spedirne una copia ad amici e conoscenti. Nel dicembre dello stesso anno anche la sospirata sistemazione si concreta in un nuovo incarico di insegnamento nella scuola media di Ciampino. Il viaggio da Ponte Mammolo si prende ogni giorno tre ore e mezza. Durante il tragitto Pier Paolo legge una dopo l'altra le opere piú significative della poesia dialettale dell'ultimo secolo poiché ha avuto l'incarico di allestire un'antologia per una collana diretta da Attilio Bertolucci. Altri poeti come Sandro Penna, Giorgio Caproni, Carlo Betocchi, Giorgio Bassani, sono i suoi primi amici romani. Frequenta la casa di Giuseppe Ungaretti e in un ufficio della Rai conosce Carlo Emilio Gadda.

Nell'aprile del 1952 a Pordenone c'è l'ultima stazione della via crucis processuale per i fatti di Ramuscello, che si conclude con una sentenza di assoluzione per insufficienza di prove.

Nel giugno del 1954 esce nella collana della rivista «Paragone» l'intero corpus delle poesie friulane *La meglio gioventú*, dedicato: «A Gianfranco Contini – con amor de lonh». Una dedica che sarà molto apprezzata dal destinatario:

> Debbo confessarle che il mio occhiello è molto fiero del fiore che ha voluto inserirvi; sia indulgente alla mia debolezza, peraltro giustificata. Anche *Ragazzi di vita* mi è parso un oggetto formidabile.

Il magro stipendio della scuola che si interrompe nei mesi estivi, ha lasciato tuttavia aperto il problema di una dignitosa sistemazione famigliare. Nell'ambiente letterario romano già alcuni suoi amici collaborano alle imprese cinematografiche e in questo senso comincia a intravvedere anche per sé «pane e un po' di respiro». Assieme a Giorgio Bassani collabora alla sceneggiatura del film di Mario Soldati *La donna del fiume* e subito dopo alla sceneggiatura del film *La prigioniera della montagna* di Luis Trenker.

Le migliorate condizioni economiche permettono il trasferimento in un quartiere borghese lontano dal «fango di Rebibbia», a Monteverde Nuovo in via Fonteiana 86.

Nuovi destinatari:

Il poeta Carlo Betocchi (1899-1986) uno dei primi a notare con molto interesse gli esordi poetici di Pasolini e degli altri poeti dell'«Academiuta» friulana.

Livio Garzanti che per piú di vent'anni sarà l'editore esclusivo delle opere di Pasolini.

Il poeta Biagio Marin (1891-1985) che risiedeva tra Trieste e Grado e nel dialetto di Grado ha scritto numerose raccolte di versi riunite in: *I canti de l'isola 1912-1969* (1970) e *I canti de l'isola 1970-1981* (1981).

A Silvana Mauri · Milano

Roma, 10 febbraio 1950

Carissima Silvana,

avevo deciso di riscriverti questa mattina, perché mi ero pentito della mia ultima lettera[1], un po' troppo piena di disperazione; spero che tu me l'abbia perdonata. Oggi, senza una ragione, ero meno oppresso, avevo qualche linea di meno di sconforto. Adesso è già sera, e sono qui con la tua lettera davanti agli occhi. Sai, abito vicino al ghetto, a due passi dalla chiesa di Cola di Rienzo: ti ricordi? Ho rifatto ormai due o tre volte quel nostro giro del '47, e anche se non ho piú ritrovato quel cielo e quell'aria – dal tremendo grigio del ghetto al bianco di San Pietro in Montorio; l'ebrea seduta vicina a una catena contro la porta scura; il temporale con l'odore di resina, e poi via Giulia e palazzo Farnese, quel palazzo Farnese che non si ripeterà piú, come se la luce dopo il temporale lo avesse scolpito in un velo – mi sono stordito e consolato.

Anche adesso ho la testa ronzante dei gridi di Campo dei Fiori, mentre spioveva. Ma questo calore che mi invade come un riposo, lo devo alla tua lettera: è qui sporca di rossetto e di crema, del carnevale di Versuta e dei fiori di Piazza di Spagna. A quei tempi, nel '47 è cominciata la mia discesa, che è divenuta precipizio dopo Lerici: giudicarmi ancora non mi riesce, neanche, come sarebbe facile, giudicarmi male, ma penso che fosse invitabile. Mi chiedi di parlarti con verità e *con pudore*: lo farò, Silvana, ma a voce, se è possibile parlare con pudore di un caso come il mio: forse l'ho fatto in parte nelle mie poesie. Ora da quando sono a Roma, basta che mi metta alla macchina da scrivere perché

tremi e non sappia piú nemmeno pensare: le parole hanno
come perso il loro senso. Posso solo dirti che la vita ambi-
gua – come tu dici bene – che io conducevo a Casarsa,
continuerò a condurla qui a Roma. E se pensi all'etimologia
di ambiguo vedrai che non può essere che ambiguo uno che
viva una doppia esistenza.

Per questo io qualche volta – e in questi ultimi tempi
spesso – sono gelido, «cattivo», le mie parole «fanno male». Non è un atteggiameno «maudit», ma l'ossessionante
bisogno di non ingannare gli altri, di sputar fuori ciò che *anche* sono. Non ho avuto un'educazione o un passato religioso e moralistico, in apparenza: ma per lunghi anni io sono
stato quello che si dice la consolazione dei genitori, un figlio
modello, uno scolaro ideale... Questa mia tradizione di onestà e di rettezza – che non aveva un nome o una fede, ma
che era radicata in me con la profondità anonima di una cosa naturale – mi ha impedito di accettare per molto tempo
il verdetto. Devi immaginare il mio caso un po' come quello
di Fabio, senza psichiatri, sacerdoti, cure e sintomi e crisi,
ma che, com'è di Fabio, mi ha allontanato, assentato. Non
so se esistano piú misure comuni per giudicarmi, o se non si
deve piuttosto ricorrere a quelle eccezionali che si usano per
i malati. La mia apparente salute, il mio equilibrio, la mia
innaturale resistenza, possono trarre in inganno... Ma vedo che sto cercando giustificazioni, ancora una volta... Scusami – volevo solo dire che non mi è né mi sarà sempre
possibile parlare con pudore di me: e mi sarà invece necessario spesso mettermi alla gogna, perché non voglio piú ingannare nessuno – come in fondo ho ingannato te, e anche
altri amici che ora parlano di un vecchio Pier Paolo, o di un
Pier Paolo da rinnovarsi.

Io non so di preciso che cosa intendere per ipocrisia, ma
ormai ne sono terrorizzato. Basta con le mezze parole, bisogna affrontare lo scandalo, mi pare dicesse San Paolo... Io
credo – a questo proposito – di desiderare di vivere a Roma, proprio perché qui non ci sarà né un vecchio né un nuovo Pier Paolo. Coloro che come me hanno avuto il destino
di non amare secondo la norma, finiscono per sopravalutare
la questione dell'amore. Uno normale può rassegnarsi – la

terribile parola – alla castità, alle occasioni perdute: ma in me la difficoltà dell'amare ha reso ossessionante il bisogno di amare: la funzione ha reso ipertrofico l'organo, quando, adolescente, l'amore mi pareva una chimera irraggiungibile: poi quando con l'esperienza la funzione ha ripreso le sue giuste proporzioni e la chimera è stata sconsacrata fino alla piú miserabile quotidianità, il male era ormai inoculato, cronico e inguaribile. Mi trovavo con un organo mentale enorme per una funzione ormai trascurabile: tanto che è di ieri – con tutte le mie disgrazie e i miei rimorsi – una incontenibile disperazione per un ragazzo seduto su un muretto e lasciato indietro per sempre e per ogni luogo dal tram in corsa. Come vedi ti parlo con estrema sincerità e non so con quanto poco pudore. Qui a Roma posso trovare meglio che altrove il modo di vivere ambiguamente, mi capisci?, e, nel tempo stesso, il modo di essere compiutamente sincero, di non ingannare nessuno, come finirebbe col succedermi a Milano: forse ti dico questo perché sono sfiduciato, e colloco te sola nel piedestallo di chi sa capire e compatire: ma è che finora non ho trovato nessuno che fosse sincero come io vorrei. La vita sessuale degli altri mi ha fatto sempre vergognare della mia: il male è dunque tutto dalla mia parte? Mi sembra impossibile. Comprendimi, Silvana, ciò che adesso mi sta piú a cuore è essere chiaro per me e per gli altri: di una chiarezza senza mezzi termini, feroce. È l'unico modo per farmi perdonare da quel ragazzo spaventosamente onesto e buono che qualcuno in me continua a essere. Ma di tutto questo – che continuerà a rimanerti un po' oscuro, perché detto troppo confusamente e rapidamente – potremo parlarne con piú agio. Credo dunque che resterò a Roma – questa nuova Casarsa – tanto piú che non ho intenzione non solo di conoscere, ma neanche di vedere i letterati, persone che mi hanno sempre atterrito perché richiedono sempre delle opinioni, mentre io non ce n'ho. Ho intenzione di lavorare e di amare, l'una cosa e l'altra disperatamente. Ma, allora, mi chiederai se quello che mi è successo – punizione, come tu dici giustamente – non mi è servito a nulla. Sí, mi è servito, ma non a cambiarmi o tanto meno a redimermi: mi è servito a capire che avevo toccato il fondo, che l'esperienza era esaurita e che potevo ricominciare daccapo ma senza ripetere gli stessi errori; mi sono liberato dalla mia riserva di perversione malvagia e fossile, ora mi sento piú leggero e la libidine è una croce, non piú un peso che mi trascina verso il fondo.

Ho riletto quello che ti ho scritto finora e ne sono molto scontento: forse lo troverai ancora un po' agghiacciante, come la lettera dopo Lerici, ma tieni presente che allora cominciavo la mia discesa verso la sfiducia, l'incredulità, il disgusto, mentre ora ne sto risalendo, o almeno spero. Tu potrai individuare quanto di patologico e febbrile sussista nelle mie parole, che traccie vi lasci la mia disperazione di questi giorni. Altre frasi non dovrai prenderle alla lettera. Per es. «Roma, questa nuova Casarsa» è una frase che non deve farti cadere le braccia, anche se è un po' odiosa: c'è stata anche una Casarsa buona, ed è questa che voglio riacquistare. Quest'ultima crisi della mia vita, crisi esteriore, che è il grafico di quella interiore che io rimandavo di giorno in giorno, ha ristabilito, spero, un certo equilibrio. Ci sono dei momenti in cui la vita è aperta come un ventaglio, vi si vede tutto, e allora è fragile, insicura e troppo vasta. Nelle mie affermazioni e nelle mie confessioni cerca di intravedere questa totalità. La mia vita futura non sarà certo quella di un professore universitario: ormai su di me c'è il segno di Rimbaud o di Campana o anche di Wilde, ch'io lo voglia o no, che gli altri lo accettino o no. È una cosa scomoda, urtante e inammissibile, ma è cosí: e io, come te, non *mi rassegno*. Da certe tue parole («... tra cose che ti sono costate dolore, se veramente ti sono costate dolore») mi par di capire che anche tu, come molti altri, sospetti dell'estetismo o del compiacimento nel mio caso. Invece ti sbagli, in questo ti sbagli assolutamente. Io ho sofferto il soffribile, non ho mai accettato il mio peccato, non sono mai venuto a patti con la mia natura e non mi ci sono neanche abituato. Io ero nato per essere sereno, equilibrato e naturale: la mia omosessualità era in piú, era fuori, non c'entrava con me. Me la sono sempre vista accanto come un nemico, non me la sono mai sentita dentro. Solo in quest'ultimo anno mi sono lasciato un po' andare: ma ero affranto, le mie condizioni famigliari erano disastrose, mio padre infuriava ed era malvagio fino alla nausea, il mio povero comunismo mi aveva fatto odiare, come si odia un mostro, da tutta una comunità, si profilava ormai anche un fallimento letterario: e allora la ricerca di una gioia immediata, una gioia da morirci dentro era l'unico scampo. Ne sono stato punito senza pietà. Ma anche di questo parleremo, oppure te ne scriverò con piú calma, ora ho troppe cose da dirti. Aggiungerò ancora subito su questo argomento un particolare: fu a Belluno, quando avevo tre anni e mezzo (mio fratello doveva ancora nascere) che io provai per la prima volta quell'attrazione dolcissima e violentissima che poi mi è rimasta dentro sempre uguale, cieca e tetra come un fossile.

Non aveva un nome allora, ma era cosí forte e irresistibile che dovetti inventarglielo io: fu «teta veleta», e te lo scrivo tremando tanto mi fa paura questo terribile nome inventato da un bambino di tre anni innamorato di un ragazzo di tredici, questo nome da feticcio, primordiale, disgustoso e carezzevole. Da allora tutta una storia che ti lascio immaginare, se lo puoi. Verso i diciannove anni, poco prima che noi due ci conoscessimo, ho avuto una crisi che è stata a un pelo di essere identica a quella di Fabio: si è risolta invece in una non gravissima nevrosi, in un esaurimento, in un ossessivo pensiero di suicidio (che spesso mi riprende ancora) e poi nella guarigione. Nel '42 a Bologna, ti ricordi?, ero sano come un pesce, ormai, e completo come un albero. Ma era una floridezza che non doveva durare.

Tu sei stata per me qualcosa di speciale e di diverso da tutto il resto: cosí eccezionale che non vi trovo nessuna spiegazione, neanche una di quelle spiegazioni larvali e cosí concrete che noi afferriamo nel nostro monologo interiore: nelle nostre astute manovre del pensiero. Da quando mi hai aperto la porta a Bologna, pochi giorni dopo che io avevo conosciuto Fabio, e mi sei apparsa sotto la figura di una «madonna del Duecento» (credo di avertelo detto), alla Malga Troi, a Milano, dopo la guerra, da Bompiani, a Versuta, a Roma, tu sei stata sempre per me la donna che avrei potuto amare, l'unica che mi ha fatto capire che cosa sia la donna, e l'unica che fino a un certo limite ho amato. Tu capisci cos'è quel limite: ma ora devo dirti che qualche volta, non so né come né quando l'ho varcato, timidamente, pazzescamente, ma l'ho varcato. Se vuoi pensare a una situazione simile, pensa alla «Porta stretta»: ma io non ti ho mai detto niente della mia tenerezza, perché non mi fidavo di me. Non farmi aggiungere altro, capiscimi. Nel mio ultimo biglietto ti ho scritto che tu eri l'unica, fra tutti i miei amici, con cui mi riusciva di confidarmi: e questo semplicemente perché sei l'unica che io ami veramente, fino al sacrificio. Per te, per esserti d'aiuto o di conforto, farei qualsiasi cosa senza la minima ombra d'indecisione o di egoismo.

Ora qui la tua lettera, se la guardo, mi commuove ferocemente, mi sento le lacrime agli occhi: penso a quello che ho perduto, allo spreco della mia vita nella quale non ho saputo accogliere te.

Non posso piú continuare questa lettera: le altre cose che dovevo dirti te le scriverò domani. Potrei continuare solo se potessi abbandonarmi, ma non posso, deve sciogliersi in me ancora tanto gelo. Perdonami se ti ho scritto un'altra lettera odiosa, ma se potessi scrivere con bontà, con tutta la bontà di una volta, allora questa lettera non sarebbe stata necessaria. Sono furioso contro di me e la mia impotenza, mentre vorrei dirti tutta la mia tenerezza e il mio affetto.

Ti abbraccio

Pier Paolo

Presso la destinataria.
Dattiloscritta con correzioni, data e firma autografe.

Risponde a una lettera di Silvana Mauri impostata il 2 febbraio 1950 che ne conteneva una precedente scritta il 23 gennaio.

[1] Lettera a Silvana del 27 gennaio 1950 non riprodotta in questa scelta.

A Nico Naldini - Casarsa

[Roma, febbraio 1950 - II]

Caro N.,

ricordi il protagonista di *Sotto il sole di Roma*[1]? Ebbene suo fratello, di diciassette anni, molto piú bello di lui è divenuto il mio amico. Ci siamo incontrati ieri sera per opera di un dio. Non ho dormito niente, sono ancora tutto tremante. Mi occorreranno dei soldi: prendi un pacco di libri (edizioni Laterza, filosofi) e con una scusa vai a Padova a venderne per 3 o 4 mila lire: immediatamente, e poi spediscimi i soldi per espresso entro la prossima settimana: non vaglia, ma lettera raccomandata.

Il prof. Vacher[2], inoltre, deve farmi avere mille lire da parte della scuola: cerca di avere anche quelle, magari per mezzo di Scodellaro. A proposito come vanno Sco. e D. Rossa[3]? Allora mi raccomando. Roma è divina. Bisogna assolutamente che lavori e che guadagni molto.

Ciao   P.P.

Presso il destinatario.
Dattiloscritta.

[1] Film di Renato Castellani.
[2] Sergio Vacher, collega della scuola media di Valvasone.
[3] Scodellaro e Della Rossa, allievi della scuola media di Valvasone.

A Silvana Mauri - Milano

[Roma, 6 marzo 1950]

Carissima Silvana,

come temevi, il tuo silenzio mi aveva davvero spaventato: ma incolpavo solo me stesso, l'imprudenza di malato con cui ti avevo scritto quelle lettere: non ho sfiorato nemmeno per un momento il sospetto che ci fosse qualche mancanza da parte tua. Ora sono sollevato, scrivimi pure quando puoi o ne hai voglia: mi basta sapere che la nostra amicizia non è stata incrinata o consumata dal mio tradimento, dai miei errori, dalla mia cieca obbedienza alla fatalità del mio caso. Tu che sei rimasta tutta nell'altro, nel nostro versante, nel luogo della mia passiva nostalgia, sei per me una continua consolazione, e – scusami se ti parlo di te come se tu non ci fossi – qualcosa di positivo, di puro, di dolcemente risolto – una via di uscita che rimane sempre aperta verso il chiaro, anche se io non uscirò mai – che riposa in qualche punto della mia coscienza, e che io posso sempre ritrovare, non appena vi dirigo il pensiero. Ormai ti ho un po' abituata alla mia sincerità inopportuna e senza pudore di questi ultimi tempi... cosí mi perdonerai se ti dico che il pensiero di te è il piú caro che io abbia. Contrariamente a quanto credevo, in questi ultimi giorni ho pensato molto a Fabio[1]: forse perché ne ho parlato coi Positano (che sono andato a trovare. Giuseppe lo conoscevo già: sono stati gentilissimi e cari, e hanno promesso di aiutarmi in qualche modo, benché io non abbia avuto il coraggio di dir loro esplicitamente le disperate condizioni in cui mi trovo). Penso che Fabio sia davvero giunto in una zona di definitiva tranquillità: la crisi è stata terribile, ma se esiste un criterio di proporzioni, di compensi (ed esiste, lo so con sicurezza, esperimentandolo in me con precisione millimetrica) vuol dire che Fabio ha sofferto tutto in una volta, quello che io, per esempio, soffro un poco per giorno. Come vedi insisto nel considerare il mio caso e quello di Fabio come paralleli, benché le nostre due nature siano diversissime: solo che Fabio può guarire, io no. Io ho un po' di gioia, un po' di salute al giorno (il che non fa che rendermi piú anormale), mentre Fabio, ormai, è entrato in una condizione definitiva, che se gli ha tolto molto, gli ha dato altrettanto. Io ora lo invidio: invidio la sua purezza, il suo Dio, cosí poco freudianamente «Padre», cosí spirituale. Intanto mi dibatto in una vita miserabile, in una catena di vergogne. Ma come tu dici, è la punizione, non tanto (credo, ho la presunzione di credere) per il male che ho fatto, o per l'atteggiamento impuro, quanto per il bene che non ho fatto, per la purezza, che sapevo dove trovare e come amare, e che non ho raggiunto.

Una cosa che non capisco, e che non rientra nei calcoli, nel conto tra me e chi mi punisce, è il destino di mia madre. Non te ne scriverò a lungo, perché ho già le lacrime agli occhi. Ha trovato lavoro presso una famigliola (marito e moglie con un bambinello di due anni): e con un eroismo e una semplicità che non ti so dire, ha accettato la sua nuova vita. Vado a trovarla ogni giorno e le porto a spasso il bambino, per aiutarla un po': lei fa di tutto per mostrarsi contenta e leggera; ieri era il giorno del mio compleanno, e tu sapessi come si è comportata... sono cose inesprimibili. Non posso continuare a scrivertene.

Quanto al resto: non trovo lavoro, neanche una miserabile lezione privata.

O non so chiedere, o coloro a cui mi rivolgo non hanno voglia di occuparsene. Ho delle vaghe offerte di collaborazioni a giornali. Insomma l'oppressione continua, e non so quando mai rientrerò nella vita che si vive normalmente. Da Mondadori non ho avuto nessuna notizia: ma ho dei presentimenti poco buoni, perché sono cosí sfiduciato che per me tutta l'esistenza ha un solo colore, quello della sfortuna. Scusami queste deprimenti pagine, la mia naturale gaiezza è una fotografia ingiallita.

Un abbraccio affettuoso dal tuo   Pier Paolo

Presso la destinataria.
Dattiloscritta con correzioni e firma autografe.

[1] Si riferisce al fratello di Silvana, Fabio Mauri, che in questo periodo ha maturato una forte crisi religiosa.

A Susanna Pasolini - Colleverde Montecassiano

[Timbro postale: Roma, 28 agosto 1950]

Carissima mammetta,

eccoti una bella notizia. Sabato ho ricevuto questo telegramma: «Sua poesia Testament Coran[1] ha vinto giuria unanime secondo premio lire cinquantamila concorso nazionale Cattolica. Gradiremmo se possibile sua presenza domenica pomeriggio. Congratulazioni».

Sei contenta? Io ho goduto soprattutto per te, e per le benefiche influenze sul babbo (almeno temporanee). È un bel successo poi perché, se il vincitore era preordinato, io ho vinto il secondo posto per puro merito come dice l'unanimità della giuria.

Non sono andato a Cattolica per evitare spese e fatica: tanto piú che ormai il viaggio a Casarsa è vicino.

La tua ultima cartolina mi ha fatto molto piacere, informandomi del tuo riposo: salva, naturalmente, la tua malinconia serale, che ho sentito in tutta la sua portata e la sua verità, come un brivido piuttosto doloroso.

Però hai visto come i giorni passano veloci, siamo già alla fine di agosto: ormai quasi metà del tempo della nostra divisione è consumato.

Per il dormire sta tranquilla: Penna mi ha regalato della cera vergine da mettere nelle orecchie (pensa se avessimo saputo questa cosa a Casarsa!) per mezzo della quale alla mattina, immerso in un profondissimo, viscerale silenzio, dormo fin che voglio, immune dai pianti di Paolo, dal fragore della porta e dalle notizie del giornale radio. Ti bacio mille volte.

Pier Paolo

Presso l'Archivio Pasolini.
Dattiloscritta con firma autografa.

[1] Cfr. *Bestemmia. Tutte le poesie* cit., pp. 113-41.

A Susanna Pasolini - Roma

[Timbro postale: Casarsa 28 dicembre 1950]

Carissima mammetta,

il processo è andato come si prevedeva: cioè il minimo della pena col condono, il che è un niente di fatto per il futuro, perché il certificato penale è pulito. A Casarsa la solita malinconia; ma mi pare che ci siano molti amici ancora. Ti scriverò piú a lungo perché c'è il babbo che cammina su e giú aspettando che finisca per andare a imbucare la lettera.

Mille baci dal tuo   Pier Paolo

Tanti baci e saluti allo zio.

Presso l'Archivio Pasolini.
Autografa.

A Giacinto Spagnoletti - Milano

[Roma, gennaio 1952]

Caro Spagnoletti,

ti ringrazio per la tua affettuosa cartolina: manderò senz'altro, e volentieri (data la compagnia) delle poesie all'antologista di cui mi parli. Purtroppo devo limitarmi a un rachitico biglietto, perché è sera e sono esausto; e non so quando potrò scriverti di piú. Mi alzo alle sette, vado a Ciampino (dove ho finalmente un posto di insegnante, a 20 000 lire al mese), lavoro come un cane (ho la mania della pedagogia) torno alle 15, mangio e poi ho l'Antologia per Guanda[1], al cui proposito ti dirò solo che sono nello stato d'animo della vecchia di Casarsa, che un giorno, pettinando sua figlia, dopo mesi che questa giaceva su un saccone ammalata, ha trovato duecento pidocchi e ha detto: «Lasciamo gli altri per domani».

Ti abbraccio affettuosamente, caro Spagnoletti, e salutami Sereni (mio compagno di sventura, poiché i tuoi compatrioti, quanto a pagarci sembrano mancare di quell'esuberanza che in altre occasioni li rende tipici: esule friulano, capisco molto in te l'esule tarentino).

Tuo   Pier Paolo

Presso il destinatario.
Dattiloscritta con correzioni e firma autografe. Risponde a una lettera del

19 gennaio 1952 dove Spagnoletti tra l'altro gli scrive: «Ora ascolta; un mio amico Piero Chiara di Varese, che è critico dell'"Italia", il quotidiano cattolico milanese, vorrebbe fare un libretto per presentare un gruppo di giovani poeti; e all'uopo s'è rivolto a me non solo per invitarmi a partecipare con quelle bricioline che ho scritto in questi anni, ma anche per consigliarlo sulla scelta. Ho pensato che tu potessi mandargli una decina di liriche con un cenno bio-bibliografico».

¹ Si riferisce alla *Poesia dialettale del Novecento*, Guanda, Parma 1952.

A Nico Naldini - Casarsa

[Roma, marzo 1952]

Carissimo Nico,

deliziose le due chioggiotte (ma anche l'italiana: l'azzurra si è risolto molto bene in festiva)¹. Dovresti scrivere un piccolo canzoniere in chioggiotto. (Forse Ciceri² finanzierà un nuovo, regolare «Quaderno romanzo»).

È perfettamente inutile mandare poesie a Penna: se ne frega altamente di tutto. Comunque ha sempre una vaga idea di scrivere sul tuo friulano (nota che sono alcuni anni che non scrive una riga: quindi c'è poco da sperare). Sai che l'eroe di quello che è a torto ritenuto il piú bel racconto di Tolstoi³ è morto di un rene mobile? Sei impallidito, ti vedo. Ma non temere: pare che si trattasse invece, dai sintomi artisticamente descritti, di cancro. Ma Tolstoi non sapeva, a quei tempi, che il rene mobile è una cosa innocua. Sono contento per la sorte toccata ai *Pianti*⁴: non so che idee mie potrebbero servire. Se ne dicessi qualcuna, certo sarebbe già superata, già avuta dai tuoi amici. Dí loro comunque che cerchino di fare una cosa radiofonica, che poi potrei forse collocarla alla Radio (con guadagni per tutti). Son contentissimo che quest'estate tu venga a Roma. Quanto a me, lavoro come un cane. Nelle lettere che mi scrivi, fa sempre qualche accenno a mio padre (visto che finisce sempre col leggerle: accenno di interessamento, di saluti ecc. Sai perché).

Ti abbraccio affettuosamente, con tutti   Pier Paolo

Presso il destinatario.

Dattiloscritta con correzioni e firma autografe. Risponde a una lettera del 23 febbraio 1952 dove Naldini tra l'altro gli scrive: «I miei amici e io abbiamo pensato di fare a Venezia una rappresentazione teatrale dei tuoi *Pianti*. Ora le cose pare che siano andate molto avanti: hanno trovato il teatro, piccolo ma chic, lo scenario, la musica».

[1] Si riferisce ad alcune poesie pubblicate in N. Naldini, *La curva di San Floreano*, Einaudi, Torino 1989.
[2] Luigi Ciceri, studioso friulano, editore di *Tal còur di un frut* cit.
[3] *La morte di Ivan Ilič*.
[4] Cfr. *Bestemmia. Tutte le poesie* cit., pp. 1283-309.

A Silvana Mauri - Milano

[Roma, primavera 1952]

Cara Silvana,

è tornata domenica mattina, l'unica ora in cui posso scrivere agli amici senza l'ossessione del lavoro che aspetta. Ho appena aperto i balconi di quella stanza[1] dove tu sei venuta una domenica, quella triste, muratoriale stanza sospesa sul fango, in cui hai saputo cogliere i «fili di sole», come una specie di consolazione intimista (quelle consolazioni che si hanno nell'infanzia con un brivido di piacere nel ventre: essere raccolti, soli, ridurre il mondo alle pareti che ti circondano e gongolarvi, giocando coi fili di sole, scrivendo una poesia per il compleanno della mamma).

Aprendo questi balconi e urtando col petto contro il petto della primavera, già adulta, quasi sfatta, la vera, tremenda primavera romana, che sa, e il profumo è come un enorme parafango scottato dal sole, una lamiera, di stracci bagnati e seccati al caldo, di ferrivecchi, di scarpate brucianti di immondizie: ho pensato immediatamente a te, con un ingorgo di dolcezza. Qualche brandello di adolescenza rimane attaccato allo scheletro: e basta l'odore della madeleine... nel mio caso un'atroce madeleine di periferie, di case di sfrattati, di stracci caldi. Nell'insieme sento l'orgasmo (senza però le abbondanti morbidezze del grasso infantile, del sesso ardente di freschezza e di violenza sconfinata) che provavo nelle domeniche mattina di Bologna, quando dovevo andare all'Imperiale alle proiezioni retrospettive del Cine club (Machaty, Feyder): della civilissima Bologna. In cui tu, e io, affondavamo ognuno in un mondo pieno di risonanze, necessario: la famiglia nella società. Adesso pensa come siamo spaventosamente soli: come se ci avessero presi, denudati, e cacciati per sempre all'aperto. Sono in senso assoluto solo a ascoltare una radio che suona certe vecchie canzoni (Torna piccina mia) della tipica trasmissione domenicale, e dei ragazzi che giocano a pallone.

E ho davanti a me una domenica senza prospettive: andrò a ballare con Mariella². Se non cederò invece al demonio, andando a Settecamini a vedere una partita di adolescenti di Pietralata, per poi andarmi a ubriacare con loro. Eccomi sfogato. Per il tuo soggiorno ancora nessuna idea: ma ti confesso che le idee non mi vengono perché non ci penso, sono sfiduciato. Lavoro molto all'antologia³: sono allo sforzo finale (a proposito di dialettali, ti sei messa in contatto col Guicciardi⁴?) Guanda probabilmente mi pubblicherà presto il mio libro di poesie friulane, il «romancero»: lo spero, dopo potrò lavorare piú libero, andare avanti. Gettarmi su Roma. C'è poi lí a Milano un certo Chiara⁵ che deve fare una antologia di poeti giovani (è un amico di Spagnoletti): e mi ha chiesto di mandargli le mie poesie italiane. Il supervisore di questa iniziativa è Anceschi: ora, poiché poco mi fido di Chiara, dovresti dire tu a Anceschi, se lo vedi, se ciò ti è facile, che dia un'occhiata alla scelta. Sono stato allo spettacolo della Valeri⁶: e mi sono divertitissimo. Poi sono stato nel suo camerino per ringraziarla e mi sono comportato in modo decisamente ridicolo: cioè l'ho complimentata come un farmacista. Lei, che come mi ha detto, si aspettava un giudizio ci sarà rimasta male: ma io avevo l'autobus al Portonaccio, l'autobus che non si deve perdere, l'ultimo. E con gli istanti contati, lei che, fresca di palcoscenico, mi metteva infine in soggezione, sono precipitato in piena sindrome di afasia.

Tanti affettuosi saluti (e convinto di rivederti presto,

sento che non resisterai all'attrazione di questa primavera romana) dal tuo

Pier Paolo

Presso la destinataria.
Dattiloscritta con correzioni e firma autografe.

¹ Della sua abitazione in via Tagliere 3, a Ponte Mammolo (Roma).
² Mariella Bauzano, che lavorava alla Biblioteca Nazionale di Roma.
³ *Poesia dialettale del Novecento* cit.
⁴ Emilio Guicciardi, poeta dialettale lombardo. Cfr. l'antologia sopracitata.
⁵ Cfr. lettera a Giacinto Spagnoletti del gennaio 1952.
⁶ Franca Valeri.

A Silvana Mauri - Milano

[Roma, luglio 1952]

Cara Silvana,

ti devo chiedere un consiglio: cioè vorrei sapere da te se ti sembra o no il caso che io scriva a Fabio di occuparsi per accogliere nel suo villaggio¹ un nuovo ragazzo. Ecco come stanno le cose: ho incontrato questo ragazzo a Villa Borghese, la sera del Premio Strega*, e ho subito saputo, chiacchierando, la sua situazione. Gli è morto il padre (credo in guerra), poi nel '48 la madre (a cui, pare, voleva molto bene), che però si era risposata: il patrigno aveva altri figli, e ha completamente ignorato questo intruso. Che adesso non ha né famiglia né casa: ogni tanto lavora da elettricista, e nei periodi in cui guadagna, dorme da una signora, che lo caccia quando non ha piú soldi. Passa cosí piú di tre quarti dell'anno all'aperto, nel senso che non ha un tetto, e dorme e mangia a Villa Borghese o sotto qualche ponte del Tevere. Tu capisci a cosa può costringere la miseria: so per esempio che ha rubato una volta una valigia a un pellegrino svizzero, il che gli ha permesso di vivere per cinque o sei mesi senza piú rubare. Ma ti assicuro che non è un ladro. È un vaso di coccio tra i vasi di ferro, lí a Villa Borghese tra i veri ladri, i veri delinquenti. Ha in sé qualcosa di terribilmente serio, di «moralistico»: potrebbe diventare un tipo come quello biondo di Frosinone (ricordi?), e già tutto «educato» dentro di sé, nel senso che dentro di sé ha sua madre e il ricordo di una vita normale. Questo gli toglie la possibilità di diventare uno della schiuma romana, un ladro, un ricattatore: ma gli toglie anche la libertà. Conosco molti ladri, ecc., che sono felici, anche quando stanno tre giorni senza mangiare, e poi, per mangiare, vanno a farsi riempire un barattolo di minestra in qualche caserma; essi sono liberi, non hanno ricordi, oppure hanno quella vaga felicità «solare» di cui parlavamo. Conosco si può dire centinaia di poveri di questa specie: ma non mi è venuto mai in mente di rivolgermi a Fabio perché avessero dove dormire e di che sfamarsi o perché, soprattutto, fossero rifatti. O non ne avevano bisogno o ne avevano troppo, non so. Questo (si chiama Cristoforo, poveretto) mi sta a cuore. Figurati per esempio che mi ha fatto capire che il suo tormento maggiore (in quel pomeriggio, caldissimo, del Premio Strega) era di non avere sapone per lavarsi. (Pensa al suo guardaroba, Silvana, una maglietta, un paio di calzoni e un paio di scarpe: è tutto quello che ha. Si fa il bucato da solo sul Tevere, aspettando, nudo, che i panni si asciughino). Alla notte dorme in una panchina di Villa Borghese; vestito, naturalmente, e pensa che una mattina, mentre ancora dormiva, uno come lui (ma dell'altra razza) gli ha rubato le scarpe sfilandogliele nel sonno. Potrei raccontarti mille altri episodi o situazioni della sua esistenza: ma penso che tu non ne abbia bisogno, che tu abbia afferrato quello che volevo dirti, che è in fondo complicatissimo, perché a uno che viva in piena vita borghese mancano i dati necessari a cogliere la verità di certe situazioni che egli conosce solo attraverso la cronaca, attraverso nozioni spaventosamente convenzionali, dove si è perso ogni sapore di verità. Tu hai abbastanza fantasia per intuire nella loro verità queste cose, anche se non le conosci da vicino: hai insomma i mezzi per renderle umane, anche mancando di alcuni dati. Quello che mi preme aggiungere, è invece che io non amo (scusa se ti parlo cosí chiaramente) questo ragazzo; sensualmente non mi interessa: mi interessa il suo caso, e non so cosa farei per toglierlo dal suo stato spaventoso, quello di uno che quando si sveglia, alle prime luci di Villa Borghese, si dice: «Oggi se non rubo o non trovo qualche invertito, non mangio».

Ti ripeto, questo discorso lo fanno centinaia di ragazzi, ma Cristoforo lo fa pieno di angoscia, *come lo faremmo noi*. Adesso aspetto una tua pronta risposta, Silvana: ma tu non prendertela troppo, non affannarti: pensa con tutta semplicità se ospitare questo ragazzo nel villaggio di Fabio è possibile o no. Se non è possibile, pazienza; riabbandoneremo Cristoforo al suo destino, io sono abbastanza incallito per accettare anche questo...

Di me non ho nuove da darti: ho cominciato da due giorni le vacanze, e adesso aspetto di consumare questi mesi rossi e squallidi come un animale squartato, in giro per le periferie, sul fango del Tevere. Spero anche di lavorare un po' sul mio romanzo[2]. E tu? e Ottiero[3]?

Tanti affettuosi saluti dal tuo   Pier Paolo

* Faccio questa precisazione del Premio Strega perché la notte prima mi ero sognato di te e di Fabio. Eravamo prima in cima a un colle (forse vagamente, San Luca) o a un palazzo; poi siamo discesi in una specie di ascensore, rustico e grandioso, che veniva giú a larghi giri; poiché l'ascensore andava troppo piano, io e Fabio siamo scesi e corsi avanti. Fabio era raggiante, e a un certo punto, correndo davanti al grosso veicolo da dove tu ci guardavi affettuosamente, io e Fabio ci siamo messi a giocare a palla: era una stupenda pallina, smaltata con tutti i colori dell'iride.

Inoltre, al Premio Strega, ho visto Luciano.

Presso la destinataria.
Dattiloscritta con correzioni, aggiunte e firma autografe.

[1] Fabio Mauri era assistente volontario al «Villaggio del fanciullo» di Santa Marinella.
[2] *Ragazzi di vita* (Garzanti, Milano 1955).
[3] Lo scrittore Ottiero Ottieri (1924), marito di Silvana.

A Silvana Mauri - Milano

[Roma, estate 1952]

Carissima Silvana,

non ti ho scritto prima per le ragioni che ti ho detto tante volte: lo scriverti mi impegna, e ho bisogno di una mattina sgombra per farlo: cosa che finora non è avvenuta mai, perché, fra l'altro, è venuto giú a Roma un mio cugino[1] (il poeta n. 2 della famiglia) che mi tiene molto occupato: sono in una continua, faticosa tensione. L'estate per me è una scommessa che non devo perdere: conto a estati, non a anni, il tempo.

Mi ci butto dentro a capofitto, con una voracità squallida e indifferente: non mangio niente e muoio di indigestione, mangio di continuo e sono vuoto. I primi temporali annunziano la tomba, e li attendo con uno sgomento ormai del tutto meccanico. Cristoforo[2] è scomparso: ho cercato di fare dei sondaggi a Villa Borghese, ma è stato inutile, perché gli altri come lui o non lo conoscono, o non si curano affatto di quello che gli può succedere, o temono che io mi interessi di lui perché derubato o qualcosa di simile e quindi mi raccontano la prima bugia che passa loro per la testa. Io, per conto mio, l'ho ormai dimenticato: un destino vale sempre un altro destino. E Roma mi ha fatto diventare abbastanza pagano per non credere alla validità di certi scrupoli, che sono tipicamente settentrionali e che in questo clima non hanno senso; adesso capisco certi tuoi atteggiamenti di pietà, tanto diversi dai miei, tanto piú eroici e positivi dei miei (anche se poi un po' sconclusionati): tu hai le origini quaggiú. Ti ricordi quando (in tempi che sembrano lontanissimi) si parlava dei tuoi interessi per il «rapporto» con gli altri? Era una cosa che aveva per me un sapore misterioso, indistinto dal «romanzo dei Mauri»: ora me lo spiego meglio. Chi vive per tradizione etnica in un mondo abitato da estroversi, i cui segreti, i cui cedimenti sono sensuali e non sentimentali, non può non interessarsi del rapporto, come forma concreta di una vita vissuta nelle superfici esterne, sociale in un senso primordiale della parola. Da questo forse derivano sia tutte le forme convenzionali che caratterizzano le conformiste borghesie romane e meridionali (e anche il popolo, ma in un modo piú poetico: il sesso, non la religione, l'onore, non la morale...) sia le forme di religiosità «francescana» tutta rivolta al mondo esterno, attiva, curiosa (vedi anche Fabio, la cui vocazione è pur iniziata nel modo che sai, tutto interiore). Sono due o tre anni che vivo in un mondo dal sapore «diverso»: corpo estraneo e quindi definito in questo mondo, mi ci adatto, con presa di coscienza molto lenta. Tra ibseniano e pascoliano (per intenderci...) sono qui in una vita tutta muscoli, rovesciata come un guanto, che si spiega sempre come una di queste canzoni che una volta detestavo, assolutamente nuda di sentimentalismi, in organismi umani cosí sensuali da essere quasi meccanici; dove non si conosce nessuno degli atteggiamenti cristiani, il perdono, la mansuetudine, ecc., e l'egoismo prende forme lecite, virili. Nel mondo settentrionale dove io sono vissuto, c'era sempre o almeno mi pareva, nel rapporto tra individuo e individuo, l'ombra di una pietà che prendeva forme di timidezza, di rispetto, di angoscia, di trasporto affettuoso, ecc.: per vincolarsi in un rapporto di amore bastava un gesto, una parola. Prevalendo l'interesse verso l'intimo, verso la bontà o la cattiveria che è dentro di noi, non era un equilibrio che si cercava tra persona e persona, ma uno slancio reciproco. Qui tra questa gente ben piú succube dell'irrazionale, della passione, il rapporto è sempre invece ben definito, si basa su fatti piú concreti: dalla forza muscolare alla posizione sociale... Roma, cinta dal suo inferno di borgate, è in questi giorni stupenda: la fissità, cosí disadorna, del calore è quello che ci vuole per avvilire un poco i suoi successi, per denudarla e mostrarla quindi nelle sue forme piú alte. Pensavo che l'avremmo vista insieme... Ma tu hai qualcosa di molto meglio a cui dedicarti: qualcosa di miracoloso e di indicibile', per me, cosí fuori da tutte le funzioni, cosí provvisorio e sbandato; e il mio stupore è tanto piú profondo e senza definizione, in quanto a ripetere il prodigio sei proprio tu, che lo fai con tutti i sintomi di un terrore e di una esultanza che conosco bene, che ti cali negli schemi degli «altri» attraverso quella difficoltà che è poesia. È questo che importa ora nella tua vita, che importa nel nostro rapporto (e che forse mi ha impedito di risponderti immediatamente, per una specie di confusione, di imbarazzo di cui io sono l'oggetto, e di gioiosa ansia di cui l'oggetto sei tu).

Tutto il resto ha ben poco valore. Non scoraggiarti se tardo un po' a risponderti: scrivimi, tienimi informato della tua vita e di quella vita (che tu lo capisci mi sembra stupenda, in quel suo futuro) che si snoda in te.

Io di me ho ben poco da dirti (il poeta del premio è Ungaretti[4]; Anceschi, se lo vedi, ti può dire qualcosa): la mia vita è la solita.

Tanti affettuosi saluti, anche per Ottiero e i tuoi.

Pier Paolo

Presso la destinataria.
Dattiloscritta con correzioni e firma autografe.

[1] Nico Naldini.
[2] Cfr. lettera precedente.
[3] Silvana stava per diventare madre.
[4] Si riferisce al saggio *Un poeta e Dio* (ora raccolto in *Passione e ideologia*, Einaudi, Torino 1985) con il quale aveva concorso al premio «Le quattro arti».

A Giuseppe Marchetti - Udine

[Roma, 1952]

Caro Don Marchetti[1],

molte delusioni e dolori ho avuto dai friulani (e non dico magari meritatamente), ma non avrei mai supposto che il peggio mi sarebbe venuto da lei... La sua «nota illustrativa» al libriccino della Cantarutti[2], è scritto – mi sembra – per dir bene della Cantarutti in funzione del male che si poteva analogicamente pensare di me. Zorutti e la Filologica non vi bastano piú? Vi occorreva un poeta nuovo? E proprio lei è stato, con quella subdola «nota», a compiere l'operazione

di Maramaldo! A finire di secernermi, cioè, di surrogarmi.
Scusi se le scrivo con questa violenza, ma io l'ho sempre stimato. E se queste cose le ho pensate ho considerato che fosse necessario anche dirgliele. Quello che non capisco è se la
sua è stata pavidità o malafede. Si ricorda quando scriveva
su tre colonne nella « Patrie », a mio proposito, « Benedete
la so muse! »?

Non capisco che cosa, in sede critica, sia intervenuto di
cosí importante da farle cambiare idea su di me. Ma se il
suo scopo era quello di farmi male, me l'ha fatto. Se in lei
c'è ancora un po' dell'antico Don Marchetti, quello a cui io
dedicavo un particolare affetto, riceva i miei cordiali saluti.

Suo

Pier Paolo Pasolini

Presso Andreina Ciceri.
Dattiloscritta con firma autografa.

[1] Storico e linguista friulano, direttore del quindicinale in lingua friulana
« Patrie dal Friûl ».
[2] Cfr. N. A. Cantarutti, *Puisiis*, Edizioni di Treviso, Treviso 1952.

A Gianfranco Contini - Freiburg

Roma, 21 gennaio 1953

Caro Contini,

Lei ha trovato il mio libro[1] come un vecchio, inaspettato, amico: ma io ho invece avuto Lei sempre al mio fianco
per tutto quest'anno, cioè per tutto il tempo impiegato a
compilare l'antologia. E Lei se ne accorgerà bene: non potevo ovviamente citare ad ogni istante la fonte, anche per
l'indefinibilità di certe mie prese di posizione, a Lei dovute,
per l'impossibilità di mettere tra virgolette degli stati d'a-
nimo: compreso magari quello di sentirmi cosí vergognosamente, impari al mio modello.

Ho ricevuto, sí – da quei luoghi dove i friulani mi hanno espunto e surrogato – la Sua memorabile cartolina pie-

na di firme celebri: ed era molto tempo che dovevo risponderLe. Lo sa che sono dieci anni da quando Lei mi ha scritto a Bologna il Suo primo bigliettino, annunciandomi la recensione delle *Poesie a Casarsa*? Tutta la guerra e il dopoguerra, e il tramonto del dopoguerra: e noi due, immobili, in moto con il tempo, su due binari lontani come il Sempione dal Tagliamento, e cosí vicini, se non c'è stato istante, si può dire, che io non sentissi il Suo occhio, spietatamente lucido e miracolosamente buono, scrutare nelle testimonianze dei miei trascorsi e delle mie tragedie. Scusi quest'aria un po' sfacciata di bilancio: ma alla fine del decennio io ho al mio attivo un sentimento di amicizia che globalmente è tutto valevole, non solo per la tensione, che è quasi accorata, ma anche per la qualità. Merito tutto, s'intende, dell'oggetto. Ha ricevuto la mia cartolina da Napoli? Se ora Le preciso che è stato un viaggetto di «diporto», non occorre altro per farLe desumere un certo miglioramento delle mie condizioni.

Ora vivo a Roma con mia madre e mio padre (in parte guarito dal suo male, o, perlomeno trattato – come si tratta una mina carica – secondo il suo male: adesso è quasi commovente come vive *di me*); lavoro anche come un negro, facendo scuola a Ciampino (20 000 mensili!) dalle sette del mattino alle tre del pomeriggio, e lavoro anche abbastanza alle mie cose, cioè soprattutto a un romanzo, *Il Ferrobedò*[2]: lasciato un po' in disparte, tradito, Penna, sono ora molto amico di Caproni e Bertolucci (li conosce di persona? sono quel che si dice due perle), e, benché con assai meno frequentazione, di Gadda (che ha in programma, con la buona stagione, una serie di visite alla periferia, con la mia casa arabo-italica di Ponte Mammolo come base, per condurre a termine il *Pasticciaccio*). Eccole il nuovo quadro, un po' meno fosco: ma per scaramanzia vado cauto a cantar vittoria... Tanti affettuosi saluti dal suo

Pier Paolo Pasolini

Presso il destinatario.
Dattiloscritta con data, firma e correzioni autografe.

¹ Si riferisce alla *Poesia dialettale del Novecento* cit. Risponde a una lettera di Contini dell'11 gennaio 1953: «Da piú di due mesi non andavo a Domodossola. Passandoci ieri, ho avuto la lietissima sorpresa (come di chi torna a incontrare un vecchio amico) di trovare che mi aspettava lí, con una dedica di cui Le sono grato, la Sua monumentale antologia».

² Titolo del romanzo poi mutato in *Ragazzi di vita*.

A Cesare Padovani - Nogara (Verona)

Roma, 16 maggio 1953

Caro Cesarino,

scusa se intervengo cosí, sconosciuto e irrichiesto, nella tua vita, diciamo nella tua vita letteraria. Ho finito in questo momento di leggere (per caso, perché non leggo mai questa roba) un articolo che ti riguarda su «Oggi»: alquanto patetico, a dire il vero, e un po' umiliante per te. Tu cerca di essere inattaccabile dal male di questa gente che per aumentare la tiratura di un giornale sarebbe capace di qualsiasi cosa, anche di fare (come nel tuo caso) degli indelicatissimi excursus in una vita interiore, approfittando del fatto ch'è la vita interiore di un ragazzo... Bada che la tua posizione è pericolosissima: non c'è niente di peggio di divenire subito della «merce». Se tu dipingi e scrivi poesie sul serio, per una ragione profonda e non solo per consolarti delle tue disavventure fisiche (o magari, come dicono, per ragioni terapeutiche...), sii geloso di quello che fai, abbine un assoluto pudore: anche perché non sei che un ragazzo, e i tuoi disegni, le tue poesie non possono essere che il prodotto di un ragazzo. Eccettuati, ch'io sappia, Rimbaud e Mozart, tutti i ragazzi-prodigio hanno avuto una mediocre riuscita, e io penso, appunto, che l'unico modo per preservartene è chiuderti in te stesso, e lavorare, ma lavorare sul serio.

Non era per dirti queste cose, però, che ti ho scritto: ho voluto mettermi in contatto con te solo perché ho visto nel famigerato articolo che scrivi delle poesie in dialetto. Ciò m'incuriosisce tremendamente. Devi sapere che anche io a

diciotto anni ho cominciato a scrivere dei versi in dialetto
(friulano) (ma anch'io avevo cominciato a scrivere versi prestissimo, a sette anni: la mia malattia non era fisica né ner-
vosa, ma psicologica); ho poi continuato a lavorare cercando, oltre che esprimermi, di capirmi. Sono passati una dozzina d'anni e ora, laureato in lettere e insegnante (insegno
a dei ragazzi come te) sono nel pieno del mio lavoro letterario. Te ne mando alcuni documenti: non posso mandarti
una grossa *Antologia della poesia dialettale del '900*, uscita
presso l'editore Guanda di Parma quest'anno, perché non
ne ho piú che una copia per me.

   Tutte queste cose te le scrivo perché tu sappia regolarti
sul mio conto, e mi risponda sinceramente: perché scrivi in
dialetto? o se proprio il perché non lo sai (è un difficile atto
critico il saperlo) perché ami il dialetto? Ti sarei molto grato
se tu mi rispondessi e mi mandassi magari qualche saggio
delle tue poesie dialettali, su cui io potrei darti un giudizio
assolutamente privo delle sdolcinature giornalistiche che ti
dicevo, e darti magari qualche consiglio di tecnica o di lettura.

   Una stretta di mano dal tuo   Pier Paolo Pasolini

Presso il destinatario.
Dattiloscritta con data e firma autografe.

Lettera inviata dopo la lettura di un articolo su «Oggi» (21 maggio 1953).
Cesare Padovani aveva quindici anni. Una lesione al cervello provocatagli al
momento della nascita, lo aveva paralizzato alla bocca, al braccio destro e alle
gambe; con grandi sforzi era riuscito a vincere in parte la paralisi e a imparare
a usare la mano sinistra per scrivere e disegnare.

A Nico Naldini - Casarsa

                              Roma, 12 giugno 1953

Caro Nico,

   mi dispiace saperti nell'immondo torpore casarsese, il
che significa poi nell'impotenza a vincerlo, che è colpa tua.
L'unico modo per vincerlo è lavorare. Non è per fare il moralista, ma sono davvero giunto alla convinzione che il pia-

cere piú inteso e sicuro è quello che si prova dopo aver lavorato: tutto il giorno, e quindi tutta la vita si riempie. Io quel senso d'immondo lo provo nelle giornate in cui non son capace di combinare qualcosa di «fatto»: e qualche volta non per colpa mia, ma delle circostanze, magari. Tu hai l'intero calendario da riempire di «dovere compiuto», perché non lo fai? Dopo tutto si tratta di vincere una leggera nausea iniziale, il marcio dello sconforto... Quando proprio altro non puoi fare scrivi una brutta, disperata poesia, un goffo pezzo di diario: qualcosa che vale alla fine salta fuori. Niente Guicciardi, e nemmeno l'ombra delle altre due recensioni. È una vergogna. Io e Dell'Arco poi stiamo aspettando che tu ci dica di scrivere a Maier, e tu navigante nel piú abietto oblio della tesi. Hai visto che sul «Giovedí», per Bartolini, è uscito il pezzo di Colombi Guidotti, quindi il tuo uscirà su «Letteratura». Saluta tanto Bart. e digli che non è escluso che anch'io ne scriva, in un posto o nell'altro, entro l'anno[1]. Sono sempre piú disperatamente ingolfato nel lavoro, tanto che mi sto prendendo uno di quegli «esaurimenti» che ho sempre tanto disprezzato, dall'alto della mia salute, negli altri. C'è l'antologia, ci sono gli articoli per il «Giovedí»; nuovi impegni per «Paragone», due o tre pezzi per la radio (tra cui un racconto, che mi fa impazzire), e adesso si profila anche un'altra cosa (in altri tempi meravigliosa) cioè la sceneggiatura in collaborazione con Gadda di racconti del Bandello... Bah. A tutto questo aggiungerei anche il racconto per Pordenone[2] (non un pezzo del *Ferrobedò*, no; se mai un «Lied»[3] d'ambiente friulano, che andavo penelopeggiando per «Botteghe Oscure»), solo nel caso che tu mi assicurassi almeno il 95 per cento di probabilità. Ti abbraccio affettuosamente e con te tutti.

Pier Paolo

Presso il destinatario.
Dattiloscritta con data e firma autografe.

[1] Si riferisce al romanzo di Elio Bartolini *Icaro e Petronio*, Mondadori, Milano 1950.
[2] Per concorrere al Premio Pordenone di narrativa.
[3] Pubblicato in «L'approdo letterario», aprile-giugno 1954, figurerà con varianti ne *Il sogno di una cosa*.

A Giacinto Spagnoletti - Milano

Roma, 29 settembre 1953

Carissimo Spagnoletti,

è un destino, devo sempre cominciare le mie lettere col chiedere perdono per il ritardo. Ma tu sai benissimo come questa lettera fosse già fatta, lunghissima, affettuosissima dentro di me, ancor prima di concretarsi in questa, fatalmente incompleta, oltre che ritardataria (ma credimi, sto passando dei giorni angosciosi per poter spedire a Guanda la nuova antologia[1] in tempo utile: ed è un lavoro tremendo: in due giorni, per esempio, ho dovuto leggermi tremila villotte, e sceglierle!) È giustissimo quello che dici della mia critica (non gli elogi, che temo affannosamente di non meritare, ma l'atteggiamento psicologico di me scrivente). Ci sarebbe da farne una lunga storia interiore. Semplificando fino alla banalità: Io sarei un introvertito, clinicamente «fisso» a una fase narcissica, non dotato cioè di possibilità conoscitive, di oggettivamento, di coscienza storica, insomma. Questo, biologicamente; ma naturalmente non ho mai inteso di indulgere alla natura, e ho finito, cosí attraverso una drammatica vicenda, interiore e no, col diventare (come tutti mi vanno dicendo) «intelligente» da puramente «sensibile» che ero. Naturalmente la mia critica porta le tracce di tale calvario, cosí per esempio sopperisco alla profondità con l'acume ecc. ecc. È per me comunque una vittoria di cui vado orgoglioso: io provo reale «interesse» per il mondo, per l'ambiente, e, nella specie, per i libri che giudico.

Mi dispiace davvero che la tua venuta a Roma si vada procrastinando. Io penso che ci siamo realmente simpatici, e che tale simpatia richieda di essere cementata dalla consuetudine e dalle idiosincrasie... Comunque tu lavori molto, e io seguo il tuo lavoro: che è poi un modo sicuro per essere vicini. Molti auguri per il rimpasto del romanzo[2], e soprattutto per il nuovo figlio (augurio che mi fa sgomentare, e quasi gonfiare di un pianto cosmico). Io sarei ben felice di preparare un libretto per la collezione di Sereni[3], specie se tu e lui mi aiutaste nella scelta, che ha almeno quattro corni... Inoltre, se puoi, avvertimi in precedenza della nota all'*Approdo*[4], che vorrei avvertire a mia volta il buon Ciceri.

Un abbraccio affettuoso dal tuo   Pier Paolo Pasolini

Presso il destinatario.
Dattiloscritta con data e firma autografe.

[1] Si riferisce all'antologia della poesia popolare *Canzoniere italiano*, Guanda, Parma 1955.
[2] *Le orecchie del diavolo*, Sansoni, Firenze 1953.
[3] Risponde a un invito di Spagnoletti fatto a nome di Sereni di pubblicare una «plaquette» di versi italiani in una collezione delle Edizioni della Meridiana di Milano. La scelta cadrà su *Il canto popolare* che apparirà nel 1954.
[4] Recensione radiofonica di Spagnoletti di *Tal còur di un frut*.

A Vittorio Sereni - Milano

Roma, 5 dicembre 1953

Caro Sereni,

ti spedisco intanto queste «plaquettes», non antologiche, come tu appunto desideri[1], ma «sezioni» del libro, rappresentanti un unico periodo, ch'è poi in tutte due lo stesso: gli anni dell'immediato dopoguerra, passati nella campagna, meglio che nella provincia, friulana. Tu non sai in che mare di nausea ho nuotato in questi giorni preparando la scelta: non è che rifiuti quegli anni e quella poesia, ma è roba – per me, non per gli altri, per chi la mia storia non la sappia – davvero passata. Mi meravigliavo quando Contini, allora, mi scriveva del mio decadentismo, mi prendeva un po' in giro per il mio maledettismo: pensa che non me ne accorgevo. Tanto ero accecato dalla mia abnormità psicologica, dalla continuità della mia privatissima e incomunicabile vita di ragazzo, dalla incultura dell'ambiente paesano che mi circondava, dove anziché essere un provinciale (ma del provincialismo c'era in quel mio dandysmo) ero un mistico... Al quale misticismo irreligioso contribuiva il mio ca-

so – ti parlo clinicamente – di fissazione narcissica: che mi
faceva sempre vivere legato a quello che un'antica religione
chiama «il Doppio»; e c'era poi, ad aggravare lo sdoppia-
mento, la mia acutissima, disperata e ingenua moralità – di
ragazzo non cattolico, ma, senza naturalmente che Croce
c'entri, e come mi avrebbe chiamato un borghese, «idea-li-
sta»: per cui vivevo in un maniaco quasi superstizioso col-
loquio con la mia coscienza, secondo i rapporti di una casi-
stica quasi gesuitica. Alternavo come succede nell'adolescenza, un'estrema gaiezza, e in me era la «joy» poetico-
religiosa dei provenzali, a estremi sconforti. Niente capacità oggettivo-realistica, quindi: il mondo era inconoscibile se
non in una sua figura leggendaria e poetica. Di qui, forse,
una certa maggiore validità della mia poesia friulana in cui
l'ambiente era puramente poetico, ma c'era...

Dio mio, che sproloquio sto facendo... Ma scusami; ho,
non so perché un tremendo bisogno di giustificarmi, di lavar-
mi di tutto quel peccaminoso irrazionale, e della tenerezza
che pure ancora sussiste in me per quelle mie eroiche avventure giovanili. Di cui non mi sono mica liberato del tutto, anzi in questa lettera, per esempio, c'è ancora qualche traccia...

Ora non so fino a che punto questa mia esperienza sia
documentaria, e possa quindi servire per la tua collana. Forse andrà meglio *Il canto popolare* (ma nutro infiniti dubbi,
qui di altra natura): e, se preferisci cose mie ultime, perché
non si potrebbero mettere insieme *L'Appennino* (uscito su
«Paragone», due o tre numeri fa) e *Picasso* (uscito sull'ultimo numero di «Botteghe Oscure»[2])? Li hai letti? Se ti pare che possa saltar fuori un libretto più interessante, dim-
melo. E questo mi consolerebbe perché si tratta di poesia
già pubblicata e collaudata... Scusa la lunghissima, soffo-
cante lettera, e ricevi i miei più affettuosi saluti.

Tuo

Pier Paolo Pasolini

Presso il destinatario.
Dattiloscritta con correzioni, data e firma autografe.

[1] Risponde a una lettera di Vittorio Sereni in cui gli aveva chiesto un testo poetico da pubblicare nella collana della «Meridiana» che Sereni curava
assieme a Sergio Solmi.
[2] Cfr. «Paragone», dicembre 1952; e «Botteghe Oscure», XII, 1953.

A Vittorio Sereni - Milano

Roma, 1° febbraio 1954

Caro Sereni,

sono contento per la tua scelta; anch'io sono per *Il canto popolare* [1], benché sia ancora troppo recente perché lo possa giudicare anche da un mio punto di vista. In generale, se c'è il rischio che sia tutto prosa, cioè che io cada – scoperto e svergognato – preferisco che questo avvenga a proposito della confessione del mio rapporto col mondo esterno, piuttosto che della mia *autobiografia*. Tu mi attribuisci del coraggio: può darsi, ne sarei contento... ma temo di essere *costretto* a certe scelte, costretto da un eccesso, da una violenza costanti nella mia psicologia: sia quando mi interessavo soprattutto delle mie vicende interne, sia ora che sono gettato fuori, a cercar di conoscere piú che posso tutto questo *non io* che mi è cosí caro, verso le cui circostanze sono cosí pieno di (ingiustificabile, date le mie sventure e difficoltà di esistenza) gratitudine e amore.

Mi accorgo ora che, benché io abbia fatto in tempo a formarmi nei tuoi stessi anni, non ho in effetti mai cercato la «poesia», anche se ero impregnato dall'ansia di questa ricerca e dentro fino ai capelli nella coscienza dell'autonomia dell'arte. Ti ripeto: allora era troppo forte la violenza del mio «caso» psicologico (sensuale e morale), ora troppo forte la violenza del mio rapporto piú o meno normalmente ristabilito col mondo storico. Non potevo (benché pensassi di farlo) pensare alla poesia, quando, in simili circostanze prendevo, o prendo, la penna in mano. E sapessi come invidio la tua misura, la tua calma, la pienezza tra la tua situazione affettiva (sempre cosí intonata col fondo psicologico) e i tuoi versi... Comunque a proposito del *Canto popolare* spero che se importa qualcosa, non importi per certi paesismi patetici in quanto sensuali e nostalgici de «L'Italia», ma per un suo pathos diverso, che non ti saprei definire ma che direi non piú sensuale e nostalgico (almeno in quel senso). Quanto al pittore, non so proprio a chi pensare. Zigaina, ti andrebbe bene?

Grazie e affettuosi saluti dal tuo   Pier Paolo Pasolini

Presso il destinatario.
Dattiloscritta con correzioni, data e firma autografe.

[1] Cfr. *Il canto popolare*, Edizioni della Meridiana, Milano 1954; ora in *Bestemmia. Tutte le poesie* cit., pp. 1445-60.

A Franco Farolfi - Sondalo

[Roma, 1954]

Carissimo Franco,

ho ricevuto la tua, carissima, lettera: dostoiewskiana. Mi ricorda il «Messaggio» di Ippolito, come attaccamento al polo d'attrazione (stavolta l'ubicazione del tuo appartamento, come appunto il muro della casa, mi pare, Steiner, nel messaggio di Ippolito). Solo che la tua lettera è in fondo molto ottimista. Tu hai un futuro davanti a te, una speranza (che io, per esempio non ho). E perciò mi sono molto rallegrato, leggendoti: oltre che per l'ottimismo, anche per la tua, e quindi la mia, incoreggibilità. Siamo rimasti quei due adolescenti che parlavano per ore dell'*Idiota*; con tutto un mondo sovrapposto, migliaia di cicatrici e calli (io piú di te), la malattia è stata per te un po' una campana di vetro che ti ha protetto e mantenuto piú intatto, mentre io sono rovesciato sul mondo come un guanto. E infatti il tuo difetto è quello di essere un po' ingeneroso verso gli altri malati (me compreso, e Modigliani...) per nostalgia della Salute (la pacchiana, indifferenziante Salute), il mio difetto è quello di essere scarico, senza nostalgia, squalificato (se le qualità devono il loro valore alla passione).

Comunque, come la libidine, anche la purezza è inesauribile: si ricostituisce dentro per conto suo. Non ci si perde mai, la corruzione è impossibile. Spero che questo tu lo capisca, e che quindi mi perdoni in parte la delusione che ti ho dato distruggendo quel tuo vecchio amico, con la sovrapposizione di questa nuova persona in cui il mondo è in frantumi. Cosí come io perdono a te certa tua commovente grettezza. Col perdonarci ci spolveriamo e rilucidiamo un po' le nostre immagini «eroiche». Mandami le tue poesie. Le mie te le manderò col tempo, sono troppo affaticato e impegnato per sobbarcarmi un nuovo lavoro, sia pure piccolo. Ma tu le tue mandamele subito. Ti abbraccio con grande affetto (dimenticavo di dirti che ormai mi si forma nel futuro, anche se un po' lontano, la tua presenza qui a Roma, una neo-amicizia e una neo-giovinezza in comune). Tuo

Pier Paolo

Presso il destinatario.
Dattiloscritta con firma autografa.

A Biagio Marin - Trieste

Roma, 1° settembre 1954

Caro Marin,

questa volta non è che mi mancasse il tempo: ce n'ho anche troppo: ma sono pigro in un modo morboso, incapace ad applicarmi a qualsiasi forma di scrittura, per una specie di ansiosa impazienza, di ripugnanza. Non so cosa sia: forse una forma di reazione all'eccesso di lavoro di questi ultimi tempi. Speriamo che non duri: è terribile. Ho la coscienza sempre nera: sono state vacanze inutili, e non mi son servite neanche a riposare bene, dato l'assillo di questa specie di impotenza. Pensare che avevo fatto tanti calcoli: finire l'Antologia, finire il romanzo[1]... E invece niente: niente nel modo piú disperante. E ho un mucchio di lettere a cui rispondere sul tavolo: e la tua per prima. Mi ha riempito di commozione quanto mi dici a proposito di mio cugino[2]: per la tua cosí intrepida, vigile, intrattenibile bontà. Purtroppo conosco la situazione di Nico: ma anche lui la conosceva però, e penso che avrebbe dovuto avere piú pazienza col suo direttore, inghiottire tutto. Scusa, ma io ho un po' il diritto di dire cosí, perché sono un po' nelle sue condizioni: andare su e giú a Ciampino, per 25 000 lire al mese, come faccio, è una cosa insopportabile. Eppure la sopporto... Fatta indirettamente la romanzina a Nico, adesso bisognerà entrare nel merito. Il tuo piano è il migliore: come ringraziarti? Te ne sono infinitamente grato. Io parteciperò, facendo venire Nico a Roma per qualche tempo a supplirmi a scuola, visto che io, avendo fatto cosí poco durante l'estate, dovrò andare avanti coi miei lavori in autunno. Quanto a mio zio, io penso che in linea di massima sia disposto ad aiutare: ma non son io la persona piú indicata a chiederglielo. Infatti, quando tre anni fa, ho passato un periodo ben piú atroce di quello che Nico sta passando ora, è stato mio zio ad aiutarmi, con notevoli sacrifici. Come posso adesso, proprio io, tornare a chiedergli dei simili sacrifici? Io posso appoggiare la domanda di aiuto, se essa fosse fatta da Nico direttamente o da sua madre. Del resto è certo che mio zio adesso li aiuta.

Non vedo Falqui da moltissimo tempo: ma fra qualche giorno gli telefonerò per chiedergli notizie: devi pensare che questo è un periodo morto per lettere, e tutti fanno le loro vacanze. Quanto a Gadda, è molto giú: si sente solo e sfortunato. L'altra sera mi diceva, con una certa angoscia, malgrado il suo solito humour, che aveva paura di morire come De Gasperi... Temo molto che a Trieste non si senta di venire. Il primo giorno che lo vedo di buon umore, gli chiederò che ne pensa del tuo invito. Io non verrò su in Friuli. Perciò ci vedremo qui a Roma, spero. Ricevi intanto i piú cari saluti dal tuo sempre piú affezionato

Pier Paolo Pasolini

Presso il destinatario.
Dattiloscritta con data e firma autografe.

[1] Il *Canzoniere italiano* e *Ragazzi di vita*.
[2] Nico Naldini.

A Antonio Altoviti - Londra[1]

Roma, 10 settembre 1954

Carissimo Antonio,

grazie della tua deliziosa lettera. Tu non sai quanto mi hai commosso.

Possibile che i nostri siano già tempi lontani? Scrivendoti mi pare di essere la figura di una poesia di Cavafis. E Roma, intorno, è sempre uguale: piena di meraviglie. Tu non sai cosa sono i blue-jeans bianchi...

Ti abbraccio forte, tuo   Pier Paolo

Presso il destinatario.
Dattiloscritta con data e firma autografe.

[1] Antonio Altoviti, organizzatore cinematografico di Roma.

A Carlo Betocchi - Firenze

Roma, 26 ottobre 1954

Caro Betocchi,

spero non mi abbiate preso per un cripto-comunista... O per un marxista, comunque (magari lo fossi!) La mia posizione è di chi vive un dramma: sento in me svuotate le ragioni borghesi, e ridotto a puro irrazionale e amore cristiano. Questa è una constatazione, non una tesi. D'altra parte nulla sostituisce quegli schemi: non c'è un altro, chiamiamolo rozzamente cosí, ideale su cui far leva per la purezza della mia vita interiore. Perciò guardo con curiosità e trepidazione all'ideale marxista. E questa è un'altra constatazione. Non so, non voglio, non posso scegliere. Ma, non scegliendo non vivo interamente: mi lascio andare a un puro e semplice amore sensuale per il mondo, a una pietà vagamente cristiana. D'altra parte come non accorgersi che il mondo borghese (e io vi appartengo per nascita, educazione, fino alle piú profonde radici) è al di là del suo limite storico, vivente di pura istituzionalità, non piú di storia? Veda la corruzione, l'ipocrisia, la convenzionalità, l'inerzia, la crudeltà, l'egoismo che ci regnano intorno, in questa provincia italiana del mondo borghese... Veda come i valori cristiani siano fissati in una «Chiesa», a cui lei crede, ma a proposito di cui non può essere cosí cieco da non condannarne, non dico, no, i parroci lisiani[1], ma i capi vaticani – e da non sentirne l'orrendo sapore reazionario che ne pervade tutto il corpo dall'alto di San Pietro alle piú umili pievi appenniniche... Credo che tanto io che lei e Luzi[2] siamo «per il popolo»: è vero? Ora io vedo che dal popolo moderno è nato un partito, e con questo una ideologia, e quindi in potenza, una cultura. Una cultura, in quanto tale, ripristina necessariamente il concetto di realtà. È stato veramente chiaro lei con se stesso quando nella sua lettera ha scritto: «Non credo che la cultura marxista interpreti pienamente la realtà, e si sa che ciò dipende dal fatto che bisogna prima intendersi su che cosa sia la realtà»? Non è stato chiaro, poiché è ovvio che, se lei stabilisce *prima* che cosa sia la realtà, compie un'operazione culturale: in un ambito culturale che è quello *prima* del marxismo, cioè quello borghese e cattolico: e quindi la sua istanza è un puro flatus vocis, in quanto alla domanda «Che cos'è la realtà?» la sua cultura borghese e cristiana ha già pronta la risposta. E su tale base l'eventuale interpretazione marxista *non può essere che* rifiutata. Ora io invidio lei e quelli della sua generazione che hanno già pronta quella risposta: e invidio coloro che credono nella risposta ancora potenziale della filosofia della società marxista. Io mi trovo nel vuoto, né qua (benché ancora qua per la violenza della memoria, per la coazione di un'infanzia e di un'educazione) né là (benché già là nell'aspirazione, nella simpatia per una vita che si rinnovi, e proponga una fede se non altro nel suo essere in atto). Tutto ciò è scandaloso: prima, perché implica un tradimento della mia classe e quindi di molti di coloro (come lei) che sono gli unici con cui ho un dialogo d'amore; secondo, perché è senza soluzione, perché manca del coraggio di una definitiva e virile scelta per l'altra classe e il suo partito. Ma sempre una posizione sincera è scandalosa, questo è uno dei concetti assoluti del cristianesimo, non è vero? Io non manco di coraggio, sento solo che in questo momento una scelta sarebbe un atto disperato: un atto irrazionale, richiedente una forma di misticismo, se decidessi per il «là», un atto rinunciatario, pericolosamente viziato, se mi assestassi definitivamente – a godere estasi cattoliche e squisite borghesi – di «qua». Forse nel mio articolo[3] non mi ero espresso molto bene: ma lei vedrà che tutto questo è detto meglio in un poemetto che sto correggendo e riguardando e che presto uscirà da qualche parte[4]... D'altronde non mi dispiace affatto che il mio articolo abbia offerto occasione di dubbi e discussioni: era proprio quello che, sia pure non intenzionalmente, cercavo. Ormai ci siamo dati tante volte ragione, ci siamo trovati tante volte d'accordo... I bei tempi sono finiti. Riceva un'affettuosissima stretta di mano dal suo

Pier Paolo Pasolini

Presso il destinatario.
Dattiloscritta con correzioni, data e firma autografe.

[1] Si riferisce all'opera di Nicola Lisi *Diario di un parroco di campagna*, Vallecchi, Firenze 1942.
[2] Il poeta fiorentino Mario Luzi (1914).
[3] Cfr. *Forse a un tramonto*, in «La Chimera», n. 7, ottobre 1954.
[4] Cfr. *Le ceneri di Gramsci*, in «Nuovi Argomenti», novembre 1955 - febbraio 1956, poi nel volume omonimo *Le ceneri di Gramsci*, Garzanti, Milano 1957. Ora in *Bestemmia. Tutte le poesie* cit., pp. 173-282.

A Livio Garzanti - Milano

Roma, 6 novembre 1954

Gentile Dottore,

Bertolucci mi dice che Lei aspetta che mi faccia vivo. Ma come? Mi sento un po' imbarazzato, per tante ragioni. Le avevo promessso un racconto lungo *Le zoccolette del Man-*

drione, e, forse, nel caso che fossi riuscito a vincere i miei antiquati e ingenui scrupoli, *Il ferrobedò*[1]. Ma, a parte gli scrupoli, non ho il tempo che si dice materiale per lavorare. Lei lo sa, che per uno stipendio di venticinque mila lire, vado a insegnare a Ciampino, partendo alle sette di mattina e tornando quasi alle due, fradicio di stanchezza? Per vivere quindi devo attendere a delle collaborazioni: e inoltre adesso, ho sul mio tavolo un monte di bozze: si tratta di una antologia della poesia popolare che sto facendo per Guanda, complicatissima e molto impegnativa. Lei capisce che in queste condizioni per ora, non posso lavorare per me: a ciò cui tengo di piú. È l'eterna querela. E scusi il mio sfogo... Inoltre ho un altro genere di scrupoli: il timore, cioè, che alla fine il mio romanzo non Le piaccia. Perciò preferisco mandargliene subito un assaggio: il sesto capitolo[2], che è forse il migliore, e che, col titolo di *Regazzi de vita* è uscito in «Paragone». La prego intanto di leggere queste pagine... Riceva i piú cordiali saluti dal Suo

Pier Paolo Pasolini

Presso il destinatario.
Dattiloscritta con data e firma autografe.

[1] *Ragazzi di vita*.
[2] Pubblicato in «Paragone» (ottobre 1953), sarà il quarto capitolo di *Ragazzi di vita* cit.

A Carlo Betocchi - Firenze

Roma, 17 novembre 1954

Carissimo Betocchi,

non c'è niente in cui creda di piú che in quello che Lei scrive nella sua lettera[1]: la libertà dell'io in direzione basso-alto, ch'è una direzione metastorica. Ed è questo che mi fa non essere comunista. Ma questo in fondo riguarda me stesso, la mia salvezza personale: si ricorda, per caso, quello che scrivevo nel mio poemetto su Picasso[2]? (se una società è designata a perdersi è fatale ch'essa si perda: una persona mai)... Ora, bisognava che c'intendessimo (è sempre cosí) sui termini: io per «cultura» intendevo la storia nel suo manifestarsi attuale: quindi qualsiasi atto – in fondo anche il piú veramente pratico – è un atto culturale. Operata questa identificazione cultura-storia, è chiaro che è su questo piano che vivono i nostri simili – il prossimo – e che è su questo piano che noi dobbiamo esternare e far concreto l'amore: proprio l'amore metastorico di Cristo. Badi che Cristo, facendosi uomo, ha accettato la storia: non la storia archeologica, ma la storia che si evolve e perciò vive: Cristo non sarebbe universale se non fosse diverso per ogni diversa fase storica. Per me, in questo momento le parole di Cristo: «Ama il prossimo tuo come te stesso» significano: «Fa' delle riforme di struttura». È piú importante l'anima degli altri che la nostra. Ed è perciò che io sono convinto che esista il dramma di una scelta: si tratta di scegliere qual è la via perché la società si faccia piú civile ed economicamente meglio organizzata: è il primo passo, ma è essenziale. Credo che non ci sia modo migliore per spendere quel soldino d'amore che possediamo... La ringrazio tanto, caro Betocchi, e la saluto affettuosamente (con Luzi), suo

Pier Paolo Pasolini

Presso il destinatario.
Dattiloscritta con correzioni, data e firma autografe.

[1] Si riferisce a una lettera di Betocchi del 14 novembre.
[2] Cfr. *Picasso*, in «Botteghe Oscure», XII, 1953; poi in *Le ceneri di Gramsci* cit.

«L'amore dell'umile... la competenza in umiltà»

G. CONTINI

(1955-1959)

L'uscita di *Ragazzi di vita* nel maggio del 1955 segna il primo successo della sua carriera letteraria. Contini è il primo a salutarlo:

> Non è un romanzo? Difatti è un'imperterrita dichiarazione d'amore, procedente per «frammenti narrativi»: all'interno dei quali, peraltro, sono sequenze intonatissime alla piú autorevole tradizione narrativa, quanto dire l'ottocentesca...

Il giudizio di Emilio Cecchi è invece sospeso all'ironia di un accostamento piú che negativo:

> Mi diceva un lettore intelligente che *Ragazzi di vita* gli aveva fatto tutto il tempo pensare a *Cuore* di De Amicis. – Ma in che modo? – gli chiesi un po' stupefatto. – È semplicissimo, – rispose: – *Arcades ambo*. Uno è *Cuore in rosa*. E quell'altro è *Cuore in nero*.

Ma di nuovo Contini versa ironia sull'ironia:

> Monotonia, angustia, e in aggiunta dubbia consistenza narrativa sono anche le obiezioni mosse, per quanto pare, all'ultimo colpo, a tutt'oggi, di quel geniale saggiatore che è Pasolini, l'epopea picaro-romanesca *Ragazzi di vita*. Singolare che per essa narici ordinariamente indulgenti si siano credute in dovere di farsi tanto emunte...

Riserve e accuse provengono da una parte della critica marxista e dal suo esponente ufficiale, Carlo Salinari:

> Pasolini sceglie apparentemente come argomento il mondo del sottoproletariato romano, ma ha come contenuto reale del suo interesse il gusto morboso dello sporco, dell'abbietto, dello scomposto e del torbido...

Ragazzi di vita subisce anche un processo per «carattere pornografico», ma alla fine viene assolto mentre il suo successo si conferma ad ogni livello di lettori.

Gli amici Francesco Leonetti e Roberto Roversi, memori dell'impegno adolescenziale speso per la rivista «Eredi», dopo tre lustri si ritrovano a maturare assieme a Pasolini un'altra rivista. Impostata una linea polemica nei confronti del neorealismo dominante e nella liquidazione dell'ermetismo novecentesco, la prima ragione di questa rivista dovrà essere il tentativo «sia pure incompleto e in fieri» di attuare un superamento della cultura italiana della prima metà degli anni Cinquanta. Angelo Romanò e Gianni Scalia sono i primi collaboratori, mentre altri inviti sono rivolti a Franco Fortini, Italo Calvino, Giorgio Caproni, Attilio Bertolucci, Mario Luzi, Vittorio Sereni, Paolo Volponi, Carlo Emilio Gadda.

> I miei amici di lavoro e io – dichiarerà qualche anno dopo Pasolini – cercavamo di definire quale fosse il nuovo tipo di intellettuale, in questi anni, nel momento cioè in cui lo spirito storicamente resistenziale stava tramontando, e, nel massimo dell'involuzione italiana, nuove necessità si stavano presentando, imprevedibili e urgenti. Schematicamente: il nuovo impegno consisteva nella ricerca di una metodologia critica, nel campo strettamente letterario, e in una maggiore razionalità – rispetto all'impeto sentimentale e umanitario della Resistenza – nell'aggressione di problemi ideologici e storici. Eravamo in pieno sviluppo dunque...

Il titolo scelto, nella suggestione di un famoso titolo di Longhi, è «Officina», e a metà maggio del 1955 esce il primo mumero. Il carteggio piú nutrito per ora si svolge tra Pasolini e Leonetti: «Non dimenticarti che – noi no – tu già ti poni naturalmente rispetto alle minori generazioni, per il tuo lavoro e con la rivista come "guida"...» Tra questi giovani c'è un ventenne di Jesi, Massimo Ferretti, colpito da una malattia inguaribile che sta segnando la sua vita e inevitabilmente la sua poesia. Ha inviato alcuni versi alla rivista ed è con Pasolini che ottiene il rapporto piú stretto, con sviluppi e contrasti anche sul piano esistenziale. Concepita come un piccolo atto eroico in un mondo già invaso dai rotocalchi, usciranno fino all'aprile del 1958 dodici numeri di «Officina», completando una prima serie. Della seconda serie, con una redazione allargata a Franco Fortini e a Gianni Scalia, appariranno solo due numeri. In questo «nuovo tempo» della rivista sono venuti a mancare la solidarietà e l'impeto coraggioso degli anni precedenti mentre è subentrato un eccesso di autocritica.

La crisi politica e ideologica del 1956 – il rapporto di Chruščëv al XX Congresso del Partito comunista sovietico, che segna il rovesciamento dell'epoca staliniana e la speranza di rinnovamento del mondo comunista, cui fanno da contrasto i fatti d'Ungheria e di Polonia – forma la trama interna degli scritti di questo periodo, le ultime parti de *Le ceneri di Gramsci* e il romanzo *Una vita violenta*.

> Mesi or sono – scrive Italo Calvino – avveniva uno dei piú importanti fatti della letteratura italiana del dopoguerra e certo il piú importante nel campo della poesia: la pubblicazione della lirica di Pasolini *Le ceneri di Gramsci*. È la prima volta, da chissà quanti anni, che in un vasto componimento poetico viene espresso con una straordinaria riuscita nell'invenzione e nell'impiego dei mezzi formali, un conflitto di idee, una problematica culturale e morale di fronte a una concezione del mondo socialista [...] una bellissima poesia, che riassume e supera le lezioni della tradizione italiana di poesia civile, della sapienza verbale dei maestri dell'ermetismo e delle esigenze realistiche piú recenti.

Nel giugno del '56 esce la raccolta completa degli undici poemetti con il titolo di uno di essi, *Le ceneri di Gramsci*. Il successo ottenuto dai suoi due ultimi libri – un romanzo di lettura impegnativa a causa dell'impiego del linguaggio popolare romanesco e un libro di versi di alto impegno stilistico e ideologico – ha coinvolto un pubblico di lettori piú vasto della élite tradizionale. Questo successo, assieme alla prima notorietà derivata dal cinema, sta diventando sempre piú insidiosamente il successo di un «personaggio» da cui Pasolini cercherà di difendersi. E tuttavia sarà sempre piú difficile esorcizzare i demoni scatenati dai media scandalistici.

Io credo che lei dovrebbe difendersi meglio – gli scriverà qualche anno piú tardi Contini – non dalla «notte brava» ma dalla «dolce vita» che l'assale (e peggio se per via amica), perché noi pasolinisti della prima ora [...] avremo forse qualche diritto a che non diventasse un mito di paparazzi. È una questione di amministrazione e di economia...

Dal 1956 è iniziata la collaborazione ai soggetti dei film diretti da Mauro Bolognini. Un lavoro che si basa su un'intesa e un'amicizia durature anche per la consapevolezza della diversità dei loro temperamenti artistici: l'elegante stilizzazione di Bolognini e il realismo quasi ossessivo di Pasolini. Piú episodico il rapporto con Fellini per il film *Le notti di Cabiria*.

La notte del 19 dicembre del '58 Pasolini ritorna a casa appena in tempo per vedere il padre morire. Soffriva di cirrosi epatica e invece di curarsi, come sempre, beveva molto. Trasportano la salma al cimitero di Casarsa per seppellirla accanto al figlio Guido. Gli scrive il poeta Biagio Marin:

Ora siete piú soli, piú in pace. Eppure la sua dipartita pesa e ha squassato le anime vostre. Era cosí solo! Ché tua madre aveva te, e tu tua madre. Non vi posso neanche dualizzare: siete un'unica realtà. Ma lui, lui, che pur ha avuto la sua funzione, era solo.

Nel 1958 esce *L'usignolo della Chiesa Cattolica*, un libro di «vecchi versi» degli anni friulani che in una confessione autobiografica giudicherà i suoi «piú belli», accanto a quelli in dialetto friulano.

L'anno dopo esce il romanzo *Una vita violenta*. I primi lettori sono gli amici. Gli scrive Calvino il 9 giugno:

L'ho letto tutto. È bellissimo. Con un stacco netto su tutti gli altri nostri libri. Tutte (o quasi) le cose che io voglio che ci siano in un libro ci sono. [...] C'è il salto qualitativo da *Ragazzi di vita*, perché in *Ragazzi di vita* (pur bellissimo come poema lirico) mancava la tensione individuale, l'attrito col mondo, e l'umanità era una marmellata. Qui non è marmellata intercambiabile, non sono piú come una folla di cinesi, qui c'è la tensione, le varie tensioni individuali, non tanto il personaggio, che non ci interessa, ma l'arco che fanno le vite, il senso che viene a crearsi dall'insensatezza dei gesti uno dopo l'altro...

Bocciato prima allo Strega e poi al Viareggio, ottiene il Premio Crotone da una giuria di cui fanno parte Ungaretti e Gadda. Tuttavia al momento della premiazione ci saranno proteste violente da parte di democristiani e fascisti.

Nel giugno del 1959 si trasferisce con la madre in un appartamento in via Giacinto Carini. Il successo letterario e cinematografico ha aumentato gli agi domestici anche se Susanna è cosí gelosa della sua casa e di suo figlio, che non vuole alcun aiuto. Pier Paolo mangia con lei tutti i giorni alle due del pomeriggio dopo aver lavorato alcune ore. Subito dopo esce e rincasa molto tardi. Le mete sono le solite, le periferie piú affamate che hanno fatto da sfondo ai suoi romanzi e al sopraggiungere di ogni notte tornano a comporsi in un'unica scena erotica dalle infinite eventualità con richiami tanto piú acuti, quanto poi saranno confusi e riassorbiti nel buio anonimo in cui vanno a perdersi coloro che per pochi istanti sono stati i suoi allegri e disponibili compagni.

Nuovi destinatari:

Lo scrittore Francesco Leonetti (1924), amico dall'adolescenza col quale riprende dopo tanti anni un sodalizio culturale di cui fa parte anche Roberto Roversi e che darà vita alla rivista «Officina».

Il poeta Franco Fortini (1917), che ha dedicato al rapporto con Pasolini e particolarmente al loro carteggio un'opera edita recentemente, *Attraverso Pasolini*, Einaudi, Torino 1993.

Lo scrittore Alberto Arbasino (1930), che attraverso l'interessamento di Pasolini ha esordito in «Officina» con un testo poetico.

Il critico teatrale Luciano Lucignani (1922), che lo invita a fornire testi teatrali al Tpi (Teatro popolare italiano) diretto da Vittorio Gassman.

A Francesco Leonetti e Roberto Roversi

Roma, 28 febbraio 1955

Carissimi,

ho parlato con tutti, e tutti sono stati molto favorevoli, per usare un'espressione diplomatica: ma direi addirittura, sotto sotto, entusiasmati.

Quanto a titoli[1] ho cointeressato Romanò, Bertolucci, Bassani e perfino Gadda, ma finora, niente. Ve ne accludo un elenco[2], per scrupolo, avvertendovi che nessuno mi piace.

Ho parlato con Weaver[3] per l'inchiesta all'americano «Folder»: va bene. Ho visto da Falqui, ieri, l'*Arlecchinata*[4]: io non l'ho ancora ricevuto, e ne sono impaziente...

Quanto al mio articolo per il primo numero, ho pensato questo: dare una poetica o un programma, o fare in qualche modo il punto, nel primo numero è una cosa che rompe le scatole: è troppo aspettato e ovvio, se fatto direttamente e ufficialmente. Ho pensato allora che tutte le cose che avrei voluto dire, la nostra posizione ecc., sarebbero state più efficaci e concrete se dette indirettamente, mediatamente: avrei pensato cioè di inaugurare con un articolo sul Pascoli[5] (nel centenario): è intanto un importante avvenimento letterario e culturale (si entra così senza preamboli in medias res), poi il Pascoli è emiliano, e una certa colorazione emiliana non sta male in una rivista che vuol essere mordente sullo storico, e non un fatto che Gramsci chiamerebbe decadente o cosmopolita: infine, e soprattutto, il Pascoli, se esaminato in funzione dell'istituzione linguistica specie futura, è un pretesto ottimo per dare uno sguardo pano-

ramico su tutto il Novecento, con giudizi dedotti dai fatti,
e non coi soli effata polemici o pamphlettistici da editoriale.
Ad ogni modo, all'epoca in cui d'accordo, vedrete il pezzo,
e giudicherete se va o non va. Attendo presto vostre notizie, e intanto vi abbraccio affettuosamente, vostro

Pier Paolo

Presso Francesco Leonetti.
Dattiloscritta con data e firma autografe; inviata a Leonetti e a Roversi.

[1] Si riferisce al titolo della rivista in preparazione che sarà «Officina».
[2] Foglio perduto.
[3] William Weaver, musicologo, traduttore di poesia e narrativa italiana
in americano.
[4] Cfr. F. Leonetti, *Arlecchinata*, Sciascia, Caltanissetta 1955.
[5] Cfr. P. P. Pasolini, *Pascoli*, in «Officina», n. 1, maggio 1955.

A Francesco Leonetti e Roberto Roversi

[Roma, marzo 1955]

Carissimi,

vi rispondo insieme, naturalmente. D'accordo con la lunga e carissima lettera di Leonetti: io ho accentuato l'anti-
poesia, ho fatto la parte, un po' del diavolo. È giusto dunque che voi ristabiliate l'equilibrio: mentre io tirerò verso
la storia, anzi il momento storico, intendendo la poesia come un contributo alla conoscenza e all'espressione di questo, voi tirerete verso l'assoluto, l'extrastoria, intendendo
la poesia come «verità»*. S'intende che anche questo secondo momento è in me, con forza: come spero che il primo
sia in voi. È la risultante che ne deriva che costituisce la linea della nostra rivista, mi pare. Quanto alla veste tipografica, sarò sincero: quella che voi vagheggiate non mi soddi-
sfa, perché, come l'ha definita Romanò, stravagante e ano-
mala, e, aggiungo io, perciò tendente a una forma di squisitezza come concrezione di otium letterario. Il formato che
mi mandate è bellissimo, ma solo se allargato di due dita. Vi

assicuro che anche due dita piú largo, s'infila lo stesso age-
volmente in tasca. E anche per il frontespizio, cercate di essere piú semplici. Delle vostre poesie, che mi sono piaciute
moltissimo, sceglierei: Roversi: *Il cavallo, Uomini all'osteria,
Periferia*. Leonetti: *Canzone sul violino, Coro degli operai,
Congedo* [1]. Mi ha scritto Fortini, accettando in linea di
massima la collaborazione. Attendo la risposta di Calvino e
Sereni, che spero affermativa. Bertolucci e Caproni sono
dei nostri: e Romanò ci è tanto vicino, che si potrebbe quasi
prendere in considerazione l'idea di aggiungerlo nella redazione. Ma vedremo. Il pezzo su Pascoli è quasi pronto, attende la limatura, le aggiunte e la copiatura. Naturalmente
si tratta di un Pascoli prospettato nell'istituzione stilistica
e nella cultura del primo Novecento, con funzione prope-
deutica e paradigmatica per il secondo. Vi abbraccio affettuosamente.

Vostro   P.P.P.

* Titoli balenatimi nello scrivere queste righe: *Il contributo della poesia. Conoscenza e espressione*, oppure semplicemente *Conoscenza*. Titolo suggeritomi da Bassani: *Il mondo reale*.

Presso Francesco Leonetti.
Dattiloscritta con sigla autografa.

[1] Cfr. «Officina», n. 1, maggio 1955, dove vennero pubblicati alcuni di
questi testi.

A Biagio Marin - Trieste

Roma, 18 marzo 1955

Caro Marin,

grazie della tua cara, e tanto piú cara in quanto un po' in-
giusta, lettera: ma è proprio da sfoghi come i tuoi, da egoisti
silenzi come i miei, che nascono i chiaroscuri di un affetto
vero. Tu lo sai bene. Da parte mia, tu dirai, è però troppo

comodo saperlo, e non farci niente. Quanto al tuo libro[1], anzitutto sappi che ne parlerò alla Rai: doveva essere questo mese, sarà invece il prossimo: per ragioni che non dipendono da me. E quanto al gravame del mio lavoro... credimi è fatale e giustificato. Io non ho radici, di tipo pratico e finanziario, su questa terra: fino a ieri insegnavo, come sai, scannandomi, per 25 000 lire al mese. Ora c'è un editore che vuole il mio romanzo e mi paga, e mi assicura traduzioni all'estero, c'è un produttore che mi fa fare delle sceneggiature, la Rai e altre riviste che mi chiedono articoli: e io non posso e non devo rifiutare niente, perché niente è ancora sicuro, tutte le strade sono aperte intorno, ma nessuna è l'unica. È un momento difficile, drammatico e bello, per me: se lo supero, sono salvo. E devo superarlo: per mia madre e mio padre, che mi vogliono vedere sistemato, in qualche modo – e poiché sono intelligenti – non in modo puramente pratico, benché questo sia essenziale. Come potrei deluderli? Se fosse per me, farei anche la vita di Dino Campana. A me interessa, prima di morire, di «capire» il mondo in cui sono, non di goderlo attraverso un qualche possesso che non sia d'amore. Passo quindi settimane di lavoro continuo e schiacciante (un romanzo, un'antologia in bozze a cui non finisco mai di lavorare, una sceneggiatura, continui articoli, e adesso, oltre a tutto, la redazione di una nuova rivista di poesia, che uscirà presto a Bologna). Ecco perché sono cosí assente, apparentemente: e tu devi incoraggiarmi, e non rimproverarmi.

Ti abbraccio con grandissimo affetto.

Tuo   Pier Paolo

Presso gli eredi del destinatario.
Dattiloscritta con data e firma autografe.

[1] Cfr. *Sénere colde* (Ceneri calde), «Il Belli», Roma 1953.

A Livio Garzanti - Milano

Roma, 13 aprile 1955

Gentile Garzanti,

eccole dunque, puntuale, il romanzo[1]. La copia che Le invio è un po' in disordine con le correzioni, ma non c'è certo tempo di ribatterla a macchina un'altra volta... Inoltre una trentina di parole sono sottolineate, il che significa che attendono migliorie o correzioni, che apporterei sulle bozze. Ho lavorato come una bestia, e lei lo può immaginare: ora non so niente del mio lavoro, non sono né contento né scontento, sono semplicemente esausto. Ma spero con tutto il cuore che non Le dispiaccia: se non altro per la gratitudine che Le devo. Quanto alle parolacce, come vede, ho fatto molto uso di puntini: potrei farne (naturalmente a malincuore) ancora di piú, se Lei lo credesse opportuno. Le espressioni gergali, mi sembrano quasi tutte o comprensibili o intuibili: se in qualche punto non si comprendono o non s'intuiscono, ciò non ha importanza, perché non si tratta in tal caso che d'una macchia di colore, d'un'esclamazione, che scivola via senza incidere sulla generale chiarezza, mi pare.

Riceva i piú cordiali saluti dal Suo dev.mo

Pier Paolo Pasolini

Presso il destinatario.
Dattiloscritta con data e firma autografe.

[1] *Ragazzi di vita.*

A Livio Garzanti - Milano

Roma, 11 maggio 1955

Gentile Garzanti,

spero che lei riceva questo espresso, e il concomitante espresso per le bozze modificate, prima di partire per Roma, in modo che non vada perso tempo.

Come vede, ho sostituito con puntini tutte le brutte parole, con rigorosa omologazione. Ho attenuato gli episodi piú spinti (Nadia a Ostia ecc.: ma non quello del «froscio», per consiglio di tutti gli amici, oltre che per intima convinzione), ho sfrondato notevolmente (ho tolto due o tre pagine del II capitolo – i raccontini del Riccetto –, due pagine del VI, e l'intero episodietto della zoccoletta nel VII), ho tolto il titolo «Il Dio C...», fondendo l'VIII capitolo al precedente. Insomma ho fatto tutto quello che potevo fare, con molta buona volontà. Spero che Lei me ne dia atto. Ho contribuito poi a rendere il racconto piú chiaro (in modo che riesca meno sconcertante e quindi meno pesante), con delle piccole aggiunte, delle date ecc. In conclusione: quanto alla riuscita commerciale, io non so che dire, sono privo di competenza: ma posso dirle che non condivido il Suo improvviso pessimismo quanto alla realizzazione, diciamo cosí, artigianale-stilistica. È un errore credere che il romanzo vada molto ridotto (oltre le ragionevoli riduzioni che vi ho apportato), perché importa in modo determinante proprio la sua complessione massiccia e ossessiva (parlo dal punto di vista artistico): alleggerito, diventerebbe un prodotto neorealistico, «decotinizzato», come dice Gadda. Abbia fiducia: se non raggiungerà la tiratura di Parise[1], sarà un romanzo molto discusso, e quindi letto anche non dai soli buongustai. Sarà comunque un buon colpo editoriale (anche se non dal punto di vista strettamente quantitativo. Però..., non c'è due senza tre... speriamo...) Sia Lei che io, in queste giornate (per me addirittura drammatiche: pensi che io ho lasciato la scuola, son senza lavoro, e il mio unico filo di speranza era questo romanzo...) abbiamo avuto esperienza del pro e del contro: violenti entrambi. Sarà un'avventura emozionante. Riceva i piú cordiali saluti dal Suo

Pier Paolo Pasolini

PS. Le accludo questo ritaglio dal «Messaggero» di ieri. Potrebbe essere utile. Non si potrebbe magari stampare sul risvolto della copertina al posto del solito pezzullo?

Presso il destinatario.
Dattiloscritta con data, firma, correzioni e poscritto autografi.

[1] Si riferisce a G. Parise, *Il prete bello*, Garzanti, Milano 1954.

A Silvana Mauri - Milano

Roma, 23 maggio 1955

Carissima Silvana,

non avrei mai creduto che la ripresa della nostra corrispondenza avesse potuto consistere in questo prosaico biglietto: tanto piú che lo suppongo in atroce contrasto con tutti i tuoi interessi del momento: è una richiesta, una forma di accattonaggio... Vorrei cioè che tu scrivessi a tuo zio Bompiani e a Camilla Cederna, due righe per proporre loro di votare per me al premio Strega[1]... Tuo zio non ha presenti autori, dunque penso di non fare una gaffe con questa mia pretesa... Sto passando settimane drammatiche: prima con le correzioni moralistiche al romanzo, apportate all'ultimo momento, con Livio[2] che pestava i piedi: adesso con la paura che il romanzo scandalizzi troppo o addirittura venga processato per oltraggio alla morale, e intanto, che la mia partecipazione al premio Strega finisca con una figuraccia. Aggiungi poi che sono senza posto a scuola, la sceneggiatura si è dissolta, e Garzanti si è dimostrato vergognosamente ingeneroso. Che bel quadretto, eh? Ciononostante sono abbastanza forte e incosciente, e continuo a sperare e a fare programmi di lavoro. E tu e Ottiero? Come vanno i primi approcci con Pozzuoli? Sono curiosissimo dei tuoi referti: ma ad ogni modo sono sempre fermo di venire e passare una prossima domenica da voi, possibilmente con Fabio, come si era d'accordo.

Ti abbraccio affettuosamente, con Ottiero
Tuo   Pier Paolo

PS. Tanti bacetti alla bambina.

---

[1] In concorso al Premio Strega era il romanzo *Ragazzi di vita*.
[2] Livio Garzanti.

A William Weaver - Fort Royal (Usa)

Roma, 4 luglio 1955

Carissimo Bill,

eccoti il mio romanzo[1]: come vedi è la seconda edizione, e ha già quindi una sua breve ma convulsa e emozionante storia. Molti entusiasmi, qualche atroce denigrazione, successo di pubblico, discussioni, dibattiti: è entrato nella rosa dei primi cinque al Premio Strega ecc. Spero molto che ti piaccia, e che tu abbia voglia di tradurlo: Garzanti e la Knopf sono sempre in rapporto.

Quanto al resto: che dirti? in questi ultimi mesi sono stato condizionato dal romanzo: prima a finirlo, poi a patirlo. Adesso sono in partenza per Bolzano per una sceneggiatura[2]: starò lassú, nel maledetto Nord, per un mese, straziato all'idea di abbandonare la furiosa e meravigliosa estate romana. I ragazzi sono ancora piú belli: e sono migliaia, sturati dalle loro tane dal sole. Si gettano come nubi di cavallette sul Tevere e a Ostia, e sui lungoteveri di notte. Quest'anno sono tutti vestiti all'americana: coi calzoni alla cowboy e le magliette atomic blue, e il mistero del sesso è ancora piú profondo, facile e struggente. Ti scriverò da Bolzano l'indirizzo di lassú, ma ai primi di agosto, se Dio vuole, sarò di nuovo nel mio regno. E tu? Spero di ricevere tue circo-

stanziate notizie: sono morbosamente curioso di sapere
quello che fai, in America. Tu non hai idea di come mi sembri lontana, irreale e enorme l'America: ne ho esattamente
la stessa sensazione che ne avevo a otto anni. Da quando
conosco te – in carne e ossa, e per di piú ti voglio bene –
questa sensazione non è piú sostenibile: c'è una sproporzione, che mi diverte molto, oltre a emozionarmi. Ti incito
quindi a farti vivo da laggiú, dall'altro mondo, dall'altra
faccia del globo terrestre, dall'altro versante dell'essere, dal
contrario della storia e della povertà... Ti abbraccio con
grande affetto, tuo

Pier Paolo Pasolini

Presso il destinatario.
Dattiloscritta con data e firma autografe.

[1] *Ragazzi di vita*.
[2] Si riferisce al film di Luis Trenker *La prigioniera della montagna*, di cui
stava scrivendo la sceneggiatura assieme a Giorgio Bassani.

A Giuseppe De Robertis - Firenze

Ortisei, 21 luglio 1955

Gentile Professore,

ho letto quassú a Ortisei, in ritardo, il Suo articolo[1] per
Ragazzi di vita, e non Le so dire la mia gioia. Da quando lavoro – dal '42, ormai – credo di non aver desiderato nessun intervento critico piú del suo. Era una specie di muta e
un po' patetica scommessa con me stesso, quella di essere
letto dall'Autore che, assieme a Ungaretti, è stato il mio primo, ai tempi del liceo bolognese: e che, praticamente, mi ha
iniziato al gusto letterario. Sono passati piú di quindici anni, e che anni, pieni delle piú diverse e violente esperienze:
ma la sua non-violenza, il Suo amore povero e affettuoso
per la letteratura, restano per me un paradigma incancella-
bile. E sono felice di poterLe dire adesso tutte queste cose,
sia pure in poche righe, e con lo stupido pudore che in que-

sti casi non riesco mai a vincere. Ora sono qui che lavoro a
una sceneggiatura con Bassani; ma, appunto con Bassani,
spero di venire presto a Viareggio, a stringerLe la mano, e
ne ho davvero il piú affettuoso desiderio.

Suo dev.mo

Pier Paolo Pasolini

Presso Archivio Contemporaneo Gabinetto Vieusseux, Fondo De Robertis.
Autografa.

[1] Cfr. «Il tempo illustrato» del 21 luglio 1955.

A Cesare Padovani - (Nogara) Verona

Villa Trenker, Ortisei, 22 luglio 1955

Caro Cesarino,

ho ricevuto un po' in ritardo la tua lettera, e ti rispondo
anche un po' in ritardo, perché sono quassú a Ortisei per lavorare, e ho pochissimo tempo. (A proposito, nel venire
quassú in automobile da Ferrara, sono passato per Nogara,
ma a tutta velocità, purtroppo...)

La tua lettera mi ha dato molta gioia, ma mi ha anche
molto preoccupato. *Ragazzi di vita* non dovrebbe – secondo la morale corrente – essere un libro per ragazzi: soprattutto per un ragazzo come te (e com'ero io alla tua età), tutto preso da una vita di studi e di affetti famigliari ed entusiasta, con purezza di passione, di questa vita. Non vorrei
che il mio libro – che parla di ragazzi tanto diversi da te –
ti avesse scosso troppo violentemente, e ti avesse con troppa brutalità posto di fronte a certi aspetti della vita che tu
non conosci. Io spero che tu non trovi «naturalmente» cattivi e crudeli i ragazzi di cui parlo nel mio libro, ma che tu
li consideri tali per colpa dell'ambiente in cui sono nati e
vissuti. E spero anche che tu – a differenza di certi critici
ormai incalliti nell'ipocrisia e nella freddezza – avverta come io abbia scritto il mio libro con amore e con pietà per i

miei poveri protagonisti. Ci terrei anche che tu potessi leggere le belle critiche fatte al libro sull'«Europeo», da Carlo Bo, sulla «Fiera letteraria» da Giancarlo Vigorelli e sul «Tempo» da Giuseppe De Robertis[1]. Sono scritti che ti aiuterebbero a digerire la greve pillola del mio romanzo... Scrivimi, caro Cesarino, e continua a lavorare con lena e con fiducia, come hai fatto finora. Molti cari saluti, anche per tua madre,

  tuo   Pier Paolo Pasolini

Presso il destinatario.
Autografa.

[1] Cfr. le recensioni di Carlo Bo in «L'Europeo», 19 giugno 1955, di Giancarlo Vigorelli in «La Fiera letteraria», 10 luglio 1955 e quella citata di Giuseppe De Robertis in «Il tempo illustrato», 21 luglio 1955.

A Susanna Pasolini - Casarsa

      [Timbro postale: Ortisei, 23 luglio 1955]

Carissima pitinicia,

spero di raggiungerti già a Casarsa, con questa lettera. In tal caso mi auguro che tu abbia fatto buon viaggio, e che tu non abbia preso un treno per Sestri Levante... Cosa ti sembra, a trovarti a Casarsa, dopo cinque anni? Casarsa – mi sembra – è cambiata, e diventata piú antipatica, con quell'aria moderna, no? Scrivimi a lungo, tu che hai tempo – e se hai voglia, naturalmente. Io non vedo l'ora di rivederti: e per fortuna, anch'io sono un po' distratto dal moltissimo lavoro, se no, a pensare che stiamo per tanto tempo lontani, non resisterei. Tanti, tanti baci

             Pier Paolo

PS. Naturalmente, salutami tutti a Casarsa. Non fa piú freddo da molti giorni.

Presso l'Archivio Pasolini.
Autografa.

A Susanna Pasolini - Casarsa

Ortisei, 28 luglio 1955

Carissima Cicciona,

come va? Ti sembra ancora di non esserti mai mossa da Casarsa? È un'impressione, forse, che si ha al primo momento, poi, un po' alla volta si cominciano a sentire le distanze. Tu pensi veramente che siamo stati felici noi tre lí? Forse no, dato che non si è mai felici: anche allora avevamo le nostre infelicità, o per lo meno, non ci rendevamo conto della nostra naturale felicità: e questa bastava a rendere quel periodo uguale a tutti gli altri. La conclusione è che è sempre meglio non rimpiangere: e cercare la felicità nei sentimenti non nei periodi. Dico questo anche per Guido, che è meglio non vedere legato a un periodo, ma libero e presente nei sentimenti. Quanto a te, cerca di riposare assolutamente, di star ferma, dormire mangiare e andare a spasso verso sera per i campi.

Io lavoro molto, ma il clima è buono, e poi la sera vado a divertirmi in giro, a ballare in elegantissimi alberghi tra il Brennero e Cortina. A presto allora (il massimo tra una settimana - dieci giorni) e tanti, tanti baci

Pier Paolo

Presso l'Archivio Pasolini.
Autografa.

A Susanna Pasolini - Casarsa

Ortisei, 30 luglio 1955

Carissima pitinicia,

ho ricevuto la tua deliziosa lettera la mattina stessa in cui ho impostato la mia: e credo che anche questa si incrocerà con un'altra tua. Ma pazienza, tanto non abbiamo affari da comunicarci! Prevedevo in parte le tue reazioni davanti alla Casarsa nuova: reazione giustissima. Comunque in Casarsa quello che conta è la campagna intorno, con i suoi orizzonti e i suoi angoli segreti. E tutto questo non è cambiato, anzi è fin troppo dolcemente e disperatamente uguale. Non vedo l'ora di rivederti, mi sembra mostruosa questa situazione di lontananza: e cosí assurda che non riesco neanche a concepirla. Il lavoro sta finendo: spero al massimo giovedí di essere a Casarsa, tanti baci (anche ai bambini).

Pier Paolo

Presso l'Archivio Pasolini.
Autografa.

A Franco Fortini - Milano

Roma, 3 settembre 1955

Caro Fortini,

ti ringrazio prima di tutto per la tua bellissima recensione a *Ragazzi di vita*[1]: e mi pare tanto piú bella in quanto viene ultima, dopo una serie di scritti che piú o meno goffamente o favorevolmente si dibattono opachi e conformisti nella direzione per cui tu hai scritto con tanta tersa e vibrante intelligenza. Hai ragione in moltissime cose: vorrei solo discutere con te la tua critica del concetto di «popolo» che mi attribuisci. Dovrei avere piú tempo (ti scrivo, come sempre, ahimè, da qualche tempo, quasi di soppiatto: lavoro ancora nella bolgia cinematografica) ma ti dirò intanto: questo *Ragazzi di vita*, non è popolo, ma sottoproletariato: a Bologna o a Milano è tutta un'altra cosa, e io non mi sognerei mai di rappresentarlo in tanta infida incoscienza: c'è una civiltà settentrionale «comunale» e una civiltà centro meridionale papalina o bizantina o monarchica: lo sai bene. Non so se hai mai letto su «Paragone» il mio poemetto *L'umile Italia*, in cui appunto l'argomento è proprio questa differenza. Il popolo che canta del *Canto popolare* è il popolo com'era prima della civiltà industriale: mentre il canto finale (la canzonetta) di chi «è ciò che non sa» si riferisce appunto al sottoproletariato sulle soglie della coscienza di classe, che vive dall'Aniene a Eboli...

Ti ringrazio anche moltissimo per l'allegato, bello e emozionante: uscirà coi tuoi versi nel n. 3 di «Officina»[2]. Scusami l'atroce, trasandata e illetterata lettera: ma non ce la faccio a scrivere con piú calma. Non vedo l'ora di essermi assestato un po' economicamente per poter dedicare pomeriggi interi a lettere come questa... Un affettuoso saluto dal tuo

                                              Pier Paolo Pasolini

Presso il destinatario.
Dattiloscritta con una correzione, data e firma autografe.

[1] In «Comunità», giugno 1955; ora in F. Fortini, *Attraverso Pasolini*, Einaudi, Torino 1993.
[2] Cfr. di F. Fortini, *Versi (metrica e biografia)*, in «Officina», n. 3, settembre 1955.

A Massimo Ferretti - Perugia

                                              Roma, 6 febbraio 1956

Caro Ferretti,

grazie per la tua lettera perugina. Ti invidio. Stai scoprendo il mondo: che ebbrezza in quel tuo salire e scendere dal centro alla periferia, in una città ch'è poi oggettivamente stupenda, anche per chi ha dieci anni piú di te. Un po' buffo il tuo scrupolo sulla «cultura»: ma renditi conto che anche il tuo sentire a Perugia «profumi claustrali» è un atto culturale: in un altro ambito culturale non li avresti sentiti, lo credi? Pensa che un operaio di Sansepolcro, che pure ti è contemporaneo, ma operante su un diverso livello di cultura, non sarebbe in grado di percepirli, se non naturalisticamente, e quindi non li nominerebbe, sarebbero per lui linguisticamente inerti. Non è stato toccato dal post-romanti-

cismo e dal decadentismo. È passato – se pure è passato –
direttamente dalla cultura popolare alla cultura marxista.
Ecco cose che né Falqui né gli ausonici vorrebbero sentire.
Ho scritto di te qualche riga in un pezzo per la rubrica del
«Paragone» di febbraio[1]: o meglio, anticipato, perché mi
accingo a scrivere la nota per «Officina».

Quanto alla tua «ode»[2], ti confesso (e tu perdona la mia
debolezza: non è roba di tutti i giorni, esser l'oggetto di
un'ode) che sono molto curioso di leggerla. Me la mandi? Ti
saluto affettuosamente, tuo

Pier Paolo Pasolini

Presso Fondo Ferretti, Jesi.
Dattiloscritta con data e firma autografe. Su carta intestata «Officina».

[1] Non pubblicato.
[2] Cfr. M. Ferretti, Dalla «Ode a un amico», in «Officina», n. 5, febbraio 1956.

A Italo Calvino - Torino

Roma, 6 marzo 1956

Carissimo Calvino,

le tue due lettere, quella «editoriale ufficiale» e quella
«personale», mi hanno riempito di gioia. Quanto alla prima
però, purtroppo, devo mantenermi negativo: ho un contrat-
to per lo «Specchio» di Mondadori, firmato un anno fa, per
un libro, L'umile Italia contenente appunto i sette poemetti
da L'Appennino a Le ceneri: ora, purtroppo, ho già spedito
tale libro a Mondadori, due o tre giorni prima che scadesse
il termine. E me ne sono pentito, perché ora c'è anche Garzanti, con cui sono legatissimo (mi stipendia perché possa
andare avanti col secondo romanzo) che lo vuole a tutti i costi. Le cose hanno preso questa piega: cosa farci!, e pensare
che il sogno di tutta la mia adolescenza è stato di pubblicare
i miei versi da Einaudi (allora erano uscite le Occasioni e il
Rilke di Pintor).

Quanto alla seconda tua lettera, ci sarebbe da fare un di-

scorso lungo un volume. Ma salto tutto ciò che potrei dirti
intorno all'antologia, che hai capito, nelle sue intenzioni, da
poeta. Una sola osservazione su certa difficoltà del mio dettato critico: un'osservazione, per cosí dire, storica. Credo
che essa abbia poco in comune con Garboli, Citati ecc.,
quanto a origine: perché io ho cominciato a scrivere cose
critiche nel '40-'41 e non qualche anno dopo il '45. È tanto, come vedi, che lavoro: e certi traumi della propria formazione letteraria sono difficilmente sanabili: quel che di
«allusivamente ermetico» che tu senti sussistere nella mia
critica credo che sia una caratteristica, per ora, fatale, che
andrà solo lentamente estinguendosi. Inoltre la mia tendenza alla critica stilistica, Spitzer-Devoto-Contini mi porta altrettanto fatalmente a una certa difficoltà per i non iniziati
alla terminologia tecnica (che è però tanto comoda, e rispar-
mia lunghi giri approssimativi di parole). Intorno alle *Ceneri
di Gramsci* hai detto delle cose giustissime: il shelleysmo in-
sito in Gramsci e Togliatti e il sapore meridional-romanesco
di tutto il movimento operaio italiano (fusioni e ibridi che
vanificherebbero l'antitesi che nel poemetto ho espresso appunto per opposizione, drammaticamente) è un fatto che io
accetto come oggettivamente reale. Ma solo che per te lo è
anche nel tuo intimo, soggettivamente, per me no. E non
per maggiore moralismo da parte mia, per cui non posso accettare il compromesso, l'ibrido, la conciliazione. In un certo senso tu sei molto piú rigido e moralista di me. Ma in te,
appunto, sia per la tua psicologia che per la tua vicenda personale, tale contrasto non ha senso, si presenta come inutile
e perditempo. Ma a una tale spregiudicatezza in me ostano:
1) Una formazione letteraria forse piú precoce della tua: io
dal '37 in poi ero già in piena iniziazione ermetico-deca-
dente, e con la mia solita violenza e insaziabilità. 2) L'ecce-
zionalità del mio eros, che è stato un trauma massiccio e
tremendo per tutta la mia adolescenza e prima giovinezza.
Fatti, questi I e II, che aumentano vertiginosamente quel
po' di shelleysmo che ci può essere in te – come in Gramsci e Togliatti... Fino a non farne piú una trascurabile com-
ponente, ma una «quantità» appunto antitetica. 3) Il fatto che mio fratello sia stato ucciso dai comunisti, sia pure

di Tito o passati a Tito. Mio fratello è stato la piú nobile creatura che abbia mai conosciuto: è andato coi partigiani neanche diciannovenne, per pura fede e puro entusiasmo (non per fuggire, come hanno fatto tanti: non aveva ancora obblighi militari cui scampare). Era partito con sentimenti comunisti, poi lassú, in montagna, per una serie di circostanze era entrato in forza all'«Osoppo» e si era iscritto al Partito d'Azione. Naturalmente, con l'Osoppo, si era opposto alle mire di Tito che voleva prendersi Venezia Giulia e Friuli, e dopo aver combattuto da eroe contro tedeschi e mongoli ha finito col morire da eroe, ucciso da dei comunisti impazziti e feroci. Ecco perché per me – che ho sempre votato per il Pci e che mi sento comunista – la scelta vera e propria la scelta totale è cosí drammatica e difficile. Devi prendere le *Ceneri di Gramsci* come un mio fatto personale, non come un fatto paradigmatico.

Quanto agli aggettivi hai ragione, mille volte ragione. C'è tra me e loro una lotta sorda, che finisce spesso con la mia resa: sono cosí debole da accettare e preventivare un certo manierismo, pur vergognandomene.

Ti abbraccio con affetto, tuo

Pier Paolo Pasolini

Presso Archivio Einaudi.
Dattiloscritta con correzioni, data e firma autografe.

Risponde a due lettere di Italo Calvino: una inviata dalla redazione della casa editrice Einaudi con la proposta di pubblicare la raccolta poetica *Le ceneri di Gramsci*; la seconda, «personale», si sofferma con giudizi critici sull'antologia della poesia popolare *Canzoniere italiano* e sul poemetto *Le ceneri di Gramsci*.

A Alberto Arbasino - Voghera

Roma, 22 giugno 1956

Carissimo Arbasino,

le rispedisco I, II e IV serie, e mi tengo la III[1], con l'intenzione di pubblicarla su «Officina», se, naturalmente,

Lei è d'accordo. Mi sembra la piú bella e compiuta*. Anche le altre sono piene di cose intelligenti e sorprendenti: ma spesso c'è piú effervescenza che fervore, piú spigliatezza che bravura. E, soprattutto, c'è sempre un certo apriorismo: derivante – questo sí – da una illusione: chiamiamola illusione culturale, il cui aspetto piú immediato è la fiducia nel valore assoluto della citazione, come trauma linguistico fondato sulla possibilità di riflessi condizionati del lettore (colto). Lei spara spesso dei bossoli vuoti: ma nel migliore dei casi, il colpito *crede* di morire, semmai, non muore. Data questa Sua illusione, cosí radicata, Lei non fa il minimo sforzo per ricaricare i bossoli sparati (scusi la mia genericità balistica), accontentandosi di giustapporre le citazioni senza assimilarle, senza sforzo linguistico. Mentre è chiaro che la parola richiede sempre di essere modificata, con terribile doglia, sia essa citazione, termine tecnico, o comunissimo sostantivo come rosa o viola. Lei non può contare sopra lo sforzo già fatto da un altro. Tutto questo deriva in Lei da una certa mancanza di concretezza, di fisicità espressiva. Lei è raramente plastico (se non quando «imita» la plasticità) e la Sua lingua è fredda, chiara e, malgrado le abnormità, molto corrente. Sicché il Suo «pastiche» (che richiede per definizione doti contrarie alle Sue) Le riesce bene finché l'intelligenza e la facoltà mimetica l'assistono (e con grande fervore, direi), mentre ha vuoti addirittura liceali, e vere ingenuità quando mostra la corda: il che avviene abbastanza spesso, dato il vizio sostanziale di questa Sua operazione. Tale vizio, poi (scusi la mia assoluta sincerità) Le proviene da un certo provincialismo** (questo Le darà un gran dolore, Lo so: se ne sentirà offeso: ma io, duro) e dalla giovane età. Rilegga queste Sue pagine e vi vedrà un continuo prevalere (provinciale e giovanile) del problema sessuale e del problema della riuscita letteraria. Cose che per sé andrebbero benissimo, sarebbero piú che lecite, in qualità di contenuto: senonché il Suo *Apprendista Tebaide* ha ambizioni piú generali e assolute, e il ritornare incessante a quei problemi è un ricadere, vanamente mascherato dalla spigliatezza e dallo spirito. Tutto questo (e Lei scusi l'approssimatività e la fretta) per restare nell'ambito dell'*Apprendista*, per accettare i Suoi termini e i Suoi interessi: volendo essere piú oggettivo e meno epistolare, potrei esercitare lo spirito critico-moralistico sulla sua visione del mondo, sul Suo tipo di polemica di borghese avanzato, e perciò anarchico ed eversore di quelle istituzioni, che però, nel loro momento migliore, Le stanno tanto a cuore, tendono con tanta violenza a conformarla. Ma mi fermo qui, e La saluto affettuosamente, Suo

Pier Paolo Pasolini

   * Si sente in essa la «fatica», la sana e felice fatica di chi compie un lavoro, non di chi, con suprema intelligenza magari, con intelligenza mai meno che suprema, aggiornata, specializzata fino all'infiammazione, confeziona un collage. (Un collage delle proprie angosce standardizzate, rese riconoscibili e quasi trionfanti dal gergo. Lei si presenta estremamente fragile e maudit in privato – divorato dal piú degradante dolore – ed estremamente duro e quasi sprezzante come facitore di testi).
   ** Legga: la solitudine di Voghera.

   [1] Si riferisce ai versi *L'apprendista Tebaide* mandati in visione con una lettera dell'8 giugno e che usciranno in «Officina», n. 9-10, giugno 1957.

A Massimo Ferretti - Perugia

Roma, 7 novembre 1956

Caro Ferretti,

   vorrei davvero, come ti ho già scritto, che tu non solo non mi chiamassi professore e non scrivessi con la maiuscola le particelle pronominali, proclitiche o enclitiche, che mi riguardano – ma mi dessi addirittura del tu. (Per chiedertelo devo ricorrere a un assurdo «addirittura», quando la cosa è invece cosí naturale: devo confessarti che non sono capace di ammettere di non essere coetaneo di un giovane, come tu sei, al primo ritorno dall'università e fresco della visita di leva...) Ho letto con avidità e emozione il tuo nuovo pacchetto di versi: qualche volta mi hai deluso non per mancanza di potenziale – che è sempre altissimo – ma per un suo eccesso, se mai, che finisce spesso col rendere i tuoi versi un po' meccanici, generici: la necessità che ti spinge a scrivere è cosí violenta che giustifica tutto, anche le zeppe, tu lo sai, e ne approfitti un po'. Cosí ti nascono file intere di versi tenuti su da metafore meccaniche e poetizzanti, e da un parossismo di «infinito», «fiori», «stelle», ecc. Tu, che mi appari, e son certo a ragione, cosí necessario, finisci a questo modo col cadere in certi vizi tipici di chi è invece inutile: fai un po' il super-uomo, estetizzi, ti compiaci del maledettismo e della solitudine. Non ti dico, moralisticamente, di non farlo: anzi, evidentemente, ne sei coatto dalla tua stessa necessità: è questo che *devi* testimoniare. Insomma, non intervengo nella tua vita interiore, nel caos della tua gioventú: vorrei solo darti un consiglio da facitore di versi a facitore di versi: sii piú parco, lima qualche sovrabbondanza, evita certe esaltazioni che vanno al di là del limite: metti a fuoco, cioè, meglio, la tua macchina linguistica. Dovrai pur farlo, prima o dopo. In genere ti direi di abbassare un po' il tono, di gridare un po' meno. (Certo, Dio mio, hai vent'anni, e sono idiota a dirti questo). Nel pacchetto di manoscritti che ho qui accanto e che ho appena finito di leggere, ci sono comunque, alcune poesie belle: e tre bellissime: *In trattoria*, *Incarnazione* e *Primo ritorno dall'Università*[1]. Quest'ultima mi pare una delle piú belle poesie che abbia letto in questi anni. L'ho letta con le lacrime agli occhi, come in sogno.

Ti aspetto a Roma: non subito, non per un mese, almeno, ché tutti i pomeriggi sono impegnato in un lavoro cinematografico: a meno che tu non abbia proprio urgenza. In tal caso mi piglierei un giorno di libertà. Sono curioso di conoscerti. Quanto al telefono a gettoni, è semplicissimo: quello che la scritta dice risponde a verità: compra il gettone, infilalo nella scannellatura, fa il numero (50 14 55), ascolta la mia voce che dice «pronto», premi il bottoncino (che fa precipitare il gettone all'interno) e dí: «Sono Ferretti». Scherzo, non ci sarà bisogno di questo. Sarò alla sta-

zione, al treno di Ancona. E spero che per farti riconoscere
tu non porti un teschio o un asciugamano sanguinante: porta magari, perché no?, una rosa, la vecchia rosa, per te nuova (È IL TUO TURNO). Ti saluto affettuosamente, tuo

Pier Paolo Pasolini

Presso Fondo Ferretti, Jesi.
Dattiloscritta con data e firma autografe.

[1] *In trattoria* e *Primo ritorno dall'Università*, in «Officina», n. 9-10, giugno 1957.

A Gianfranco Contini - Firenze

Roma, 1° dicembre 1956

Caro Contini

quanto dispiacere mi dà il Suo silenzio! Tanto piú grande
quanto piú sospetto di essermelo meritato. Anzi, non lo sospetto, purtroppo, ne sono certo: se mi sono «macchiato»
davanti ai Suoi occhi del peccato peggiore, quello della volgarità. Lei ha perdonato gli errori e gli eccessi di un ragazzo
goffo per troppa passione: quel ragazzo che stava in Friuli,
se lo ricorda?, quando Lei stava in Svizzera, mille anni fa:
e il cui «amor di loinh» verso di Lei era forse la sua unica
luce ideologica... Non si può forse perdonare, invece, a un
ragazzo che si sia adattato – in quanto il tempo è passato e
non è piú ragazzo – a un rapporto col mondo che non è piú
di innocenza e squisitezza: ma che è di furia di possesso e di
volgarità. Sono al livello di[1]. Ma mi creda, non è poi veramente vero. Il romanzo che sto scrivendo, *Una vita violenta*
mi conforta a sperarlo dentro di me (e scusi il ricatto, dovuto a un eccesso di affetto). Era tanto che volevo scriverLe
questo, o pressapoco questo: non Le sembri sproporzionato
se lo faccio a proposito di una richiesta delusa per «Officina»[2]. Il tempo del Friuli e della Svizzera non tornerà mai,
lo so. Ma non voglio crederlo. Non voglio rassegnarmi e ta-

cere a costo magari di parerLe idiota, inopportuno, privo
– ancora, eternamente – di discrezione, falso ragazzo. E
anche Lei, del resto, non ha verso di me i doveri che si hanno verso chi ama? Che Lei abbia mancato non ci sono prove, e quindi il mio dispiacere è del tutto irrazionale... Eppure... Mi scusi, e riceva i miei piú affettuosi saluti,

Suo

Pier Paolo Pasolini

Presso il destinatario.
Dattiloscritta con data e firma autografe.

[1] Parola cancellata dal destinatario.
[2] Si riferisce a una precedente richiesta di collaborare a «Officina».

A Franco Fortini - Milano

Roma, 3 dicembre 1956

ho ricevuto e letto con grande emozione la tua *Risposta*[1]: se non hai niente in contrario, uscirà nel prossimo numero di «Officina». Mi sembra la piú bella tua poesia.

Non me la sento di entrare cosí, subito, nel merito. I
miei dubbi su una tua (vostra)[2] certa astrazione moralistica
e mistica, permangono (anzi, se il tono, piú che il contenuto, ha una sua forza, dopo la lettura della tua poesia, si ac-
crescono: mi riferisco specialmente al passo che ha per centro Gozdnik, e al pathos finale non-speranza e speranza).
Ma non è per niente una critica di fondo: fra tutti gli schie-
ramenti politici, quello a cui sono infinitamente piú vicino
è il vostro: però, come vedi, con un altro *tono*. Vorrei poi
un po' difendermi, in privato.

Posso accettare l'accusa di orgoglio, di solitudine e di
sensualità: ma da cosa derivano? Spero in buoni risultati
della tua «indagine ravvicinata»: buoni nel senso di giusti:
le tre parole grosse (eccetto forse la terza) riprenderanno le
loro modeste proporzioni reali, spero. Quello che non capi-
sco è l'accusa del tipo: «A corte, poi, ti vale | leggere co-

me l'anima disfogli | nei tuoi poemi in limpide querele, | fra chi, come te, sa...» Regredire tra chi non sa e darne testimonianza di fronte a chi sa, non rientra nei nostri doveri, non è una delle possibili nostre azioni? Tu fai qualcosa di sostanzialmente diverso con *Al di là della speranza*? Io – a cui ti rivolgi – non sono uno di coloro che sanno? Tu dici: sí, dà testimonianza, ma in termini di indagine e di documentazione. È giusto, ma io sono convinto che una documentazione per quanto ottima, non sia mai una battaglia perduta per la «classe dominante»: e credo di piú a una testimonianza affettiva, appassionata (che del resto è l'unica che io so dare). Scrivi poi «la nostra storia non è mai finita»: sí, è vero, la nostra storia di uomini: ma la nostra storia di «decadenti», di formati in pieno periodo «borghese»? La storia, infatti, nella mia poesia a Gramsci[3], è chiaro che continua nei pur incoscienti e faziosi abitanti del quartiere popolare di Testaccio. E la mia poi, era una domanda in parte logica, in parte poetica. La risposta era evidentemente che sí, a parte certi momenti di smarrimento e angoscia (come in quel giorno di maggio) è sempre possibile in qualche modo appassionarsi e operare. E cosí il mio elogio alla Vita non era praticamente – e questo mi sembra chiaro – che un mea culpa: e non so chi abbia potuto, come dici, plauderne. Scusa il coacervo: e ricevi un affettuoso abbraccio dal tuo

Pier Paolo Pasolini

Presso il destinatario.
Dattiloscritta con aggiunte, data e firma autografe.

[1] Risponde a un biglietto del 29 novembre che accompagnava il testo poetico *Al di là della speranza (Risposta a Pasolini)*, che uscirà in «Officina», n. 8, gennaio 1957. La «risposta» va riferita a *Una polemica in versi* di Pasolini, uscita in «Officina», n. 7, novembre 1956.
[2] Si riferisce alla cerchia di collaboratori della rivista «Ragionamenti».
[3] Si riferisce al poemetto *Le ceneri di Gramsci*.

A Franco Fortini · Milano

Roma, 10 gennaio 1957

Caro Fortini,

scusa se ho tanto tardato, ma aspettavo sempre di avere il tempo per risponderti con una lunga lettera: questo tempo non arriva, e devo accontentarmi di un biglietto. Hai un po' dilatato la mia accusa di moralismo e misticismo: era piú che altro un sospetto e una provocazione perché voi cercaste di dissipare il sospetto. Devo dire che sei stato troppo appassionato per essere del tutto convincente: il sospetto, per quanto ti riguarda, permane. Ebbene? È comunque una forza, una spinta: anche se, insieme, un risucchio. Dobbiamo rassegnarci a lottare. Uso il plurale: ma è un plurale simpatetico: perché la medesima forza-risucchio è per me il mio cattolicesimo (che è poi molto particolare: perché nella mia famiglia non tirava aria molto cattolica: mio padre un ufficiale, conformista, fascista ma anticlericale, che ci portava a messa per decoro: mia madre una mite, d'incredibile, unica bontà e purezza di cuore, ma non clericale: la sua era ed è una religione naturale. Appunto perché non pericoloso, il mio cattolicesimo originale e sociale è rimasto nelle latebre: non ho mai condotto contro di esso una battaglia chiara: ma non ho neanche avuto dei pericolosi *refoulements*. Da quando avevo quindici anni non ho piú creduto, e sono stato praticamente un laico. La religiosità ha assunto altre forme, ha creato altri fantasmi). La mia aggettivazione è spia di questa forza interna e irrazionale, nelle sue stratificazioni magari decadentistiche e squisite. È il perfetto equivalente della tua tendenza schizoide – come tu definisci il tuo misticheggiante moralismo. Niente vecchia volpe anche se ho una coscienza tecnica un po' abnorme. In compenso, assomigliando a mia madre sono incredibilmente ingenuo e fiducioso: fin troppo, direi, talvolta fino alla goffaggine, all'inopportunità. Considerarmi «sostanzialmente cinico e distaccato» è il piú grosso sbaglio che tu potessi fare: e del resto questo mi testimonia anche di un tuo fondamentale candore e infantilismo (nel senso migliore, o puramente clinico, della parola) di fronte agli altri: sei portato a sopravalutare e ingrandire. Anche questo abbiamo in comune; quando ci attacchiamo a un'analisi non possiamo fare a meno di fare il massimo sforzo di approfondimento. Ma basta. Sono contento della notizia che mi dai della rivista di Giolitti[1], e della fusione di «Opinione»[2] con questa. Sono certo che sarà una cosa molto importante. Consideratemi dei vostri, se pensate che me lo meriti. E chiedete a «Officina» di esservi parallela, nel campo letterario (anche se probabilmente istituiremo una nuova sezione, politica). Anzi sarebbe bene che le due redazioni si incontrassero per stabilire una parte di lavoro comune. Pensaci. Ti saluto affettuosamente,

Pier Paolo

Presso il destinatario.
Dattiloscritta con correzioni, data e firma autografe.

[1] Si riferisce probabilmente alla rivista «Passato e presente», fondata da Antonio Giolitti nel 1958.
[2] Fortini era redattore della rivista «Opinione», edita a Bologna tra il maggio 1956 e il marzo 1957.

A Massimo Ferretti - Perugia

Roma, 15 giugno 1957

Carissimo Ferretti,

rispondo immediatamente alla tua deliziosa lettera, che mi ha fatto venire una gran voglia di abbracciarti. Ma sei proprio un bambino! È vero che hai ancora da scoprire tutto il mondo, beato te: e che le tappe da percorrere vanno percorse, senza che se ne possa saltare nemmeno una. Non so che cosa o che momento in me ti abbia tanto traumatizzato: il puro e semplice fatto che amo i ragazzi anziché le donne, non mi sembra poi cosí degno di vera e profonda indignazione. È un dato di fatto: ma forse tu hai delle idee preconcette, ingenue o non approfondite su esso. Leggi

Freud: le cose prenderanno un aspetto scientifico, con l'annesso distacco e l'annessa serenità. Quanto a me già da tempo questo è finito di essere un problema: lo è stato – tremendo – quando avevo la tua età: pensa che le ansie e i colpi che tu ricevi e di cui continuamente patisci, con tanta liberazione di energia e tanto rovello morale, io li ho ricevuti e patiti davanti a un oggetto che li rendeva immensamente piú dolorosi e quasi intollerabili. Ora sono tranquillo e felice (come lo sarai tu con le donne, anzi, con LA donna, o il sesso: salvi naturalmente gli amori specifici). La nuova poesia[1] che mi mandi è molto bella, molto vera. Su «Officina», ormai, non faremo piú in tempo a pubblicarla (escono ancora solo due numeri, e, come sai, in questi escono due tue poesie): ma si può dare a qualche altra rivista. Ti saluto con molto affetto, sperando di vederti presto (mi dici cosa farai questo inverno: ma questa estate?), tuo

Pier Paolo Pasolini

Presso Fondo Ferretti, Jesi.
Dattiloscritta con data e firma autografe.

[1] Si riferisce a *La canzone del filisteo*, poesia autobiografica inedita ora nel Fondo Ferretti di Jesi.

A Franco Fortini - Milano

Roma, 31 ottobre 1957

Caro Fortini,

sono qui davanti alle distese della tua lettera[1], e non so da che parte incominciare. Col ringraziartene, prima di tutto. Dunque: sulla *Meglio gioventú*[2] non è stato mai detto niente di buono se si eccettua Caproni, forse su «Paragone»[3], e Contini, naturalmente, che mi ha dedicato una recensione, nel '42, ai primi versi friulani, e poi ci è tornato a piú riprese. Cose sparse su riviste non ce n'ho, che importino in qualche modo. Sto raccogliendo quelle rimaste nei

cassetti: due volumetti, cioè: *L'usignolo della Chiesa Cattolica* (1943-49), e *Diari* (1945-51)[4]. La *Ricchezza*[5] è fermo.
Sto scrivendo invece, in contemporanea gestione, altre due
poesie una *A un ragazzo*[6] (il figlio di Bertolucci) il cui senso
è il nostro invecchiamento in quanto legati a tempi e a temi
che al ragazzo interessano come passato, e *La religione del
mio tempo* (il titolo dice tutto: polemica anticattolica e an-
ticonformista: sono proprio esasperato).

La metrica... qui non oso piú parlare: hai sventrato l'argomento, e hai sputtanato le mie illusioni. Ciononostante
proseguo imperterrito, con terzine, rime e enjambements:
mi consentono una grande libertà. E se dovessi star a pensare a quello che dici tu, il metro libero-chiuso, ai piedi, non
agli accenti, ecc. mi sentirei soffocare: sul piano metrico
preferisco «innovare» (se innovo per istinto: lo so, lo so che
ho torto, e che la tortura che eseguo all'endecasillabo rischia di essere privata, incerta, «di transizione»). Ma il mio
sperimentalismo esclude per ora esperimenti metrici, se non
in second'ordine, coatti. Sono del resto molto curioso di vedere i tuoi risultati: mandami dei manoscritti (i cinque o sei-
cento chilometri tra Roma e Milano ci lasciano fortunatamente contigui come lettori). Mi pare però, in generale, dal
tuo scritto su «Ragionamenti» e dalla tua lettera, che ti
manchi su questo tema la consueta folgorante chiarezza –
e anche sicurezza, malgrado l'eterna insorgenza del dubbio.
È forse un'idea che non si è ancora sviluppata del tutto. E
infatti si impone in forma di proposta, non di imperativo,
come il tuo moralismo di solito richiede. Quando ti sarai
completamente convinto, poveri noi! Nel frattempo, però,
credo che sarò in crisi anch'io: e allora ricostruiremo! In
équipe! Per «Officina» sto lavorando con Longanesi e
Garzanti[7]: in questo momento Garzanti sembra il piú probabile e il piú conveniente. Ti terrò informato. Mandaci
senz'altro per l'ultimo numero privato di «Officina» il tuo
scritto sulle traduzioni dei versi: mi raccomando. Ti abbraccio affettuosamente, tuo

Pier Paolo

Presso il destinatario.
Dattiloscritta con data e firma autografe.

[1] Risponde a una lettera di Fortini del 23 ottobre 1957 ora riprodotta in
Attraverso Pasolini cit., pp. 84-86.
[2] Cfr. *La meglio gioventú. Poesie friulane* cit.; ora in *Bestemmia. Tutte le
poesie* cit.
[3] Cfr. «Paragone-letteratura», febbraio 1955.
[4] Cfr. *Bestemmia* cit., pp. 283-413 e pp. 1265-75; pp. 1419-34.
[5] Cfr. *La religione del mio tempo*, Garzanti, Milano 1961; ora in *Bestemmia* cit.
[6] *Ibid.*
[7] Si riferisce alla nuova serie di «Officina».

A Francesco Leonetti - Milano

[Roma, gennaio 1958]

Caro Francesco,

ti ringrazio molto per le bellissime pagine, che nel nuovo
corso della tua critica hai scritto sul mio nuovo stile: acute, folgoranti, grondanti ancora della carne vivisezionata.
Tuttavia – non addolorartene – vorrei che tu non le pub-
blicassi. Io non ho scritto questo libro[1] soffrendo selvaggia-
mente sui due piani, quello della vita e quello dello stile –
non ho buttato a mare tutto e ricominciato una carriera
– non mi sono messo al repentaglio della confessione piú
narcisisticamente brutale e dell'accettazione del piú com-
promettente irrazionalismo, sia pure come tu l'intendi –
per dare ragione a te. Mi sembra che il tuo vivere e operare
e rigirarti sempre nello stesso meschino ambiente letterario,
ti abbia dato proporzioni straordinariamente profonde ma,
anche meschine. Un pozzo profondo ma stretto. La materia
che ci passa va fino in cuore alla terra ma è poca, forzata-
mente filtrata. Non si può leggere un libro di poesia, ormai,
da parte nostra, «ambientandolo» nel meschino giro d'orizzonte di una situazione letteraria. Se tu facessi un viaggio,
o cambiassi professione, ti accorgeresti come tutto questo
non conta. Oppure conta, certo, ma su tutta un'altra scala
di valori. Ecco, insomma, a me dispiace che tanto mio folle,

incondizionato lavoro, sia ridotto, ti ripeto, a dimostrare la presenza di certe nuove esigenze che si vedono *anche* altrove, oltre che nel mio libro. E ciò non mi dispiacerebbe affatto se si vedessero nei *tuoi* libri, o in quelli di Fortini, o in quelli della Rosselli. Ma chiamare in causa quel gruppetto di sciocchi che tu stimi, mi sembra pazzesco. O è una viltà da parte tua. Tu sai benissimo che quelle esigenze «aggiuntive» sono comuni, a me e a loro, in modo puramente formale, o casuale. In essi ci sono solo quelle, nascono e si esauriscono in quelle, vengono, per partenogenesi da quelle: in noi sono un vero e proprio dramma, coesistono e si misurano con tutt'altre cose ecc. ecc. ecc. Spero che tu mi abbia capito, e non frainteso. Ti abbraccio col solito affetto, tuo

Pier Paolo

Presso il destinatario.
Dattiloscritta con correzioni e firma autografe.

[1] *Le ceneri di Gramsci*. Questo saggio sarà riscritto da Leonetti e pubblicato in «Nuova corrente», luglio-dicembre 1958: è probabilmente lo stesso cui Pasolini dedica la lettera del 20 gennaio 1958.

A Francesco Leonetti - Bologna

Roma, 20 gennaio 1958

Carissimo Leonetti,

accidenti, che sorpresa! adesso capisco cosa hai covato in queste settimane di silenzio! I tuoi due saggi sono veramente belli: sul Carducci non sono del tutto d'accordo (come vedrai in quella mia noterella), ma devo dire che lo trovo magnifico, e non avrei nessuna modifica da proporti. Per quel che riguarda il saggio su di me, avrei invece due altre piccole osservazioni da fare: 1) Mi sembra lasciato un po' monco e inconcluso il parallelo tra Gadda e me: forse bisognerebbe aggiungerci una mezza paginetta, e per questo mi piacerebbe tu leggessi un mio scritto su Gadda uscito sull'ultimo numero di «Vie Nuove»[1]. 2) Dopo pagina 28 si sente che il saggio esorbita, va oltre il limite: ci sono, è vero, delle idee nuove e necessarie, ma quel qualcosa di troppo che c'è le annebbia: temo che il lettore ci arrivi stanco e già convinto: io ridurrei le ultime tre quattro pagine in una sola strettissima (per es. non accennerei a Ungaretti e Montale, il che dà l'impressione che il discorso debba ricominciare). 3) Ci sono alcune interpretazioni che io, autore, non trovo del tutto giuste di alcuni miei versi: ma qui taccio, perché potresti avere ragione tu e non io. Comunque, approfittiamo del fatto di essere vivi, ed eccoti i punti: a) Gli ultimi versi del *Canto popolare*[2] volevano dire che adesso il popolo (pur cantando sventate canzonette) è definitivamente diverso da quello che è sempre stato per secoli (e quale appare nel suo Canto): ora c'è in lui una nuova coscienza, e un ragazzetto che canta spavaldo è una pur vaga e poetica minaccia agli istituti. Il poeta che lo sente non dà con passiva rassegnazione ma con entusiasmo alla propria ansia di giustizia quella vitalità già pervasa sostanzialmente di coscienza. b) In Picasso[3] faccio della vera e propria critica, con quanto di prospettica storiografica questo implica: non identifico me con *Picasso* (si parva...) perciò non affermo mai il disordine come autentico, ma semplicemente lo constato: se poi intervengo direttamente generalizzando, dico che bisogna restarci dentro, quel disordine, perché il disordine, ahi, è del nostro tempo, e va vissuto e capito senza fasulli prospettivismi (vedi comunisti e impegnati, che con la scusa di cambiare il mondo, intanto lo ignorano e lo capiscono come vogliono). c) Idem per *Le ceneri di Gramsci*[4]; io non contrappongo mai il disordine esistenziale e sensuale all'ordine razionale (nella fattispecie marxista) come due termini dialettici: so benissimo che il primo è il male, e la poesia l'ho scritta proprio per la violenza, quasi religiosa, con cui sentivo e sento questo male: è un atto di accusa, perfino eccessivo contro me stesso, un mea culpa un po' masochistico.

Bene. Moravia adesso è ancora in clinica, appena operato (cosa molto leggera). Pensaci e scrivimi subito se preferisci che gli dia il saggio cosí, o che glielo dia con le eventuali modifiche (se pensi di farle)[5].

Io vi manderò fra qualche giorno del materiale. Intanto vi abbraccio forte, vostro

Pier Paolo

PS. Per le vostre poesie, fulmineamente: benissimo Feltrinelli via Bassani, mi pare.

Presso il destinatario.
Dattiloscritta con aggiunte, data, firma e poscritto autografi.

[1] Cfr. *Il Pasticciaccio di Gadda*, in «Vie Nuove», 18 gennaio 1958; poi in *Passione e ideologia* cit., pp. 279-83.
[2] Cfr. il poemetto *Il canto popolare*, in *Le ceneri di Gramsci* cit.
[3] Cfr. il poemetto *Picasso, ibid.*
[4] Cfr. il poemetto *Le ceneri di Gramsci, ibid.*
[5] Il saggio di Leonetti consegnato a Moravia per «Nuovi Argomenti» uscirà invece in «Nuova corrente», luglio-dicembre 1958.

A Francesco Leonetti - Bologna

Roma, 21 dicembre 1958

Carissimo Leonetti,

avevo già ricevuto una chilometrica lettera di Fortini e una di Romanò: quando è successa una cosa inaspettata e dolorosa, che ha interrotto ogni mia reazione letteraria: la morte di mio padre. È morto due notti fa, dopo un'emorragia al fegato, che l'ha martirizzato. Tu sai come io andassi poco d'accordo, con mio padre, come in certi momenti e in certo modo quasi lo odiassi: ma è morto in un modo che ora mi fa sentire colpevole per qualsiasi mio sentimento avuto verso di lui. Gli ultimi giorni aveva una faccia che chiedeva pietà: «Non lo vedi che sto per morire?» pareva mi dicesse. E io continuavo a essere duro e evasivo con lui, sempre rimproverandogli le terribili sofferenze che aveva dato a mia madre e a me. Voleva morire, non si curava, non aveva piú niente al mondo, se non la sua cupa angoscia, il suo odio, il suo bisogno di essere un altro, di amare e essere amato. Se n'è andato cosí, come a perpetuare uno sciopero contro noi e la vita che da tanti anni attuava: improvvisamente, o troppo presto, insomma. Le uniche piccole sue gioie erano i miei successi letterari: e in questi ultimi tempi ce n'erano stati pochi. È morto veramente senza nessun conforto. Da due ore l'hanno portato via: facciamo i funerali a Casarsa, e domani mattina partiamo anche io e mia mamma. Al ritorno mi fermerò a Bologna. Provvisoriamente, per «Officina», dopo essermi un po' arrabbiato, anche contro di voi, direi questo: mantenere la vecchia redazione, formalmente, e mantenere la nuova sostanzialmente, limitando l'intervento di Fortini alle discussioni teoriche d'impostazione generale, e alla critica scritta da inviare a me – come mediatore – delle osservazioni sugli scritti che di mano in mano pubblicheremo. Mi sembra assurda una redazione che escluda Fortini: una menomazione in partenza, che potrebbe pregiudicare «Officina». Se voi tutti accettate tale soluzione, si potrebbe riprendere per il primo numero lo scritto di Fortini ritirato. Notate anche che mi ha mandato un gruppo di versi buonissimi, i suoi piú buoni.

A fra pochi giorni a Bologna, e intanto un affettuoso abbraccio

                                                    Pier Paolo

Presso il destinatario.
Dattiloscritta con data e firma autografe.

A Massimo Ferretti - Perugia

                                    Roma, 13 gennaio 1958 [1959][1]

Caro Ferretti,

cosa ti sei messo in testa? I versi[2] che tu credi dedicati a te, dandone chissà che interpretazione, sono rivolti a Bassani, che guidava la sua Fiat, in un viaggio che abbiamo fatto insieme per l'Umbria. Non capisco su quali basi hai fondato la tua interpretazione: sarei curioso di saperlo. Quanto al resto, mi pare di avertelo già scritto chiaramente un'altra volta: io mi innamoro esclusivamente dei ragazzi sotto i vent'anni, e molto ingenui, direi quasi soltanto del popolo (ingenui dal punto di vista culturale, non erotico): una differenza ci vuole, no? La mia è una differenza sociale, culturale (non tanto di età, in quanto eroticamente, io sono «fissato» all'adolescenza, oltre che al periodo del complesso edipico: sono cioè caduto due volte sotto la croce, e alla seconda volta non mi sono rialzato piú). Tutto questo comunque ha una importanza meravigliosa per me: ma è un fatto privato. Una vita estremamente libera e dissipata non ha scalfito la mia innocenza nemmeno di un millimetro: sono veramente vergine e ragazzo, da questo punto di vista. Ora mettiti bene in testa che dare tanto peso a questa faccenda è da ragazzino e da provinciale: e tu dovresti smettere di essere sia l'uno che l'altro. I misteriosi maldicenti, le Cassandre, i Tutori non mi interessano, né quel che ti dicono. Sia chiaro. Perciò mandami dei buoni versi e delle lettere da amico, e piantala con queste patetiche letteresse vertenti la mia inversione e la tua pietà.

Ti saluto con molto affetto, tuo   Pier Paolo Pasolini

Presso Fondo Ferretti, Jesi.
Dattiloscritta con data e firma autografe.

[1] La data dell'anno 1958 va posticipata a 1959.
[2] Sono i versi 6-23 della seconda parte del poemetto *La Ricchezza* in *La religione del mio tempo* cit.

A Giulio Einaudi - Torino

Roma, 9 marzo 1959

Gentile Einaudi,

mi scusi se rispondo con qualche ritardo alla Sua lettera[1]: ma sto passando giorni drammatici, dovendo essere a Milano mercoledí a consegnare a Garzanti il manoscritto del nuovo romanzo[2]: e sto correggendo e ricopiando, con fatiche e angosce indescrivibili.

La Sua lettera mi ha dato una grandissima gioia: Le dirò che da ragazzo (il mio primo libro, di liceale, sono state le *Occasioni* di Montale) ho sempre sognato di vedere uscire le mie poesie presso la Sua casa: devo averlo anche detto a Calvino. Io spero dunque di poter mettere insieme il libro che Lei desidera, ora. L'unico ostacolo, e abbastanza serio, è Garzanti, con cui ho degli impegni: non so se lui accetterà di farmi uscire, sia pure con un libro di versi e saggi, con un altro editore. Si è pentito recriminando e smaniando, d'avermi dato il permesso per *L'usignolo*, con Longanesi[3]. Ad ogni modo Le assicuro che mercoledí a Milano farò di tutto per «combinare», come si dice.

La ringrazio ancora, e Le invio i miei piú cordiali saluti, Suo

Pier Paolo Pasolini

Presso Archivio Einaudi.
Dattiloscritta con data e firma autografe.

[1] Con questa lettera Einaudi esprimeva il desiderio di pubblicare una sua raccolta di versi.
[2] *Una vita violenta*, Garzanti, Milano 1959.
[3] *L'usignolo della Chiesa Cattolica*, pubblicato dalla casa editrice Longanesi nel 1958.

A Mario Costanzo - Roma

Roma, 15 maggio 1959

Caro Costanzo,

ecco, lo vede?, la sua risposta[1] è un paradigma di tutta la sua reazione critica: allergica e pletorica, costruita su una ricezione deformante. Lei attribuendo al termine «settentrionale» da me usato un significato razzista, ha commesso due errori fondamentali:

1) Ha dimostrato di aver letto male, di non aver compreso tutta la mia opera: e sí che, in «funzione» di quel «settentrionale», ce n'ho di materiale pubblicato: dalle antologie agli scritti ideologici di «Officina», dalle poesie friulane

agli ultimi poemetti: ebbene, non c'è niente in centinaia di pagine che la autorizzi a pensare che io, usando la parola settentrionale, la usi in senso razzista. Da due tre anni non faccio che battere e ribattere sulla parola «cultura» e «storia», sull'eteronomia dell'arte ecc. ecc. E adesso mi devo vedere interpretato in questo modo assurdo: cioè mi devo vedere appioppati da lei i suoi significati: razzistici, irrazionali, misticheggianti e magari clerico-fascisti! Quando mi sono dichiarato settentrionale, mi ci sono dichiarato in senso ambientale, culturale e storico, con evidente maggiore riferimento al senso ambientale: al Nord sono vissuto, cresciuto, ho coltivato la mia prima esistenza di relazione. Quanto al resto, temo che i miei progenitori siano tutti ravennati e friulani. Ma sarei felice di scoprirmi dei nonni siciliani o negri.

II) Attribuendo all'uso del termine settentrionale un significato razzistico, lei è ricorso meccanicamente al suo tipico a priori moralistico-psicologico: alla sua prevenzione che presuppone nell'oggetto la malafede o addirittura il male. Non le è balenato nemmeno per la testa il pensiero: «Possibile che Pasolini sia cosí sciocco e malvagio da usare la parola settentrionale in senso razzista?» No: lei ha pensato subito – e irrazionalmente, perché le ripeto, bastava riferirsi un attimo a tutto il mio lavoro –: «Pasolini cosí sciocco e malvagio da usare la parola settentrionale in senso razzista». Con questa cattiveria moralistica di fondo, con questo «umore» come usavano dire i cattivi letterati che lei tanto ama, con questo esercizio di raziocinio irrazionale, per forza lei poi scrive dei saggi come quello su di me[2].

E, a proposito, ho letto solo dopo una postilla, sempre presupponente gratuitamente dei sentimenti cattivi in me: alla quale postilla ho risposto con questo nuovo epigramma:

Idiota! Cercarmi dei seguaci, inventarmi una cerchia?
Io non credo nell'esistenza del tuo mondo,
dove si cercano seguaci, dove s'inventano cerchie.
Sei un cadavere: e mi vuoi con te in una tomba[3].

Quanto al resto, lei autoelogia la propria sincerità: non mi risulta però da quel suo saggio e da quella sua postilla che ci sia della stima per me: per le ragioni che le ho qui sopra, troppo rapidamente, esposto. Quindi devo ancora capire in che senso lei consideri un acquisto per la sua collezione l'a- vermi: non ho *ancora* scritto un canzoniere in dalmata an- tico! Comunque spero molto che si tratti di un equivoco, e che lei sia stato ottenebrato da non so che ira contro di me, da perdere almeno in chiarezza...

Con un misto d'ira e simpatia la saluto, suo

Pier Paolo Pasolini

Presso il destinatario.
Dattiloscritta con correzioni, data e firma autografe.

[1] In una lettera senza data Costanzo aveva scritto: «(...) pur non accet- tando il suo "razzismo" devo invero precisarle che io ho solo un dodicesimo di sangue meridionale nella terzultima generazione, e posso documentare il settentrionalismo dei miei ascendenti (...)».
[2] Cfr. M. Costanzo, *Studi per un'antologia*, Scheiwiller, Milano 1958.
[3] Dopo un primo epigramma *A Costanzo* pubblicato in «Officina» (marzo-aprile 1959), questo è un secondo, diverso epigramma che con lo stes- so titolo e una variante sarà compreso nella sezione «Umiliato e offeso» de *La religione del mio tempo*.

A Franco Fortini - Milano

[Roma, luglio 1959]

Caro Fortini,

tu sei veramente prevenuto contro di me, esattamente come è prevenuto un borghese benpensante che crede che gli invertiti siano dei mostri, dei misteri che sfuggano agli schemi e ai valori della vita umana e istituita. Questo è l'u- nico, vero grande stato di dolore che mi dà quel mio trauma infantile: e tu, poiché sei piú intelligente degli altri, me lo fai sentire con maggior violenza. Il fatto che tu mi senta sfuggente, ambiguo, capace di qualsiasi novità, cioè che tu mi attribuisca i caratteri del mistero, o della femminilità, è veramente idiota da parte tua. Non discuto le osservazioni – intelligentissime e acutissime che tu spesso mi fai – e ce

Giulio Einaudi editore s.p.a.

via Umberto Biancamano 2   Torino

Casella postale 245

10100 Torino

cedola di commissione libraria

Desidero ricevere il vostro catalogo e gli aggiornamenti
che in seguito pubblicherete.

Generi di lettura privilegiati:

☐ Classici ☐ Storia
☐ Poesia e teatro ☐ Filosofia
☐ Narrativa italiana ☐ Economia
☐ Narrativa straniera ☐ Scienza
☐ Arte ☐ Psicologia e sociologia
☐ Architettura e urbanistica ☐ Linguistica e critica letteraria
☐ Politica e attualità

Le collane preferite del catalogo Einaudi:

☐ Einaudi Tascabili ☐ I millenni
☐ Gli struzzi ☐ Supercorali
☐ Nuovi Corali ☐ Nuova Universale Einaudi
☐ Collezione di poesia ☐ Saggi
☐ Collezione di teatro ☐ Biblioteca di cultura storica
☐ Piccola Biblioteca Einaudi ☐ Einaudi Paperbacks
☐ Einaudi contemporanea

Dove acquista i libri Einaudi:

☐ Libreria ☐ Organizzazione Rateale
☐ Cartolibreria ☐ Supermercato

_____
cognome   nome

_____
professione   età.   telefono

_____
via

_____
cap.   città   provincia

n'è di particolarmente intelligenti e acute nella tua ultima lettera: ma discuto quel tuo tacito, inconscio, e insopprimibile pregiudizio che presiede a tutte le tue operazioni critiche su di me. Senza che niente di me – se non dei caratteri superficiali – te lo autorizzi. Cosí vai a leggere tra le righe quello che non c'è, quello che non scrivo. Per esempio, che il partito comunista diventi il «partito dei poveri» era nel mio articoletto[1] solo una constatazione, un'osservazione (vedi Sicilia): non un desiderio. Io sono marxista come sei tu: solo che io ho presente non solo nel mio pensiero, ma anche nella mia fantasia, l'enorme massa dei sottoproletari, da Roma in giú. Invece che fare tante storie, manifestare tanti sospetti, se la cosa davvero ti importa, vieni a occuparti un po' tu di questo problema che riguarda metà circa della popolazione italiana, e quindi anche noi. No: invece tu, sordo, cieco, tappato in casa, con un'idea tutta ideologica degli operai e in genere del mondo, stai a fare il giudice di coloro che si spendono, e, spendendosi, sbagliano, eccome sbagliano.

Ho scritto a Roversi, incitandolo a perdonare; e a Leonetti, rimproverandogli l'errore, che purtroppo è grave e abbastanza indicativo: ho fatta mia la tua idea di uscire subito, in fretta e integrali con la sola direzione, o redazione responsabile, di Roversi. Bisogna superare questa crisi, se non vogliamo finire nella merda. Sii deciso anche tu e forte. Abbracciami Romanò, e ricevi un abbraccio dal tuo

                                        Pier Paolo Pasolini

A questa lettera, Fortini risponde il 6 luglio 1959:

Caro Pasolini [...]

Non credo sia vero quello che mi rimproveri, a proposito di un mio celato pregiudizio che ti farebbe credere misterioso, cangiante, ecc. Con la mia precedente ho inteso soltanto prendere in parola quel che sta scritto nei tuoi libri e nei tuoi articoli, dove rivendichi, in teoria e in pratica, l'etica e l'ideologia della non-scelta, della disponibilità e della contraddizione. Se oggi è diverso, tanto meglio. Capisco che tu voglia andar oltre, per via di ragione, e che tu ti irriti quando ti si presenta uno specchio di quel che sei, non di quel che vuoi essere. Anche a me succede lo stesso.

Naturalmente mi è difficile accettare lezioni di impegno politico e sarei piuttosto portato a consigliarti, su questo punto, un tono diverso. Non mi sono chiuso in casa, mi ci hanno chiuso. E finché i cosiddetti «intellettuali» esistono, devono «giudicare». Non cedere anche tu fino a creder vero piuttosto il mio «carattere» che la mia «anima».

Al di sopra delle tue frasi, che non avresti dovuto scrivermi, sbadate quanto imprecise, sta una domanda reale: come prendere o riprendere contatto di partecipazione e azione col doppio proletariato, quello del Terzo Mondo (il tuo sottoproletariato) che ancora, ma per quanto, sembra resistere all'ottica neocapitalistica e neopositivistica, e quello degli sfruttati dalla ideologia e dalla economia socialriformista? Questo è il punto, se almeno ci si dice marxisti. Sapessi rispondere. Se tu hai qualcosa da proporre, fallo. Non si tratta, o non soltanto, di star in casa o per la via, a Milano o ad Aci Trezza [...].

Pubblicate in «Nuova Generazione», 15-31 ottobre 1976.

[1] Cfr. *Marxisants*, in «Officina», n.s., n. 2, maggio-giugno 1959.

A Susanna Pasolini - Casarsa

Roma, 30 agosto 1959

Carissima mamma,

a dire il vero ho passato una notte e un giorno di cocente delusione, per il nuovo tradimento di Viareggio[1]. Ma adesso ormai è passata. Ho saputo che la colpa è del miserabile Repaci, vecchio idiota e invidioso. Ma dovrà morire, di idiozia e di invidia. Sto molto lavorando alla nuova sceneggiatura[2], non faccio altro che essere fotografato e intervistato. Il giorno quattro sarò a Avellino, e ci starò due tre giorni. Se tu sei stanca di stare a Casarsa, vieni anche subito: se no, verso il nove il dieci. Oppure, se ti trovi bene, sta quanto vuoi. Io qui mi arrangio, magari facendo il letto ogni due giorni: ma dormo benissimo lo stesso.

Ti bacio tanto, e tanti baci a tutti,

Pier Paolo

Presso gli eredi Pasolini.
Dattiloscritta con firma autografa.

[1] Il Premio Viareggio non assegnato a *Una vita violenta*.
[2] Probabilmente del film di Mauro Bolognini *Il bell'Antonio*, tratto dal romanzo di Vitaliano Brancati.

A Mario Visani - Borgotossignano (Bologna)

Roma, 5 ottobre 1959

Gentile Visani,

scusi l'immenso ritardo con cui le rispondo, ma ho avuto un'estate senza un momento di respiro. La ringrazio molto, per la sua lettera e per il suo articolo[1]. Quello di cui lei si lamenta – cioè di non poter scrivere e parlare per disinteressata passione, per amore – è comune amministrazione. L'unica cosa richiesta dalla stampa è la cattiveria, la superficialità e l'ipocrisia. Lei appartiene a quel tipo di persone verso cui in questo momento va la mia piú grande fiducia: i democristiani di sinistra, di estrema sinistra. Io spero che non tradiate mai le vostre posizioni di idealismo giovanile, di democratico rapporto con gli avversari. Siete l'unica speranza di questa nazione condannata ancora a decenni di clericalismo.

Le mie raccoltine friulane sono introvabili: ma lei le può trovare tutte raccolte ne *La meglio gioventú* (Sansoni, Firenze).

Riceva i piú cordiali saluti dal suo

Pier Paolo Pasolini

Presso il destinatario.
Dattiloscritta con data e firma autografe.

[1] Si riferisce a una recensione de *L'usignolo della Chiesa Cattolica* inviata al quotidiano «L'Avvenire d'Italia» e non pubblicata.

A Mario Volterrani - [Crotone]

[Crotone, novembre 1959]

Appena ti ho visto mi sono chiesto perché tu sei tanto sicuro di te. La ragione è semplicissima: perché sei insicuro.

Cammini per la tua strada tra i tuoi amici sotto il tuo antico sole di Crotone, e pare che tu tragga la tua sicurezza dal cuore stesso della vita, che in te è eretta e tagliente come una piccola spada.

Pare che tu abbia ricevuto, col fatto stesso di nascere e di esistere, una specie di grazia, una specie di lume interiore, quasi carismatico, che ti trapela dalle pupille di piccolo fenicio, di Italico pre-cristiano, in uno scintillio di ironia. Luce interiore e ironia, sicurezza di te e ironia. Ma lo so benissimo che gli eccessi mascherano sempre delle carenze. Perciò ripeto la tua sicurezza è insicurezza, la tua luce interiore è oscurità, la tua ironia smarrimento. Cammini troppo dritto, guardi troppo insolente per non nascondere qualcosa. Il gesto che hai fatto afferrando un distintivo che ti pendeva dalla cintola sul grembo, per mostrarmelo, il distintivo di un partito politico[1], appunto sicuro di sé, illuminato interiormente da una luce ineffabile, e ironico – è stato un gesto che ti ha tradito. Ha tradito, cioè, la tua passione e il tuo orgoglio: due doti che sono in contrasto con la sicurezza e l'ironia. Chi ha passione e orgoglio è intimamente diviso e ferito: ha in fondo all'animo un tremore sconosciuto a lui stesso, che lo rende debole, perché duri sono coloro che sono privi di passione e di orgoglio. Perciò tu devi nascondere queste due debolezze – ignote a te stesso: e le mascheri sotto una fiammella che vuole essere simbolo di forza virilità e magari di prepotenza.

Tu sei nel momento dell'adolescenza in cui un ragazzo sente con angoscia la sete, soprattutto la sete del sesso. Nell'età in cui da una parte una violenta sensualità rende ambiziosi e aggressivi, dall'altra la mancanza di reale sfogo a tale sensualità rende complessati e timidi. Questi due atteggiamenti antitetici e come cementati giocano in te: e così attraverso un cumulo di contraddizioni, arrivi a quella falsa semplicità che è la tua strafottenza adolescente.

Dunque: quella luce che tu credi di avere dentro di te – e che ti fa essere cosí sicuro di ogni pensiero e di ogni atto della tua vita – è in realtà, come dicevo, ineffabile, sensuale e irrazionale. Tu ti affidi a questa pericolosa illuminazione della tua anima tanto facilmente illuminabile, e rifuggi dalla logica e dal ragionamento: ne rifuggi perché ne hai paura.

La logica e il ragionamento che smantellerebbero le tue fonti luminose le quali si trovano nel cuore del conformismo borghese, di cui sei frutto, smantellerebbero insieme la tua bella sicurezza e la tua bella novità.

Hai un cervello acuto – lo si vede dal tuo sguardo acuto – usalo: non temere di ragionare. È una gran fatica, lo so. È un gran rischio. Ma, dopo, la tua sicurezza, la tua ironia, la tua luce saranno autentiche.

Pier Paolo Pasolini

Pubblicata col titolo *Ad un alunno del III Geometri*, in «Lo studente qualunque», Crotone, 12 dicembre 1960.

[1] Il Msi.

«Un mondo comprensibile, umano, fraterno»

F. FORTINI

(1960-1962)

Sul suo tavolo di lavoro oltre alle sceneggiature di film di vari autori, alle bozze del volume *Passione e ideologia* composto di una scelta di saggi critici datati tra il 1952 e il 1957, ai dattiloscritti delle ultime poesie, c'è riassunto in poche pagine il progetto di un film proprio dal titolo *Accattone*.

La mia passione per il cinema è uno degli elementi di formazione culturale-biografica piú importanti e quindi è tutta una vita che io ci penso, in fondo, al cinema...

Agli amici che si mostrano allarmati da questa decisione come per un tradimento della letteratura, Pasolini risponde che una nuova tecnica gli è necessaria per «dire una cosa nuova». Dietro questa ragione ce ne sono altre: come la tentazione di una abiura della lingua italiana, e assieme, un po' alla volta, della sua letteratura in favore di una diversa esperienza linguistica e di un mezzo piú suggestivo con destinatari illimitati; la possibilità infine di rinnegare con il cinema le sue origini piccolo borghesi e «tutto ciò che fa italiano». Pasolini spiega come intende girare il suo film: con la massima chiarezza, abbondanza di primi e primissimi piani, assoluta prevalenza delle persone sul paesaggio, grande semplicità quasi rozzezza di mezzi. Come modelli cinematografici pensa a Dreyer, Mizogouchi, Charlot; come modelli formali intende rifarsi alla grande tradizione pittorica italiana del Tre-Quattrocento da Giotto a Masaccio, e quindi all'esigenza di rappresentare i suoi personaggi frontalmente, fortemente chiaroscurati, statuari. Il commento musicale sarà *La passione secondo Matteo* di Bach, ottenendo una sorta di contaminazione tra la bruttezza, la violenza rappresentate dagli ambienti del film e il sublime musicale.

Con l'aiuto di Bolognini *Accattone* trova un produttore, Alfredo Bini, e nell'agosto del '60 è pronto per essere presentato al Festival di Venezia, dove, come tutti i successivi film di Pasolini, raccoglierà una messe di lodi e di violente denigrazioni.

> Devo dire che di fronte al film cadono molte delle riserve che ho e continuo ad avere ad esempio di fronte a *Una vita violenta*, – gli scrive Franco Fortini. – Pensavo jersera: io non conosco di persona quel mondo, dovessi frequentarlo proverei qualche ripugnanza o paura; eppure il film me lo interpreta come un mondo comprensibile, umano, fraterno...

E Contini nella *Testimonianza* dell'80:

> Il problema di Pasolini era ormai quello di descrivere non *via negationis* (col che si restava, fosse pure per un estetismo capovolto, nella sfera di quello che con me chiamava «bilinguismo»), ma direttamente con la macchina da presa, che obbliga all'univocità. Una tutt'altra filologia poteva soccorrere Pasolini nel rendere la luce desolatamente bruciata e calcinata di *Accattone*, *Mamma Roma* e continuatori: era, se non mi sbaglio, quella del Buñuel messicano, particolarmente degli *Olvidados*, su cui mi pare che l'ossidazione pasoliniana faccia addirittura premio.

Nel maggio del 1961 esce la raccolta di versi *La religione del mio tempo*.

> Esprime la crisi degli anni sessanta, – commenta lo stesso autore. – La sirena neocapitalistica da una parte, la desistenza rivoluzionaria dall'altra: e il vuoto, il terribile vuoto esistenziale che ne consegue. Quando l'azione politica si attenua, o si fa incerta, allora si prova o la voglia dell'evasione, del sogno («Africa, unica mia alternativa») o un'insorgenza moralistica (la mia irritazione contro certa ipocrisia delle sinistre: per cui si tende ad attenuare, classicisticamente la realtà: si chiama «errore del passato», eufemisticamente, la tragedia staliniana...) Le opinioni politiche del mio libro non sono solo opinioni politiche, ma sono insieme, poetiche; hanno cioè subito quella trasformazione radicale di qualità che è il processo stilistico.

> Vorrei tu fossi qui per abbracciarti, – gli scrive Fortini il 16 giugno. – Tutti i tuoi errori e vizi (letterari) non contano nulla

di fronte a certi tuoi gridi straordinari. Guarda, seguiteremo forse a sbranarci ideologicamente (anche se io non avrò piú denti), seguiterò a fare la mia grinta mortuaria, di ghiaccio-represso, davanti alla tua avventura «biografica» ma credo difenderò sempre la qualità *umano-reale*, *esistenzial-sacrificale*, della tua poesia.

«Leggere ogni giorno una notizia falsa che ti riguarda, una malignità feroce, una spudorata trasformazione dei dati, un disprezzo collettivizzato, fatto luogo comune...», si lamenta Pasolini. Negli ultimi giorni di novembre del '61 alcuni giornali già nei titoli manifestano la meraviglia che egli «circoli ancora a piede libero», perché «le sue strane vicende cominciano a stancare». I fatti che i giornali riferiscono con sdegno prefabbricato sono accaduti qualche giorno prima quando Pasolini era ospite al Circeo nella villa di un'amica e dove, assieme a Sergio Citti, stava scrivendo la sceneggiatura del suo prossimo film, *Mamma Roma*. Un pomeriggio durante un giro in automobile si è fermato a un chiosco-bar di San Felice, ha bevuto una coca cola facendo qualche domanda al giovane inserviente. Il 18 novembre viene denunciato per rapina a mano armata, porto abusivo di armi da fuoco, minacce compiute ai danni del ragazzo del bar che evidentemente ha avuto un'allucinazione di ordinaria psicopatologia. Giudicato l'anno successivo dal tribunale di Latina viene condannato a quindici giorni di galera per la rapina e a cinque giorni per il porto abusivo di armi. Una condanna inadeguata alla gravità delle imputazioni ritenute evidentemente non vere dai giudici, che hanno optato per una decisione ipocrita. Nel 1965 una sezione della Corte d'Appello di Roma lo dichiarerà «assolto per insufficienza di prove».

Pasolini ha già nei confronti del cinema la stessa ansia creativa dell'inizio della sua carriera di romanziere. I progetti nascono uno dopo l'altro o contemporaneamente. Nell'estate del '62 è impegnato nei preparativi del suo secondo film che avrà per protagonista una «star», Anna Magnani, molto ammirata quasi vent'anni prima nel film di Rossellini. L'attore che dovrà recitare accanto a lei è un giovanissimo cameriere notato qualche tempo prima in un ristorante romano mentre portava un vassoio di frutta «come la figura di un quadro del Caravaggio».

La sceneggiatura è intessuta attorno a questa apparizione. Il 31 agosto *Mamma Roma*, dedicato a «Roberto Longhi, cui sono debitore della mia "fulgurazione figurativa"», viene presentato alla Mostra di Venezia. Ottiene un successo piú caloroso di *Accattone* ma con la solita gazzarra di fascisti nelle strade del Lido.

Durante la lavorazione di *Mamma Roma* ha scritto un *treatment* da cui ora pensa di ricavare l'episodio per un film in cui le altre storie sono filmate da Roberto Rossellini, Jean-Luc Godard e Ugo Gregoretti, un mediometraggio su una ricostruzione cinematografica della Passione di Cristo intitolato *La ricotta*. Il protagonista interpretato da Orson Welles è un regista, un «monosillabico, paratattico e annoiato superuomo decadente con la mania dei pittori manieristi» in cui Pasolini schizza un autoritratto ironico ed esorcistico di certe sue ossessioni estetiche. *La ricotta* che esce l'anno successivo provoca un immediato sequestro per «vilipendio della religione di stato». Ma chi ha visto il film ne è entusiasta. Moravia, ad esempio:

> Dobbiamo premettere che solo un giudizio si attaglia a questo episodio: geniale... vi si riscontrano i caratteri della genialità, ossia una certa qualità di vitalità al tempo stesso sorprendente e profonda.

Durante le riprese della *Ricotta* nei prati ondulati dell'Acqua Santa frequentati da prostitute, ragazzi di vita e pastori transumanti, Pier Paolo ha conosciuto un ragazzo di quattordici anni, Ninetto Davoli, figlio di contadini calabresi immigrati a Roma che vivono in una baracca del Prenestino. Ninetto diventerà presto il compagno inseparabile per tutti gli anni della sua vita. Mentre la *Ricotta* è alle prese con la censura, Pasolini allestisce un film di montaggio, *La rabbia*, composto da sequenze di repertorio tratte da cinegiornali, rotocalchi cinematografici e televisivi, riguardanti gli avvenimenti politico-sociali dell'ultimo decennio, «montati in modo da seguire una linea cronologica ideale il cui significato è un atto di indignazione contro la *irrealtà* del mondo borghese e la sua irresponsabilità storica. Per documentare la presenza di un mondo che, al contrario del mondo borghese, possiede profondamente la realtà. La realtà ossia un vero amore per la tradizione che solo la rivoluzione può dare». In questa prospettiva si è già insediata la visione apocalittica del futuro:

> Noi ci troviamo alle origini di quella che sarà probabilmente la piú brutta epoca della storia dell'uomo: l'epoca dell'alienazione industriale... Il mondo si incammina per una strada orribile: il neocapitalismo illuminato e socialdemocratico, in realtà piú duro e feroce che mai... L'Italia sta marcendo in un benessere che è egoismo, stupidità, incultura, pettegolezzo, moralismo, coazione, conformismo...

Nel 1962 è uscito il romanzo *Il sogno di una cosa* sull'antico mondo friulano e le speranze rivoluzionarie, di cui ormai si può fare solo una rievocazione poetica.

A Luciano Lucignani - Roma

Roma, dicembre 1959

Gentile Lucignani,

non sono mica un Robot! Sto lavorando, ma lei sa che ho altri impegni, con contratti precedenti. Ma sto lavorando. La mia è una prima stesura: e non mi riesce, malgrado ogni sforzo, di limare e mettere a punto un pezzo iniziale, prima che io non abbia portato a termine l'intera tragedia. Solo allora (o quasi: mettiamo tre quarti di tragedia) posso realmente capire quali sono i tipi di modifiche che posso apportare, con rigore, da principio alla fine. Ma, per quel che riguarda la dizione, basta che Gassman legga nelle *Ceneri di Gramsci*, mettiamo, *Il pianto della scavatrice*, il mio italiano, il mio dettato, è quello. Vi consegnerò l'intero *Agamennone* entro i primi quindici giorni di gennaio. E le altre a distanza di un mese circa. Questo è quanto posso fare, e le assicuro che è molto... Un lavoro per Spoleto?[1]. Ma ho due sceneggiature (se non tre) da fare, e almeno due libri da mettere a punto, oltre che andare avanti col mio romanzo. Non mi è, come si dice, materialmente possibile neanche pensarci. Ma c'è, per esempio, *Ragazzi di vita*: che si presterebbe ancor meglio di *Una vita violenta* a una riduzione tipo *Opera da tre soldi*, come lei dice... Potrebbe provarci, poi io le darei una mano...

Molti cordiali saluti, anche a Gassman, suo

Pier Paolo Pasolini

Presso il destinatario.
Dattiloscritta con firma autografa. Risponde a una lettera di sollecito a
consegnare la traduzione dell'*Orestiade* di Eschilo che Vittorio Gassman met-
terà in scena per il Teatro popolare italiano (Tpi) l'anno successivo. Cfr. *L'Orestiade* di Eschilo nella traduzione di Pier Paolo Pasolini, Einaudi, Torino 1960.

[1] Risponde a questo passo della lettera di Lucignani: «Le interesserebbe
scrivere per il Tpi una commedia? Non parlo di un adattamento di *Una vita
violenta* perché ho saputo che lo fa in cinema; ma potrebbe essere *Il Rio della
Grana*, no? Scrivendo poi direttamente per la scena non ci sarebbe la difficoltà di "adattare" il linguaggio del romanzo. Penso a un'*Opera da tre soldi*
italiana, romana, con musiche, canti e coreografie [...]».

A Luciano Anceschi - Milano

[Roma, gennaio 1960]

Caro Anceschi,

un nuovo intervento[1]: ma non ho niente da aggiungere
alle mie brutte risposte all'inchiesta di «Nuovi Argomenti»[2]. Dovrei riassumermi, in un appunto altrettanto brutto: e mi casca la penna di mano. Ho un grande rispetto, il
massimo, per il lavoro critico. Per quello che tu mi chiedi
per il «Verri» mi ci vorrebbero due giorni di lavoro: e non
li ho. Sono completamente preso, infatti... dalle tecniche
narrative. Devo raccontare, in modo tecnicamente esatto,
i racconti romani di Moravia, in un racconto per il regista
Bolognini, che si intitolerà *La giornata balorda*; devo raccontare, di nuovo, in una nuova tecnica, per il regista Brusati,
Una vita violenta; sto finendo di raccontare, sempre coatto
dalla tecnica, *Una notte del '43* di Bassani, per il regista
Vancini; e sto infine scrivendo il «trattamento» (processo
tecnico del tutto vergine di ripercussioni critiche) di un film
che girerò io come regista, *La commare secca*. Tu capisci che
se io ti dovessi fare un diario di tale lavoro, non la finirei
piú. Ma non è per niente, per incomprensione dei problemi
del «Verri» che io mi faccio avanti con tutto questo cinematografo: il cinematografo propone dei processi di sintassi
narrativa che da tempo nella letteratura non si autopropo-
nevano. E ti dirò subito perché: il narratore della letteratu-

ra, è per lo piú – o cosí lo si intende nell'ambito post cro-
ciano, nel giro, diciamo, «borghese» – un narratore di sé:
soggettivo. Il narratore del cinema è, per definizione, per
richiesta del pubblico, un narratore di fatti altrui: oggettivo. È vero, violente immissioni letterarie nel cinema, si sono sempre avute: e ora vedi *Hiroshima, mon amour*, e, in
parte, *La dolce vita*: grosse operazioni di violentazioni, anche tecnicamente non oggettive, sul corpo del racconto. Ma
questi due film sono prodotti di un ritorno di cultura «decadente», in massa, nel momento in cui la cultura ad essa
contrapposta – quella impegnata – lascia un certo vuoto
ideologico: interessa meno ai comunisti. È di nuovo di mo-
da lo stile. Dico stile puro, stingente nel formalismo.

La distensione in un certo modo favorisce la reazione stilistica.

La lezione del cinema è una lezione di oggettività: anche
nel film piú modesto il personaggio e i fatti esistono oggettivamente, in una realtà che, nel peggiore dei casi, è inter-
pretata secondo il senso comune. Ogni film, anche il piú
modesto, richiede una inchiesta sociologica, una analisi
d'ambiente, da cui i personaggi siano determinati, o con cui
siano in dialettica. Ogni film, anche il piú modesto, richiede uno sviluppo coerente del personaggio secondo un'oggettiva legge morale, qualunque essa sia, anche, ripeto,
quella corrente.

Altro che lezione di pura visività (mi riferisco alla teoria
cretina dell'ultima scuola francese)! Non so cosa darei perché, semanticamente, la lingua italiana avesse la validità assoluta e omologante di una immagine fotografata: in modo
che il processo da semantema a stilema presupponesse un
rapporto di assoluta strumentalità del primo.

L'ideale di una nuova tecnica narrativa non può essere,
io penso, che il naturalismo, nel caso, però, appunto, che la
lingua strumentale, la koinè, potesse dare un'assoluta garanzia di funzionalità. E aggiungo che quando dico naturalismo parlo di tecnica: una tecnica naturalistica al servizio
di una ideologia che interpreti la realtà secondo una finalità
politica e morale precisa (il marxismo), e che rende quindi
l'oggetto esistente.

Ah, fosse il patrimonio semantico della nostra lingua almeno pari a quello anglosassone o a quello francese! Cosí da poter usare una lingua che non sbavi a ogni piè sospinto verso la pura foneticità o verso la dilatazione o la plurivalenza del significato! Sono queste le due grandi operazioni del classicismo decadentistico, da D'Annunzio agli ermetici. L'unico modo per sfuggire a queste tangenti che, con l'aria di portare al centro della lingua e quindi della nazione, portano invece ai margini estremi della cultura, agli eremi della storia, è aggredire la realtà – che a tale lingua sfugge – attraverso il mimetismo della lingua parlata o del dialetto. Il che non richiede affatto delle operazioni stilistiche piú semplici di quelle del classicismo decadentistico (compiacenza fonica, ambiguità semantica): anzi, ne richiede di ben piú complesse!

È per questo che io, respingendo l'acquiescenza comunista verso il risorgere del decadentismo – acquiescenza che maschera l'eterno tatticismo politico, stavolta esercitato in nome della distensione – non potrò mai fare a meno di una complicata, ossessiva tecnica: unico modo, per me, di impadronirsi dell'oggettività quale il marxismo la interpreta. Sono dunque – rispetto ai comunisti, se questo può importare al «Verri»! – da una parte settario, dall'altra veramente immerso in quella ricerca stilistica – o, in certi casi, diciamo pure formale – che il mio naturalismo (!) richiede.

Minuta dattiloscritta con correzioni autografe conservata nell'Archivio Pasolini.

.[1] Risponde a questo biglietto di Anceschi:

24.1.1960

Caro Pasolini,

avrai già avuto dal «Verri» un invito in cui ti si pregava di inviare un breve scritto sulla narrativa. Si tratta di questo: prepariamo un numero della rivista con tre saggi dedicati all'argomento. Ci sono poi (già raccolti) una ventina di interventi di persone per diverse ragioni influenti ed autorevoli. Spero che non ci manchi P. P. P. Invia per favore al piú presto anche due paginette.

Grazie di cuore   Anceschi

Si tratta di dare molto semplicemente il tuo parere sulle nuove tecniche narrative.

[2] Cfr. *Nove domande sul romanzo*, in «Nuovi Argomenti», maggio-agosto 1959.

A Susanna Pasolini - Casarsa

Roma, Ferragosto 1960

Cara mamma,

subito dopo il telegramma, ti ho spedito a Lignano un espresso; spero che tu l'abbia ricevuto, e che le lettere si siano incrociate. Io sto davvero bene di salute: ho quasi finito la sceneggiatura di *Accattone*, e ho lavorato a lungo, e mi pare con strano successo, come attore [1].

Vorrei ripeterti di trovare con Graziella [2] un posticino dove passare tranquilla, veramente, una decina di giorni, cioè fin quando io possa venire a prenderti con la macchina: lo sai che sono impegnato col film fino al 25 agosto. Potremmo magari, tornando, passare per Viareggio. Ciao, tanti baci, e baci a tutti

Pier Paolo

Presso l'Archivio Pasolini.
Dattiloscritta con data e firma autografe.

[1] Nel film *Il gobbo* di Carlo Lizzani.
[2] La cugina Graziella Chiarcossi.

A Romano Luperini - Pontedera (Pisa)

[Timbro postale: Roma, 7 maggio 1961]

Gentile Luperini,

grazie della sua lettera, soprattutto perché mi dà modo di scrivere a «Voce di giovani» [1], all'intero gruppo, con cui devo sinceramente complimentarmi: ho dato il numero della rivista, che avevo ricevuto qualche giorno prima della sua lettera, a dei giovani qui di Roma – i migliori che conosco – i quali stanno a loro volta preparando una rivista: penso che vi scriveranno. La gente che vale è poca e dispersa.

Mentre gli imbecilli e le bestie sono in gran numero e trovano immediatamente una naturale unità e coesione.

Quanto al suo problema, le dirò che ogni giorno nella stampa fascista e clericale, si leggono a mio proposito cose anche peggiori di quelle apparse sul giornaletto fascista che ce l'ha con lei. Ma io non voglio perdere neanche un minuto del mio tempo a occuparmi di queste umilianti e vergognose aggressioni. Lei agisca come crede: io da parte mia le consiglio di ignorare quei porci, che sono soprattutto dei volgari narcisi, felici che qualcuno si occupi di loro.

Riceva i piú cordiali saluti dal suo

Pier Paolo Pasolini

Presso il destinatario.
Dattiloscritta con firma autografa.

[1] La rivista «Voce di giovani» di Pontedera era in contatto con «Officina» e vi collaboravano Paolo Volponi e Roberto Roversi. Luperini era stato attaccato dai fascisti locali.

A Franco Fortini - Milano

Roma, 31 dicembre 1961

Caro Fortini,

ti sono debitore già di due lettere: ti scrivo solo un magro biglietto, per ricordarti che esisto e che soprattutto tu esisti in me: esisti tanto da essere l'ideale destinatario di quasi tutto quello che scrivo. Spero di esserlo un poco anche io per te, anche se non possiedo la tua formidabile ed esplicita, sempre, reattività.

Ti abbraccio con molto affetto, tuo

Pier Paolo Pasolini

Presso il destinatario.
Dattiloscritta con data e firma autografe.

Risponde a due lettere del 16 giugno e del 3 dicembre 1961 in cui Fortini tra l'altro scrive: «Ho letto, ma in fretta, saltando, la *Religione del mio tem-*

po. Vorrei tu fossi qui per abbracciarti. Tutti i tuoi errori e vizi (letterari) non contano nulla di fronte a certi tuoi gridi straordinari. Guarda, seguiteremo forse a sbranarci ideologicamente (anche se io non avrò piú denti), seguiterò a fare la mia grinta mortuaria, di ghiaccio-represso, davanti alla tua avventura "biografica" ma credo difenderò sempre la qualità *umano-reale*, *esistenzial-sacrificale*, della tua poesia. Vorrei tu fossi qui per abbracciarti. Ti ringrazio della dedica di "Frammento alla morte". Capisco il perché di quella dedica».

Caro Pierpaolo,

ho visto solo jersera *Accattone*. Me ne avevano parlato male o con indifferenza; io stesso sospettavo, molto, ero infastidito dalla montatura pro e contro e dalle chiacchiere della critica. E invece hai fatto un film stupendo, dove certi difetti, inerenti al modo di affrontar la materia dei tuoi racconti, spariscono o diventano virtú. Ormai ti avranno detto tutto, da mesi, di questo film (Ti hanno ricordato Bunuel: realmente è quello che mi pare piú vicino. Dico *Los olvidados*, che vidi a Londra nel 1952) e quindi questa mia lettera ti riuscirà perfino fastidiosa; ma ci tengo a dirti la mia opinione perché, tutto sommato, spero ci tenga tu.

«Accattone», lui, è una figura straordinaria. Ma tutto il film è bellissimo e di rado ho visto certi passaggi laconici passare senza filo di retorica. Anche il sogno (ne temevo, a esser sincero) è di una pulizia morale assoluta. Quello che non riesco a comprendere (perché non riesco a comprendere che si possa essere tanto idioti) è tutto il fragore di ipotesi, interpretazioni e disquisizioni della critica, anche quella piú favorevole; quando è difficile vedere un film piú diretto, preciso e moralmente schietto (ma non nel senso di Carnelutti). Devo dire che di fronte al film cadono molte delle riserve che ho e continuo ad avere, ad esempio, di fronte a *Una vita violenta*. Pensavo, jersera: io non conosco di persona quel mondo, dovessi frequentarlo proverei qualche ripugnanza o paura; eppure il film me lo interpreta come un mondo comprensibile, umano, fraterno, un mondo che è o è stato anche nella mia esperienza biografica e col quale è possibile una comunicazione. Non so che cosa avresti potuto chiedere di piú. Per aver fatto *Accattone*, ti perdono molte cose e soprattutto il coro, per me repellente, delle solidarietà artistico-letterarie; alle quali non vorrei unirmi, ed ecco perché ti scrivo solo ora, dopo aver visto il film, da buon milanese, il sabato sera e con il mio bravo biglietto da lire mille.

A Franco Fortini - Milano

Roma, 26 gennaio 1962

Caro Fortini,

finalmente domani parto per il Sudan. Prima di partire (che è un po' morire: facciamo le corna, volgarmente) vorrei chiederti un favore. Ho qui un vecchio romanzo, il mio primo o quasi, scritto nel '49, che si intitolava *La meglio gio-*

ventú, ora questo titolo è passato ai versi friulani; cosí, nella disperata ricerca di un titolo, sono stato folgorato da una tua citazione (in quella serata sul Menabò industriale) IL SO- GNO DI UNA COSA. Ti sarei molto grato se tu mi trascrivessi la frase di Marx – o l'intera pagina – da cui hai tratto la citazione, e me la mandassi, da mettere come epigrafe al libro[1].

Leggo tuoi versi molto belli. Ti abbraccio, tuo

Pier Paolo

Presso il destinatario.
Dattiloscritta con data e firma autografe.

[1] *Il sogno di una cosa.*

Cinema, teatro e altri poemi
(1963-1969)

Nel marzo del 1963 Pier Paolo e sua madre fanno l'ultimo trasferimento, da via Carini a un nuovo appartamento di proprietà all'Eur con una vista sconfinata sui prati della Magliana e un piccolo giardino pensile dove Susanna potrà ritrovare la sua intimità tra fiori e piante da accudire ogni giorno. È sempre affaccendata e sorridente senza mai cedere allo sforzo di seguire le vicende e le traversie del figlio. Qualche volta però segretamente scrive ai suoi amici perché lo proteggano dalle sue imprudenze. Da qualche tempo vive in casa anche la figlia di una nipote, Graziella Chiarcossi.

La Cittadella cristiana di Assisi da anni lo invita a partecipare ai suoi convegni, finché ha la possibilità di intervenire a quello dedicato nel settembre del '62 a «Il cinema come forza spirituale del momento presente». Ospite della foresteria, rilegge d'un fiato il Vangelo trovato sul comodino accanto al letto e da questa lettura nasce l'idea di un film, e quindi, come sempre, l'urgenza di realizzarlo al piú presto senza sceneggiatura perché dovrà ispirarsi totalmente al Vangelo di San Matteo – «il piú epico di tutti, essendo il piú arcaico, il piú vicino alla mentalità del popolo ebraico».

L'anno successivo il film è in corso di preparazione e Pasolini chiede ai Volontari di Assisi un «appoggio tecnico, filologico, ma anche un appoggio ideale» per evitare errori nel «dogma e nella morale cristiana».

La scelta piú difficile è quella dell'attore che dovrà impersonare Cristo. Non un Cristo dai lineamenti morbidi e lo sguardo dolce come nell'iconografia rinascimentale, ma un volto che esprima forza, decisione come quella dei Cristi medievali. «Ho un'idea di Cristo pressocché inesprimibile. Potrebbe essere tutti, e infatti lo cerco dappertutto. L'ho cercato in Israele, in Sicilia, a Roma, a Milano... Ho pensato a poeti russi, a poeti americani. È forse tra i poeti che lo cerco». Scrive infatti al poeta russo Evtušenko, all'americano Ginsberg, allo spagnolo Goytisolo. Quando casualmente va a trovarlo uno studente spagnolo, dopo una sola occhiata è certo di aver trovato il suo Cristo: lo stesso volto bello e fiero, umano e distaccato, dei Cristi dipinti da El Greco. Pasolini ha la certezza che sotto il regno di Pio XII gli sarebbe stato impossibile fare questo film e che solo la venuta di Giovanni XXIII, rivoluzionando la situazione religiosa, gli ha reso piú facile il lavoro. Dedicato «Alla cara, lieta, familiare ombra di Giovanni XXIII», il 4 settembre è presentato alla Mostra di Venezia. «Invettive e fischi, minacce e uova marce, – racconta Tullio Kezich, – hanno accolto P.P.P. al suo arrivo», ma il film ottiene il premio Ocic («Office Catholique International du Cinéma») e il premio speciale della giuria. In dicembre per iniziativa dell'Ocic il *Vangelo secondo Matteo* viene proiettato nella cattedrale di Notre-Dame di Parigi.

Nel maggio del 1964 è uscita la quarta raccolta di versi intitolata *Poesia in forma di rosa* che comprende poesie scritte spesso in forma diaristica dal 1962 al 1964.

Il libro ha la forma interna, anche se non esterna, di un diario, e racconta punto per punto i progressi del mio pensiero e del mio umore in questi anni. Se avessi fatto un'opera di memoria, avrei cercato di sintetizzare e livellare le esperienze che han formato la mia vita. Ma facendo un diario, mi son rappresentato volta a volta completamente immerso nel pensiero e nell'umore in cui mi trovavo scrivendo. È la forma diaristica del libro quella che fa sí che le contraddizioni vengano rese estreme, mai conciliate, mai smussate, se non alla fine del libro. Alla fine del libro, il lettore sente che esso chiudeva una specie di rabbia distruggitrice, uno scoraggiamento che diventa passione di demolire certe idee fisse e punti fermi degli anni Cinquanta, anzi addirittura una vera e propria abiura. Ma questa abiura va letta come si legge una poesia... Il «tono» di quell'abiura è poetico e non reale, e mi suggerisce termini eccessivamente carichi di rancore e di nuove speranze.

Calvino gli scrive il 3 luglio: « *Vittoria* è bellissima, una delle tue poesie piú belle. Quando la smetti di fare il cinema?»

Lo «scandaloso rapporto dialettico» del mondo capitalista con il Terzo Mondo, la fine dell'«impegno», la crisi del marxismo e della Resistenza, visti dall'interno da parte di chi non è affatto disposto a credere che il marxismo sia finito, sono i temi del prossimo film, *Uccellacci e uccellini*. Un film molto rischioso perché organizzato artigianalmente, con un finanziamento minimo e nessun compenso per il regista. Gli interpreti sono il grande Totò e accanto a lui l'«attore per forza» Ninetto Davoli, oltre a un corvo ammaestrato che nel film ha la voce di Francesco Leonetti:

> Un saggio quasi drogato, un amabile beatnik, un poeta senza piú nulla da perdere, un personaggio di Elsa Morante, un Bobi Bazlen, un Socrate sublime e ridicolo, che non si arresta davanti a nulla, e ha l'obbligo di non dire mai bugie, quasi che i suoi ispiratori fossero filosofi indiani o Simone Weil.

Il corvo è infine: «una specie di metafora irregolare dell'autore».

Totò è stato scelto perché il film, che dovrà svolgersi a metà strada tra il reale e il surreale, richiede un attore che sia anche un po' clown: «Totò era un attore che era stato manipolato sia da se stesso che da altri fino ad essere una maschera. Egli era da un lato una strana mescolanza di credulità e autenticità popolare napoletana e dall'altra un clown cioè un personaggio riconoscibile e neorealista e anche leggermente assurdo e surreale».

> Io dovevo approfondire le mie ragioni, verificarle, studiare. Andare avanti, trasformarmi, capire, per poi prestare queste mie nuove prospettive marxiste al corvo. Far coincidere il mio nuovo marxismo e il suo, ma al di là della mia inerte, e puramente negativa, esperienza degli ultimi anni.

Il film esce in maggio con scarsissimo successo. In Italia il pubblico ha creduto di andare a vedere un film di Totò e quindi non si è divertito. In Francia invece ottiene grande successo al Festival di Cannes, sostenuto con grande lucidità e passione da Roberto Rossellini.

Alla fine del marzo del '66, mentre sta cenando in un ristorante con Dacia Maraini e Alberto Moravia, ha un grave malore, una emorragia di ulcera che lo costringe a restare immobile a letto per un mese. Durante la convalescenza rilegge i *Dialoghi* di Platone che, come la lettura del Vangelo qualche anno prima, gli infonde un «aumento di vitalità» e l'idea di poter scrivere «attraverso personaggi»: un teatro in versi, «molto simili alla prosa». Il primo testo abbozzato è *Orgia* e in un quadro quasi simultaneo seguono *Bestia da stile* e *Affabulazione*. Considera il teatro una svolta nella sua carriera, un po' come è stato il cinema nei confronti della letteratura.

Prima di ammalarsi ha scritto il trattamento di un nuovo film, il più ambizioso finora, concepito sulla figura di San Paolo, che non potrà realizzare malgrado le insistenze presso i produttori, in questo caso la Sampaolofilm. Tra primavera ed estate scrive i trattamenti di *Teorema* e *Edipo re*, mentre un quarto e un quinto dramma sono in via di elaborazione: *Pilade* e *Porcile*.

La terra vista dalla luna, *Che cosa sono le nuvole*, *La sequenza del fiore di carta* sono tre brevi film, propriamente degli sketch, che gira in questo periodo riscoprendo il genere picaresco e una nuova vena comica, in cui i personaggi delle storie vivono come «in un sogno dentro un sogno» e morte e allegria si mescolano nella contemplazione della «straziante, meravigliosa bellezza del creato».

Nell'aprile del 1967 la troupe di *Edipo re* inizia le riprese nei deserti rossi e nelle antiche città del Marocco del sud. Una lavorazione faticosa e piena di imprevisti poiché i finanziamenti sono sempre aleatori. Vi lavorano alcuni notissimi attori come Silvana Mangano, Alida Valli, Julian Beck del Living Theatre, Carmelo Bene, Francesco Leonetti nei panni del servo di Laio e lo stesso Pasolini con gli ornamenti di un Gran Sacerdote.

> In *Edipo* io racconto la storia del mio complesso di Edipo. Il bambino del prologo sono io, suo padre è mio padre, ufficiale di fanteria, e la madre, una maestra, è mia madre. Racconto la mia vita, mitizzata naturalmente resa epica dalla leggenda di Edipo.

Nel marzo del 1968 esce *Teorema*. Concepita due anni prima non come romanzo ma come settima tragedia in versi della serie iniziata con *Orgia*, la pièce si è successivamente mutata nel soggetto di un film. Ma sembrando in un primo tempo che il film fosse irrealizzabile, è diventata il canovaccio di un racconto. Questo racconto poi si è divaricato in due diversi prodotti: nella sceneggiatura vera e propria del film e in un'opera letteraria «abbastanza autonoma», il cui testo è appunto quello appena uscito. Contemporaneamente alla pubblicazione del libro iniziano le riprese del film omonimo. La Mangano, che continua a ispirare sentimenti e analogie di tratti fisionomici col volto materno di Susanna, l'attore inglese Terence Stamp, Massimo Girotti e Laura Betti sono gli interpreti maggiori. Presentato in settembre alla Mostra di Venezia, riceve un nuovo premio Ocic, ma bisogna aspettare l'uscita in Francia perché il film ottenga i dovuti riconoscimenti. I critici sono entusiasti – «c'est l'année de Pasolini» – e Marcel Jouhandeau porta il tributo della grande classe letteraria parigina: «Ce film me semble admirable à cause de son implacabilité même...»

All'inizio del 1969 comincia la lavorazione del film *Porcile*. Mesi prima ha cercato di avere tra i suoi attori il grande Jacques Tati, e gli ha scritto una lettera che, ritrovata tra le sue carte, lascia il dubbio che sia mai partita, perché avere Hulot in un proprio film era forse solo un sogno. Subito dopo *Porcile* tra primavera e estate realizza la «tragedia della barbarie», *Medea*, «mescolanza un po' mostruosa di un racconto filosofico e di un intrigo d'amore, urto drammatico tra un vecchio mondo religioso e un nuovo mondo laico».

Maria Callas è Medea, la piú grande apparizione del cinema di Pasolini, giovinetta assetata di incruente stragi, che affascina e sgomenta con la violenza dei suoi sentimenti.

Il 30 agosto del '69 *Porcile* affronta la solita «sporca avventura veneziana» e i critici presenti al festival, tranne poche eccezioni, lo giudicano un film sgradevole e incomprensibile. «Manco a farlo apposta, – dice Moravia, – è il migliore film di Pasolini dopo *Accattone* e *La ricotta*».

Cosa c'è da capire? – risponde Pasolini ai critici perplessi –. Quel po' che c'è da capire «sotto» il film, è detto a chiare lettere sulle due lapidi iniziali: «La società non divora solo i figli disobbedienti, ma anche i figli indefinibili, misteriosi, cioè né obbedienti né disobbedienti». Non è una cosa poi cosí difficile, soprattutto quando è enunciata come introduzione. Poi viene il film, e per capire il film bisogna avere piú cuore che testa (certo se c'è la testa, meglio): perché c'è da capire la disperata storia di un peccatore che fa del peccato la sua santità; c'è da capire una straziante storia d'amore impossibile con uno straziante addio; c'è da capire un rapporto ambiguo e drammatico tra vecchio capitalismo e nuovo che si conclude anche se nei toni di una poesia quasi contemplativa, con la condanna di ambedue.

Con i suoi ultimi film e le ultime poesie che saranno raccolte nel volume *Trasumanar e organizzar*, Pasolini sente di aver compiuto il primo «goffo tentativo individualistico e in parte anarcoide» di lottare contro quella che continua a definire Nuova Preistoria. Contro la nuova società industriale che con la sua accelerazione artificiale vuole distruggere il passato per instaurare solo il presente, oppone la nostalgia del sacro, degli antichi valori, il rimpianto del passato, accettato anche come sentimento conservatore: «Ciò che attrae a tornare indietro è altrettanto umano e necessario di ciò che spinge ad andare avanti».

Nuovi destinatari:

Lucio Caruso, medico volontario di «Pro Civitate Christiana» di Assisi.

Il produttore Alfredo Bini, che legherà il suo nome ai primi film di Pasolini.

Il poeta russo Evgenij Evtušenko (1933), cui chiede di interpretare la figura di Cristo nel film *Il Vangelo*.

Lo scrittore Piergiorgio Bellocchio (1931), direttore della rivista «Quaderni piacentini».

Lo scrittore Mario Alicata (1918-66), esponente della critica letteraria di ispirazione marxista, dirigente del Pci.

Il poeta Andrea Zanzotto (1921), di cui Pasolini in un'occasione piú tarda eseguirà una straordinaria serie di ritratti a penna e a matita.

Franca Ca' Zorzi Noventa, moglie del poeta veneto Giacomo Noventa (1898-1960).

A Lucio Caruso - Assisi

[Roma, febbraio 1963]

Caro Caruso,

vorrei spiegarle meglio per scritto, quello che ho confusamente spiegato a voce.

La prima volta che sono venuto da voi ad Assisi, mi sono trovato accanto al capezzale il Vangelo: vostro delizioso-diabolico calcolo!

E infatti tutto è andato come doveva andare: l'ho riletto dopo circa vent'anni (era il quaranta, il quarantuno, quando, ragazzo, l'ho letto per la prima volta: e ne è nato *L'usignolo della Chiesa Cattolica*, poi l'ho letto solo saltuariamente, un passo qua, un passo là, come succede...)

Da voi, quel giorno, l'ho letto tutto di seguito, come un romanzo. E, nell'esaltazione della lettura – lei lo sa, è la più esaltante che si possa fare! – mi è venuta, tra l'altro, l'idea di farne un film. Un'idea che da principio mi è sembrata utopistica e sterile, «esaltata», appunto. E invece no. Col passare dei giorni e poi delle settimane, questa idea si è fatta sempre più prepotente e esclusiva: ha cacciato nell'ombra tutte le altre idee di lavoro che avevo nella testa, le ha debilitate, devitalizzate. Ed è rimasta solo lei, viva e rigogliosa in mezzo a me. Solo dopo due o tre mesi, quando ormai l'avevo elaborata e mi era diventata del tutto familiare, l'ho confidata al mio produttore; ed egli ha accettato di fare questo film così difficile e rischioso, per me e per lui.

Ora, ho bisogno dell'aiuto vostro: di don Giovanni[1], suo, dei suoi colleghi. Un appoggio tecnico, filologico, ma anche un appoggio ideale. Le chiederei insomma (e attraverso lei, con cui ho maggiore confidenza, alla Pro Civitate Christiana) di aiutarmi nel lavoro di preparazione del film, prima, e poi di assistermi durante la regia.

La mia idea è questa: seguire punto per punto il Vangelo secondo San Matteo, senza farne una sceneggiatura o una riduzione. Tradurlo fedelmente in immagini, seguendone senza una omissione o un'aggiunta il racconto. Anche i dialoghi dovrebbero essere rigorosamente quelli di san Matteo, senza nemmeno una frase di spiegazione o raccordo: perché nessuna immagine o nessuna parola inserita potrà mai essere all'altezza poetica del testo.

È questa altezza poetica che così ansiosamente mi ispira. Ed è un'opera di poesia che io voglio fare. Non un'opera religiosa nel senso corrente del termine, né un'opera in qualche modo ideologica.

In parole molto semplici e povere: io non credo che Cristo sia Figlio di Dio, perché non sono credente, almeno nella coscienza. Ma credo che Cristo sia divino: credo cioè che in lui l'umanità sia così alta, rigorosa, ideale da andare al di là dei comuni termini dell'umanità. Per questo dico «poesia»: strumento irrazionale per esprimere questo mio sentimento irrazionale per Cristo. Vorrei che il mio film potesse essere proiettato nel giorno di pasqua in tutti i cinema parrocchiali d'Italia e del mondo. Ecco perché ho bisogno della vostra assistenza e del vostro appoggio. Vorrei che le mie esigenze espressive, la mia ispirazione poetica, non contraddicessero mai la vostra sensibilità di credenti. Perché altrimenti non raggiungerei il mio scopo di riproporre a tutti una vita che è modello – sia pure irraggiungibile – per tutti. Spero tanto che abbiate fiducia in me.

Le stringo la mano, affettuosamente, suo

Pier Paolo Pasolini

Pubblicata in *Il Vangelo secondo Matteo, un film di P.P. Pasolini*, Garzanti, Milano 1964, pp. 16-17.

[1] Don Giovanni Rossi, presidente della «Pro Civitate Christiana» di Assisi.

A Alfredo Bini - Roma

[Roma], 12 maggio 1963

Caro Alfredo,

mi chiedi di riassumerti per scritto, e per tua comodità, i criteri che presiederanno alla mia realizzazione del Vangelo secondo San Matteo.

Dal punto di vista religioso, per me, che ho sempre tentato di recuperare al mio laicismo i caratteri della religiosità, valgono due dati ingenuamente ontologici: l'umanità di Cristo è spinta da una tale forza interiore, da una tale irriducibile sete di sapere e di verificare il sapere, senza timore per nessuno scandalo e nessuna contraddizione, che per essa la metafora «divina» è ai limiti della metaforicità, fino a essere idealmente una realtà. Inoltre: per me la bellezza è sempre una «bellezza morale»: ma questa bellezza giunge sempre a noi mediata: attraverso la poesia, o la filosofia, o la pratica: il solo caso di «bellezza morale» non mediata, ma immediata, allo stato puro, io l'ho sperimentata nel Vangelo.

Quanto al mio rapporto «artistico» col Vangelo, esso è abbastanza curioso: tu forse sai che, come scrittore nato idealmente dalla Resistenza, come marxista ecc. per tutti gli anni Cinquanta il mio lavoro ideologico è stato verso la razionalità, in polemica coll'irrazionalismo della letteratura decadente (su cui mi ero formato e che tanto amavo). L'idea di fare un film sul Vangelo, e la sua intuizione tecnica, è invece, devo confessarlo, frutto di una furiosa ondata irrazionalistica. Voglio fare pura opera di poesia, rischiando magari i pericoli dell'esteticità (Bach e in parte Mozart, come commento musicale: Piero della Francesca e in parte Duccio per l'ispirazione figurativa; la realtà, in fondo preistorica ed esotica del mondo arabo, come fondo e ambiente). Tutto questo rimette pericolosamente in ballo tutta la mia carriera di scrittore, lo so. Ma sarebbe bella che, amando cosí sviscerabilmente il Cristo di Matteo, temessi poi di rimettere in ballo qualcosa.

Tuo   Pier Paolo Pasolini

Presso il destinatario.

Dattiloscritta con data e firma autografe. Pubblicata in *Il Vangelo secondo Matteo, un film di P. P. Pasolini* cit., p. 20.

A Evgenij Evtušenko - Mosca

[Roma, 1963]

Caro Evtuschenko,

non lo sai: ma è da un anno che penso a te. Per una ragione a dir poco sorprendente. Te lo dico con tutta semplicità, perché ormai mi pare di conoscerti di persona, anzi mi pare di avere in te un vecchio amico. Vorrei che tu facessi la parte di Cristo nel mio film sul Vangelo secondo Matteo. Tutto quello che ciò implica, non lo so perfettamente bene neanche io.

Ne parleremo insieme: se questa «cosa sorprendente» e di cosí grande importanza per me, si realizzerà. Come mi è nata l'idea? Tu forse sai che io, non essendo un regista... serio, non cerco i miei interpreti fra gli attori: finora, per i miei films sottoproletari, li ho trovati, come si dice in Italia, «nella strada».

Per Cristo, un «uomo della strada» non poteva bastare: alla innocente espressività della natura, bisognava aggiungere la luce della ragione. E allora ho pensato ai poeti. E pensando ai poeti ho pensato per primo a te.

Tutto il mondo troverà strano che io abbia scelto per Cristo, proprio te, un comunista. Ma io non sono forse un comunista? Le ragioni ideali di questa mia opera sono molto complesse. Ma te le semplificherò trascrivendoti il primo cartello del mio film: «Questo film vuol contribuire, nella modesta misura consentita a un film, all'opera di pace iniziata nel mondo da Nikita Krusciov, Papa Giovanni e John Kennedy».

Non voglio aggiungere altre spiegazioni e altre implorazioni. È questa un'idea che piace o non piace, di per sé. Ma intanto leggiti il Vangelo secondo Matteo!

Ti abbraccio affettuosamente, con grande speranza, tuo

Pier Paolo Pasolini

Dattiloscritta con firma autografa. Minuta ritrovata nell'Archivio Pasolini.

Pubblicazione parziale in «Literaturnaja Gazeta»; cfr. *O la poesia o il caos*, in «Tuttolibri», 5 agosto 1979.

A Francesco Leonetti - Milano

[Roma, aprile 1964]

Caro Francesco,

non mi son mai sognato di dirti «meschino»: in fede mia, la tua costituzione umana e civica è esattamente il contrario della meschinità. Ho detto soltanto che l'eccesso di specializzazione, l'ossessione degli interessi, in un mondo letterario meschino come il nostro, può restringere meschinamente l'orizzonte. Tu avevi capito subito quel che avevo voluto dire non opponendo resistenza alla mia richiesta di soppressione della famosa paginetta[1] (adesso sembro meschino io!): perché ci ritorni sopra? (Nel biglietto lasciato a Laura[2]?)

Sono adesso un po' in imbarazzo nella scelta della fascetta pubblicitaria e del risguardo: sono posto di fronte a un dilemma che non capisco. Non capisco cioè bene i criteri che hanno presieduto alla tua stesura: sono criteri di semplificazione editoriale? Ma allora mi sembra che il tuo testo non sia abbastanza più facile del mio. Sono criteri di sdrammatizzazione solidale? Ma allora il tuo testo non mi sembra abbastanza sdrammatizzato. E poi ti dirò, che – poiché lo spirito, come dice Bassani, non può essere negato – si sente, in qualche modo si sente, la tua intima condanna alla mia posizione di «scopertura» disperata e anarchica. Cosa fare, allora? Se si tratta di una semplificazione commerciale, è meglio lasciarla fare a uno del mestiere, e non coinvolto come sei tu, che scriva onestamente ad usum delphini. Allora il suo scorrevole dettato potrebbe ovviamente sostituire il mio. Altrimenti è meglio lasciare addirittura il mio (com'è, pare, nelle tradizioni recenti), in modo che si senta proprio che è mio, e come tale manchi di oggettività, sia liberamente preso come attendibile o inattendibile.

Ti rinvio dunque una stesura un po' piú ordinata, come alternativa a uno scritto editoriale corrente.

Scusami questi tira-e-molla, di solito non faccio mai il difficile in queste cose, ma stavolta il mio testo è importante, per me, e pericoloso.

Ti abbraccio affettuosamente, tuo   Pier Paolo

PS. Quanto alla poesia, *Vittoria*, sono incerto se è buona o no. Aiutami tu a decidere.

Presso il destinatario.
Dattiloscritta con aggiunte, firma e poscritto autografi.

A questa lettera Leonetti risponde il 10 aprile:

Vittoria è buona, e vitale e commossa (e anche il mio libro mesi fa lo finii con un sogno di avere una bomba in mano, e col desiderio di una Comune). La faccio comporre [...] Non ho affatto «condanna» per la posizione scoperta che scegli, ma, naturalmente, preoccupazione amichevole.
La mia ristesura ti è servita come volevo a illimpidire i testi di commento: almeno la fascetta, che va bene. Peccato che non ti sia piaciuto il risvolto, fatto con Ravaioli e corrispondente nel tono a quello che ti feci per altro libro [...] È vero che nella nostra diversa esperienza degli ultimi anni sono maturate differenze fra noi: mi fa felice il sentire ugualmente il tuo calore e la tua volontà di usare, in questo, la «maledetta lucidità».

[1] Si riferisce al testo di Leonetti per il risvolto di copertina di *Poesia in forma di rosa*, Garzanti, Milano 1964.
[2] Laura Betti.

A Franco Fortini - Milano

[Roma, giugno 1964]

Caro Fortini,

voglio proprio compiere il rito che non compio mai, quello di scrivere due righe di ringraziamento. Lo faccio prima di tutto per diradare ogni possibilità di equivoco, per la serata alla Casa della Cultura¹, di cui son felice, perché non è stata, ancora una volta, ufficiale: anzi, è stata quasi il peggio che si potesse aspettare uno che è al mio punto nella carriera di poeta. Le tue parole sono state bellissime, e perfette.

S'intende che, come posso dirti ora, una «mistificazione» non è che un mezzo, e può essere sincero e insincero: non vorrei che tu puntassi sugli elementi oggettivi di insincerità del veicolo mistificatorio, perché il mio, come ben sai, non è che un pretesto per essere sincero: ma in questa smania di sincerità (candida, rozza, romantica, infantile) quanta sincerità c'è? E cosí all'infinito. Quanto alle ideologie, ripeto che son tutte fragili se consistono tutte in una congiunzione tra ideologia privata (con l'inconscio che gioca i soliti scherzi, l'ambiente ecc. ecc.) con un'ideologia pubblica, preesistente ecc. Sai qual è la fragilità, la fraterna fragilità della tua ideologia di ferro? Il moralismo, il fraterno tuo disperato moralismo. Ed è giusto che tu, con tanta pervicace, insopprimibile, onnipresente intelligenza imperversi contro le ideologie degli altri. Ed ecco, in seconda istanza, perché ti scrivo queste «due righe»: perché vorrei che tu sapessi (e mi è parso da certo tuo tono un po' accorato appena ci siamo visti da Bagutta, che tu non lo sappia: ma ho molti testimoni) che io tengo *sempre* presente nel mio fare questa tua intelligenza.

Ti abbraccio con vero affetto, tuo   Pier Paolo

Presso il destinatario.
Dattiloscritta con aggiunte, data e firma autografe.

A questa lettera, Fortini risponde il 30 giugno:

Caro Pier Paolo,
    questa storia dell'autenticità attraverso l'inautentico: ma è di qualsiasi poeta e probabilmente di qualsiasi persona. Quel che importa è semmai la specie, il tipo di segni, il materiale di spoglio che si adopera; importa, nel senso che serve al lettore-critico nella sua necessaria, crudele e relativamente inutile (trafittura) operazione da entomologo. Il critico, o io critico, opera una continua correzione della *propria* «troppo larga» comprensione (che lo farebbe seguire tutti i meandri pubblico-privati dell'autore etc.) sulla comprensione *pubblica*. Il critico dev'essere, come il lettore, un po' idiota (spero di non esserlo troppo, malgrado le tue assicurazioni in contrario...), batter la

mano sulla pagina, come un mediatore sui lombi d'una manza, «fare la faccia del fesso»...

E insomma della tua poesia si potrà parlare *sempre e ancora*. La cosa che mi preoccupa è semmai extrapoetica: avendo tu – un po' sempre – ma soprattutto in quest'ultimo libro, impiegato tutto il disponibile materiale ideologico-politico per i tuoi fini, in quale linguaggio sarà possibile parlare, quando fosse necessario, con te? Sulla base di quale convenzione linguistica? Temo o suppongo che tu non parli realmente piú, che tu «scriva» soltanto. Che è destino mirabile, d'accordo, ma tragico. Te lo dico perché c'è pur un mondo della comunicazione meno mediata, che può richiedere in date circostanze, giudizio intervento parola. Può *tornare* a richiederle. Ecco, dicendoti questo, ti ringrazio di avermi scritto; e ti scuso di ripetere il vecchio luogo comune del mio moralismo, che forse un giorno fu vero. Come tu dovrai scusarmi quanto, di luogo comune, c'era in quel mio (provocato, credi, non provocatorio... dagli amici ti guardi Iddio) intervento.

Non fatico a immaginarti in difficoltà, diviso fra la tua cieca sicurezza e la raucedine che deve colpire ogni poeta serio. Non so darti altro aiuto fuor dell'invito a peggiorare il tuo male: non [una parola corrotta].

Ti abbraccio con tanto affetto   Franco

[1] Si riferisce a una riunione alla Casa della Cultura di Milano del 15 giugno per la presentazione di *Poesia in forma di rosa* con gli interventi di Giansiro Ferrata, Francesco Leonetti e Paolo Volponi.

A Gian Carlo Ferretti - Milano

[Timbro postale: Roma, 29 giugno 1964]

Caro Ferretti,

intanto sono felice per il tuo libro[1]; l'ho letto come si legge un romanzo giallo (cosí almeno credo, ché non ne ho mai letti): è stato compiuto un delitto, «un'abnormità», e tu come un dolce e timido Sherlok Holmes hai compiuto la tua lunga, paziente, scientifica indagine. Il reo ti ha seguito alle spalle come un'ombra... soddisfatto di non essere stato scoperto e che le indagini siano state rimandate a una eventuale recidiva.

Il tuo lungo percorrermi è stato fatto con tale onestà, puntigliosa, implacabile, rispettosa – democratica – che io non posso non dichiararmi, come ti ho detto subito, felice. In fondo si scrive per dei lettori come te. Hai messo tutta la tua buona volontà perché la tua lettura fosse una mia rilet-

tura, e quindi un mio esame di coscienza. E ci sei riuscito.
Quanto alle obiezioni... Ce n'è qualcuna qua e là, di particolare (ma poca cosa): e ce n'è una di fondamentale, ma credo che non ti possa toccare, in quanto credo che tu ne sia
cosciente, ed è questa. Il fondo, il fondo del fondo, della
tua indagine, è regolato da un principio morale o moralistico, che è tipico del borghese comunista. Tu, siccome moralista non sei, perché prevale in te l'amore per gli altri sulla
eventuale condanna degli altri, hai estremamente addolcito
questo principio non tuo, che ti preesiste, che presiede alla
tua tipicità. Insomma al fondo della tua ricerca c'è un principio regolatore di bene e male. E questa non sarebbe un'o-
biezione, se proprio i due termini antitetici di questo principio non restassero generici, inespressi – in uno studio
che invece vuole andare cosí puntigliosamente a fondo di
tutto. Il termine del «bene» sarebbe una «Storia», fatta di
uomini adulti, illuminati da un'idea saggia, razionale, attuale e universale del mondo. Ma non è che un'allusione, un riferimento: a cui tu ti appelli continuamente, incessantemente, ossessivamente, senza in alcun modo precisarlo: lo
dai per dato. Patrimonio morale comune del comunismo.
Ma resta generico e vagamente minaccioso e «divino» anche come semplice Allusione, Termine Assoluto di confronto. Il termine del «male», poi, anch'esso resta imprecisato,
non studiato, riferito come un dato di fatto: è il «viscerale»
(populistico-viscerale, estetico-viscerale, pascoliano-visce-
rale ecc. ecc.): ma che cosa diavolo è questo «viscerale» che
mi poni come ferreo polo negativo (anche se con la massima
comprensione e simpatia, e democrazia)? Sí, io capisco, piú
o meno; ci capiamo, insomma, siamo sul terreno dell'allusi-
vità... Ma in uno studio cosí largo e analitico come il tuo,
questo rozzo riferimento continuo, ripetuto cento volte,
andava chiarito meglio: e forse, come tutte le cose chiarite,
si sarebbe presentato come *altro* da quello che è se solamente alluso. E quindi anche *altra* sarebbe stata la graduazione
di bene e male. Qui potrebbe cominciare un discorso lunghissimo. Ti dirò solo schematicamente che respingo, semplicemente perché è psicologicamente ingiusto, il termine
di pascoliano e crepuscolare da ogni mio atto espressivo.

In conclusione la rozzezza dei due termini entro cui si svolge la tua indagine, rischia di essere un po' scolastica, un po' da articolo da «Unità». E allora il tuo studio è bello quando è fuori da questa ossessiva dicotomia moralistica.

Un'altra cosa (questa te la dico perché ha costituito la mia infelicità per molti anni, soprattutto perché essa è prodotto di un rifiuto della coscienza borghese e borghese-comunista): è vero che io nei miei romanzi specie nel primo, o in *Accattone*, tendo a «chiudere» il mondo sottoproletario descritto, come se fosse un mondo a sé, un cristallo fuori dalla storia. È del resto, questo un elemento di ogni operazione stilistica (esasperata in me, proprio per le ragioni che tu dici). Ma possibile che non ti sia balenata neanche per un momento l'idea che le cose stiano oggettivamente cosí? che stiano *anche* oggettivamente cosí? Guarda che *stanno anche oggettivamente cosí*. Non sono mica un pazzo!

Ti abbraccio con grande e vero affetto, tuo

Pier Paolo Pasolini

Presso il destinatario.
Dattiloscritta con correzioni e firma autografe.

[1] Cfr. *Letteratura e ideologia*, Editori Riuniti, Roma 1964.

A Laura Betti - Roma

[Roma, settembre 1964]

Cara Laura,

sarai certamente eroica ad andare per i negozi con Nino[1], a comprargli indumenti, ecc.: ma la realtà è che non lo puoi sopportare. La sua assurda, irrichiesta, arbitraria presenza, ottenuta da lui cosí facilmente, ti offende, lo so. E ti capisco. Tutto quello che per me è grazia per te è opera del Demonio – in lui. Hai capito che ribellarti è battere la testa contro il muro: e allora hai accettato. Ma anche questo è un battere la testa contro il muro. Tutto ciò che non è con la grazia (del bene o del male) è *contro* di lei. Devo dire che, da questi frangenti, Nino mi è reso ancora piú prezioso, perché viene sottolineata la sua presenza carismatica, la sua fatalità. Bene.

Quanto al telefono, nella fattispecie, non solo ti sei meritata che chiudessi bruscamente la comunicazione, ma ti saresti meritata che te lo battessi sulla testa. Eravamo felici, leggeri, in vacanza, finalmente – forse per la prima volta in vita mia – sentivamo il mondo amico, Nino facendo il bagno aveva gridato quanto è bella la vita! – e la tua è stata una aggressione brutale, fredda, assurda, un proditorio richiamo alla realtà – non giustificato in quel momento da nulla, *da nulla*. È stata una indignazione che mi è salita dalle viscere, una protesta contro l'assurdità. E in tale stato d'animo, per quel che riguarda quell'episodio, rimango. Che poi tu avessi le tue buone ragioni per offenderti per cinque minuti di ritardo (Nino per la prima volta in vita sua si trovava in una camera d'albergo, con tutti i suoi cerimoniali, che anche per me, che di solito non dormo in una tana, come lui, riescono complicati), inventando la presenza di un motoscafo che non c'era, con diritti economici della sua presenza, che non c'erano – questo è un altro discorso. Si può anche capire, che, per delle sue ragioni, una persona intervenga ingiustamente, malvagiamente, in una situazione magari sciocca, ma felice, di un'altra persona: ricattandola appunto per la sua sciocca felicità, e per la fonte, infima, di essa: e io lo capisco ma, per ora, con rabbia.

Domani parto per le Puglie. Ci vedremo al ritorno. Ciao

Pier Paolo

Presso la destinataria.
Dattiloscritta con firma autografa.

[1] Ninetto Davoli.

A Piergiorgio Bellocchio - Piacenza

Roma, 8 ottobre 1964

Gentile direttore,

questa lettera potrebbe essere privata, ma desidererei presentargliela invece come aperta, perché i sia pur pochi lettori dei «Quaderni Piacentini» mi interessano particolarmente. Si tratta del giudizio dato su di me, con ostentata noia, da Goffredo Fofi, a proposito del *Vangelo*[1]; vorrei precisare un suo giudizio sull'insieme della mia operazione letteraria, che sarebbe secondo lui ristretta per vocazione e volontà al mondo sottoproletario, e quindi irreparabilmente marginale. Come vede, è un giudizio che non è un giudizio, ma è una constatazione che diventa tale attraverso il moralismo tipico dei vostri «Quaderni», e che del resto è molto tradizionale, molto tipico della piccola borghesia italiana. Adesso avete trovato nuovi argomenti e nuove terminologie per esercitarlo: ma esso è sempre lo stesso. A me sembra appunto moralistico dividere gli autori a seconda degli argomenti o dei problemi di cui si interessano, e impiantare su questo un criterio di giudizio. Non esistono «particulari» nel mondo moderno, e chi si occupa di uno strato della società si occupa implicitamente anche degli altri: implicitamente, se in poesia. Poiché la poesia tende a costruirsi sempre un sistema, un «mondo», come volgarmente si dice: il che esclude la presenza di altri sistemi o di altri mondi. Bisogna essere ciechi a leggere nelle mie opere solo il «sottoproletariato»: tanto piú che io non sono autore solo di due romanzi o di tre film, ma ho prodotto anche dei libri di poesia e di saggi. Goffredo Fofi li poteva leggere, prima di abbandonarsi a dei giudizi generali. Non vedo proprio come la *Poesia in forma di rosa*, e del resto tutti i libri di poesia precedenti, tra cui le *Ceneri di Gramsci* a cui è affidata la mia «quidditas» sia pur manualistica di facitore di versi possano rientrare nel giudizio di Fofi. E soprattutto il mio lavoro critico: in *Passione e ideologia*, cominciato a scrivere un decennio fa, si trovano tutti gli elementi sia pure germinali (a parte l'invenzione per es. del termine «sperimentalismo» e «neosperimentalismo» nel significato che ha assunto in questi ultimi anni) dei problemi che ora una rivista come «Quaderni Piacentini», sta portando avanti ed elaborando.

Chiedo scusa per questo esteriore elenco di benemerenze; in fondo sciocco, ma ne dia la colpa alla leggerezza, spero giovanile, e alla preparazione filologica, almeno in campo letterario, degna di un qualsiasi giovanotto che collabori a quotidiani governativi, del suo critico cinematografico.

Cordialmente suo,

Pier Paolo Pasolini

Presso l'Archivio di «Quaderni Piacentini».
Dattiloscritta con firma autografa.

[1] Cfr. G. Fofi, *La mostra cinematografica di Venezia*, in «Quaderni Piacentini», luglio-settembre 1964.

A Piergiorgio Bellocchio - Piacenza

Roma, 16 ottobre 1964

Caro Bellocchio,

sí, sí, capisco tutto. Ma tre anni fa quando lei ha scritto quel pezzo, non si era in pieno scatenata la campagna diffamatoria della stampa borghese e brutalmente clerico-fascista, e io non ero stato trascinato con tanta frequenza sul banco degli imputati. Già da allora lei tendeva, da provinciale moralista (non lo dico in senso spregiativo, ma obbiettivo) a mitizzare la mia figura in «personaggio»: ma poi la violenza diffamatoria contro di me, ha fatto di lei, nei miei confronti, un caso di psicosi, evidentemente. I piccoli borghesi, a qualsiasi livello operino, e a qualsiasi ideologia appartengano, giudicano la mia vita privata e la mia figura psicologica, *solo in quanto piccolo-borghesi*: tra un redattore del Borghese, la signora Bellonci e lei, nel giudicarmi non c'è sostanziale differenza. Ecco perché lei cerca dei pretesti ideologici moralistici per dirottare lo scandalo che prova nei

miei confronti, secondo la generale psicosi. Accusare di
«immobilità» astorica e irrazionale il mondo sottoproletario, che è finora stato oggetto della mia narrativa, e il mio
mondo interiore, che ha costituito oggetto della mia poesia,
significa porre l'accento e quindi sopravalutarlo fino all'incomprensione, su un fatto che è invece un puro e semplice
dato di fatto, un caso per la diagnostica e non per una serie
di illazioni ingiuste ed esse sí, immobili. Avete fatto dei difetti del mio carattere delle categorie, che adesso giudicate
comodamente insormontabili. E cosí covate tranquillamen-
te lo scandalo ben protetto in fondo al petto coperto dal
doppiopetto.

Cordialmente suo   Pier Paolo Pasolini

PS. La pregherei di non dare tipograficamente troppa
importanza al mio biglietto aperto, che è stato scritto come
precisazione non rilevante per altri che non sia direttamente interessato (noi).

Presso l'Archivio di «Quaderni Piacentini».
Dattiloscritta con firma e poscritto autografi.

A Mario Alicata - Roma

[Roma, ottobre 1964]

Caro Alicata,

scusa se tormento te con queste continue aggressioni te-
lefoniche e postali, cosa che è assolutamente fuori, del resto, dalle mie abitudini.

Fresco di Matteo[1] ti ricordo la frase: «Dite sí se è sí, no
se è no: tutto il resto viene dal Maligno». Devi dirmi con
coraggio se tu e la tua cerchia, a me, dite sí o no. Non perché questo possa contare sulla mia reale e profonda ideologia e fede comunista, ma perché possa aiutarmi nella mia
chiarezza e nei miei atteggiamenti pratici. Non c'è niente di
piú penoso di un ospite non invitato... Per esempio, come

avevo promesso piú di un anno fa, appena finito il mio film, pochi giorni or sono, ho spedito subito un telegramma a «Vie Nuove» chiedendo di riprendere, libero da impegni urgenti, la mia collaborazione. Sono anche in questo caso, un ospite non invitato? (malgrado l'immediato consenso di Bracaglia [2]).

Questo te lo scrivo data l'ondata di profonda antipatia che nei giornali di sinistra ha suscitato il mio film, da «l'Unità» al «Paese Sera»: non tanto per gli articoli sul *Vangelo*, molto rispettosi e impegnati, anche se fondamentalmente e chiaramente scontenti, quanto per la «dichiarazione di voto», cosí faziosamente «aggiunta» in calce agli articoli, cosí brutalmente proclamata nei titoli in favore di Antonioni [3]: questo, data la composizione della giuria, mi ha tolto ogni possibilità di avere il «Leone». Potevate fare tutto questo con una maggiore delicatezza, e un maggiore rispetto per le mie speranze. È stata una specie di linciaggio, una mortificazione che né il mio film né io certo ci meritavamo. Il mancato successo a Venezia è un brutto colpo per Bini, naturalmente, per ragioni elementari: tale da compromettere molte possibilità per il futuro. Ma questo sarebbe nulla, rispetto al mio scoraggiamento, alla mia decisione di abbandonare il cinema. È stato il mio impegno troppo grande, una fatica troppo disumana, un accumularsi di ansie troppo angosciose, perché tutto possa finire contro le ragioni di una sterile convenienza politica. Convenienza debole, incerta, miope e un po' ipocrita, come tutta la politica culturale dell'«Unità», prima e dopo Stalin. Io penso che sia semplicemente sciocco rifiutare per partito preso il *Vangelo*, e accettare la discussione con la pop-art, o prendere sul serio la fasullaggine sociologica del, del resto, candido e nobile Antonioni. Ma non è tanto questo che volevo dirti. Volevo dirti che, pure essendo fin troppo chiaro che il *Vangelo* è stato un'opera sincera – che ha radici antiche nella mia costituzione psicologica di non credente – è stata anche un'opera che mi ha dato la possibilità di fare nel futuro ciò che voglio. Tu sai bene in che condizioni ero ridotto. Rileggiti, ti prego, la mia poesia *La persecuzione* e tanti altri passi della *Poesia in forma di rosa* (dove pure tante cose dovevo per pudore e per prudenza tacerle: ed erano in pratica le piú terribili). Ero ridotto a un reietto, a cui tutti potevano fare tutto. In preda ai piú atroci scherni, esposto a tutte le illazioni possibili. Era insomma «disonorante porgermi la mano». Cosí voi mi avevate vicino. Era mai possibile avere un vicino simile? Nella impossibilità (che io in parte posso anche capire) di difendermi esplicitamente, voi avevate finito con l'accettare quella mia figura pubblica. È un gioco tremendo, e noi lo accettiamo. Col *Vangelo* le cose sono cambiate di colpo, da reietto sono d'incanto tornato su posizione almeno di rispetto. E potrei fare il mio film[4] in Africa: il primo film in cui si parli «esplicitamente» un linguaggio marxista e rivoluzionario, senza mezzi termini, senza sentimentalismi. Oppure potrei realizzare il mio antico sogno di fare una vita di Gramsci (mi pare di avertene parlato, qualche tempo fa). Quando tu vedrai con i tuoi occhi il *Vangelo*, vedrai come questa opera non mi precluda affatto di fare quelle per cui in pratica l'ho fatta. Perché quello che la domina è un sentimento di segreta poesia, di rimpianto ed evocazione del mito, di ricostruzione fantastica di un'epico-lirica popolare. Ma certo, i giornalisti, non son capaci di guardare che la lettera delle cose. Da qui ogni susseguente brutalità.

Sono stato molto sincero con te. Vorrei che tu lo fossi altrettanto con me. Ora, capisco che l'ambiguità dell'«Unità» e del «Paese Sera», se è dettata da ragioni pratiche di condotta, *è* dettata anche da piú profondi motivi magari in parte inconsci, per esempio una inconscia avversione moralistica e piccolo-borghese nei miei riguardi. È per questo che è piú difficile dirmi il sí o il no di cui ti parlavo in principio: ma proprio per questo ti prego di cercare di farlo.

Un affettuoso saluto dal tuo

Pier Paolo Pasolini

Minuta dattiloscritta con correzioni autografe conservata nell'Archivio Pasolini. Lettera probabilmente non spedita.

[1] Il film *Il Vangelo secondo Matteo*.
[2] Paolo Bracaglia Morante, direttore di «Vie Nuove».

³ Si riferisce al film *Deserto rosso* (1964), vincitore del Leone d'oro al Festival di Venezia.
⁴ *Orestiade africana*, film che non verrà mai realizzato.

A Andrea Zanzotto - Pieve di Soligo (Treviso)

[Timbro postale: Roma, 29 ottobre 1964]

Caro Zanzotto,

grazie per il tuo libro¹, molto bello, e per il tuo biglietto accompagnatorio². Molto bello, veramente, il tuo vecchio libretto, di oro, ottone e umidità di montagna romantica tedesca. Mi fa un po' paura la responsabilità di dialogante di cui ora mi investi: io andrò avanti come un matto fino alla fine, e non posso garantire nulla agli amici se non una «fedeltà» ossessiva. Scrivi i tuoi bei versi, petrarchista impazzito, perditi nel tuo controriformismo veneto diventato ormai regione paradisiaca, ché anche tu sei un fedele ossesso, e non c'è niente da fare. Alla fine avremo salvata una vita di perduti, ecco in cosa consiste il nostro discorso, che non ha stagioni né libri.

Un'affettuosa stretta di mano dal tuo

Pier Paolo Pasolini

Presso il destinatario.
Dattiloscritta con firma autografa.

¹ Cfr. A. Zanzotto, *Sull'Altipiano*, Neri Pozza, Vicenza 1964.
² Il biglietto di Zanzotto è del 12 ottobre 1964:

Caro Pasolini,

ti invio questo libretto che raccoglie alcuni miei vecchi scritti del tempo ormai lontano di *Dietro il paesaggio* [Mondadori, Milano 1951] e delle mie plaquettes della «Meridiana». [*Elegia e altri versi*, La Meridiana, Milano 1954]. Se avrai tempo di gettarvi un'occhiata forse vi troverai qualcosa che potrà interessarti (1ª e 3ª sezione), certi flussi obliqui, nervini allora esorcizzati provvisoriamente mediante tentativi di «bella forma», un materiale destinato a pesare in seguito sempre peggio. Niente, comunque, d'importante. Tieni il libretto come un ricordo.

Penso ora al tuo ultimo libro di poesia. [*Poesie in forma di rosa* cit.]. Quello che hai fatto tu mi ha sempre colpito: amaramente, anche, nel passato come a proiettarmi e a scoprirmi in un'esclusione, in una paralisi. Non so. Credo che in questo tuo ultimo lavoro, che crepa da ogni parte, trovo una storia diversa ma non opposta, guardando dalla mia prospettiva. Brutto segno, dirai. E cosa abbastanza ovvia, dopo tutto. Comunque mi cresce il desiderio di un discorso con te, ciò che mi è apparso talvolta quasi impossibile. Non ora. Spero di vederti qui nel Veneto. Con cordiali saluti e auguri.

    Tuo

A. Zanzotto

A Don Giovanni Rossi - Assisi

Roma, 27 dicembre 1964

Caro Don Giovanni,

La ringrazio tanto per le sue parole della notte di Natale: sono state il segno di una vera e profonda amicizia, non c'è nulla di piú generoso che il reale interesse per un'anima altrui. Io non ho nulla da darle per ricompensarla: non ci si può sdebitare di un dono che per sua natura non chiede d'essere ricambiato. Ma io ricorderò sempre il suo cuore di quella notte. Quanto ai miei peccati... il piú grande è quello di pensare in fondo soltanto alle mie opere, il che mi rende un po' mostruoso: e non posso farci nulla, è un egoismo che ha trovato un suo alibi di ferro in una promessa con me stesso e gli altri da cui non mi posso sciogliere. Lei non avrebbe mai potuto assolvermi da questo peccato, perché io non avrei mai potuto prometterle realmente di avere intenzione di non commetterlo piú. Gli altri due peccati che lei ha intuito, sono i miei peccati «pubblici»: ma quanto alla bestemmia, glielo assicuro, non è vero. Ho detto delle parole aspre con *una data* Chiesa e *un dato* Papa: ma quanti credenti, ora, non sono d'accordo con me? L'altro peccato l'ho ormai tante volte confessato nelle mie poesie, e con tanta chiarezza e con tanto terrore, che ha finito con l'abitare in me come un fantasma famigliare, a cui mi sono abituato, e di cui non riesco piú a vedere la reale, oggettiva entità.

Sono «bloccato», caro Don Giovanni, in un modo che solo la Grazia potrebbe sciogliere. La mia volontà e l'altrui sono impotenti. E questo posso dirlo solo oggettivandomi e guardandomi dal suo punto di vista. Forse perché io sono da sempre caduto da cavallo: non sono mai stato spavaldamente in sella (come molti potenti della vita, o molti miseri peccatori): sono caduto da sempre, e un mio piede è rimasto impigliato nella staffa, cosí che la mia corsa non è una cavalcata, ma un essere trascinato via, con il capo che sbatte sulla polvere e sulle pietre. Non posso né risalire sul cavallo degli Ebrei e dei Gentili, né cascare per sempre sulla terra di Dio.

La ringrazio ancora, con tutto l'affetto, suo

Pier Paolo Pasolini

Pubblicata in «Rocca», anno XXXIV, n. 22, 15 novembre 1975.

A Franca Noventa Ca' Zorzi - Venezia [1]

[Roma, dicembre 1964]

Gentile Signora,

eccole, nella mora natalizia che mi ha dato un po' di tempo libero, la poesia per Noventa, scritta un po' alla sua maniera, e con interpolazione di versi suoi. Non so bene che roba sia, data la sua extravaganza, ma spero che almeno alcuni momenti siano belli.

Affettuosi saluti e auguri dal Suo

Pier Paolo Pasolini

Dopo le risorgive [*]

Come Bassani
per tuta la so' vita
il gà volùo
esser so nono,

cussì ti per tuta la to' vita
te gà volùo esser ti,
nono de te stesso
– e no ti sì mai stà ti.
Chi sistu stà?
UN OMO IN SOGNO.

Mi te gò conossùo prima de nàsser
(perché il tempo
il gira in tondo):
ma solo che de vista.

No gavemo podùo, prima de nàsser,
esser amici: perché ti te volevi
a ogni costo amàr
quel che te spetava ne la vita:
un omo, un siòr, un possidente,
con tante anime intorno da godèr, da far sofrìr,
da godèr de far sofrìr,
da sofrìr de far godèr...

Quel là il viveva, e ti te lo sognavi
– dal Piave, a Parigi, a Torin.

E invece te gavevi de odiarlo
PER AMOR,
PER DESTIN.

Ma ti te geri massa bon per odiar per amor.

Unico, con Sandro Penna e con Saba,
unico poeta...

. . . .

Mi che credo de odiar per amor,
odio i pari e i noni, le none e le mame,
i puori pari,
i noni boni,
le none bianche,
le mame che le fa morìr de amor:
MI NO GO VOLUO ESSER COME LORO.

Ma de ti dirìa:
TI TE SÌ STÀ COME LORO IN SOGNO,
PER BONTÀ,
PER PAURA DE EBREO...

Un ebreo il gà sognà la borghesia...

... 'Na vila, 'na campagna,
carte da mile in banca,
'na casa in cità, co' la mobilia
de valor,
e intorno anime, anime,
da godèr, da sofrìr,
da godèr de far sofrìr,
da contemplàr...

Tuto questo *ne la vita vera*,
se lo sa, xè pecà:
se pol – se gà – de odiarlo,
de butarlo in aria, brusarlo,
far la Rivolussiòn...

Ma tuto questo *in sogno*
(nel *sogno* de chi che lo gà
e no'l poderìa verlo de dirito,
de pietà... de eredità...)

tuto questo *in sogno*...
se lo trova, il sta là, il sta là,
il sta là, per sempre trovà,
per sempre amà, per sempre amà...

Un omo «diverso»
no'l pol inventar ma solo trovar.

(«Amàr il suo passà»).

Trobar verto!

Osei del Piave, perdùi
dopo le risorgive, prima dei Magredi,
l'ultimo de voialtri
il canta come il primo!

Ma Noventa
co' un cuor de usignolo
il se sentiva un cucù:
il gà fato finta
de esser un cucù
col cuor de usignolo.

Coi so' grandi oci de Ebreo!

L'ultimo gardilìn il canta come il primo.

Ma Noventa no'l gera né il primo né l'ultimo,
né il secondo né il terso né il quarto,
il gera un gardilìn che no'l gera.
Il gaveva pagà tuto prima de vignìr al mondo;
e mi che lo gò conussùo – prima del nàsser,
dopo del morìr – mi
che se fussi un negro, lo gaverìa magnà,
per farlo diventàr mi, mi
l'unico con lu – e no Garosci,
e no Soldati –
e no Alberto né Arnoldo Mondadori –
mi...

. . . .

Ah, mi no c'entro,
né per amor né per dolor:
lo tornerò a conòsser
dopo del morìr
prima del nàsser
(perché il tempo il gira in tondo),
giovani tuti due, mati de gioventù.

No se diremo gninte – mi serio de alegrìa,
lu alegro de dolor –
né primi né ultimi,
né secondi né tersi né quarti,
fiori appassii de borghesia...

* Casarsa e Noventa distano una quarantina di chilometri (Casarsa appena al di sopra della linea delle risorgive che
taglia a metà la pianura veneto-friulana; Noventa molto piú
giú, verso il mare). Il Friuli è trilingue. La borghesia usa il
veneto, che è dunque un privilegio che la distingue dai contadini parlanti friulano.

Presso la destinataria.
Dattiloscritta.

[1] Franca Ca' Zorzi, moglie del poeta in dialetto veneto Giacomo Noventa (1898-1960).

A Massimo Ferretti - Jesi

                    [Timbro postale: Roma, 8 maggio 1965]

Caro Ferretti,

«i maestri sono fatti per essere mangiati in salsa piccan-
te» diceva Giorgio Pasquali, che tu non conosci, data la tua
crudele gioventú. Tu da molti anni cerchi di farmi fuori:
prima facendo fuori altri (amici miei) al posto mio, e poi oggi addirittura me stesso. Il lupo ha trovato il pretesto per
mangiare Mastro Agnello. Certo la gratitudine è un senti-

mento insopportabile: ti capisco, perciò non la voglio. Il venir meno alla gratitudine è un fatto che riguarda esclusivamente chi viene meno: uno di quei noiosi drammi privati che non interessano a nessuno. E tanto meno all'oggetto della gratitudine e del tradimento. Mastro Agnello ha però la carne dura, lo sai benissimo. Ora succede questo, che fin che mi amavi, eri Rimbaud: ora che non mi ami piú, che ti sei liberato del fraterno maestro, sei un Rimbaud che adisce alle vie legali[1]. Non so se pubblicherò o no il pezzo sul tuo libro[2] (che sarebbe molto funzionale nel mio, e non so perché dovrei sacrificare il mio al tuo), tuttavia: il fatto che tu «adisca alle vie legali» cioè cerchi protezione dietro un brutto maresciallo dei carabinieri e un Pubblico Ministero tubercoloso, è una cosa che rende ridicolo e piccoloborghese te, e lascia completamente indenne, filosoficamente e praticamente me. Sarai un altro benzinaio. Ciao, Rimbaud integrato in una società di imbecilli, tuo

Pier Paolo Pasolini

Presso Fondo Ferretti, Jesi.
Dattiloscritta con correzioni e firma autografe.

A questa lettera Ferretti risponde il 10 maggio:

Caro Pier Paolo,

la presunzione che ti fa eleggere a mio maestro perpetuo è grande almeno quanto la mia ingratitudine («Jesus retira sa main: il eut un mouvement d'orgueil enfantin et féminin», Rimbaud, *Proses évangéliques*). Una precisazione: non ho mai cercato di «fare fuori» i tuoi amici (sono già tutti morti da «molti anni»). Un consiglio: sta attento con *Il gazzarra* («Je songe à une Guerre, de droit ou de force, de logique bien imprévue», Rimbaud: *Guerre*).

Mio povero amico, prega per me (Cfr. M. Ferretti, *Lettere a Pier Paolo Pasolini* cit., pp. 181-82).

[1] Si riferisce a una lettera dell'8 maggio indirizzata alla casa editrice Garzanti, dove Ferretti tra l'altro scrive: «La presente per pregarVi di volermi informare circa la decisione di Pasolini di stampare, in una sua raccolta di scritti critici di imminente pubblicazione presso di Voi, un saggio sul mio romanzo inedito *Il gazzarra*.

Mi preme precisarVi che *Il gazzarra* sarà pubblicato nel prossimo autunno. Pertanto, la pubblicazione del saggio di Pasolini, prima della pubblicazione del mio romanzo, comporterebbe grave danno alla diffusione del mio libro (data l'interpretazione interessata del Pasolini che riconosce l'importanza del romanzo ma lo giudica come un illeggibile oggetto extra-letterario, mentre

trattasi di un libro di alto valore letterario). [...] Nel diffidarVi dal pubblicare
il saggio sopra citato, prima della pubblicazione del mio libro, mi riservo –
nel caso non vogliate ascoltare la mia giusta richiesta – di difendere legal-
mente i miei diritti».

[2] Cfr. P. P. Pasolini, *Lettura in forma di giornale del «Gazzarra»*, in
«Nuovi Argomenti», gennaio-marzo 1967 (a proposito del romanzo *Il gazzarra* di Massimo Ferretti, Feltrinelli, Milano 1965).

A Mario Monti - Milano [1]

[Roma, ottobre 1965]

Gentile Monti,

deve avergliene già parlato Nico [2]... Mi piacerebbe tanto
averla come personaggio del mio nuovo film [3] – che ho cominciato da pochi giorni. L'idea mi è venuta di colpo entrando nella sua casa editrice – dove del resto, un giorno,
ricordavo che lei scherzosamente mi aveva chiesto se le facevo fare una parte in un mio film. L'idea che mi è venuta
passando davanti al suo ufficio, ha completamente rovesciato l'idea che avevo prima del personaggio: ch'era un industriale cattivo (ma come nei films di Charlot! *Uccellacci e
uccellini* è un film comico...) Vorrei invece avere un industriale dolce. È una breve parte, ma di quelle piú significative dell'ultimo episodio del film. Un industriale dolce, la
cui ricchezza sia una fatalità, né cattiva né buona: ed egli ne
sia agito, accettando il gioco con eleganza (in una discussione con Totò e Ninetto, suoi debitori). Mi scriva subito se
accetta, se si diverte all'idea. Cosí poi le posso dire con precisione i due giorni nei quali lei dovrebbe essere a Roma...
    Riceva i piú affettuosi saluti dal suo

Pier Paolo Pasolini

Presso il destinatario.
Dattiloscritta con firma autografa.

[1] Presidente della casa editrice Longanesi e C.
[2] Nico Naldini.
[3] *Uccellacci e uccellini*.

A Franco Fortini - Milano

[Roma, novembre 1965]

Caro Fortini,

   mi dispiace che sia arrivata la tua letterina[1] prima che ti arrivasse il mio invito a far parte dei nuovi «Nuovi Argomenti», che dirigerò con Moravia, ma che in realtà io vedrei come la sede delle autonome ricerche di un gruppo di amici-nemici (oltre a me e Moravia, te, Leonetti, Siciliano, e qualcun altro da aggiungere di comune accordo – o per suo intervento). I nuovi «Nuovi Argomenti» non sono dunque una rivista, come noi l'abbiamo concepita finora: sono la sede per la costituzione di una futura rivista possibile. Perciò cominciamo non da zero, ma dai punti in cui ognuno di noi si trova: abbiamo in comune dei temi, delle esigenze, delle abitudini, delle angolazioni visuali; ci dividono incomprensioni anche profonde, diversità di letture, opposti usi terminologici ecc. Ma il lavoro in comune – svolto «a puntate» nella stessa sede – in ricerche parallele – finirà forse con lo stabilire un reale equilibrio: o la convergenza su certi problemi e certe soluzioni comuni, o la definitiva divergenza. Lascieremo insomma tutto aperto, in questa «costituente». Naturalmente l'evolversi di ognuna delle nostre ricerche particolari, avrà vari modi: un modo interno a se stessa, un modo interno-esterno di rapporti con le ricerche fiancheggiatrici (polemiche, scambi, precisazioni terminologiche), e un modo esterno di rapporti, di assenso o dissenso, con altri gruppi culturali.

   Io spero veramente che tu vorrai lavorare in questa tribuna libera, che mi sembra l'unico modo per risolvere la difficile situazione della cultura italiana, al di fuori dell'alternativa avanguardistica, dei rigorismi solitari (alludo a te...) e degli eccessi di assenza e di presenza (alludo a me...)

   Su quel «Paese Sera»[2] scherzavo: non scherzavo, o meno, in una tremenda poesia che ho scritto subito dopo le velenose lettere di quel Bellocchio[3], che ti coinvolgeva: soffrirai un po' a leggere quei versi[4]. Come del resto io soffro del tuo continuo stato di allarme nei miei riguardi: la tua tentazione a iscrivermi sempre nelle tavole dell'Irreale anziché in quelle del Reale. Hai un particolare timore, sempre, che qualcosa in me ti sfugga o ti tradisca. Sai benissimo quanta ambiguità ci sia sempre in ogni nostro uso linguistico: ma perché questo ti colpisce particolarmente in me? Non è forse un po' colpevole da parte tua?

Ti abbraccio affettuosamente, tuo

Pier Paolo Pasolini

PS. *Verifica dei poteri*[5] è un libro bellissimo. È il libro che devi continuare nella sede che ti offro...

Presso il destinatario.
Dattiloscritta con firma e poscritto autografi.

La presente lettera a Fortini, senza data, si riferisce all'invito rivolto a Fortini di collaborare alla nuova serie di «Nuovi Argomenti» che, edita da Garzanti e diretta da Alberto Carocci, Alberto Moravia e Pier Paolo Pasolini, riprenderà le pubblicazioni dal gennaio del 1966. Nessuna delle lettere di Fortini di questo periodo è stata rinvenuta.

A questa lettera di invito a collaborare a «Nuovi Argomenti», Fortini risponderà con una lettera non ritrovata di cui Pasolini fa un accenno nella lettera successiva a Francesco Leonetti: «Fortini si è negato a una collaborazione continua: con una lettera misteriosa e angosciata che non ho capito».

[1] Non ritrovata.
[2] Si riferisce probabilmente alla poesia *Fisionomie*, in «Paese Sera» del 2 ottobre 1964.
[3] Cfr. lettere a Piergiorgio Bellocchio dell'8 e del 16 ottobre 1964.
[4] Il riferimento è rimasto incerto.
[5] Cfr. F. Fortini, *Verifica dei poteri*, Il Saggiatore, Milano 1965.

A Livio Garzanti · Milano

[Roma, fine aprile 1966]

Caro Garzanti,

sono finalmente in piedi, dopo quasi un mese di letto. Esperienza non patita invano. Sono andato molto avanti con *Bestemmia*[1], ho scritto un dramma, *Orgia*[2], e sto portando a termine un secondo dramma *Il poeta ceco* (o *Poesia*)[3]. Ho già accennato a Cusatelli di questo mio lavoro. E gli ho detto qual è il mio problema. Far dare questi drammi all'estero, e in Italia, magari, non rappresentarli, o rappresentarli dopo la pubblicazione. Dovrei perciò cercare un buon traduttore, anzi, buonissimo, perché i drammi sono in versi – anche se in versi molto prossimi alla prosa. Io non so a chi rivolgermi. Penso che lei e i suoi collaboratori abbiano una migliore competenza, e che quindi mi possano aiutare o consigliare (magari interessando preventivamente un editore straniero). Cusatelli le avrà detto anche come la collana cinematografica «Laboratorio» sia abbastanza ben impostata[4].

Un'ultima cosa, che mi è venuta in mente scegliendo dai miei libri una poesia da far leggere a Parigi (mentore Moravia, in una specie di conferenza-spettacolo): e che mi è venuta in mente soprattutto perché io non possiedo piú una copia della *Poesia in forma di rosa*, volume divenuto introvabile, con gli altri volumi di poesia, nelle librerie di Roma (si ricorda che glielo avevo già accennato?) Mi piacerebbe cioè di curare un volume di «Poesie scelte»[5], scegliendole io stesso da tutti e tre i libri pubblicati da lei: ma penserei decisamente a una di quelle edizioni economiche a basso prezzo (credo sia uscito un Saba). Poiché considero chiuso quel periodo del mio stile (benché, per es. i drammi che sto scrivendo in questi giorni siano decisamente una continuazione di quel discorso), mi sembra giusto autocodificarlo: e poi praticamente si risolverebbe la questione dell'introvabilità dei testi.

Le stringo con affetto la mano, suo

Pier Paolo Pasolini

Presso il destinatario.
Dattiloscritta con correzioni e firma autografe.

[1] Sceneggiatura in versi, inedita.
[2] Cfr. *Porcile - Orgia - Bestia da stile*, Garzanti, Milano 1979.
[3] Cambierà titolo in *Bestia da stile* cit.
[4] Cfr. la collana «Film e discussioni», direzione di P. P. Pasolini, a cura di Giacomo Gambetti, edita dalla Garzanti.
[5] Cfr. *Poesie*, scelta e prefazione di P. P. Pasolini, Garzanti, Milano 1970.

A Don Emilio Cordero - Roma[1]

[Roma, maggio 1966]

Caro Don Cordero

mons parturiens! Le sembrerà incredibile che per queste poche paginette[2] io ci abbia messo tanto: ma la realtà è che, appena risorto dal letto, per la prima settimana sono stato costretto dal demone a scrivere le cose[3] che avevo accumulato in cuore durante la segregazione del male: e solo ieri me ne sono liberato, al punto da poter fare il lavoro di copista, e mettere a posto queste paginette che avevo scritto prima di ammalarmi.

Ho l'impressione che, a chi lo legga impreparato, questo progetto faccia venire un po' il capogiro: ma in realtà è scritto, per ora, a suo uso. Quanto a me, comincio a sentire verso questo progetto quell'amore esclusivo e invasato che mi lega alle mie opere, quando il farle comincia a diventare intrattenibile.

Riceva i piú cordiali saluti dal suo

Pier Paolo Pasolini

Presso l'Archivio della Sampaolofilm di Roma.
Dattiloscritta con firma autografa.

[1] Direttore della Sampaolofilm di Roma.
[2] Si riferisce al testo di un «trattamento» del film su San Paolo.
[3] Si riferisce alle opere teatrali concepite in questo periodo.

A Livio Garzanti - Milano

[Roma, gennaio 1967]

Caro Garzanti,

le scrivo qualche notizia su di me, perché penso che lei immagini che io mi stia perdendo completamente nel cinema o nel mondo. Il fatto è che, come lei sa, sto scrivendo vari libri tutti insieme, ed è per questo che sono un po' indietro con tutti. Sono a questo punto. BESTEMMIA, scritto per circa tre quarti; da riscrivere e correggere per intero: è un romanzo in versi, o sceneggiatura in forma di poema, come lei vuole, ma di lettura agevole, come un normale romanzo; sarà tra le duecento e trecento pagine. Probabilmente sarà la prima opera a essere pronta.

PILADE[1]: dramma in otto episodi; tutto scritto; da correggere: è praticamente pronto, ma sono riluttante a pubblicarlo per prima cosa (a meno che non la pubblichi subito per intero su NUOVI ARGOMENTI; cosa ne dice).

ORGIA[2]: dramma in otto episodi; pronto; da riscrivere.

UN TERZO DRAMMA[3], sempre in otto episodi; scritto per tre quarti; da correggere.

UN QUARTO DRAMMA: scritto per metà, ma molto da rifare e correggere (titolo provvisorio: BESTIA DA STILE).

FRAMMENTI (titolo provvisorio: MEMORIE PRATICHE)[4]; sarebbe il vecchio rifacimento dell'Inferno, che credo non compirò, ma che raccoglierò come «editore», quasi si trattasse di un testo frammentario ritrovato, e completato con appunti e con progetti schematici. Probabilmente resterà ancora un po' nel cassetto.

IL CINEMA COME SEMIOLOGIA DELLA REALTÀ?, O LE RELAZIONI DI PESARO[5]; sono i saggi sul cinema; ne manca uno (o altri eventuali e occasionali) Praticamente è un libro pronto.

SAGGI SENZA SAGGEZZA[6] (titolo provvisorio); l'insieme dei miei ultimi saggi letterari, linguistici e giornalistici. Anche questo è un libro praticamente pronto che aspetta di essere raccolto.

Ci son inoltre le poesie sparse (ma non sono molte e non formano ancora un volume)[7].

Ci sono vari progetti (tra cui un particolare ritorno alla narrativa, di cui le dirò quando sarà maturata meglio l'idea)[8].

Infine c'è il progetto di un libro molto strano. Si tratta di questo: ho in mente una dozzina di episodi comici, che vorrei girare ancora con Totò e Ninetto, ma forse non potrò farlo per i troppi impegni. Ora, la sceneggiatura dell'ultimo episodio LA TERRA VISTA DALLA LUNA, l'ho stesa sotto forma di fumetto a colori (ripescando certe mie rozze qualità di pittore abbandonate). Stando cosí la cosa, mi piacerebbe, piano piano, di mettere insieme un grosso libro di fumetti – molto colorati e espressionistici – in cui raccogliere tutte queste storie che ho in mente, sia che le giri, sia che non le giri.

Ecco, le ho detto tutto. Lei mi dia qualche consiglio (quali sono i libri e i progetti che le interessano di piú, che vorrebbe che io realizzassi per primo ecc. ecc.).

Coi piú cordiali saluti dal suo

Pier Paolo Pasolini

Presso il destinatario.
Dattiloscritta con firma autografa.

[1] Cfr. *Affabulazione. Pilade*, Garzanti, Milano 1977.
[2] Cfr. *Porcile - Orgia - Bestia da stile* cit.
[3] Cfr. *Affabulazione* cit.
[4] Si riferisce a *La Divina Mimesis*, Einaudi, Torino 1975.
[5] Si riferisce ai testi della sezione «Cinema» di *Empirismo eretico*, Garzanti, Milano 1972.
[6] Si riferisce alle due sezioni «Lingua» e «Letteratura» di *Empirismo eretico* cit.
[7] Cfr. *Trasumanar e organizzar*, Garzanti, Milano 1971.
[8] È probabilmente il primo riferimento al romanzo incompiuto *Petrolio*, Einaudi, Torino 1993.

A Paolo Volponi - Ivrea

[Roma, gennaio 1967]

Caro Paolo,

scusami, scusami se tardo sempre. Ho avuto difficoltà col mio film[1], ho dovuto rimissarlo, facendo due volte le sette di mattina. Questa vita, vedere l'alba – terribile – in una città bluastra e mai vista, era come una droga. Nei momenti di pausa lavoravo come un pazzo alle mie «tragedie».

Perciò dimenticavo tutto.

Ti accludo il biglietto per gli amici del Circolo Culturale: perché non so come pescare il loro indirizzo*.

Ciao, ti abbraccio

Pier Paolo

* Ho cambiato idea: invio la lettera genericamente al «Cine Club» di Ivrea. Arriverà?

Presso il destinatario.
Dattiloscritta con firma autografa.

[1] *La terra vista dalla luna*.

A Susanna Pasolini - Roma

[Timbro postale: Ouarzazate (Marocco), 13 aprile 1967]

Cara picinina,

sono qui. Ho cominciato oggi a girare[1]. C'è un freddo atroce, il vento soffia dall'Atlante dove ha nevicato. Ma mi dicono che anche a Roma è tornato brutto. Ci sono state anche molte altre difficoltà organizzative: ora pare che tutto si stia appianando. Cerca di star bene, di mangiare e fare tutte le cose che ti dico sempre.

Tanti baci affettuosi, picinina mia, anche per Graziella.

Pier Paolo

Grand Hotel du Sud
Ouarzazate   Marocco
(scrivetemi)

Saluti affettuosi e felicità

Nino

Presso Archivio Pasolini.
Dattiloscritta con poscritto e firma autografi.

[1] Si riferisce al film *Edipo re*.

A Jean-Luc Godard - Paris

[Roma, ottobre 1967]

Caro Godard,

grazie della sua lettera, e grazie anche da parte di Ninetto.

Quanto all'aggressione telefonica della mia moglie non carnale[1], capisco come le sia riuscita traumatica: ma sia ben chiaro che io non ho prestato alcuna fede ai giornalisti, perché li conosco troppo bene, ed è stato quindi per me un affare senza importanza. Inesatta come tutte le mogli non carnali ma passionali, la Betti le ha dato anche notizie sbagliate sulla fortuna dell'*Edipo* in Italia, che invece marcia benissimo, come mai nessuno finora dei miei film.

La *Chinoise*[2] è bellissima, opera di un santo, magari di una religione discutibile e perversa, ma sempre religione.

Quanto alla Parolini, farò di tutto di averla come fotografa di *Teorema* (finora ho avuto sempre fotografi di scena pessimi).

Non so ancora le date di *Teorema*, quindi non posso dire ancora nulla per Anne[3]: ma subordinerò le mie date alle sue (e cosí per J.-P. Léaud).

La cosa piú importante, per ora, è la sua presenza qui per il giorno 20 ottobre (quindi dovrebbe arrivare almeno entro il 19). Curerò io infatti i titoli di testa del *Vangelo '70*[4], e ho pensato di farli sotto forma di una riunione in una sala della televisione (con un gran Cristo in croce, sacrilego, sul tavolo) dei registi del film, ognuno di essi dovrebbe dire i titoli di testa del proprio episodio, con una brevissima introduzione esplicativa (Perché il Padre del figliol prodigo è il Pc? ecc.).

Il giorno 20 è l'unico in cui tutti noi siamo a disposizione. Quindi lei dovrebbe cercare a tutti i costi di essere qui a Roma.

I piú affettuosi saluti e i piú affettuosi auguri per *Weekend*[5], suo

Minuta dattiloscritta senza firma conservata nell'Archivio Pasolini.
Risponde a questa lettera di Godard del 27 settembre:

Cher Pasolini,

je suis bien triste de ce que votre aimé m'a dit il y a quelques jours au té-
léphone: qu'*Œdipe Roi* était mal accueilli en Italie, et que Bini avait failli
perdre courage. Soyez sûr en tous cas que je n'ai fait aucune déclaration à au-
cun journal italien sur votre film. Si j'en avais fait une, elle aurait été la sui-
vante: si j'ai été un peu déçu en voyant ce film pour la première fois, c'était
que je me croyais en avance sur lui; en fait, Œdipe était parti derrière moi de
loin, de profond; et maintenant je sens qu'il me depasse lentement, piloté par
l'esprit joyeux de Nineto, qu'il est dejà loin devant moi, se rendant au bal co-
stumé de l'histoire, retrouver Marx, Freud et Toto. Camarade et ami, je
vous écris aussi pour vous dire que je pense venir à Rome vers le 10 octobre
pour parler de *Vangelo 70*. Et je vous écris aussi pour vous parler d'une amie
de Léaud, d'Anne et de moi, Marilou Parolini, italienne et photographe, qui
a fait les photos de tous me films et rêve (il sogno di una cosa) de revenir travailler en Italie. Et je vous écris encore pour vous demander de la part d'Anne si vous connaissez plus précisément les dates de votre tournage car elle
doit travailler en novembre avec M. Cournot sur son film. A bientôt, cher
Pasolini,

                                                            Jean-Luc Godard

[1] Laura Betti.
[2] Il film di Godard *La Cinese* (1967).
[3] Anne Wiazemsky, che interpreterà *Teorema*.
[4] Film a episodi del 1968 che poi si intitolerà *Amore e rabbia*. L'episodio
di Godard è *L'amore*, quello di Pasolini *La sequenza del fiore di carta*.
[5] Il film *Week-end* (1967).

A Allen Ginsberg - New York [1]

                                          [Milano, 18 ottobre 1967]

Caro, angelico Ginsberg, ieri sera ti ho sentito dire tutto
quello che ti veniva in mente su New York e San Francisco,
coi loro fiori. Io ti ho detto qualcosa dell'Italia (fiori solo
dai fiorai). La tua borghesia è una borghesia di PAZZI, la mia
una borghesia di IDIOTI. Tu ti rivolti contro la PAZZIA con la
PAZZIA (dando fiori ai poliziotti): ma come rivoltarsi contro
l'IDIOZIA? Ecc. ecc. queste sono state le nostre chiacchiere.
Molto, molto piú belle le tue, e te l'ho anche detto il perché. Perché tu, che ti rivolti contro i padri borghesi assas-
sini, lo fai restando dentro il loro stesso mondo... classista

(sí, in Italia ci esprimiamo cosí), e quindi sei costretto a inventare di nuovo e completamente – giorno per giorno, parola per parola – il tuo linguaggio rivoluzionario. Tutti gli uomini della *tua* America sono costretti, per esprimersi, ad essere degli inventori di parole! Noi qui invece (anche quelli che hanno adesso sedici anni) abbiamo già il nostro linguaggio rivoluzionario bell'e pronto, con dentro la sua morale. Anche i Cinesi parlano come degli statali. E anch'io – come vedi. Non riesco a MESCOLARE LA PROSA CON LA POESIA (come fai tu!) – e non riesco a dimenticarmi MAI e naturalmente neanche in questo momento – che ho dei doveri linguistici.

Chi ha fornito a noi – anziani e ragazzi – il linguaggio ufficiale della protesta? Il marxismo, la cui unica vena poetica è il ricordo della Resistenza, che si rinnovella al pensiero del Vietnam e della Bolivia. E perché mi lamento di questo linguaggio ufficiale della protesta che la classe operaia attraverso i suoi ideologi (borghesi) mi fornisce? Perché è un linguaggio che non prescinde mai dall'idea del potere, ed è quindi sempre pratica e razionale. Ma la Pratica e la Ragione non sono le stesse divinità che hanno reso PAZZI e IDIOTI i nostri padri borghesi? Povero Wagner e povero Nietzsche! Hanno preso tutta loro la colpa. E non parliamo poi di Pound!

[1] Testo fornito da Lawrence Ferlinghetti a Laura Betti, di una trascrizione della lettera di Pasolini approntata per la traduzione in inglese. Tra le righe del testo italiano dattiloscritto, scorre la traduzione inglese a mano. Consta di tre fogli di cui il terzo è incomprensibile alla lettura per il deterioramento della dattilografia.

Questa lettera, tradotta dallo stesso Ginsberg e da Annette Galvano, è comparsa nella rivista «Lumen/Avenue A» di New York (vol. I, n. 1, 1979). Diamo di seguito la traduzione inglese:

To Allen Ginsberg

Dear angelic Ginsberg, last night I heard you say everything that came into your mind about New York and San Francisco, with their flowers. I have told you something about Italy, flowers only to be found in the forests. Your city is a city of insane people, mine of idiots. You rebel against insanity with insanity (giving flowers even to policemen) but how can one revolt against idiocy? This has been the tenor of our chatting. Far better has been your part in our conversations and I've told you why: because in your revolt against the father bourgeoisie assasins, you make them stay behind their own world... class-conscious (yes in Italy we express ourselves so) and thus you are constrained to invent again, totally, day by day, word for word, your revolutionary language. All American men are forced to be inventors of words! We here, instead (even those now sixteen years old) already have our revolutionary language, with its own ethics behind it. Even the Chinese speak like civil servants. Even myself – as you see. I have not succeeded mixing prose and poetry (as you do) and I never succeed in forgetting, not even in this moment, that I have linguistic obligations.

Who gave us – both young and old – the official language of protest? Marxism, the only poetic vein and the record of the Resistance, which revives thoughts of Vietnam and Bolivia. Why do I lament this official language of protest which the working class, through its bourgeois ideology, has given me? Because it is a language which doesn't ever leave out the idea of power and it is therefore always practical and reasonable. But aren't practicality and reason the same goddesses who have made our bourgeois fathers madmen and idiots? Poor Wagner and Nietsche! They have taken on all their guilt. And let's not speak of Pound! He was for me a guilt... a function... the function given them by the society of father-madmen and idiots, cultivators of practicality and reason – to retain power, to destroy themselves? Nothing gives a sense, a feeling, of guilt more profound and incurable than retaining power. Is it incredible then if those who hold power want to die? And therefore everyone – divine Rimbaud to melting Kavafy, from the sublime Machado to the tender Apollinaire – all poets who have struggled against the world of pragmatism and reason, have done nothing else but prepare the ground, like prophets for the god War whom society invokes: a God exterminator. Hitler an *erce* from a comic film...When in America – where your poets are invoking a second Hitler who may accomplish that which did not succeed the first time: the suicide of the world – if non-violence is a weapon for the conquest of power, it will be far worse the second time. But, at the same time, to renounce, in that same stupendous mysticism of the Democracy of the New Left, to renounce, besides Holy Violence, also the idea of the conquest of power on the part of the just, signifies leaving power in the hands of the fascists who always and everywhere hold it. If these are the questions, I wouldn't know how to answer. And you? I kiss you affectionately on your thick beard, yours

Pier Paolo Pasolini

A Don Emilio Cordero - Roma

Roma, 9 giugno 1968

Caro Don Cordero,

questo non è naturalmente che un bozzettone ora farraginoso ora schematico del nostro FILM TEOLOGICO [1] (comincio a innamorarmi di questo titolo). Lei lo legga come tale, tenendo conto soprattutto che è ancora molto provvisoria la distribuzione dei passi delle Lettere, e che, soprattutto, tali passi vanno riscritti, perché le traduzioni che ho adoperato, sono orribili. Ci sarà anche naturalmente da aggiungere o da togliere qualche scena (mi è rimasta in petto una scena che sia analoga alla protesta degli operai di una fabbrica di certe statuette di argento a Efeso, contro Paolo: l'analogia sarebbe col rapporto moderno tra operai e Chiesa – che sembra non parlare per loro. Questa scena credo che sicuramente la elaborerò e la inserirò).

Sono certo che sia lei che Don Lamera sarete, come si dice, choccati, da questo abbozzo. Infatti qui si narra la storia di due Paoli: il santo e il prete. E c'è una contraddizione, evidentemente, in questo: io sono tutto per il santo, mentre non sono certo molto tenero con il prete. Ma credo che la Chiesa, proprio con Paolo VI, sia giunta al punto di avere il coraggio di condannare tutto il clericalismo, e quindi anche se stessa in quanto tale (dico, nei suoi termini pratici e temporali). Qui, in questa lettera introduttiva accentuo, per onestà, questo punto: nella sceneggiatura, come vedrà, la cosa è trattata con meno schematismo e rigidità, lasciando libero lo spettatore di scegliere e di risolvere le contraddizioni: e di stabilire se questo FILM TEOLOGICO sia un inno alla Santità o alla Chiesa.

Affettuosi saluti dal Suo   Pier Paolo Pasolini

Presso l'Archivio della Sampaolofilm di Roma.
Dattiloscritta con data e firma autografe.

¹ Cfr. la lettera a Don Cordero del maggio 1966.

A Leonardo Sciascia - Racalmuto (Agrigento)

[Roma, 1968]

Caro Sciascia,

ho avuto la maledetta tentazione (gli editori in questo caso sono diabolici) di partecipare al Premio Strega: ma in fondo mi diverte. Ho bisogno di voti non tanto per vincere, quanto per non venire a sapere che sono completamente isolato e abbandonato – a parte pochi, stretti amici. Spero che tu sia uno di questi, e che tu decida di votare per me! Se non hai avuto *Teorema*[1], fammelo sapere, che te lo faccio mandare.

Ti saluto affettuosamente... Però prima vorrei accennarti a un'altra cosa, piú seria. Hai letto il mio *Manifesto per un nuovo teatro* sull'ultimo «Nuovi Argomenti»[2]? Se sei appena un po' d'accordo su quanto dico – un teatro di schema ateniese, senza azione scenica – perché non pensi a scrivere una tragedia? O a tradurne, almeno, una dal greco (Bertolucci Alcesti, Leonetti Prometeo, Siciliano Ippolito, Morante Filottete...) Infatti lo Stabile di Torino e di Roma mi finanziano insieme un teatro, che sarà anche un centro di incontri, un vero e proprio «foro». Pensaci seriamente, perché so che la tua severità, la tua puntigliosità, la tua ispirazione concentrata sono elementi ideali per quel teatro che vorrei fare.

Tuo   Pier Paolo Pasolini

Presso il destinatario.
Dattiloscritta con aggiunte, data e firma autografe.

[1] Si riferisce al romanzo pubblicato da Garzanti nel 1968.
[2] Cfr. «Nuovi Argomenti», n. s., n. 9, gennaio-marzo 1968.

A Massimo Ferretti - Jesi

[Timbro postale: Roma, 14 settembre 1968]

Caro Ferretti,

guarda, guarda la pagliuzza nel mio occhio, e tieniti la trave nel tuo. Il mio sarà autolesionismo, ma la tua è autodistruzione: e ho ragione per credere che tu tendi a un suicidio – vero o metaforico che sia – perfettamente inutile. La brutalità che tu credi sincerità, è una forma di terrorismo con cui cerchi di imporre il suicidio agli altri. *Teorema* è un bellissimo film, quasi assoluto. E tu ti privi del piacere di vivere – io che sono autolesionista, caro mio, sento molto il piacere di vivere! – entrando nella sala a vedere quel film, impedendoti – terrorista anche con te stesso – di vederlo. Sei un fascista: non c'è niente da fare. Ho molta pena per quella povera ragazza che sposa un «fascista che vuole morire». Accetto perciò, disumanamente, di fare il suo testimonio, ma non nei giorni tra il 26 e il 1° ottobre: perché sarò in Sicilia: a vivere, a lavorare, a essere.

Ciao, tuo   Pier Paolo

Presso Fondo Ferretti, Jesi.
Dattiloscritta con firma autografa.

Risponde a questa lettera di Ferretti dell'8 settembre:

Caro P.

ti ho telefonato ieri pomeriggio, ma mi hanno detto che eri a Grado. Ieri sera ho visto *Teorema*. È proprio avvilente (per uno che ti ha stimato come me) assistere allo spettacolo di come degradi il tuo talento. E purtroppo lo spettacolo è cominciato da parecchi anni. Ma, per fortuna, non ho salvagenti da gettare, soldi da chiedere o libri da stampare. Vorrei solo deflorare la tua intimità di uomo pubblico con un rito del tutto privato. Io mi sposerò verso la fine di settembre. Soltanto in Campidoglio, naturalmente. E naturalmente senza parenti e senza amici. Se puoi promettermi 10 minuti del tuo tempo venduto (a quella cara nostra borghesia italiana di cui tanto ami gli applausi e le crocifissioni), ne sarei contento (come ero capace di essere contento 15/16 anni fa).

È chiaro che non porrò condizioni: puoi essere il mio testimonio o quello della sposa. L'altro testimonio, come avrai già intuito, sarà un poeta d'avanguardia[1]. Aspetto una risposta in ogni caso.

Cerca di avvilire il tuo narcisismo e ricorda i rapporti etimologici tra «martire» e «testimonio» (Cfr. M. Ferretti, *Lettere a Pier Paolo Pasolini* cit., p. 217).

[1] Lo scrittore Nanni Balestrini.

«Il successo è l'altra faccia della persecuzione»
(1970-1975)

Da molti anni, non appena gli impegni gliel'hanno consentito e specialmente durante le vacanze di Natale, ha fatto molti viaggi fuori dall'Europa, da solo o piú spesso assieme agli amici Moravia e Dacia Maraini: India, Egitto, Marocco, Sudan, Nigeria, Guinea, Ghana, Kenya, Uganda, Mali. Nel viaggio africano del Natale '70 si è aggiunta Maria Callas.

Pasolini ha quarantotto anni e da dieci è regista cinematografico noto in tutto il mondo. Lavorando sempre per amore del lavoro, ha realizzato quasi tutti i film che voleva fare, e anche se non ha mai avuto gli alti compensi dei registi di film commerciali – in due casi, *Uccellacci e uccellini* e *Porcile*, non ha ricevuto nessun compenso – ha raggiunto una certa agiatezza economica. Nel 1970 acquista nella provincia di Viterbo la Torre di Chia, un vasto caravanserraglio con mura merlate e ruderi antichi in cui pensa di sistemarsi per sempre in futuro.

Mentre si accinge a realizzare la parte piú fortunata della sua carriera cinematografica, sente di aver raggiunto la maturità esistenziale e con essa la conquista della leggerezza e dell'umorismo. Diventando vecchi – dice – il futuro si accorcia, pesa di meno. Ci sono dei vecchietti allegri, io sarò uno di quelli.

«Cosa si fa quando si tocca il fondo? Si risale e si ricomincia, se si ha la forza di farlo». Ciò che ha toccato il fondo è quella ricerca che attraverso *Teorema*, *Porcile* e *Medea* lo ha portato alle radici dell'allegoria morale e alle piú complesse tecniche espressive per ottenere un cinema «inconsumabile», deliberatamente anticommerciale.

Nell'estate precedente, durante un viaggio in aereo verso la Turchia per le riprese di *Medea*, gli si è imposta con forte evidenza l'idea di filmare le novelle del Boccaccio. Sceglie quelle novelle che si collocano in equilibrio tra il tragico e il comico-burlesco, ambientadole nel mondo napoletano e prestando ai personaggi del Boccaccio la lingua plebea di Giambattista Basile e di Ferdinando Russo. Nella «tribú» napoletana ha riscoperto un mondo popolare che non c'è piú, ma che riesce tuttavia a sopravvivere esistenzialmente con i suoi uomini, sentimenti, cose; e questa scoperta gli dà la gioia di narrarlo per il gusto di narrarlo, con l'allegria degli intrecci e dello stile.

Il *Decameròn* è il primo film del trittico «dedicato alla vita»; gli altri due saranno *I racconti di Canterbury* del 1973 e *Il fiore delle mille e una notte* del 1974.

> Questi film sono abbastanza facili, e io li ho fatti per opporre al presente consumistico un passato recentissimo dove il corpo umano e i rapporti umani erano ancora reali, benché arcaici, benché preistorici, benché rozzi, però tuttavia reali, e opponevano questa realtà all'irrealtà della civiltà consumistica.

Sergio Citti, dopo i romanzi anche per i film è sempre stato un collaboratore insostituibile, messo appena in risalto dalla qualifica di aiuto-regista. Quando Citti vuole sperimentare per proprio conto il cinema, Pasolini scambia i ruoli diventando consulente e collaboratore del suo primo film *Ostia*.

All'inizio del 1971 realizza in collaborazione con alcuni militanti di «Lotta continua» il documentario *12 dicembre*, un «comizio cinematografico» sui fatti del 1969, la strage della Banca dell'Agricoltura, la morte di Pinelli, il delitto Lavorini. La sua collaborazione appare nei titoli di testa come «ideazione», in realtà ha girato egli stesso, macchina Ariflex in spalla, alcune scene a Milano durante una manifestazione studentesca davanti al Politecnico, e a Viareggio sulla ricostruzione di altri scontri con la polizia; altre riprese a Carrara, Sarzana, Reggio Calabria.

In aprile esce la raccolta poetica *Trasumanar e organizzar*.

A Duflot, nell'intervista del 1969 raccolta poi nel volume *Il sogno del centauro*, Pasolini ha confidato:

> Vado scoprendo sempre piú in proposito, man mano che studio i mistici, che l'altra faccia del misticismo è proprio il «fare», l'agire, l'azione. Del resto, la prossima raccolta di poesie che pubblicherò s'intitolerà *Trasumanar e organizzar*. Con questa espressione voglio dire che l'altra faccia della «trasumanizzazione» (la parola è di Dante, in questa forma apocopata), ossia dell'ascesi spirituale, è proprio l'organizzazione.

Trasumanar e organizzar è da ogni punto di vista un libro che non assomiglia a nessun altro. In esso viene rappresentato uno strato della realtà dove essa sta per «perdersi e dissolversi, ma non si è ancora persa e dissolta» e, con uno «sprezzo» della letteratura mai dimostrato finora, raggiunge una definitiva accettazione della letteratura-rifiuto della letteratura.

All'inizio dell'estate fa la spola con l'Inghilterra per l'ambientazione degli episodi tratti dai *Racconti di Canterbury* di Chaucer, le cui riprese iniziano in settembre mentre il *Decameròn* ottiene sia in Italia sia all'estero un successo clamoroso, accompagnato da una sequela di denunce, circa un'ottantina, per oscenità. Risponde a un'intervista di Enzo Biagi:

> Il successo è l'altra faccia della persecuzione. Può esaltare al primo istante, può dare delle soddisfazioni, qualche vanità. Appena l'ha ottenuto si capisce che è una cosa brutta per un uomo... Tendo sempre di piú verso una forma anarchica, una forma di anarchia apocalittica.

Nell'aprile del 1972 esce la raccolta di saggi *Empirismo eretico*, accolto con silenzio e indifferenza da parte della critica italiana: «Quanto al silenzio che c'è intorno a me, mi pare solo un sintomo di incompetenza, di vigliaccheria; o semplicemente di odio...»

Ma il progetto che lo occupa maggiormente in questo inizio del '72 è un romanzo-fiume che ha già un titolo, *Petrolio*, nel quale intende riversare la summa di tutte le sue esperienze e di tutte le sue memorie. Un libro destinato a impegnarlo per molti anni, «forse per il resto della mia vita».

Il *Canterbury* – secondo tempo della trilogia mitico-evocativa dei popoli antichi e del «tempo perduto», in cui Pasolini compare come l'ironica controfigura dell'autore inglese delle novelle – quando viene programmato nell'autunno del '72 è seguito dal solito corteo di denunce e di sequestri. Ma già in estate sta lavorando all'ultima parte della «Trilogia della vita», *Il fiore delle mille e una notte*. Compie una serie di sopralluoghi in Egitto, Yemen, Iran, India, Pakistan, Eritrea. Quando ritorna a Roma e non appena riesce ad allontanarsi dagli stabilimenti cinematografici, si isola alla Torre di Chia. Attorno a un antico rudere nel centro del caravanserraglio ha fatto costruire un vano semicircolare a grandi vetrate da cui lo sguardo spazia sulle forre del torrente Chia. A pochi passi, nascosto dalla vegetazione c'è un vasto padiglione in legno che funge da studio e dove, dopo molti anni, riprende a disegnare. Chia da adesso in avanti è il luogo prescelto per i ritiri solitari che favoriscono il lavoro da spendere attorno al romanzo *Petrolio* che si prevede lungo e forse interminabile, ma di cui gli sembra già di avere una visione finale. E questa visione è allegra, lieve, non rinunciataria né triste.

Alla fine del novembre del 1972 inizia una nuova collaborazione al settimanale «Tempo illustrato» con recensioni librarie che verranno poi raccolte nel volume postumo *Descrizioni di descrizioni*.

Accettata la proposta di collaborare al «Corriere della Sera» in una rubrica intitolata «Tribuna libera», il 7 gennaio del 1973 pubblica il primo articolo, *Contro i capelli lunghi*. Durante l'anno ne pubblica altri tre e molti altri nei due anni successivi, formando una serie ininterrotta di interventi polemici nella sfera della politica, del costume, e dei comportamenti pubblici e privati. Articoli che poi saranno raccolti nel volume *Scritti corsari*.

Entrato con tutti gli onori nelle file della società detta «affluente», – scrive Contini nella *Testimonianza* dell'80, – Pasolini si avvalse degli stessi strumenti di cui essa gli faceva copia per fustigarla in piena faccia. La società «affluente» sorrideva o anzi applaudiva sotto le percosse, lieta che la sua liberalità si ornasse di un tanto eretico accarezzato, scambiandolo certo per un esibizionista compiaciuto di paradossi. Pasolini invece combatteva seriamente (benché, è da temere, con la tattica meno efficace, posto il ruolo di contraddire che gli era ufficialmente assegnato) contro il cosiddetto consumismo e i dogmi di comportamento che esso importava. La sostanza di Pasolini è anti-illuministica (com'è chiaro alla formulazione non razionalistica, anzi simbolistica, ermetica, «passionale» di ogni sua scrittura ideologica, in versi o in prosa). Le virtú che egli rimpiange sono quelle, sicure ma probabilmente condannate a morte, appartenenti a una società arcaica, agricola, patriarcale. La sua utopia non è prospettica ma nostalgica. E non è questo l'aspetto meno drammatico d'un'esistenza tutta drammatica (in quanto contenente un selvaggio desiderio di vita, anche in questo lato retrospettivo). Significativo è il suo tardo ritorno alla poesia dialettale, nella nuova edizione della *Meglio gioventú* che egli si giustifica di continuare a dedicarmi, anche in quello che tutto esorbita da un mio incoraggiamento mentale alla pensabilità.

Nell'aprile del 1973 la lavorazione del *Fiore* incomincia a Isfahan, poi la troupe si sposta nello Yemen, in Afghanistan, nel Corno d'Africa, nell'Hadramhaut e per due volte a Katmandu nel Nepal. Lavora rapidamente, con grande precisione. Spesso «gira» lui stesso con una Ariflex 35, filmando i sogni e la polvere dell'Oriente, case, deserti, muraglie, persone, «oggetti retrocessi nel tempo, arcaici, retrospettivi». Alla fine delle riprese nello Yemen, una domenica mattina gira il documentario *Le mura di Sana'a*, concepito come un appello all'Unesco per la salvaguardia dell'antica città.

Alla fine del 1973 è già in stato avanzato il progetto del film da fare dopo il *Fiore delle mille e una notte*, con due protagonisti napoletani di cui uno spera sarà interpretato da Eduardo De Filippo. Un racconto che comincia a Napoli e si svolge nel corso di un lungo viaggio attraverso tre città simbolo: Sodoma, che è Roma, Gomorra, che è Milano, Numanzia, che è Parigi, per concludersi a Ur nell'Oriente indiano. In una successiva elaborazione, la quarta città simbolica è New York. Titolo provvisorio: *Porno-teo-kolossal*.

Mentre progetta questo film, a Sergio Citti viene proposto di realizzare la versione cinematografica del romanzo di Sade *Le 120 giornate di Sodoma*. Pasolini, che da sempre collabora all'impostazione e alla sceneggiatura dei suoi film, scopre nel romanzo sadiano – «una specie di sacra rappresentazione mostruosa, al limite della legalità» – l'occasione tempestiva per trasferirvi le sue battaglie contro il Nuovo Potere rappresentato dal neocapitalismo vincitore, accantonando i precedenti progetti.

Realizzato nei primi mesi del '75, in estate *Salò* è al montaggio. Risponde alle domande di un'intervista:

> Adesso io ho fatto un film che non so bene perché l'ho fatto, che si chiama *Salò o le 120 giornate di Sodoma*, tratto da De Sade e ambientato nella Repubblica di Salò, che sono gli ultimi mesi di Mussolini, insomma, e non so bene perché l'ho fatto; adesso sto a vedere, capire perché l'ho fatto fra qualche mese, fra qualche anno. Fatto sta che qui il sesso è ancora usato, ma anziché essere usato, come nella trilogia della vita, come qualcosa di gioioso, di bello e di perduto, è usato come qualcosa di terribile, è diventato la metafora di quella che Marx chiama la mercificazione del corpo, l'alienazione del corpo. Quello che ha fatto Hitler brutalmente, cioè uccidendo, distruggendo i corpi, la civiltà consumistica l'ha fatto sul piano culturale, ma in realtà è la stessa cosa.

Il 31 ottobre ritorna a Roma dopo un viaggio in Svezia e una sosta a Parigi per controllare la versione francese del film. Nel pomeriggio del 1° novembre incontra Furio Colombo per un'intervista di cui lo stesso Pasolini suggerisce il titolo: *Siamo tutti in pericolo*.

Nella notte tra l'1 e il 2 novembre all'Idroscalo di Ostia, dove nell'estate precedente erano state girate alcune delle sequenze più allegre e sensuali del *Fiore delle mille e una notte* – uno spiazzo polveroso e pieno di ciarpame trasformato in un mitico angolo di natura incontaminata – muore assassinato per mano di un ragazzo di diciassette anni.

Contini nella *Testimonianza*:

> Una disputa fondamentale col Padre, nel genere, ma cresciuto in ferocia e degradazione, della collutazione di Giacobbe con l'angelo, consentimi anche nella fine di Pasolini. So bene che di questo atrocissimo *fait divers* a parte i pubblici clamori, sono state

tentate generose ricostruzioni criminologiche, nell'ansia di esorcizzare razionalmente l'assurdo. Qualunque siano le risposte della criminologia, qui credo che meno riduttiva debba riuscire la teodicea. Certo, le metafore che mi scorrono sono al confronto troppo pulite e consolanti. Una è la proclamazione di salvezza di un altro peccatore, il dottor Faust; se postumamente non la riempisse di senso il sapere che l'agonia del suo «olimpico» e per quei tempi longevo poeta sarebbe stata feroce e disperante. L'altra non potrei enunciarla che col distico decisivo «sulla deserta coltrice accanto a lui posò»; se non riflettessi che invece del letto d'esilio sta una turpe brughiera suburbana gremita di sozzi relitti.

Il cinque novembre, Giorgio Caproni scrive questo epigramma:

DOPO AVER RIFIUTATO UN PUBBLICO COMMENTO
SULLA MORTE DI PIER PAOLO PASOLINI

Caro Pier Paolo.
Il bene che ci volevamo
– lo sai – era puro.
E puro è il mio dolore.
Non voglio «pubblicizzarlo».
Non voglio, per farmi bello,
fregiarmi della tua morte
come d'un fiore all'occhiello.

Nuovi destinatari degli anni Settanta:
Lo scrittore Renzo Paris (1944), collaboratore alla redazione della rivista «Nuovi Argomenti»; i critici letterari Walter Siti e Guido Santato, impegnati nella stesura di tesi di laurea sull'opera di Pasolini, lo scrittore veneto Ferdinando Camon (1935); gli scrittori esordienti Teresio Zaninetti, Mario Bianchi, Fulvio Rogolino. L'ultima lettera è per lo storico letterario Gianni Scalia (1928), autore tra l'altro di *La mania della verità. Dialogo con Pier Paolo Pasolini* (Cappelli, Bologna 1978).

A Jacques Tati - Paris

Caro Jacques Tati,

ma io non voglio strapparla a Hulot! Io nel mio film[1], vorrei proprio Hulot. Io *La conosco solo attraverso* Hulot. Attraverso la faccia di Hulot, le gambe lunghe di Hulot, il sedere alto di Hulot. È questo Hulot che deve comparire, nelle mie intenzioni, sul mio film. Naturalmente Le richiederei una variante: questo Hulot anziché essere un piccolo borghese dovrebbe essere un grande borghese: un industriale di Bonn; e, magari, con l'aggiunta di due baffetti, dovrebbe assomigliare un po' a Hitler. Hulot come Hitler dolce. Lei avrebbe lunghe camminate lungo gli eterni corridoi di una villa neoclassica, con entrate e uscite attraverso porte sublimemente eleganti: voglio dire, con ciò, che il suo gestire, alla Hulot, resterebbe del tutto intatto: il suo camminare cerimonioso, timido e complessato, significante ipersensibilità, buona educazione e buone letture, il suo modo di cedere il passo nell'attraversare una porta ecc.: tutto resterebbe intatto: un po' piú simile all'Hulot del neocapitalismo di *Playtime* che a quello del paleocapitalismo delle *Vacanze*. L'unica aggiunta seria, sarebbe il «parlato». Ma io girerei le scene del film un po' con la tecnica di *Playtime*: figure intere e totali, in modo che la presenza fisica e la tipicità gestuale possano assorbire la parola. Del resto il suo personaggio, ha una sola «tirata» lunga, anzi, lunghissima, che le accludo, perché è l'autoritratto del personaggio. Personaggio che, Le ripeto, dopo averlo pensato autonomamente per il teatro (*Porcile* è il testo di una tragedia in versi) ho deciso di adattarlo a Hulot per il cinema. La prego, dunque, con tutto il calore, di voler accettare la mia richiesta. Ripongo su essa molte speranze: e Lei è regista, sa cosa vuol dire questo. Sa quanto di se stesso un regista investa in una scelta, e quanto di se stesso vada disparatamente perduto se questa scelta fallisce o risulta inattuabile.

Mi scusi e riceva i piú affettuosi saluti dal Suo

Pier Paolo Pasolini

Pubblicata in «la Repubblica» del 29 ottobre 1976.

[1] *Porcile*. Vedi lettere a Jon Halliday del 20 novembre 1968, nell'Appendice della presente pubblicazione.

A Sandro Penna - Roma

[Roma, febbraio 1970]

Caro Sandro,

non è forse giusto ch'io ti dica a te cose che riguardano te, e che ti dipingono con tanto amore. Io ho un culto di te. E, come tutti i culti, mi dà il rimorso di non essere cosí forte e fedele da praticarlo degnamente. Ciò lo dico come se ambedue fossimo morti, e la vita non ci toccasse dunque piú con la sua miseria, che giorno per giorno, ora per ora, contraddice ciò che tu sei e ciò che io penso tu sia. È la vita nella sua totalità, come se noi l'avessimo del tutto adempiuta (e di fatto è quasi cosí) che ora io guardo. In questa vita tu ti sei tenuto in disparte, a contemplarla, come un animale buono, che qualche volta deve pur nutrirsi, e allora è costretto a predare, non potendo vivere di pura contemplazione, di «gioia e dolore di esserci». Avrai dunque compiuto anche tu i tuoi peccati, e anche la tua coscienza avrà laboriosamente lottato per giustificarsene. E ciò ti avrà reso patetico come il personaggio di una grande opera, che quasi non canta. Questa tenerezza della miseria umana ti circonda come un'aureola terrestre intorno a un capo celeste. Non dico che queste parole ti rappresentino del tutto fedelmente, e che possano prestarsi a qualche equivoco, per un estraneo che legge questa nostra lettera intima: sí, infatti oltre che miseramente patetico, sei anche un po' buffo. E ciò contraddice alla tua immagine santa che sto delineando. Contraddice, intendo, nei termini usuali con cui si discorre: in realtà tutti i santi sono patetici e buffi. In cosa consiste la tua santità? Nel silenzio con cui hai rinunciato alla vita e al suo godimento cosí come è inteso nella nostra parte di storia in cui siamo apparsi su questa terra. Ripeto, hai cercato il tuo godimento altrove, in cose considerate da tutti futili, remote, incomprensibili, infantili e sconvenienti. Anche tu sei stato, ripeto, un po' predone di quella realtà che forse dovrebbe essere unicamente contemplata. Ma è proprio da questi tuoi momenti di peccato in cui sei venuto meno alla regola della rinuncia e della umile, silenziosa, monastica protesta contro il mondo, cosí sublime e cosí inaccogliente che tu hai trovato le ispirazioni per la tua poesia. Essa consiste nell'osservazione lieta e priva di ogni speranza delle cose (per te pochissime, anzi forse una sola) che si possono cogliere nel mondo per sopravviverci; ma questa osservazione è compiuta nel silenzio del luogo dove non si vive piú ma, appunto, si contempla soltanto. La tua esclusione di te stesso da un mondo che del resto ti escludeva è stata una lunga ascesi, fatta di notti e di giorni, in cui si ride e si piange, come ingenui personaggi di opere romantiche senza né principio né fine, con le loro croci e le loro delizie: una lunga ascesi in cui, anziché pregare, hai cantato le forme del mondo lontano. Che ciò abbia fatto di te – oltre che un santo anarchico e un precursore di ogni contestazione passiva e assoluta – forse il piú grande e il piú lieto poeta italiano vivente – è un discorso che si svolge su un piano molto piú basso di quello di questa lettera incerta e incompleta, che riguarda piú la tua *poesia vissuta* che la tua *poesia scritta*. È la prima infatti a contare, per chi, appunto perché educato e come tolto a se stesso da un lungo amore per la poesia, riesce a intravedere ciò che vale al di fuori di ogni valore: la santità del nulla.

Minuta dattiloscritta con correzioni autografe conservata nell'Archivio Pasolini. Per la seconda edizione delle *Poesie* di Penna, aumentata di *Croce e delizia* e di altri inediti (cfr. *Tutte le poesie*, Garzanti, Milano 1970), Pasolini ha steso questo scritto sotto forma di lettera all'autore, che, trasferito in terza persona e con alcuni ritocchi, sarà inserito nei volumi come «segnalibro».

Penna, ricevuto questo scritto, risponde a Pasolini con una lettera senza data:

Caro Pier Paolo,

grazie, tanto piú che mi credevo proprio non ti fosse possibile. Avevo anche scherzato con Milano (Garzanti) che eri preso da mille cose con un Brasile che ti aspettava.

Glielo mando subito e, credo non ti offenderai, gli chiederò «cosa farete con Pier Paolo? Lo pagate o gli fate un bel regalo in libri?» So che a te non interessa, ma il lavoro deve essere *compensato*. Ti pare. Ma dovevo solo scriverti «grazie» sul cuscino. L'idea è di Elsa[1] ma io tanto sapevo che a Graziella si può dire tutto.

Digli di *Porcile*: ho pianto di entusiasmo come a *Ladri di biciclette* o [illeggibile]. Ma quelle sono cose ormai incolori di fronte alla stupenda visione (ma lo hai sognato?) di *Porcile*. È bello anche se non si può capire o spiegare. Ma da Mallarmé... Godi il Brasile.

Poco santo ma molto affezionató tuo   Sandro

Il saggio è piú sublime, cioè è sublime quanto affettuoso. Lo leggerò tutta la notte. Non lo imposto subito. Elsa ne è entusiasta.

[1] Elsa Morante.

*A Teresio Zaninetti - Paderno Dugnano[1]

Roma, 16 febbraio 1970

Caro Teresio,

non è uno scherzo la tua lettera, nonostante il tono un po' ironico, di chi seriamente cerca di scherzare su se stesso, ma appunto una dimostrazione credo consapevole del tuo bisogno di farti avanti nel mondo. Ora che tu sia ambizioso, poco importa, anzi va benissimo, ma devi sapere che l'intelligenza della propria umana condizione la si acquista solo quando si è in pericolo, si vive tormentati dal dubbio che è certezza di essere nel giusto; dunque tu dovresti soltanto fare, implacabilmente severo con te stesso e poi si vedrà, il tempo ti darà ragione o torto. Solo questo ti posso dire e mandarti i miei auguri

                                                    Pier Paolo Pasolini

Presso il destinatario.
Dattiloscritta con firma autografa.

[1] Scrittore esordiente milanese. L'asterisco che contrassegna alcune lettere, da qui in avanti, intende segnalare che il testo epistolare è stato dattiloscritto da Dario Bellezza o da Graziella Chiarcossi, seguendo indicazioni e appunti di Pasolini. La firma è sempre autografa.

*A Mario Bianchi - Como[1]

                                                    Roma, 3 marzo 1970

Caro Mario,

siamo già alla seconda lettera[2]; e dunque possiamo proprio parlare di corrispondenza, fra me e te; la tua grazia di ragazzo che medita profondamente sulle cose della realtà vorrebbe da me una risposta sull'esistenza di Dio: metafisico rovello a cui io modestamente posso solo risponderti nella mia incertezza che, allargando il concetto di divinità, in un certo senso alterandolo, allora, sí, posso essere d'accordo con te, perché Dio è la Realtà; e la realtà è un Dio tirannico che del suo dispotismo fa la chiave per arrivare, anche se parzialmente, a lei; e dunque bisogna adorare la realtà, mettere l'intelligenza fra le cose vecchie, aumentare la pietà verso se stessi e gli altri. Ti ringrazio per tutto quello che mi dici e ti saluta il tuo indaffaratissimo

                                                    Pier Paolo Pasolini

Presso il destinatario.
Dattiloscritta con firma autografa.

[1] Studente universitario di Como.
[2] La prima lettera non è stata ritrovata.

A Franco Rossellini - Roma[1]

[Roma, primavera 1970]

Caro Rossellini,

portando a termine la lettura del *Decameròn* e maturandolo, la mia prima idea del film si è modificata. Non si tratta piú di scegliere tre, quattro o cinque novelle di ambiente napoletano, ossia di una riduzione di tutta l'opera a una parte «scelta da me»: si tratta piuttosto di scegliere il maggior numero possibile di racconti (in questa prima stesura sono 15) per dare quindi un'immagine completa e oggettiva del *Decameròn*. Va previsto dunque un film di almeno tre ore.

Per ragioni pratiche – e per fedeltà alla prima idea ispiratrice – il gruppo piú grosso di racconti restano i racconti napoletani, cosí che la Napoli popolare continua ad essere il tessuto connettivo del film; ma a questo gruppo centrale e ricco verranno ad aggiungersi altri racconti, ognuno dei quali rappresenta un momento di quello spirito interregionale e internazionale che caratterizza il Decameròn.

Nel suo insieme il film verrà dunque ad essere una specie di affresco di tutto un mondo, tra il medioevo e l'epoca borghese: e, stilisticamente, rappresenterà un intero universo realistico.

Dal punto di vista della produzione, quindi, l'opera si presenta come piú ambiziosa; perché oltre che a Napoli, ci sarà anche la «Cicilia», la «Barberia», Parigi, il mare; e quindi i castelli feudali della Loira, il deserto con le casbah, i «legni»: le navi che solcavano il Mediterraneo, dall'Egitto alla Spagna.

Il film, che durerà, ripeto, almeno tre ore, si dividerà anziché in due tempi, in tre, ognuno dei quali costituirà una specie di unità tematica, legata da una vicenda che sostituisca il meccanismo narrativo adottato dal Boccaccio, e rappresenti il mio libero intervento di autore.

Presso il Fondo Pasolini, Roma.
Dattiloscritta senza data e senza firma.

[1] Produttore cinematografico di *Teorema*, *Medea*, *Il Decameròn*.

A Renzo Paris - Roma

[Roma, primavera 1970]

Caro Paris,

parto oggi pomeriggio. Leggerò *Frecce avvelenate*[1] in aereo.

Tradurre Apollinaire e Rimbaud mi pare un'ottima cosa. L'ho detto anche a Dario[2].

La rilettura di due giovani poeti...

Le bozze di N. A.[3] le ho appena corrette.

Sono però piene di errori!

Ciao   Pier Paolo Pasolini

Presso il destinatario.
Dattiloscritta con firma autografa.

[1] Cfr. R. Paris, *Frecce avvelenate*, Bompiani, Milano 1974.
[2] Dario Bellezza.
[3] Paris collaborava alla redazione della rivista «Nuovi Argomenti».

A Renzo Paris - Roma

[Roma, primavera 1970]

Caro Paris,

Frecce avvelenate mi è parso un romanzo d'avanguardia. E tu sai quanto io sia poco benevolo... Semplicemente tu e Dario[1] dovete dimenticare l'avanguardia, cancellarla dalla mente al piú presto, prima che sia troppo tardi. Se non volete finire male; basta con l'avanguardia. Nel tuo libro comunque l'avanguardia è di facciata. Nonostante tutto c'è un furore, una dolcezza che promettono altro.

Bisogna assolutamente ricorreggere le bozze due o tre volte. Ci sono sempre troppi errori.

Ciao   Pier Paolo Pasolini

Presso il destinatario.
Dattiloscritta con firma autografa.

[1] Dario Bellezza.

A Walter Siti - Firenze

[Roma, 1970]

Caro Walter,

come professore ti do trenta e lode (voto che probabilmente otterrai)[1]; come oggetto del tuo discorso, ecco:

Il primo e l'ultimo capitolo sono stati scritti per primi e sono di gran lunga la parte migliore: sono decisamente pubblicabili come articoli, tanto per dirne una, nelle riviste piú qualificate. Quanto a me, mi sono serviti: a capire una materia che mi interessa ora di meno, ma mi sono serviti: non si sarebbe potuto far meglio.

La parte centrale l'hai scritta in una seconda fase: non so cosa sia successo, in mezzo, forse quel disguido... Leggendola sono stato letteralmente male, perché, rinchiuso in quel triangoletto regressione-aggressività-narcisismo, mi son sentito finito: e infatti non mi hai dato piú respiro. Non nego la relativa attendibilità del triangoletto, ma era assurdo che tu ritagliassi tutta la mia opera in sua funzione, dimenticandoti dei risultati «non effabili», non riconducibili da «verbale a verbale», soprattutto se quest'ultimo è puramente culturale: e, me lo permetterai, come psicanalista sei un dilettante. C'è tutta una infinita distesa di «oggetti», nelle mie opere, che non sono né buoni né cattivi, ma che sono «rappresentati» e come tali non giudicabili moralisticamente. Sí, perché tutte le espressioni che nella psicanalisi sono puramente enunciative – scientifiche – tu le hai colorate di una tinta o positiva o negativa. Hai usato «regressione» come un predicatore.

Ne è uscita una lavata di capo, una tirata d'orecchie, chiamale come vuoi, che è la stessa che mi sento ripetere da vent'anni. Non hai certo scoperto l'America. Io non sono responsabile del mio inconscio: e la scoperta delle mie operazioni inconscie non permette al critico di liberarsi di ciò di cui io invece sono responsabile (tutto un quantitativo di sapere, scientifico o no, che ha aggiunto realtà alla realtà, e che tu stesso fruisci). Altra cosa vecchia, da cui da vent'anni la mia vita è funestata, è il rimprovero di possedere certe nozioni sbagliate, di cui il critico conosce la giusta versione, ma che non me la dice: le nozioni di «popoli», di «sottoproletariato», di «storia», di «ragione» ecc. ecc. Rimproverandomi l'uso reprobo di queste nozioni, sembri rivolgerti *a una cerchia*, in cui tra voi vi capite al volo, senza bisogno di perdere tempo a parlarne. Insomma dài i miei errori come ontologici, come connaturali alla mia condizione «tutta reietta». Solo una volta ti scappa di opporre un concetto giusto al mio sbagliato, là dove dici che la «realtà» è «realtà che avanza»: la lezioncina è tutta lí, ma è la spia di tutta l'ideologia che tu non opponi alla mia se non implicitamente. C'è tutta la tua immaturità di ragazzo che imita l'ottimismo dei suoi coetanei. È a questo punto che il tuo moralismo nei miei riguardi diventa una cattiva azione, di cui certo prima o poi ti vergognerai. Con la tua tesi tu hai adulato i tuoi coetanei «forti»; oppure il tuo «professore alleato dei tuoi coetanei» (è da dire però che anche un professore qualunquista, se non proprio reazionario, si sentirebbe soddisfatto di una tesi come la tua). La tua adulazione ai «forti», mascherata di moralismo (sia pur civile), rivela che tu sei esattamente al punto in cui mi trovavo io alla tua età, pressappoco, e che descrivo nei versi de *La Realtà*:

> E questa fu la via per cui da uomo senza
> umanità, da inconscio succube, o spia,
> o torbido cacciatore di benevolenza,
> ebbi tentazione di santità...
> . . . .
> La strega *buona* che caccia le streghe
> per terrore...
> . . . .
> Le risa con cui il mostro diede
> dimostrazione di calma salute e sicuri amori,
> pronto a torturare e uccidere altri mostri
> pur di non essere riconosciuto...

La differenza tra me giovane e te consiste nel fatto che i miei «compagni virili inconsci ricattatori» erano fascisti: i tuoi invece appartengono al Movimento Studentesco. La drammaticità è meno atroce, ma è la stessa. Hai fatto insomma una elegantissima caccia alla strega.

Volevo aggiungere due osservazioni che ti potrebbero essere utili: *Pilade* non è degli anni della *Ricotta*, ma è stato scritto nel '66 (pensato e cominciato a scrivere nel '65), contemporaneamente a *Affabulazione*, *Porcile*, il soggetto di *Teorema* e altre opere di teatro ancora inedite. Inoltre non hai capito (certo per colpa mia!) il senso del *Pilade*: le due rivoluzioni, annunciate una dalla Ragione Atena, l'altra dalle Eumenidi, sono, la prima la rivoluzione reazionaria di Hitler colle sue atrocità (in cui erano i *corpi* l'oggetto privilegiato del martirio), la seconda è la rivoluzione partigiana (il misterioso esercito sui monti). Inoltre completamente diversa da quella che dài è la regressione delle Eumenidi in Furie, e la successiva trasformazione delle superstiti Eumenidi da dee della campagna in dee della città (esse divengono da dee protettrici della rivoluzione dei contadini e degli operai per definizione *banditi*) in dee protettrici della Città, della Nuova Città (del neocapitalismo). Dovresti rileggerti il testo, prima di discutere la tesi.

Infine, in quel tuo bellissimo ultimo capitolo sull'endecasillabo[2], ti sfugge, stranamente, che l'*Umile Italia* è in novenari, e *Récit* è in martelliani (doppi settenari).

Ciao, sii forte, sii forte. Quando vuoi venire a trovarmi avvisami qualche giorno prima: il telefono è 59 11 733.

Pier Paolo Pasolini

Presso il destinatario.
Dattiloscritta con firma autografa.

[1] Si riferisce alla tesi di laurea di Walter Siti, *L'opera di Pasolini*, discussa all'Università di Firenze nel novembre del 1970.
[2] Cfr. W. Siti, *Saggio sull'endecasillabo di Pasolini*, in «Paragone», agosto 1972.

* A Fulvio Rogolino - Torino[1]

Roma, 20 aprile 1970

Caro Fulvio,

della tua poesia escrementizia, che, poi, nel suo circuire e straripare nella prosa è un libero discorso indiretto, monologo quasi impazzito dietro, appunto, le immagini della putrefazione e della merda, dovrei dire tutto il bene e tutto il male possibile; nella sua sciatteria essa è sapiente; nella sua volontà di testimonianza non testimonia che una falsità: la poesia è verità, ricordalo, e qui, dico, al limite, si sente che l'identificazione con la merda è solo per scandalizzare e non per scandalizzarti. Cioè: l'autopunizione masochistica, una volta tanto, è il pio desiderio di un'anima bella.

Ma con questo voglio dire che sei su una buona strada.

C'è una violenza in te che deve uscire fuori, e in ogni caso i risultati sono già esaustivi, e te lo dice con tutta l'amicizia il tuo

Pier Paolo Pasolini

Presso il destinatario.
Dattiloscritta con firma autografa.

[1] Studente di Torino che si stava preparando agli esami di maturità. Alla sua lettera del 26 marzo sono unite due poesie.

A Fulvio Rogolino - Torino

Roma, 25 giugno 1970

Caro Rogolino,

ho ricevuto e letto il tuo scolastico lavoro su alcune mie poesie, che nella sua sostanziale scolasticità testimonia l'adulta analisi che hai fatto delle mie poesie spogliate, se cosí posso dire, della loro forma, per essere esaminate solo contenutisticamente; in questa dissociazione ti sei, in un certo

senso, identificato, che è sempre un atto necessario e pericoloso del critico: insomma hai vissuto la mia poesia al livello della sua realtà, e dunque anche della Storia che essa, alcune volte malvolentieri, riflette; hai poi sospeso il giudizio
e hai fatto bene perché ciò si addice ad una esercitazione.
Come sai dovrò iniziare il Decamerone alla fine di luglio; e
quasi sicuramente per settembre sarò a Napoli e quindi in
Sicilia; dunque dovresti riscrivermi in settembre e ti saprò
dire piú precisamente quando ci potremo incontrare.

    Con molti cari saluti

Pier Paolo Pasolini

Presso il destinatario.
Dattiloscritta con firma autografa.

A Dragos Vranceanu - Bucarest [1]

[Roma, 1970]

Caro Vranceanu,

    lei mi costringe a chiedermi che cos'è una poesia, cosa
che non mi accadrebbe davanti a un'intera raccolta. Ponen-
domi di fronte a solo tre testi, e per di piú brevissimi, sí, la
domanda è proprio questa: cos'è una poesia? E la risposta
che lei mi costringe a dare è quella di un orefice: la poesia è
un oggetto. I suoi testi li potrei prendere in mano e guardarli controluce: guardarli davanti e di dietro, sopra e sotto;
come se fossero staccati dalla pagina. Lei ha dissociato i suoi
testi da sé: ogni dissociazione è schizoide. E non esito a dire
questo anche a suo proposito. Questi oggetti che lei mi mette in mano, come fossili di un'epoca *di cui non si sa nulla*, io
li esamino integrandoli in me: associandomeli; sono estremamente belli; puri; misteriosi; arbitrari ma non gratuiti;
ripeto, come oggetti di una gioielleria di qualche millennio
fa, appartenente a un gusto di cui sono andati perduti i riferimenti. Esagero, evidentemente. Perché qualche riferimento nel giudicare questi suoi oggetti ce l'ho. Un lontano

ricordo della Parigi degli anni Venti o Trenta: simbolismo e surrealismo, candidamente mischiati insieme da un incantato e un po' inespressivo abitante di Bucarest – come usava «prima della rivoluzione». Ma ciò che mi fa perdere la testa è la mancanza *totale* di riferimenti psicologici.

L'autore di questi versi si chiama Vranceanu, ma in realtà è un anonimo. Io ammiro profondamente questo anonimato ascetico, che cede completamente il posto alla letteratura: e, attraverso la letteratura, e apparentemente niente altro, raggiunge la poesia. Se la lingua di tale poesia non è letteraria (gergale) fino al limite, questo è un accorgimento per proteggere la «privacy» di lei autore: che da eccessi linguistici (che sono poi in fondo dei tests) potrebbe essere violata, rivelata, spiata. Invece lei ha voluto proprio annullarsi, lasciando questi segni indecifrabili di una psicologia legata alla storia solo attraverso la letteratura. Come vede, ciò mi mette in agitazione. Odio la discrezione, ma quando questa arriva all'eccesso, come nel suo caso, allora la trovo stupefacente. Come dev'essere bello scrivere delle poesie come le scrive lei!

Pier Paolo Pasolini

Minuta dattiloscritta con alcune correzioni e firma autografe. La data è congetturata in base al carattere della macchina per scrivere.

[1] Italianista rumeno, redattore della rivista «Secolul 20».

A Paolo Volponi - Ivrea

[Roma, febbraio 1971]

Caro Paolo,

la tua lettera mi travolge, ti sei lanciato come un ariete per abbattere un muro che andava giú con una spallata. Che me ne importa di Garzanti? Non ho alcun potere su di lui, né alcun interesse ad averne. Se tu vuoi pubblicare presso Einaudi o qualcun altro, per me è la stessissima cosa, te l'assicuro. Non farti nessuno scrupolo, per quel che mi riguar-

da. Anzi, ti dirò, a questo punto è meglio che tu passi veramente a un altro editore cosí non ci sarà piú questo ango-
scioso problema per te, e di riflesso anche per me. Naturalmente, cercherò di persuadere Garzanti, se sarà necessario,
a lasciarti far trasloco in pace.

Nell'insieme ti confesso che questo mi sembra un falso
problema, e l'importante è aver scritto un bel libro[1], come
certamente hai fatto. Bello nel senso vero e unico. Cosa che
ti darà *anche* altre soddisfazioni. Ti abbraccio con tutto l'affetto,

Tuo   Pier Paolo

Presso il destinatario.
Dattiloscritta con firma autografa.

Rispondendo a questa lettera il 1° marzo 1971, Volponi tra l'altro scrive:
«Poi una volta ti farò vedere il libro; la cui maturità, come le altre volte, dovrai tu giudicare.

Di me è meglio che non ti parli. Vorrei passare qualche ora con te, anche
se la chiarezza che mi dai mi metterebbe ancora piú aggrondato davanti al
piccolo (per me capitale) scandalo di me stesso, della mia fuga dentro...
verso...»

[1] Cfr. P. Volponi, *Corporale*, Einaudi, Torino 1974.

A Guido Santato - Casale Monferrato

[Timbro postale: Roma, 24 agosto 1971]

Caro Guido,

rispondo solo ora alla tua invocazione; e rispondo non solo in ritardo (per le ragioni solite), ma anche senza essere capace di darti il piú semplice conforto. Conosco bene le ca-
serme. Solo vorrei dirti che anche un altro ragazzo, come te
(la tua età, la tua cultura, le tue idee politiche, la tesi di laurea su di me ecc.[1]) mi scrive da una caserma: ma forse lui,
piú disperato, piú lucido e piú umile di te, ha saputo vedere
che anche i proletari in divisa hanno la loro colpa, e che è
troppo facile riversare tutta la colpa sul potere. Hai ragione:
essi arrivano spavaldi e ridenti, e la mattina dopo il Potere

li ha resi già servili e tristi. Ma non sono mica pecore. E
proprio ieri sera mi diceva Elsa Morante: non si può parlare
del Proletariato pretendendo che sia sacro, le guerre dopotutto le fanno i soldati e non i generali. Quindi porta piú in
fondo la tua disperazione, non cercare difese: solo dopo
aver dato un giudizio critico e quindi pessimistico anche sugli «innocenti» operai che fanno i soldati, potrai dare un
giudizio reale e giustificato sul potere. Tieni presente che
non c'è Stato al mondo (né l'Urss, né la Cina, né Cuba, né
la Jugoslavia) dove il potere non tolga il sorriso dagli occhi
dei giovani. E il potere non è fuori da quei giovani che se ne
fanno umiliare, è anche in loro. Ricorda che chi ti parla è
uno che (come sai fin troppo bene) «mitizza» gli innocenti:
ma ti dico questo perché so che la mezza disperazione, la disperazione che cerca alibi, impedisce di «essere», la disperazione totale e critica no. Non aver paura neanche, se è necessario, di difenderti del tutto, di chiuderti in te come una
bestia, e di cercare la solitudine (che è divina).

   Scusami queste poche e sconnesse parole, e ricevi un'affettuosa stretta di mano dal tuo

                                                  Pier Paolo

Presso il destinatario.
Dattiloscritta con firma autografa.

   [1] Rielaborata successivamente nel volume G. Santato, *Pier Paolo Pasolini. L'Opera*, Neri Pozza, Venezia 1980.

A Giulio Einaudi - Torino

                                         [Roma, febbraio 1972]

Caro Einaudi,

   scusami per il lungo silenzio: faccio tre film in una volta
e trascuro gli amici! L'idea di riprendere in mano la *Poesia
dialettale*[1] mi attira – fra l'altro, in questi ultimi cinque o
sei anni sono usciti dodici o tredici libri di poeti dialettali,
anche giovani, molto buoni. Ma quando avrò il tempo di

occuparmene? Tu mi dai un largo margine di tempo: ma l'anno che mi attende è occupato dalla fine dei lavori dei *Canterbury*, poi dalle *Mille e una notte*, e poi devo preparare il mio volume di teatro, e poi, a farla completa, mi sono venuti in mente ben due romanzi! Non ti posso dunque promettere niente, purtroppo: ma lascio a me stesso aperto uno spiraglio (in ogni caso, avresti un giovane che, per sollevarmi dalla ricerca, si occupasse di raccogliere i volumi dei dialettali usciti dopo la mia antologia?)

Un affettuoso saluto dal tuo   Pier Paolo Pasolini

Presso Archivio Einaudi.
Dattiloscritta con firma autografa.

Risponde a una lettera del 30 settembre 1971 dove Einaudi tra l'altro gli scrive: «Ho scritto, come d'intesa, alla Signora Guanda, la quale mi fa sapere che il *Canzoniere italiano* è già stato ceduto qualche mese fa a Garzanti per un'edizione economica. La Signora mi chiede al tempo stesso se sarei interessato all'altro tuo lavoro, cioè la *Poesia dialettale*. Ho risposto positivamente, riservandomi di interpellarti».

[1] Cfr. *Poesia dialettale del Novecento* cit.

A Ferdinando Camon - Padova

[Timbro postale: Roma, 1° maggio 1972]

Caro Camon,

ma è matto? Le mie esagerazioni verbali[1] erano soltanto spiritoso-mondano-paradossali, corrette dal seguito del testo (pietà creaturale, povertà, reale sentimento della storia). Che io sia convinto che non si debba parlare di sotto-uomini è un conto, ma che non capisca che uno come lei possa commettere l'errore di farlo, è un altro. Corregga le parole che l'hanno, forse per troppa sua ingenuità, offeso. Scriva «Non mi sembra giusto parlare di sotto-uomini», anziché «Sono convinto che parlare di sotto-uomini sia pura aberrazione», scriva semplicemente «ingiustizie» invece «che intollerabili giustizie», scriva «passionalità della sua

ideologia» anziché «assurdità della sua ideologia», scriva
«storia cosciente», anziché «storia rompiscatole».

Un affettuoso saluto dal suo

Pier Paolo Pasolini

Presso il destinatario.
Dattiloscritta con correzioni e firma autografe.

Risponde a questa lettera di Camon del 26 aprile:

Gentile Pasolini,

io la ringrazio molto della nota che finalmente mi ha mandato sulle mie
poesie. Quando mi disse che, invece di un biglietto a Livio Garzanti, desiderava mandare il risguardo, io fui ben felice della cosa, e accettai subito, perché compresi che le poesie dovevano averla in qualche modo interessato.
Non prevedevo però che l'interessamento avvenisse per una cosí violenta avversione ideologica, che mi sembra nasca da qualche fraintendimento, che mi
piacerebbe chiarire in qualche sede o magari a quattr'occhi, se mai continga
ch'io venga a Roma e che lei mi conceda udienza. Ciò che lei chiama «pura
aberrazione», «assurdità», «intollerabile» ha forse qualche giustificazione,
o si presta a qualche diversa interpretazione, che magari, se ci riuscirò, sten-
derò in calce al libretto garzantiano (quando uscirà) o in nota alla silloge mon-
dadoriana, o sui muri. Vede, io vivo ancora *dentro* il mondo contadino da cui
Lei (e tutti) è uscito: le mie difficoltà nascono da qui. Nel mondo contadino
l'autodisprezzo è di norma, sempre: ecco perché dico p. es. «sotto-uomini».
Veda in proposito Vittorini, «Menabò» 7, p. 208 e «Menabò» 10, p. 16 prime righe: lí è molto vero, purtroppo. La sua tesi, comunque, è una tesi, critica, schietta, detta con franchezza: e come tale va accettata, pensata, medi-
tata a lungo. Come farò. Questa lettera non è altro che una ripresa di un nostro dialogo, purtroppo poco puntuale per i suoi molteplici lavori.

Il testo dattiloscritto che mi ha mandato è assolutamente privo di errori
e di dubbi: posso quindi correggere le bozze io, ma a suo tempo mi farò scrupolo di mandare una fotocopia a lei.

[1] Cfr. L'introduzione di Pasolini a F. Camon, *Da «Liberare l'animale»*,
poesie inedite, in «Almanacco dello Specchio», n. 2, 1973.

A Gianfranco Contini - Firenze

[Timbro postale: Roma, 29 novembre 1972]

Caro Contini,

vedo il suo biglietto datato Ronchi 22 Giugno 1972. Da
allora l'ho portato sempre sul cuore, in un brutto portafo-

glio rosso dove tengo le tessere. Mi ha accompagnato in Inghilterra, in Francia, in Germania, in Egitto, in Persia, in India, nel Kuwait, nei Trucial States, in Eritrea, nello Yemen, ancora in Francia, in Nigeria: ma sempre sul cuore di tutti e tre i P. Tanto è vero che la mia unica ambizione è di scrivere, prima di finire, ancora un'opera o una pagina che piaccia a Contini. L'omissione che lamentavo riguardava la prefazione al libro di Guerra[1], dove almeno tre o quattro volte la citazione del mio P. si presentava come inevitabile (visto che si facevano altre citazioni!) Ma io scordo subito i miei dolori, come le galline. Mentre sono piú tenace nel ricordare i miei amori, specie, naturalmente se un po' difficili.

L'abbraccio con affetto, suo   Pier Paolo Pasolini

Presso il destinatario.
Dattiloscritta con firma autografa.

Risponde a questa lettera di Contini:

Ronchi, 22 giugno 1972
Caro P.,

a quale dei tre P. mi rivolgo per accusare, con piacere, ricevuta del Suo libro[2]? Il primo da un pezzo che mi venga direttamente, dopo una lunga serie, fino a *Trasumanar*, integrata nello scaffale a mie spese. Non mi pare, come Lei deplora, che io abbia avuto di recente, e omesso, occasione di citarla. Questo dico attualmente; perché virtualmente ha ragione Lei: avrei certo evitato di nominarLa dopoché, in una pagina di «Nuovi Argomenti»[3], per farsi perdonare da Suoi amici non citati l'abbondanza di citazione Sua in un mio libro ormai vecchio[4], si scosse la mia polvere dai Suoi calzari. Avevo torto, e me lo dice nel risvolto[5] con la teoria dei due P., il razionale ecc. e il reazionario ecc.: con iperbole del punto di vista, si può perfino, come in politica estera, parlare di «tripolarità» di P. Quale che sia il P. da cui mi venne l'intimazione, ci sarà, a quel che risulta, sempre un P. disposto a ricevere l'affettuoso messaggio di

Gianfranco Contini

[1] Cfr. il testo introduttivo di G. Contini, in T. Guerra, *I bu. Poesie romagnole*, Rizzoli, Milano 1972.
[2] *Empirismo eretico* cit.
[3] Cfr. *Ah! Italia disunita!*, in «Nuovi Argomenti», n. s., n. 10, aprile-giugno 1968.
[4] Cfr. G. Contini, *Letteratura dell'Italia unita 1861-1968*, Sansoni, Firenze 1968.
[5] Si riferisce al risvolto di copertina di *Empirismo eretico*.

A Susanna Pasolini - Roma
A Graziella Chiarcossi

[Timbro postale: Asmara, 6 gennaio 1973]

Cara Picinina,

tanti saluti rapidissimi ancora da Asmara, pronto a andare a fare sopraluoghi in un vecchio convento... Tutto va
molto bene, splende il sole dolcemente, gli Eritrei sono deliziosi. Stammi bene, picinina, mangia, bevi e non stare mai
neanche un minuto in pensiero, ciao

Pier Paolo

Cara Ninuta,

eccoti il pezzo di carta firmato. Qui va tutto bene e tutto
di corsa, con mille cose da fare perché ho deciso di girare
qui a Asmara tutto il primo blocco del film[1]... ciao

Pier Paolo

Presso gli eredi Pasolini.
Autografa.

[1] *Il fiore delle mille e una notte*.

A Renzo Paris - Roma

[Roma, marzo 1973]

Caro Renzo,

ho letto *Cani sciolti*[1].
Se devo essere sincero non è nella linea delle cose che
faccio io. Ma il libro è cattivo e tanto basta. Tu conosci la
mia polemica con il '68. Non so se preferisci che ne parli,
anche se ne devo parlare in termini critici, o se preferisci di
no. Se ti può far gioco, per quello che può servire un mio articolo... Secondo me tu vedi soltanto gli studenti. Studenti

dovunque. E gli altri? Mi hai detto che lavori a Salerno e che ti fermi spesso a Napoli. Ma dove li trovi gli studenti lí? Come fai a distinguerli con tutto quello che c'è nei vicoli?

Al mio ritorno ne parleremo a voce.

Ciao   Pier Paolo

Presso il destinatario.
Dattiloscritta con firma autografa.

[1] Cfr. R. Paris, *Cani sciolti*, nuova edizione, Savelli, Roma 1983.

A Graziella Chiarcossi - Roma
A Susanna Pasolini - Roma

Isfahan, 29 aprile 1973

Cara Graziella,

ti mando questi due pezzi[1], spero che non arrivino troppo tardi. Scusami, anche stavolta, la fretta. Ma oggi ho lavorato dalle 7 di mattina alle 11 di sera, e il buon Alberto Argentino, a cui consegno questi fogli, parte dall'albergo fra poco. Sto molto bene di salute, e pare che il film venga meglio del previsto.

Ciao!

Cara Picinina,

grazie per il tuo biglietto, che m'ha dato tanta commozione e tenerezza. È arrivato il momento che non vedo l'ora di vederti.

Ciao, picinina mia, sta bene e sii allegra e forte. Ti bacio tanto

Pier Paolo

PS. Tanti saluti a Ninetto.

Presso Archivio Pasolini.
Autografa.

[1] Articoli per «Tempo illustrato».

A Susanna Pasolini - Roma

                              Teheran, 6 maggio 1973

Cara picinina,

altre due righe in fretta, in piedi. Stavolta sono in partenza per l'Afganistan, ma per pochi giorni. Fra pochi giorni finalmente ci rivedremo. Non vedo l'ora anche se il tempo giorno per giorno mi è volato via, adesso, nell'insieme,
mi pare un secolo che non ti vedo.

Ti bacio tanto, con Graziella e Ninetto.

Ciao.   Pier Paolo

Presso Archivio Pasolini.
Autografa.

A Graziella Chiarcossi - Roma
A Susanna Pasolini

                    [Hoodeida (Yemen) primavera 1973]

Cara Graziella,

ti spedisco in tutta fretta – in partenza da Hodeida per
Aden – questo articolo. Spero che ti arrivi. Ad ogni buon
conto ne spedirò una copia anche da Aden. Scusami queste
righe frettolose, ma è da stamattina alle 5 che sono in piedi
a lavorare (in un villaggio indescrivibile). Il lavoro è cosí intenso che – ve lo confesso – non riesco neanche a rendermi
conto che sono lontano e non vi vedo! Vivo ora per ora, inquadratura per inquadratura. Ciao, salutami tutti

                                           Pier Paolo

Cara Picinina,

tanti tanti baci, come in sogno, in questa caldissima notte di Hodeida.

Tanti saluti a Ninetto.

Presso Archivio Pasolini.
Autografa.

A Susanna Pasolini - Roma
A Graziella Chiarcossi

[Yemen, maggio 1973]

Cara Picinina,

ciao! son secoli che non ti vedo e non ti sento, ma per fortuna il lavoro è cosí brutale e cosí bello, che mi distrae completamente – è come se facessi un lungo sogno[1]. Non vedo l'ora di rivederti, picinina mia. Mangia, bevi e sta allegra. Il film mi pare venga bene, e tornerò presto a casa.

Tanti baci

Pier Paolo

Cara Ninuta,

informati sempre presso la PEA[2], dove ogni giorno sanno tutto di noi. Ciao!

Presso Archivio Pasolini.
Autografa.

[1] Si riferisce alla lavorazione del film *Il fiore delle mille e una notte*.
[2] La casa produttrice del film.

A Sergio Citti - Roma

[Timbro postale: Roma, 22 agosto 1973]

Caro Sergio,

ti mando l'ultimo dei tanti pezzi e pezzettini uscito su di te e *Storie scellerate*: si profila un bel successo... Ma questo lo sai già. Scusa se non ti ho mai scritto, e se questa piú che una lettera è un telegramma. Ma tu sai com'è fatta la mia vita.

Non credo che ci sia stata una cattiva volontà precostituita nel tuo arresto: le cose sono andate avanti con la solita stupida meccanicità. Ma adesso stiamo lavorando per rimediare. Spera. Io, ti confesso, ho provato di fronte a questo fatto lo stesso sentimento che tu hai provato di fronte al fatto del leone che voleva mangiarsi Ninetto. C'è qualcosa di cosí perfettamente logico e perfetto nella cosa che fa quasi ridere. Scusami, capisco che è dura, nella coscienza succede che molto spesso mi sento soffocare al pensiero di te, e mi viene l'angoscia. Ma la perfezione con cui il destino prepara i suoi colpi di scena è quella di uno sceneggiatore cosí grande che non si può non restare ammirati. Sto lavorando a l'*Histoire du soldat*[1]: adesso scrivo tutto quello che mi compete (che non è poco!), e poi lo ripasso a te: ti farò avere il copione portato avanti, con ancora tutta una serie di scenette e soprattutto di battute, che spetta a te di fare. Non sarà difficile; siamo quasi alla fine.

Ti abbraccio forte, e coraggio: sii all'altezza del destino che regola i tuoi rapporti con la società cosí come tu in fondo li vuoi. Tuo

Pier Paolo

Presso il destinatario.
Dattiloscritta con correzioni e firma autografe. Indirizzata al Carcere Giudiziario di Rebibbia, dove Citti stava scontando una pena per un'infrazione al codice della strada.

[1] Si riferisce alla sceneggiatura di un film che Sergio Citti aveva intenzione di dirigere.

A Giovanni Ventura - Bari[1]

Roma, 24 settembre 1975

Gentile Ventura,

proprio due o tre giorni fa ho spedito al «Corriere» un articolo[2] che finisce affermando l'ineluttabilità del Processo nel caso che fossero condotti a termine i famosi processi in corso. Su ciò siamo d'accordo. Quanto al resto, non so. Vorrei che le sue lettere fossero meno lunghe e piú chiare. Una cosa è essere ambigui, un'altra è essere equivoci. Insomma, almeno una volta mi dica sí se è sí no se è no. La mia impressione è che lei voglia cancellare dalla sua stessa coscienza un errore che oggi non commetterebbe piú. Fatto sta che lei resta sospeso ancora – e ai miei occhi di «corrispondente» scelto da lei – in quell'atroce penombra dove destra e sinistra si confondono. Si ricordi che la verità ha un suono speciale, e non ha bisogno di essere né intelligente né sovrabbondante (come del resto non è neanche né stupida né scarsa).

Suo,   Pier Paolo Pasolini

Presso l'Archivio di Antonio Pellicani.
Dattiloscritta con data e firma autografe.

[1] Detenuto al carcere giudiziario di Bari per l'imputazione della strage del 12 dicembre 1969 alla Banca dell'Agricoltura di Milano. Ventura era entrato in contatto con Pasolini attraverso l'editore Antonio Pellicani.
[2] Cfr. *Perché il processo*, in «Corriere della Sera», 29 settembre 1975.

A Eduardo De Filippo - Roma

Roma, 24 settembre 1975

Caro Eduardo,

eccoti finalmente *per iscritto* il film[1] di cui ormai da anni ti parlo. In sostanza c'è tutto. Mancano i dialoghi, ancora provvisori, perché conto molto sulla tua collaborazione, anche magari improvvisata mentre giriamo. Epifanio lo affido completamente a te: aprioristicamente, per partito preso, per scelta. Epifanio sei tu. Il «tu» del sogno, apparentemente idealizzato, in effetti reale.

Ho detto che il testo è *per iscritto*. In realtà non è cosí. Infatti l'ho dettato al registratore (per la prima volta in vita mia). Resta perciò, almeno linguisticamente, orale. Ti accorgerai subito infatti, leggendo, di una certa sua aria un po' plumbea, ripetitiva, pedante. Passaci sopra. Mi era impossibile – per ragioni pratiche – fare altrimenti.

Io stesso l'ho letto per intero oggi – poco fa – per la prima volta. E sono rimasto traumatizzato: sconvolto per il suo impegno «ideologico», appunto, da «poema», e schiacciato dalla sua mole organizzativa.

Spero, con tutta la mia passione, non solo che il film ti piaccia e che tu accetti di farlo: ma che mi aiuti e m'incoraggi ad affrontare una simile impresa.

Ti abbraccio con affetto, tuo   Pier Paolo

Presso gli eredi del destinatario.
Dattiloscritta con data e firma autografe.

¹ Si riferisce al trattamento del film *Porno-teo-kolossal*.

A Gian Carlo Ferretti - Milano

[Primi di ottobre 1975]

Caro Ferretti,

fra una settimana avrò finito il film¹ (a parte il fatto che comincio subito *Porno-teo-kolossal*, il nuovo) e quindi approfitterò dello spiraglio per accordare la nuova collaborazione letteraria al «Corriere», una rubrica intitolata «Che dire?»: esordendo naturalmente con l'articolo su «Officina»². Vorrei anche rispondere a lungo al tuo articolo su «Rinascita»³, molto bello, ma un po' «partitico» (come sai benissimo). Ciò avverebbe sul «Mondo». Dette queste cose «pratiche» di lavoro... ti abbraccio con affetto dal «vissuto».

Tuo

Pier Paolo

Presso il destinatario.
Dattiloscritta con firma autografa.

Risponde a una lettera del 5 settembre dove Ferretti tra l'altro gli scrive: «Hai letto il mio articolo sui tuoi ultimi libri ("Rinascita" numero 35)? Vorrei proprio che questo mio discorso, dopo il libro su "Officina", riaprisse il nostro attivo dialogo, nel consenso e nel dissenso. E anzi aspetto sempre l'articolo che avevi promesso a Barbiellini Amidei e a me, a proposito del mio lavoro officinesco: sai bene che non si tratta, per me, soltanto di avere una autorevole recensione in piú, ma soprattutto di verificare concretamente (e pubblicamente) i risultati del mio lavoro con un interlocutore fondamentale come te».

[1] *Salò o le 120 giornate di Sodoma.*
[2] Cfr. G. C. Ferretti, *«Officina». Cultura, letteratura e politica negli anni cinquanta*, Einaudi, Torino 1975.
[3] Cfr. «Rinascita», 5 settembre 1975.

A Pinuccia Ferrari - Pavia

[Roma, ottobre 1975]

Cara Pinuccia,

grazie per le tue precisazioni dal «vissuto» sull'assenteismo: che, linguisticamente, non è però quel «bravo avanguardismo molto pressapochista» che tu credi. Si tratta, come ricordavo nell'articolo a cui tu ti riferisci, cioè il mio luterano attacco a Donat Cattin, a proposito del «Processo», di una vecchia parola. Che io *davvero* ho sentito a quattordici anni quando ero avanguardista. Non si tratta di una battuta. Poi *davvero* non l'ho piú sentita. Che essa abbia un «revival» oggi è atroce. Bada che l'ha usata anche il Presidente Leone in una sua intervista al «Corriere» nei giorni di Ferragosto. Ad analizzare questo fenomeno ci sarebbe da scrivere un libro. È chiaro che Donat Cattin e Leone usano la parola «assenteismo» da vecchi, che hanno creduto nello Stato. Ed è chiaro anche che probabilmente i fascisti avevano adottato la parola «assenteismo» dal precedente Stato liberale, sostituendone la connotazione legalitaria e lealistica con una connotazione terroristica. Chi era «assenteista» era un traditore. Esso ha perduto totalmente la stima dei cittadini. I quali dunque non possono manifestare la loro disistima che con l'assenteismo: è il minimo che possano fare. Donat Cattin e Leone postulano dunque uno Stato e un momento dell'industrializzazione che non esistono piú.

Non essere stanca. Né triste, mia passeggera e sconosciuta corrispondente.

Ricorda le parole di Spinoza che tu stessa hai scritto nel frontespizio del bel libro di Raffaella Dore, *Gli Dei dei bambini*, che mi hai mandato: «La tristezza è una condizione di inferiorità del cuore umano».

Un saluto affettuoso, tuo   Pier Paolo Pasolini

Minuta dattiloscritta con correzioni e firma autografe conservata nell'Archivio Pasolini di Roma.

Risponde ad alcune lettere in cui la Ferrari discuteva la polemica di Pasolini contro l'aborto e altri temi dei suoi articoli.

A Gianni Scalia - Bologna

[Timbro postale: Roma, 3 ottobre 1975]

Caro Gianni,

tu non sai che gioia mi ha dato la tua lettera. Sono nel vuoto – in un vuoto quasi accademico o da ospedale psichiatrico – e qualcosa che mi giunga dall'esterno è un messaggio consolante e festoso. Dunque esisto!

La tua idea di «tradurre» in termini di economia politica ciò che io dico giornalisticamente mi sembra non solo bellissima, ma da attuarsi subito. E certo, per «Nuovi Argomenti»*. Sarebbe una cosa fra l'altro che mi spingerebbe a rioccuparmi della rivista e a rilanciarla. Ti prendo in parola e aspetto un tuo scritto, dove (se posso osare darti un consiglio) tu resista al raptus di felicità linguistica che ti prende quando scrivi cose «giuste», facendo quindi il piú possibile il «dovere» del traduttore. È questo che occorre, subito. Per me, per te, per tutti.

Io direi che tu prima faccia questa «traduzione», e poi io venga a Bologna, a discuterne, all'Istituto di Sociologia, anche o dove vuoi.

Ho risposto col pathos al pathos, e ti abbraccio con affetto,

Pier Paolo

* Ma perché non anche, con una certa semplificazione, prima sul «Corriere»?

Presso il destinatario.
Dattiloscritta con nota e firma autografe.

Risponde a questa lettera di Scalia del 6 settembre:

Caro Pier Paolo,

non posso proprio farne a meno, ora (volevo farlo anche prima): *devo* scriverti. I tuoi ultimi scritti (dopo quella nostra conversazione di quella sera) mi persuadono sempre piú. Il tuo ultimo, la lettera al presidente[1], mi ti rende tanto «simpatico» (secondo etimologia) che, appunto, ti scrivo. (E vorrei abbracciarti, se non fosse «patetico» – prendilo sempre secondo etimologia). Quando leggo «economia politica», «modo di produzione», produzione non solo di merci ma «di umanità» (scilicet: di rapporti sociali. Esattamente: «produzione di rapporti sociali di produzione»: è la mia, che dico, marxiana scoperta dell'«arcano della forma-valore»), quando leggo questo, mi viene voglia di parlare, di discutere con te, di «tradurti». (Sullo Sviluppo, c'è ancora, hai ancora da chiarire!)

Insomma, mi ha fatto piacere leggerti, disperato come ero di un dibattito, al Festival dell'«Unità», con Tortorella, Zangheri e tanti professori universitari (lo sono anch'io, da un anno, ma perdío, sono «diverso»). Che amarezza, e che rabbia. (Rispondendo, nel mio discorso c'eri anche tu, notevolmente «tabú»: sai, al solito, irrazionalismo, vitalismo, arcaismo eccetera eccetera. Io pensavo, *anche*, ai «francofortesi»!!)

Ti ripeto, ho voglia di parlarti, di discutere con te, di darti ragione, di «tradurre» in termini teorici, se permetti, la tua perfetta «immaginazione» politica. Le cose che dici, e che dico anch'io, qua e là, a parole o scrivendo di «altro». Ho voglia di cominciare; se vieni, come si diceva quest'estate, al seminario di Sociologia di Bologna, se ne parla, si comincia. O si comincia, se vuoi, pensando qualcosa insieme: che so, degli appunti, delle lettere, delle note per un discorso (piú lungo), dei «dialoghi», avvisi, istruzioni, su «Nuovi Argomenti», che so, o altrove. Bon.

A presto. Se mi rispondi, ne sono contento.

[1] Cfr. *La sua intervista conferma che ci vuole il processo*, in *Lettere luterane*, Einaudi, Torino 1976, pp. 131-37.

Appendice
Lettere inedite

Nota.

Si pubblicano cinquantasei lettere inviate a diversi destinatari, che sono state ritrovate dopo la pubblicazione dei due volumi dell'epistolario pasoliniano: *Lettere 1940-1954* (Einaudi, Torino 1986), *Lettere 1955-1975* (Einaudi, Torino 1988).

Sono state raggruppate sotto il nome di ciascun destinatario seguendo una successione cronologica che parte dalla data della prima lettera ricevuta.

A Roberto Longhi - Bologna

Egregio Professore,

vogliate scusarmi se mi presento cosí, per lettera, ma i molti dubbi e i molti pentimenti, mi hanno impedito di rivolgermi a Voi a viva voce, quando durante l'anno accademico, mi si sarebbe presentata l'occasione. Del resto, è stato il prof. Arcangeli a consigliarmi di rivolgermi a Voi per lettera.

Io vorrei qui sottoporre al Vostro consenso un argomento per la tesi di laurea in Storia dell'arte, che fra i molti altri, mi si presenta come il piú consono alle mie possibilità, e, vista la mia sempre probabile chiamata sotto le armi, il breve tempo ecc., anche il piú agevole, possedendo io già intorno ad esso un buon materiale in fotografie, studi ecc.; l'argomento sarebbe: *Intorno alla «Gioconda ignuda» di Leonardo*.

Vi accludo qui la fotografia della Gioconda ignuda che vorrei particolarmente studiare e che fa parte della raccolta del Dottor Weiss, a Roma.

Spero vivamente che Voi vogliate dare il vostro consenso a questa mia proposta; ma se per qualche ragione questo non fosse possibile, altri due argomenti, benché tra loro lontani, mi starebbero parimenti a cuore: uno sul pittore veneto Pomponio Amalteo, e l'altro sull'odierna pittura italiana (intorno a cui possiedo già una preparazione abbastanza approfondita, quasi appassionata).

Chiedo di nuovo scusa per la maniera con cui mi sono presentato a Voi, e Vi prego di darmi presto notizia del Vostro eventuale consenso ad uno degli argomenti che Vi ho proposto.

Il mio indirizzo è: Pier Paolo Pasolini, Casarsa (Udine). Rispettosi ossequi.

Pier Paolo Pasolini

Presso Fondazione Longhi, Firenze.
Autografa.

A Roberto Longhi - Bologna

Casarsa, 2 settembre 1942

Egregio professore,

come immaginavo, la mia tesi di laurea non è sulla Gioconda ignuda, e, benché abbia ancora a lungo soppesato le mie inclinazioni e le mie possibilità (per questo ho tardato un po' a rispondere alla Vostra lettera), in fondo ero già sicuro e convinto – ed anche contento – che avrei finito col preferire l'argomento intorno all'arte contemporanea. È proprio a questo, che fin dal primo anno di Università io tendevo: ottenere una tesi sull'arte o sulla letteratura contemporanea: ed ora che ho trovato in Voi comprensione, mi accingerò con gioia a un lavoro, che, altrimenti, sarebbe riuscito faticoso ed estraneo. Mi rendo ben conto di quanto dite intorno alla «difficoltà d'impostazione critica», ma, educato alla critica moderna, sia artistica che letteraria (benché, s'intende, tutt'altro che estraneo a quella tradizionale), mi riuscirà piú agevole trattare appunto di problemi e d'arte moderna, che, in genere, classica.

Penso inoltre che in noi giovanissimi si siano spente, nei riguardi della generazione che ci ha immediatamente preceduti, quelle condizioni polemiche, che, per lungo tempo, si sono andate sostituendo ad un vero e proprio rigore critico.

Continuerò dunque con maggior ordine e decisione gli studi sulla nostra odierna pittura, in generale, attendendo

di avere da Voi stesso, a Bologna, un argomento piú particolare, o almeno, piú definito.

Rispettosi ossequi.   Pier Paolo Pasolini

Presso Fondazione Longhi, Firenze.
Autografa.

A Ercole Carletti - Udine[1]

[Casarsa, 10 maggio 1943]

Gentile sig. Carletti,

molte occupazioni, tra cui prima la tesi di laurea, mi hanno impedito di rispondervi e ringraziarvi prima.

Sorvolo, allora, sui ringraziamenti, di cui immaginerete
senz'altro la sincerità: vi sono molto grato per la vostra
segnalazione[2], che è entrata proprio nel cuore del Friuli,
attraverso il vostro ben friulano bollettino. E credo che mi
stia a cuore piú la vostra recensione, che le altre che mi son
state promesse o fatte su fogli piú propriamente letterari,
magari anche meglio disposte alle origini «ermetiche» del
mio libretto.

Tuttavia vi confesso subito che benché da me inizial-
mente amato e poi molto studiato, l'ermetismo mi è né piú
né meno lontano che il marinismo o che so io: ed «un frutto
piú organico etc. etc.» è proprio quello per cui io mi affati-
co. Se voi leggeste il mio ultimo, recente quaderno di poesie, forse vedreste che un passo avanti verso quello che mi
augurate è già stato fatto. In tale quaderno le poesie sono
scritte stavolta in vero e proprio casarsese senza lenocinii
arcaicizzanti o preziosismi linguistici di cui io avevo un po'
arbitrariamente (ma, in sede non di glottologia ma di poesia, con la piú assoluta sincerità) arricchito il mio linguaggio, che – allora – non voleva essere né friulano né casarsese né altro, ma solamente mio. Ed è questa la ragione per
cui «donzel» «lutà» (guardare bramosamente) [parola illeg-
gibile] etc. non sono voci che si possono sentire sulle labbra

di questi miei rustici compaesani, ma sono soltanto reperibili tra le pagine del «Nuovo Pirona». Perciò ragguagli sul mio dialetto non posso darvene, nel senso che desiderate voi. Il casarsese nella sua nativa e parlata condizione glottologica, lo potrete leggere nella ristampa del mio libretto, con l'aggiunta, magari di nuove poesie, se questa ristampa, come mi è stato promesso, si farà, presso Parenti. Non so come voi e i vostri colleghi del «Ce Fastu» siate moralmente – anche se non esteticamente – disposti ad ammettere quei lenocinii e quegli arbitrii che io – del resto, ripeto, innocentemente – ho usato nel mio primo opuscolo: tuttavia avete già la promessa che verso un'ispirazione non piú accuratamente e segretamente mia, ma piú aperta ad interessi non solo poetici e privati, e disposta a cantare tutto un paese e tutta una gente a cui, fin da prima della nascita, io appartengo, io cerco di moderare la mia ben unica e individuale sofferenza.

Vi torno a ringraziare e vi saluto cordialmente.

vostro   Pier Paolo Pasolini

Presso Novella A. Cantarutti.
Autografa.

[1] Ercole Carletti (1877-1946), poeta dialettale friulano, studioso della lingua e del folclore, organizzatore della Società Filologica Friulana.
[2] Cfr. E. Carletti, *Su «Poesie a Casarsa»*, in «Ce Fastu? Bollettino della Società Filologica Friulana», 31 ottobre 1942.

A Ercole Carletti - Udine

Casarsa, 4 giugno [1943]

Gentile sig. Carletti,

vi ringrazio di cuore per la vostra lettera ed il vostro invito, cosí cortesi. Sarò molto contento di collaborare al «Ce Fastu», perché, come vi scrivevo l'altra volta, mi sembrerà con esso di farmi ascoltare dal cuore del Friuli.

Vi spedirò presto quattro o cinque tra le poesie che ho

scritto in questi ultimi tempi; ve le manderò dattiloscritte
per riparare radicalmente al mio ermetismo calligrafico!

Vi ringrazio di nuovo e vi saluto cordialmente.

vostro

Pier Paolo Pasolini

Presso Novella A. Cantarutti.
Autografa.

A Ercole Carletti - Udine

Casarsa 5 maggio [1944]

Egregio Sig. Carletti,

ho ricevuto con dispiacere e sgomento il Suo espresso.
Ma non so che risponderLe, se non che lo «Stroligùt»[1] è
ancora tutto dal tipografo, e non lo distribuiremo prima che
Lei ci scriva le ragioni (e forse lo avrà ormai fatto) che
l'hanno spinta ad accuse tanto gravi contro tutto me stesso.
Capisco tuttavia come certe circostanze possano turbare ed
agitare un uomo; perciò, malgrado qualsiasi opinione diversa, Lei resterà sempre per me una cara e paterna figura.

La saluto cordialmente

suo

Pier Paolo Pasolini

Presso Novella A. Cantarutti.
Autografa.

Risponde a questa lettera di Carletti:

4 maggio 1944

Caro Pasolini,

Ieri sera stessa ho letto attentamente, come Vi avevo promesso, lo «Stroligùt di cà da l'aga». Mi riservo di rilevare piú tardi i meriti di alcune buone
pagine, e specialmente il notevole contributo che questi piccoli scritti portano alla conoscenza della Vostra parlata. Ma devo dichiararVi subito, e m'af-
fretto a farlo stamattina sperando d'arrivare a tempo, che l'impostazione della premessa, diremo cosí teorica, *Dialèt lenga e stil* è fatta, per alcuni riguardi,
essenziali, con un semplicismo, con una leggerezza, con una insensibilità dei
problemi spirituali e anche pratici che coinvolge, da recarmi veramente meraviglia e dispiacere. Io non ho alcun diritto di chiederVi dei sacrifici, ma
spero lo stesso che mi sentirete: non pubblicate l'opuscolo o ritiratelo senza

ritardo se ne avete distribuite delle copie, – riponderate meglio l'argomento, anche in rapporto con le circostanze attuali.

Ho troppa fretta di farVi giungere questo biglietto perché possa esporVi qui le gravi ragioni che m'inducono a parlarVi cosí crudelmente. Ne riparleremo in un prossimo incontro. Intanto scusatemi e serbatemi la Vostra stima, che ricambio di cuore.

Vostro aff.   Ercole Carletti segr. S.F.F.

¹ Cfr. «Stroligùt di cà da l'aga», aprile 1944.

A Carlo Calcaterra - Bologna[1]

[Casarsa, marzo 1944]

Egregio Sig. Professore,

Serra le avrà già detto le ragioni per cui, cosí in ritardo, e direi cosí arbitrariamente, mi affido a Lei per la tesi di laurea. Le avrà detto come, a quest'ora, se le circostanze me lo avessero permesso, mi sarei già addottorato con una tesi assegnatami dal professor Longhi intorno alla pittura contemporanea. Ora, per di piú, il manoscritto di quella tesi mi è andato perduto, a Pisa, durante il marasma seguito all'armistizio, e non mi sento la forza di rifare tutto quel lavoro. Devo aggiungere, tuttavia, che lunghissimi mesi di vita ritirata in campagna, lontano dall'ambiente letterario della città, privo, fortunatamente, delle notizie che le varie rivisticule letterarie periodicamente mi ammannivano, ho perduto l'entusiasmo e mutate molte idee, con cui mi ero accinto ad affrontare quella scabrosissima tesi. Ho pensato quindi di rivolgermi a Lei, e spero ardentemente che Lei mi soccorra. Il Pascoli è poeta a cui mi sento legato quasi da una fraternità umana, e per questo, benché non sempre accetti la sua risoluzione formale, e anzi, in qualche periodo della mia vita l'abbia assai criticata, l'ho sempre letto e molto assimilato. La sua lettura insomma, ha avuto sempre per me un valore di studio della tecnica della poesia, studio quasi privato e segreto, in cui tutte le mie facoltà critiche stavano all'erta tese unicamente a cogliere gli affetti risolti in linguaggio, e a scartare quelli meramente autobiografici.

Cosa, del resto, che nel Pascoli è relativamente facile. Era perciò un lavoro che io facevo leggermente, quasi con lietezza. Era quasi, per me, una facile dimostrazione dei miei postulati. Ma alla base di tutto questo stava il «Fanciullino», cioè la poetica pascoliana, laddove si fa piú chiara e quasi di una commovente modernità: vi trovavo una straordinaria risoluzione, che non so fino a che punto sia giustificabile criticamente, e cioè una specie di conciliazione dell'autonomia dell'arte (affermata con tanto ardore da gran parte della critica moderna), con una sua moralità umana che non esclude un fine utilitario, o, comunque, quasi estraneo alla poesia.

Mi riferisco soprattutto al passo: «(La poesia) è quella che migliora e rigenera l'umanità, escludendone non di proposito il male, ma naturalmente l'impoetico. Ora si trova a mano a mano che l'impoetico è ciò che la morale riconosce cattivo e ciò che l'estetica proclama brutto». E ancora in *L'era nuova*: «Ricordo un punto sul quale si esercita la poesia: l'infinita piccolezza nostra a confronto della infinita grandezza e moltitudine degli astri... Tuttavia... quella spaventevole sproporzione non è ancora entrata nella nostra coscienza... Perché, se fosse entrata, se avesse pervaso il nostro essere cosciente, noi *saremmo piú buoni*». Cosí mi spiegavo con grande chiarezza il passaggio foscoliano dall'autobiografia alla poesia, e, con pari facilità, perdonavo al poeta tutta la sua zavorra umana, che tanto spesso egli non era capace di contenere nel grembo segreto della memoria. E ritrovavo i suoi risultati piú umani appunto nella sua poesia piú pura. Per tutto questo da molto tempo volgevo nella mente l'idea non tanto di uno studio sul Pascoli, quanto di una scelta, che fosse tutta mia e il piú possibile giustificata criticamente, della poesia pascoliana. La mia tesi, dunque, non vorrebbe esser altro che la giustificazione per una mia antologia di quella lirica; e, poi, un commento alle poesie e ai luoghi scelti. Il suo titolo potrebbe dunque essere: *Prolegomeni a un'antologia della lirica pascoliana*[2]. Le sembra cosa accettabile?

Spero ardentemente di sí, poiché vorrei mettermi subito al lavoro, aiutato anche dal mio amico Serra, il quale, come forse le avrà detto, sta facendo una tesi sulla bibliografia pascoliana. La prego tanto di scusarmi per il ritardo e la precipitosità con cui mi sono rivolto a Lei; ma spero che Lei sia tanto buono da comprendere la precarietà della mia condizione.

Rispettosi saluti
Dev.mo   Pier Paolo Pasolini

Presso gli eredi del destinatario.
Autografa.

¹ Docente di letteratura italiana all'Università di Bologna. Le lettere a Calcaterra sono state pubblicate nell'Appendice critica del volume: P. P. Pasolini, *Antologia della lirica pascoliana. Introduzione e commenti*, a cura di Marco A. Bazzocchi, con un saggio introduttivo di Marco A. Bazzocchi ed Ezio Raimondi, Einaudi, Torino 1993.
² Vedi la citata *Antologia della lirica pascoliana*.

A Carlo Calcaterra - Bologna

Versuta, 19 dicembre [1945]

Egregio Sig. Professore,

Le ho spedito alcuni giorni fa quel libretto di poesie che Lei desiderava vedere, ed ho aggiunto una nuova edizioncina di versi piú recenti¹. Tremo un poco all'idea di una Sua lettura di queste cose che erano destinate ad alcuni amici e ad alcuni lettori casuali; esse sono il frutto di una solitudine di piú di due anni, durante i quali tutto era sproporzionato, anche la guerra, all'infinità del mio raccoglimento interiore. Ho rifatto per conto mio l'esperienza dei mistici, restando fedele, come ho accennato nella mia tesi, a un estremo dato sensibile, la parola, anzi, direi meglio, l'endecasillabo.

La prego di scusare questa mia breve giustificazione, ma ormai la sua immagine mi è cosí grata e la sua stima cosí ambita, che ho sentito il bisogno di darle una fugace spiegazione di quella mia poesia.

Rispettosi saluti
Suo dev.mo   Pier Paolo Pasolini

Presso gli eredi del destinatario.
Autografa.

¹ Si tratta di *Poesie a Casarsa* cit. e *Diarii* cit.

A Carlo Calcaterra - Bologna

Versuta, l'8 aprile [1946]

Egregio Sig. Professore,

sono appena tornato al mio paese, nella mia casa isolata tra i campi, e già la mia memoria sa dare un'inattesa perfezione agli avvenimenti da poco passati. Tra questi credo che non dimenticherò la sua accoglienza cosí aperta, le sue parole cosí amiche.

Sto ora pensando a cosa potrei preparare per «Oggidioma»; ma c'è uno studio che da tempo medito, e che intitolerei *La religiosità di Ungaretti*. Potrebbe andare? Per la Sei, come forse Leonella Le ha detto, ho pensato al Boiardo, e precisamente al suo canzoniere. Questo col Boiardo è stato veramente, per me, quello che i moderni chiamano un incontro; è stata una delle letture piú abbandonate e piú fertili che io abbia avuto in questi ultimi tempi.

Attendo dunque una sua risposta, un suo consiglio, perché ardo di mettermi al lavoro; ma ad un lavoro, appunto, che, come Lei ama dire, non devii dalla *via maestra*. Per questo Le sono gratissimo.

La saluto rispettosamente
Suo dev.mo

Pier Paolo Pasolini

Presso gli eredi del destinatario.
Autografa.

A Novella A. Cantarutti - Spilimbergo

Versuta, 7 dicembre [1945]

Cara Cantarutti,

il prof. Carletti mi ha parlato bene di te. Potresti mandarmi qualche tua poesia? Prima di tutto perché mi sarebbe una lettura dolcissima, e poi, se i tuoi versi rispondono a

certi requisiti, per pubblicarne un saggio nel prossimo
«Stroligùt».

Scusami questa scarna lettera, e il «tu» che ho usato senza complimenti; due cose che vanno poco d'accordo tra loro. Spero di poter conoscerti presto, e immagino che questo
avverrà quando ci sarà il treno tra i nostri due paesi.

Cordiali saluti
Tuo   Pier Paolo Pasolini

Presso la destinataria.
Autografa.

A Novella A. Cantarutti - Spilimbergo

Casarsa, 27 luglio [1946]

Cara Cantarutti,

ho ricevuto la tua nuda cartolina. Ti assicuro che mi ver-
gogno moltissimo del mio lungo silenzio. La lettera in cui
mi chiedevi consigli intorno alla tesi mi è pervenuta in un
momento di particolare attività (c'era l'inaugurazione del-
l'Academiuta, a cui avevo collegato una festa da ballo che
ho dovuto organizzare da solo). Piuttosto che risponderti
con due righe ho preferito rimandare, tanto piú che l'argomento intorno a cui domandavi il mio parere, mi è noto appena per quel tanto necessario a non costituire una grave la-
cuna. E poi non sapevo dove immaginarti, se a Milano o a
Spilimbergo... Non mancava che questa incertezza per
blandire la mia costituzionale indolenza.

Quando possiamo vederci? Sei ancora a Udine il mercoledí? Sí, incontrerò il prof. Lorenzoni[1], per quanto consideri tale incontro del tutto inutile, non essendoci nulla in
comune fra noi due. Sarà un reciproco puro atto di cortesia.

Ti saluto cordialmente
Tuo   Pier Paolo Pasolini

Presso la destinataria.
Dattiloscritta con correzioni e firma autografe.

[1] Il poeta dialettale friulano Giovanni Lorenzoni.

A Novella A. Cantarutti - Spilimbergo

[Casarsa, 1947]

Cara Cantarutti,

ti ringrazio molto per il tuo intervento, indiretto e leggero, presso l'aureo Ermacora[1]. Se quando io e lui ci incontreremo lui tacerà, allora io forse potrò dire qualcosa: caso
molto improbabile.

Io non ho nessuna novità: o scriverti una lettera chilometrica sulla poesia friulana o sul tuo carattere, oppure non
esorbitare dalle dimensioni del biglietto.

Affettuosi saluti
dal tuo

Pier Paolo Pasolini

Presso il destinatario.
Dattiloscritta con firma autografa.

[1] Il giornalista friulano Chino Ermacora, che si era adoperato per far ottenere a Pasolini il primo incarico di insegnamento nelle scuole pubbliche.

A Novella A. Cantarutti - Spilimbergo

[Casarsa, 1947]

Cara Cantarutti,

ho ricevuto stamattina le tue liriche, le ho lette d'un fiato, e senza nemmeno rileggerle te ne scrivo. Sono le tue cose migliori: ciò non mi fa solo godere per te, ma anche per
il nostro félibrige, a cui questi tuoi versi ti fanno ormai quasi definitivamente appartenere.

Per carità, non esser cosí nera sul tuo conto: hai incontrato sulla tua strada il friulano, e perché questa non potrebbe essere la tua salvezza? Intendo dire: la tua allegria.

La prima e l'ultima (*L'ora* e La [parola illeggibile]) sono le piú belle: dentro i loro limiti, perfette. Le altre (che restano sempre il tuo prodotto piú attendibile) mancano qua e là di una certa *ultima* audacia, si attardano in qualche genericità (la tua eterna, o femminile, istanza sentimentale).

Avevo deciso, guarda, di suddividere la mia serissima antologia in due settori: «La tradizione» e «La fronda». Tu eri destinata al primo dato che, a mio modo di vedere, la tua fuoruscita dal campo zoruttiano, cioè la tua modernità, era finora dovuta piú a un'estenuazione sentimentale che linguistica. Ma queste tue ultime cose mi hanno fatto cambiare idea: ti collocherò definitivamente con noi nella fronda.

Parli della tua solitudine, perché non la popoli di letture? Hai Verlaine, Rimbaud e Mallarmé. Poi magari gli spagnoli: Machado, Jimenez, Garcia Lorca. Poi magari i negri del Nord America. Il tutto dopo un'attenta lettura di Montale e Ungaretti, che, al nostro fine, direttamente, hanno meno possibilità di suggerimenti.

So, ad ogni modo, che la tua malinconia avrebbe bisogno d'altro che di letture (questo lo so perché il campo di tali esperimenti sono io stesso). Ma che farci? Bisogna, in tutti i casi, *tentare* di vivere; e in questo ti auguro ogni possibile serenità.

Tuo   Pier Paolo Pasolini

Presso la destinataria.
Autografa.

A Novella A. Cantarutti · Spilimbergo

[Casarsa, 1947]

Cara Cantarutti,

arrivo da Roma a Casarsa e trovo la tua lettera; mi dispiace che tu abbia creduto a una mia indolenza. Dei tuoi versi pubblicherei, nel prossimo «Stroligùt» (che cambierà titolo, forse: VOCE ROMANZA), *E i gno pinseirs* e *A trimin li rami dai lens*. Pensavo di pubblicare anche quella del *cian c'al baa*, ma non la trovo piú; potresti farmela avere?

Segui la polemica per la regione friulana? Bisogna fare qualcosa contro quegli stupidi di Pordenone (parlando a nome della Riva Destra). Io ho già risposto; dovresti anche tu mandare una nota da Spilimbergo.

Tanti saluti e auguri   Pier Paolo Pasolini

Presso la destinataria.
Dattiloscritta con firma autografa.

A Novella A. Cantarutti - Spilimbergo

            [Timbro postale: Casarsa, 6 dicembre 1947]

Cara Cantarutti,

sí, il prof. Marchetti[1] già mi aveva parlato in merito a una mia probabile lettura dei tuoi versi, cosa che farò ben volentieri. Del resto avrai saputo che ho letto anche la tua prosa. Quanto a vederci prima è un piccolo problema. Ma io credo che basterà il pomeriggio del giovedí fissato per la tua personale: ci potremmo incontrare verso le tre al Contarena. Ad ogni modo tu scrivimi due o tre giorni prima, fissandomi magari un appuntamento che ti sia piú comodo.

Molti cordiali saluti dal tuo

                                      Pier Paolo Pasolini

Presso la destinataria.
Dattiloscritta con firma autografa.

[1] Il filologo friulano Giuseppe Marchetti.

A Novella A. Cantarutti - Padova

[Timbro postale: Casarsa, 12 giugno 1948]

Cara Cantarutti,

per «Er Ghinardo»[1] (i due primi numeri) puoi rivolgerti direttamente a Mario Dell'Arco, Viale Carso 35, Roma. Che fai a Padova? Ti laurei?

La mia vita qui è la solita: pienezza e deperimenti. Ciò che resta solido è l'ambiente (eros, folclore, lingua); la mia vita è la vita di un dialettale.

Cordiali saluti dal tuo   Pier Paolo Pasolini

Presso la destinataria.
Dattiloscritta con firma autografa.

[1] Rivista dialettale romanesca.

A Novella A. Cantarutti

[Roma, 1951]

Cara Cantarutti,

scusa il grave ritardo: ma ho avuto giornate piene come uova: piene di·una violenta (e meritata vacanza). Mi metti un po' di imbarazzo: cosa dirti, che non sai, dell'Academiuta? Nata nel '45 (come risulta dallo «Stroligùt» n. 1; ma un altro «Stroligùt», forse il piú bello, era uscito, come numero unico nel '44), praticamente va retrodatata al '42, anno in cui sono uscite le mie *Poesie a Casarsa*. Il programma, all'incirca lo sai, e lo puoi trovare nei miei scritti, qua e là. Col terzo numero lo «Stroligùt» ha cambiato nome, e si è chiamato, con altre ambizioni, «Quaderno Romanzo». Pubblicazioni in friulano: *Seris par un frut* di Naldini, e *Dov'è la mia patria* mio. Dell'Academiuta si è parlato molto, anche oralmente, nell'ambiente letterario italiano (Caproni, Betocchi, Pozzi e altri ne hanno scritto) con molta simpatia (me ne accorgo di piú adesso, post rem): in Friuli sai com'è andata. Dissensi da parte dei vernacoli del campanile, addirittura odio: accettazione, non priva di qualche ingratitudine e ottusità provinciale da parte dei giovani piú aperti. Del resto anche in sede tecnicamente «dialettale» l'Academiuta, piú che concludere una letteratura dialettale friulana, conclude il novecento dialettale di tutta la nazione da Di Giacomo a Russo (verismo) a Giotti, ai piemontesi «modernisti» (Pacot).

Ti basta? Su questo schema mi pare che tu abbia già abbastanza dati per poterci lavorare.

Tanti cordiali saluti dal tuo affezionato

Pier Paolo Pasolini

Presso la destinataria.
Dattiloscritta con firma autografa.

A Novella A. Cantarutti

[Roma, marzo 1952]

Cara Cantarutti,

grazie della benché e giustificatamente ritardataria spedizione: e congratulazioni per la laurea. Devo però rimproverarti di non esserti fatta viva a Roma. In te oltre che amicizia e stima, nutro un Friuli valido, il cui sapore mi piace. Vorrei che tu mi mandassi le traduzioni di: *Na rosa si disflora, Sera d'uvier, La vuargina, Na barcja, Sot i tejs, J'ài cjatat la me anima*[1]. Ma prestissimo, e mandami anche un altro gruppetto di poesie, magari, cosí perché io possa fare una scelta piú scrupolosa*.

Tanti affettuosi saluti e auguri
dal tuo

Pier Paolo Pasolini

* E – dimenticavo! – una breve nota bio-bibliografica.

Presso la destinataria.
Dattiloscritta con un'aggiunta e la firma autografa.

[1] Poesie in dialetto friulano della Cantarutti di cui Pasolini stava facendo una scelta per la sua antologia *Poesia dialettale del Novecento*.

A Novella A. Cantarutti - Spilimbergo

[Roma, ottobre 1952]

Cara Cantarutti,

   devo ancora ringraziarti per il libro[1] (che recensirò prima o dopo da qualche parte) e per il bigliettino accompa-
gnatorio: lo faccio adesso con affetto. Quanto alla Nota di
don Marchetti[2], però... È stata una vera pugnalata alle
spalle, da Maramaldo: ma se lui è Maramaldo, io non sono
Ferruccio, ah no. Ti scrivo oggi per incarico del mio amico
Dell'Arco, che pensa di fare un rivistina[3] «squisita» per
un'aristocrazia, come lui la chiama, di dialettali: una quin-
dicina di collaboratori fissi. Tali collaboratori dovrebbero
essere anche i finanziatori: duemila lire al numero, e diritto
a una ventina di copie*. Io, per conto mio, non son molto
entusiasta all'idea di dover pagare anziché esser pagato, te
lo confesso: ma d'altra parte una rivistina di questo genere
è necessaria, specie adesso che sta per uscire l'Antologia,
che tante polemiche e discussioni susciterà... Se vuoi entrare nel numero, se non proprio degli eletti diciamo dei selet-
ti, scrivimi subito. Dà per me un'occhiata al dolcissimo cielo della pedemontana e alla grava del Tagliamento; e ricevi
i miei piú affettuosi saluti.

   Tuo   Pier Paolo Pasolini

   * E puoi metterti d'accordo con la Tarantola o le altre librerie perché te le vendano in parte.

Presso la destinataria.
Dattiloscritta con un'aggiunta, correzioni e firma autografe.

[1] Cfr. N. A. Cantarutti, *Puisiis*, Edizioni di Treviso, Treviso 1952.
[2] Lo storico della lingua Giuseppe Marchetti.
[3] «il Belli», rivista di poesia dialettale curata dal poeta romanesco Mario
Dell'Arco (1905).

A Novella A. Cantarutti - Spilimbergo

Roma, 30 novembre 1952

Cara Cantarutti,

sono contento che tu abbia accettato. Per le due mila non preoccuparti, non c'è scadenza. Ma manda *immediatamente* le tue risposte alle qui incluse domande di una mia inchiesta: il primo numero de «il Belli» deve uscire entro Natale[1]. Quindi immediatamente...

Tanti cordiali saluti dal tuo   Pier Paolo Pasolini

Presso la destinataria.
Dattiloscritta con data e firma autografe.

[1] Si riferisce a un'inchiesta sulla poesia dialettale messa a punto da Pasolini per la rivista «il Belli».

A Novella A. Cantarutti - Spilimbergo

Roma, 15 dicembre 1952

Cara Cantarutti,

grazie per le risposte[1] (che saranno pubblicate, malgrado le tue inibizioni: pudori e afflizioni) interessanti, per tutto quello che di psicologico e ambientale se ne può dedurre. Adesso attendo versi inediti, da presentare nel secondo o terzo numero, con nota critica introduttiva. Ma ecco le note dolenti: Dell'Arco[2], tipico romano in questo, che noi moralisti settentrionali non riusciamo a concepire, ci ha in certo modo giocati: infatti ieri per telefono mi ha avvertito che a noi promotori le venti copie spettanteci verranno spedite contrassegno: modo di riscossione piú brutale, come vedi, non esiste: e mi dispiace per me (che non sempre ho duemila lire pronte) ma soprattutto per coloro che io ho invitato. Tanto piú che comincia a prendere corpo in me il sospetto che per Dell'Arco si tratti di un piccolo affare: sulla sua elasticità morale ho infatti dei dati precisi: cioè il suo accettare di comparire come co-autore dell'Antologia*[3] quando per essa non ha fatto *assolutamente nulla*, condividendo con me, senza il minimo scrupolo, eventuali onori e eventuali guadagni. Quanto al «Belli» quasi tutto è mio (l'inchiesta, il gusto critico ecc.: sue son solo certe narcisistiche e provinciali raffinatezze che vedrai), ma egli non si è nemmeno sognato di farmi comparire «redattore» con lui. Ecco perché non mi sentirei affatto di giurare sulla sua correttezza. Se la riscossione per contrassegno non ti va, sei forse ancora in tempo ad avvertire per espresso. E tu sapessi quanta pena questa, che è apparentemente una sciocchezza, mi dà...

Tanti affettuosi saluti e auguri dal tuo

Pier Paolo Pasolini

* per precedenti impegni con l'editore.

Presso la destinataria.
Dattiloscritta con data, aggiunte, correzioni e firma autografe.

[1] Cfr. lettera precedente.
[2] Il poeta romanesco Mario dell'Arco.
[3] *Poesia dialettale del Novecento*, a cura di Mario Dell'Arco e Pier Paolo Pasolini, Guanda, Parma 1952.

A Novella A. Cantarutti - Spilimbergo

Roma, 11 gennaio 1953

Cara Cantarutti,

ti ripeto il mio dispiacere per il sistema di finanziamento del «Belli», quel Dell'Arco è davvero un capolavoro di «cattolicesimo romano». Per i prossimi numeri mi adoprerò (e riuscirò senz'altro) a farti mandare solo dieci copie e far sí che tu possa spedire le mille lire quando vuoi. Hai ricevuto l'Antologia da Guanda? Fammelo sapere se non te

l'ha mandata (viviamo in un mondo veramente farabutto).
Molti affettuosi saluti dal tuo

Pier Paolo Pasolini

Presso la destinataria.
Dattiloscritta con data e firma autografe.

A Novella A. Cantarutti - Spilimbergo

Roma, 3 aprile 1953

Cara Cantarutti,

con gli auguri pasquali, ti esorto ad ascoltare alla radio –
programma nazionale – mercoledí 8 alle 18,45, la trasmissione intitolata *Il Friuli* curata da me[1]. Ascolterai anche il
tuo *Gust di essi viva*. Tanti affettuosi saluti, tuo

Pier Paolo Pasolini

Presso la destinataria.
Dattiloscritta con data e firma autografe.

[1] Cfr. P. P. Pasolini, *Un paese di temporali e di primule*, Guanda, Parma
1993, pp. 189-200.

A Novella A. Cantarutti - Spilimbergo

Roma, 12 giugno 1953

Cara Cantarutti,

vorremmo, nel IV numero del «Belli», presentare te. Dovresti mandarmi al piú presto un gruppetto d'inediti, onde
trascegliere: e mandare copia di quegli inediti a Giannessi[1]
(spero tu abbia l'indirizzo, che io in questo momento non
so: Giannessi non era a Gemona quando è uscito il tuo libro? In ogni caso spedisci presso «La Martinella», via Fratelli Bronzetti, 8, Milano): egli farà l'appunto critico di rito.
Come va lassú in quelle non piú terrene latitudini? Conto

di risalirci quest'estate, e allora ci vedremo e parleremo un po'. Tanti affettuosi saluti dal tuo

Pier Paolo Pasolini

Presso la destinataria.
Dattiloscritta con data e firma autografe.

[1] Il critico letterario Ferdinando Giannessi.

A Novella A. Cantarutti - Spilimbergo

Roma, 17 novembre 1954

Cara Cantarutti,

grazie per esserti rifatta viva; e [parola illeggibile], chiusa, come sempre. Ma è la condizione per la tua poesia. Siamo proprio i fringuelli accecati... Sono passato per il Friuli: e l'ho rivisto tutto ròso e inzuppato dall'autunno, pieno del vecchio inafferrabile amore. Davanti al Friuli dovrei ricominciare tutto daccapo: e, a pensarci, qualcosa mi prende alla gola: un senso insieme di morte e di vita. Se vivrò dovrò pure tornare.

Intanto, lavoro, lavoro: è uscito recentemente l'intero corpo delle mie poesie friulane: *La meglio gioventú*, presso l'editore Sansoni. L'hai visto? E adesso ho qui sul tavolo il mucchio di bozze dell'Antologia popolare[1]. Il Chiurlo mi è stato utile: te ne ringrazio, e presto te lo rispedirò. Affettuosi saluti dal tuo

Pier Paolo Pasolini

Presso la destinataria.
Dattiloscritta con data e firma autografe.

[1] Cfr. *Canzoniere italiano* cit.

A Novella A. Cantarutti - Spilimbergo

Roma, 15 ottobre 1955

Cara Cantarutti,

scusa se tardo un po', ma come al solito... Gli esami che abbiamo in comune (italiano e storia per le Mag.) sono l'8 gennaio, cominciando dalla lettera B e saranno avvertiti personalmente, se ammessi, quindici giorni prima. Per l'altro tuo esame non so dirti nulla perché non so che esame sia. Fammelo sapere. Comunque certamente sarà prima di Natale. Ti meraviglierai della mia competenza: ma è tutto merito di mio padre... Quanto al resto: sono alla vigilia di un probabile viaggio in Indocina, con la connessa impazienza. In attesa godo il meraviglioso ottobre romano, d'una dolcezza e inquietudine infinite. Solo una settimana fa ho fatto il bagno a Ostia, in un mare di latte. Affettuosi saluti, dal tuo

Pier Paolo Pasolini

Presso la destinataria.
Dattiloscritta con data e firma autografe.

A Francesco Arcangeli - Bologna[1]

Versuta, 7 gennaio [1946]

Caro Arcangeli,

la tua lettera mi ha dato un dispiacere di un genere particolare; mi pare di essere in qualche modo colpevole verso di te. Il tuo librettino avrebbe dovuto uscire fra circa un mese e mezzo, e, come vedi dal mio[2], che qui ti spedisco, sarebbe stato una cosa modestissima, come edizione, come numero di copie. Ma se tu non vuoi, non insisto. Del resto, il dispiacere che ti ho confessato, deriva forse dal non capire il perché del tuo rifiuto; non te lo chiedo, ma è qualcosa che mi disanima, che mi scoraggia. Sai, da molti mesi sono caduto in una specie di insensibilità, di disillusione continua, in cui mancano le meraviglie e i malesseri di un tempo, e manca soprattutto qualsiasi forma di serenità. Troppo attento a misere sensazioni e reazioni, mi sento riprecipitare negli aridi sospetti che ho conosciuto nell'adolescenza, in un continuo osservarmi e criticarmi. Il dolore mi ha molto peggiorato, invece, come dicono, di migliorarmi. L'infinità di pudori che sono in me posso riferirli dunque anche agli altri che in un certo senso mi somigliano; ma il non capire questa tua riserva lo attribuisco a una mia ennesima incapacità o a qualcosa in cui mi attardo troppo egoisticamente ed esclusivamente.

Com'è ora la vita a Bologna? Ne ho un po' di nostalgia. Qui sono troppo solo e perciò perdo di vista certe proporzioni. Del resto non so niente di quello che sarà il mio futuro. Scusami queste tristi chiacchere, e se puoi, scrivimi qualche volta, ché mi faresti un piacere grandissimo.

Cordiali saluti
tuo   Pier Paolo Pasolini

Presso gli eredi del destinatario.
Autografa.

    [1] Storico dell'arte e poeta, già assistente di Roberto Longhi nella cattedra bolognese.
    [2] Cfr. *Diarii* cit. Ora in *Bestemmia* cit., pp. 1265-75.

A Enrica Cragnolini - Artegna [1]

Versuta, 22 gennaio [1947]

Gentile Signorina,

    grazie della sua lettera. Nelle sue poesie vedo molte aspirazioni ad uscire dalla cerchia del vernacolo zoruttiano. Nello *Strolic* mi è piaciuta quella finale: Un moment... di sapore francese.

Vede, io credo che la coltura sia di grande importanza per un poeta; la cultura friulana non basta, bisogna, direi, metterla a tacere con tutta quella sua retorica della sobrietà, della laboriosità, della nape, del barbe Bepo ecc. ecc. Noi siamo in possesso di una lingua, non di un dialetto; se partiamo da questo punto di vista, e non solo filologicamente, un immenso orizzonte si aprirà davanti a noi. E dai monti della Carnia ornati di neve spirerà su di noi un'inquietante aria provenzale.

Saluti ed auguri suo dev.mo   Pier Paolo Pasolini

PS. Giovedí 17 vedrò a Udine la Cantarutti. Potrà esserci Lei pure? Perciò le spedisco questa lettera per espresso. La Cantarutti si trova alla Pasticceria Torinese in via Manin.

¹ Le lettere alla poetessa friulana Enrica Cragnolini sono state pubblicate a cura di M. T. Valent in «Ce Fastu?», n. 2, 1989.

A Enrica Cragnolini

Roma, 28 dicembre 1952

Gentile Cragnolini,

la ringrazio di cuore per la sua buona e simpatica lettera: e anche la ringrazio per aver pensato a aiutarmi. Non sono disposto però a scendere a compromessi: ora che mi sono abbastanza sistemato, come non lo sarei stato due anni fa quando ero quasi alla disperazione. Ma ad ogni modo quello che conta è la sua mediazione: e gliene sono molto grato.

Mi mandi pure poesie sue: le leggerò molto volentieri: lei sa che non ho perduto occasione per citare il suo nome come quello di una promessa (e l'ho fatto anche nell'Antologia dialettale che è uscita in questi giorni – Guanda editore – in bellissima veste tipografica). Lí a *Messina* c'è il poeta dialettale siciliano Vann'Antò (Giovanni Antonio Di Giacomo, insegna all'Università): penso che se lo andasse a trovare e gli portasse i miei saluti (benché io non lo conosca personalmente) gli farebbe piacere.

Molti cordiali saluti e auguri dal suo

Pier Paolo Pasolini

A Enrica Cragnolini - Artegna

Roma, 11 febbraio 1953

Cara Cragnolini,

dobbiamo essere grati alla Conciliazione: ho finalmente trovato in mezzo a una mattina di vacanza (piena del resto come un uovo di mille altre cose rimandate) la mezzoretta necessaria a risponderle. E le rispondo sotto il segno astrologico della forma di formaggio, che bella e tonda come un sole risplende sui nostri due lontani versanti. Prima di tutto la ringrazio di avermi dedicato una poesia, soprattutto perché è una bella poesia, forse la migliore di quelle che mi ha mandato.

La sua ispirazione, di solito un po' troppo lineare, troppo incline a risolversi in un fraseggio semplicistico, ha trovato forse nell'argomento (ahimè, io) un po' di utile complicazione.

Quanto alle altre, vorrei elencarle (aridamente ma utilmente) i luoghi dove la «semplicità», di cui le dicevo, è *felice*, e quelli dove è soltanto *facile*. In *Al nas il soreli* la prima strofa pur essendo un po' andante (mi pare che dicano cosí le donne di una stoffa non preziosa) è ariosa, aggraziata; l'ultima invece (specie per colpa del sentimentale e liso «balcon florìt» è piuttosto banale. *Cìl roman*, eccentuato il traumatico «trop spaventat di pioris | sparnizzadis pai praz», è un po' «fasullo», di un decadentismo alquanto roseo. Idem *Forment* col suo didascalismo convenzionale. Buona invece *Jere*, appunto perché un po' cervellotica, vivente di contrasti e un po' faticosa; i due italianismi «scheletro» e «organo» mi disturbano ma non mi dispiacciono, perché almeno sono una macchia, una sporcatura, in una poesia che di solito corre via troppo liscia. Ma in friulano non esiste la parola «scarsanali» per dire scheletro? Che è bellissima, anche se magari a Artigne non la usate; ma è uno strano canone estetico, quello a cui anche lei si appella, cioè di usare unicamente il dialetto parlato sotto il proprio campanile... E poi, invece dell'italiano «organo» potrebbe usare il latino, ma noto comunemente anche al popolo, «armonium»: *scarsanali gris e armonium vif*. Fanno meglio pendant anche foneticamente.

Blave cosí: è una religiosità morbida e annacquata che io in linea di massima le sconsiglierei. Interessante il tentativo piú ambizioso di *Su la spuinde alte dal Natison*, ma mi sembra riuscito solo l'ultimo pezzo (da «la pagine strache» in poi), prima si vede troppo l'imbastitura.

Assai graziosa *Timp di ploe*, pur con la sua mestizia puramente paesaggistica. Discontinua, incerta se farsi immagine, traslarsi, o restare pura effusione sentimentale, è *Une pile di aghe sante*. *Seren di unviar* viene bella se un po' crudelmente tagliata cosí:

Jerbe muarte
su la tiare in polse,
cjapis di soreal:
un sol color, strussiat.

E, su tal cil,
un sol color:
dome une gran bandiere
di lusor turchin.

E l'om sparit
– te stagjon muarte –
come semence platade.

Bellissima *Odor amar*. Solo io metterei insieme i vv. 5 e 6, cosí: *di brugnular, mi ferme*. (Vorrei pubblicare questa poesia sul «Belli», se non le spiace). Buonine le ultime due *Cis'cjel di Montenàrs* e *Tiere, mari me*.

Sono stato brusco e sincero: ma lei mi sta a cuore, e vorrei che si impuntasse e facesse sempre bene. Lasci andare le piccole ipocrisie religioso-sentimentali-regionalistiche, e segua il filo della sua ispirazione (il suo odore amaro), e non tema di complicarsi, di aprire parentesi, di eccedere in virgole, in punti, in violenze grammaticali e metriche. Fugga la facilità che è la faccia errata della semplicità.

Tanti cordiali e affettuosi saluti dal suo

Pier Paolo Pasolini

A Enrica Cragnolini - Artegna

Roma, 3 aprile 1953

Cara Cragnolini,

dopo il solare formaggio il lunare Orfeo: sono cosí commosso che non so come ringraziarla. E io che ancora non le ho dedicato le due ore di lettura necessarie a un referto sui suoi versi...

È una vergogna, ma mi creda, davvero sono soffocato dal lavoro. Intanto, per vie sotterranee, per segreta omertà valicante gli spazi, le dedico il *Nini muart* che leggerò mercoledí 8 alle 18,45 sul programma nazionale in una trasmissione da me curata sul Friuli.

È un ben povero anticipo, questo flatus vocis, ma è un anticipo. Lo accetti coi piú affettuosi auguri pasquali dal suo

Pier Paolo Pasolini

A Enrica Cragnolini - Artegna

Roma, 6 dicembre 1953

Cara Cragnolini,

alla fine di un dopopranzo domenicale passato tutto al tavolino, è la stanchezza a fare qualsiasi altro lavoro che richieda la macchina da scrivere, che mi spinge a scriverti. Prendi tale brutalità come un segno d'affetto. Incapace a connettere (è da stamattina alle nove che son qui, eccettuata una corsa dal barbiere – ma con un libro di poesia popolare umbra in mano), non mi resta che ringraziarti per tutto: per l'Avanti col brum, per il tuo biglietto cosí pieno di cose gentili... Qui, eccetto il gran lavoro – ma non posso rifiutare niente, perché per il trasloco e il nuovo appartamento occorre «grana» – le cose vanno discretamente: i miei ultimi successi e lavori fanno sí che mio padre sia di discreto umore... E tu? che fai? chi vedi? scrivi? non scoraggiarti per la mia renitenza coatta nel risponderti, e mandami notizie tue, e tutte quelle pezze d'appoggio friulane che ritieni interessanti. Ti sono molto grato e ti saluto affettuosamente,

 tuo

           Pier Paolo

A Enrica Cragnolini - Artegna

          Roma, 11 gennaio 1955

Cara Cragnolini,

 grazie per la tua lettera, e soprattutto per i versi, cosí belli ed affettuosi, di cui mi fai oggetto. Vorrei scriverti a lungo: quando mi rivolgo a qualcuno che sia a parte con me del mio segreto friulano, avrei interi volumi di confessioni da fare. Ma devo essere laconico per forza, se devo confinare la corrispondenza nei ritagli di tempo, sempre piú rari e imprevisti, e io son sempre piú stanco. Lo scrivere a fine pecuniario mi sottrae energie e fiducia espressiva... Ma sotto l'espressione scritta, credimi, covano gli affetti non scritti. Annoverati tra gli oggetti piú cari di questi, e ricevi i piú cordiali saluti dal tuo

           Pier Paolo

A Enrica Cragnolini - Artegna

[s. d.]

Cara Cragnolini,

scusami se non mi decido mai a scriverti una lettera che sia una vera lettera. Ma, come credo ti abbia detto mia madre, sono immerso nel lavoro sicché la mia vecchia idiosincrasia epistolare ha un'ottima testa di turco. Ma ti penso con affetto.

Tuo   Pier Paolo

Gianfranco D'Aronco - Udine[1]

Casarsa, 25 febbraio 1947

Caro D'Aronco,

odio i telegrammi e le ricevute; comincerò dunque ad odiare anche il Mpf, che di telegrammi e ricevute mi fa fare addirittura un'orgia? Ad ogni modo, sí, la Costituente cestinerà anche il telegramma della Sezione casarsese.

Come Vigevani[2] ti avrà già detto, per la conferenza mi andrebbe ottimamente giovedí 13 marzo; sarò infatti di ritorno da Bologna, ma per pochi giorni, poiché subito dopo ripartirò per Roma. Il titolo della conferenza vorrei che fosse *Il Friuli e la poesia*, e piú che una storia della poesia friulana, sarà l'esposizione di una nuova poetica – quella che tu conosci[3].

Cordiali saluti

dal tuo   Pier Paolo Pasolini

PS. Il mio indirizzo fino al 10 marzo è p. Serra, via Arienti 33, Bologna.

Presso il destinatario.
Autografa.

[1] Studioso udinese, segretario del Movimento Popolare Friulano.
[2] Alessandro Vigevani, grecista udinese, militante del Mpf.
[3] Allude alla poetica dell'Academiuta di lenga furlana fondata da Pasolini.

A Giuseppe Marchiori - Venezia[1]

[Timbro postale: Casarsa, 10 ottobre 1947]

Egregio Sig. Marchiori,

devo subito ringraziarLa per la Sua garanzia in mio favore presso il «Mattino del Popolo», e non tanto per la collaborazione che Lei mi ha procurato quanto per la stima che cosí ha dimostrato per me, e che io del resto non posso che ricambiare senza risparmi.

Ho approfittato subito, forse abusato, dell'invito, per mandare al giornale un articolo sulla *Mostra triveneta del Ritratto*[2], e ora Le spiego perché sono stato tanto precipitoso, e forse indiscreto: alla Mostra è legato un premio abbastanza cospicuo, per la miglior critica sulla Mostra stessa (la Giuria è composta fra gli altri, che io sappia, da Guidi, Carena, Camerino); in Friuli, come sa, ci son ben pochi giornali, e per di piú, credendo che fosse possibile inviare il lavoro dattiloscritto, ho ceduto a un amico il posto che mi era stato offerto sul «Messaggero Veneto»: cosí se non mi si fosse schiusa la porta del «Mattino», avrei dovuto rassegnarmi a rinunciare al Premio.

Ho inviato lo scritto al Dott. De Stefano, ma solo ora so che Lei è il titolare della critica figurativa del giornale: e mi rivolgo dunque a Lei per l'imprimatur! La prego di perdonarmi e credere nella forte gratitudine del Suo

Pier Paolo Pasolini

Presso gli eredi del destinatario.
Autografa.

[1] Critico d'arte veneziano, titolare della rubrica d'arte figurativa del quotidiano di Venezia «Il mattino del popolo», diretto da Tito De Stefano.
[2] Cfr. *Il ritratto a Udine*, in «Il mattino del popolo», 12 ottobre 1947.

A Alfonso Gatto - Roma

[Casarsa, 1949]

Caro Gatto,

è tanto che tra i letterati italiani si discute intorno a una poesia sociale (naturalmente intendendo questo attributo in una sua accezione specifica, diretta), ma a me tale argomento è parso sempre fastidioso, anche quando qua e là la discussione si è fatta quasi drammatica. Mi è successo invece di scrivere questo libretto[1], dal '47 al '48, senza intenzioni polemiche (se non a posteriori), ma col «cuore offeso» del personaggio di Pratolini. Ora, come a mio unico lettore, ho pensato a te; ed eccoti questo pacchetto di versi[2], sui quali con la tua doppia competenza di poeta e di comunista, spero vorrai darmi qualche indicazione. Se ti sembri indiscreto tien conto che qui in Friuli sono assolutamente solo e dimenticato. Perdonami anche il «tu», ma penso che sarebbe piú offensivo se ti dessi del «lei», dato che siamo compagni.

Saluti affettuosi e auguri
dal tuo   Pier Paolo Pasolini

Presso il Centro di ricerca sulla tradizione manoscritta di autori moderni e contemporanei dell'Università di Pavia.
Cartolina dattiloscritta con firma autografa e l'intestazione «Quaderno romanzo. Casarsa, Friuli».

[1] Cfr. *Dov'è la mia Patria*, Edizioni dell'Accademia di lenga furlana, Casarsa 1949.
[2] Allegati tre testi poetici inediti: *Sirventes dal Vescul muart*, *Nosai-ques'es dal Agnul*, *Ritmo de ostie*.

A Alfonso Gatto - Milano

Roma, 11 ottobre 1954

Carissimo Gatto,

era tanto che volevo scriverti: e, almeno, da quando ho ricevuto il tuo ultimo libro[1]: ma mi sentivo assolto, nella coscienza, del non ringraziarti, dalla decisione di parlarne nella rassegna per il «Paragone». Ora ti scrivo per una ragione pratica, per chiederti un piccolo aiuto. Come forse sai, Mondadori mi pubblicherà nello Specchio un libro di versi[2]: io ho approfittato del rapporto che si è cosí istituito, per proporgli di pubblicare, in occasione del centenario una mia antologia del Pascoli[3]. È una cosa a cui tengo molto, a cui penso da almeno dieci anni, e su cui, dalla laurea, appunto sul Pascoli, all'Antologia dialettale[4], ho finito col formarmi una competenza: soprattutto per quel che riguarda l'influenza della lingua pascoliana sulla lingua poetica del novecento (sia detto tra parentesi, te compreso...) Sono certo che il mio Pascoli sarebbe un Pascoli non solo sorprendente, ma importante. Mondadori ha, mi pare un po' frettolosamente, rifiutato: con la scusa di non so che caterva di altre pubblicazioni, mi sembra, alquanto ufficiali e noiose (e costose). Dato che Mondadori ha i diritti sul Pascoli, un'antologietta di una cinquantina di poesie non gli costerebbe niente: e io son certo che sarebbe anche un successo commerciale. Convinto di tutto questo, sono intrepidamente e ingenuamente tornato alla carica. Potresti in qualche modo appoggiarmi? O, in ogni caso, appoggiare le mie richieste a Mondadori a essere modico nel prezzo dei diritti, nel caso che un altro editore (e probabilmente c'è già) mi desse retta? Scusami questa strana e scomposta lettera, e ricevi i piú affettuosi saluti dal tuo

Pier Paolo Pasolini

Presso il Centro di ricerca sulla tradizione manoscritta di autori moderni e contemporanei dell'Università di Pavia.

Dattiloscritta con correzioni e firma autografe.

[1] Cfr. A. Gatto, *La forza degli occhi*, Mondadori, Milano 1954.
[2] La raccolta di versi non verrà pubblicata da Mondadori bensi da Garzanti. Cfr. *Le ceneri di Gramsci* cit.
[3] È la citata *Antologia della lirica pascoliana*.
[4] È la citata *Poesia dialettale del Novecento*.

A Rodolfo Macchioni Jodi - Modena[1]

Roma, 17 marzo 1953

Caro Macchioni,

ti ringrazio molto della tua graditissima lettera, inaspettata quanto simpatica. Scrivo oggi a Guanda che ti faccia avere l'Antologia[2]. Se vuoi recensirla, fallo per la «Nuova Antologia»[3], perché il «Ponte»[4] credo debba farla Pampaloni[5] e per il… «Giovedí»[6] Francesco Squarcia. Quanto al «Giovedí», comunque, cercherò di esserti utile, non tanto trattando direttamente con Vigorelli, che è un uomo con dei lati simpatici, ma impossibile, quanto indirettamente con Bertolucci[7], che è l'unico, con la sua beata calma, che possa qualcosa col direttore. Magari ti consiglierei di mandarmi addirittura il pezzo su Gargiulo[8].

Dunque fatti vivo, caro Macchioni, e ricevi i piú cordiali saluti dal tuo

Pier Paolo Pasolini

Presso il destinatario.
Dattiloscritto con data e firma autografe.

[1] Critico letterario.
[2] Si riferisce all'antologia *Poesia dialettale del Novecento* a cura di M. Dell'Arco e P. P. Pasolini, Guanda, Parma 1952.
[3] Mensile storico letterario fiorentino.
[4] Mensile politico e letterario fondato da Piero Calamandrei.
[5] Il critico letterario Geno Pampaloni.
[6] Settimanale a rotocalco diretto da Giancarlo Vigorelli.
[7] Il poeta Attilio Bertolucci.
[8] Alfredo Gargiulo, storico della letteratura italiana del Novecento.

A Rodolfo Macchioni Jodi - Modena

Roma, 12 aprile 1953

Caro Macchioni,

ti capisco, ti capisco. Io insegno a Ciampino, parto alle 7 e ritorno alle 15, morto di stanchezza, e guadagno 20-25 mila al mese (è una scuola privata). Non credo ci sia altro da aggiungere. Ti posso dire poco a proposito di giornali (il «Corriere dell'Adda» non l'ho mai visto): per le riviste «Paragone»[1] paga una recensione 4-5 mila. Potresti mandare a Feruccio Ulivi per «Letteratura»[2] e a Leonardo Sciascia (V. Regina Margherita, Racalmuto, Agrigento) per «Galleria»[3], sperando però di guadagnarci ben poco (circa 2000). (A Ulivi e Sciascia parlerei intanto io). Per il «Giovedí» le cose sono in sospeso fino alla fine di aprile cioè fino al ritorno da Parigi di Bertolucci: ma intanto mandami il Gargiulo.

Tanti cordiali saluti dal tuo

Pier Paolo Pasolini

Presso il destinatario.
Dattiloscritta con data e firma autografe.

[1] Rivista mensile fondata da Roberto Longhi. La serie letteraria era diretta da Anna Banti.
[2] Trimestrale fiorentino fondato da Alessandro Bonsanti, diretto in questi anni dallo storico letterario Ferruccio Ulivi.
[3] Rivista bimestrale di cultura pubblicata a Caltanissetta e diretta tra gli altri da Leonardo Sciascia.

A Rodolfo Macchioni Jodi - Modena

Roma, 23 agosto 1953

Caro Macchioni,

scusa se ho tanto tardato a risponderti: ma (a parte il fatto che sono tremendamente impegnato con la mia nuova antologia[1], il cui lavoro mi ossessiona) il «Giovedí» è in vacanza, ricomincerà a uscire la prossima settimana, Vigorelli è via, Bertolucci è via. Quindi non ho potuto fare niente, ma ti prometto che farò. Intanto – avendomi da tempo chiesto il direttore stesso ch'io facessi recensire la mia antologia da chi volessi – e in un primo tempo, su consiglio di Bertolucci, pareva Squarcia – ma Squarcia non si è fatto vivo – potresti fare tu un pezzo sulla «Dialettale», e mandarmelo subito: credo che non ci sia migliore modo per cominciare una collaborazione. Ti mando anche un mio libriccino di versi[2], molto marginale e un po' inutile, come libro antologizzato da un libro inedito... Ma potresti scrivere una paginetta, non piú di una paginetta, e mandarla a «Paragone»: son certo che la Banti la passerebbe volentieri.

Tanti cordiali saluti dal tuo

Pier Paolo Pasolini

Caro M., ti rispedisco tale quale questa lettera rimandatami da Miramare di Rimini.

Ciao.   PPP

---

[1] *Canzoniere italiano. Antologia della poesia popolare italiana*, Guanda, Parma 1956.
[2] Si riferisce alla raccolta di poesie friulane *Tal còur di un frut* (Edizioni di Lingua Friulana, Tricesimo 1953), anticipazione della raccolta complessiva *La meglio gioventú* (Sansoni, Firenze 1954).

A Rodolfo Macchioni Jodi

Roma, 22 novembre 1953

Caro Macchioni,

è tanto, incredibilmente tanto, che ti devo una risposta. Cerca di perdonarmi pensando anzitutto che sono carico di lavoro, poi che sono stato a un congresso in Sicilia, e specialmente che, in effetti per colpa mia, non sapevo cosa risponderti. Infatti il «Giovedí», come hai visto ha sospeso le pubblicazioni: «sospeso», e non chiuso: e ciò ti spieghi anche la mia sospensione nei tuoi riguardi. Il tuo pezzo sulla mia antologia era bellissimo: e mi mordo le dita all'idea che non abbia fatto in tempo a uscire. Ma non è detta l'ultima parola: probabilmente, con un'altra testata, il «Giovedí» sarà riesumato dalla breve catalessi... Ti terrò informato con sollecitudine. Hai spedito alla Banti l'altro pezzetto? (Bada che la Banti, anche se non ti ha risposto, ha fatto il tuo nome con me e con Bertolucci).

Tanti affettuosi saluti dal tuo   Pier Paolo Pasolini
PS. Allo pseudonimo ci tieni tanto?

A Rodolfo Macchioni Jodi - Modena

Roma, 16 aprile 1954

Carissimo Macchioni,

ti premetto, anzitutto, che poi a Ulivi, per la nostra faccenda, avevo telefonato: Ulivi mi aveva detto di non poter
aiutarti, consigliandomi Petrocchi[1]. Ma con Petrocchi non
avevo abbastanza confidenza, per cose cosí delicate... Bah.
Sono stato un'eternità senza scriverti, ma: prima sono venuto lassú, a Ferrara e Comacchio, ne son tornato malato
(angina e febbrone), ho cambiato casa, col connesso scon-
volgimento esterno e interiore, e infine mi ha ripreso il vortice dei lavori interrotti. Ce n'è abbastanza per scusarmi?
Nel trambusto del trasloco, poi, mi è andata persa la tua ultima lettera: e quindi ti scrivo un po' a vanvera, tanto per
farmi vivo, senza seguire con pertinenza i fili del dialogo...
Spero che tu mi riscriva presto, data l'enorme calma della
tua sede, perdonando gli isterismi epistolari del tuo affezio-
natissimo

Pier Paolo

Nuovo indirizzo: V. Fonteiana 84-26 Roma

[1] Lo storico letterario Giorgio Petrocchi.

A Archimede Bortolussi - San Floreano

[Roma, gennaio 1951]

Carissimo Archimede,

avrei voluto scriverti prima, ma come hai certo saputo da Nico, per piú di un mese sono stato a letto con le ossa rotte. Adesso mi sono rimesso e sto bene.

Volevo dirti che per Pieri Querin ho un'idea: digli pure che speri, ma solo un poco, pochissimo, che non si faccia illusioni. Fra una decina di giorni saprò scrivervi qualcosa di piú preciso.

Poi ti devo chiedere un favore. Ti ricordi quei temi che mi facevi sulla Svizzera[1]? Credo che Nico ti abbia letto il racconto che ho ricavato e che mi hanno pubblicato sulla rivista «Il Mondo»[2]. Ora avrei ancora bisogno del tuo aiuto. Dovresti farmi questi tre temi (di due o tre paginette l'uno):

1) La vita misera del contadino e i suoi lavori piú faticosi.
2) Le condizioni della tua famiglia.
3) Brontolamenti contro le ingiustizie sociali che ti hanno impedito di studiare[3].

Se ti pare di non capire bene quello che ti chiedo, va a farti dare qualche consiglio da Nico. Di tutto questo ho bisogno molto presto, entro pochi giorni. Non brontolare contro le mie pretese, caro Archimede, e perdonami il disturbo che ti dò.

Io mi ricordo sempre di voi tutti: compagni cosí cari non ne troverò neanche a girare tutto il mondo.

Ti abbraccio affettuosamente
tuo
                                                    Pier Paolo

Pubblicata in G. Mariuz, *La meglio gioventú di Pasolini*, Campanotto editore, Udine 1993.

[1] Archimede Bortolussi, uno dei giovani amici friulani di Pasolini, era stato emigrato in Svizzera. Di questa esperienza aveva steso su invito di Pasolini una relazione che fornirà personaggi e temi al quinto capitolo del romanzo *Il sogno di una cosa*.

Ai redattori di «Officina» - Bologna

[ill.] marzo 1956

Carissimi

vi scrivo in fase di entusiasmo per tre ragioni:
1) il bellissimo libro di Leonetti[1] che mi ha estasiato, torturato, deliziato, per tutti questi giorni.
2) Perché trovo davvero molto buono anche il v numero di «Officina».
3) Perché mi si delinea un interessante vi numero: LA NOSTRA STORIA: L. Sciascia, *La poesia della Resistenza*; TESTI E ALLEGATI; noi tre, con dei pezzi particolarmente «politici»; LA CULTURA ITALIANA: A. Romanò: *Cultura e politica*, P. *Noterella sulla «posizione»*; APPENDICE: C. E. Gadda, la puntata che ritorna a Mussolini[2].

Non aggiungo altro: quando le cose fatte e da farsi «girano», non c'è bisogno di aggiunte. Aggiungo solo che venerdí e sabato 6 e 7 sarò a Firenze per il Congresso di studi romanzi. Perché non ci fate una scappata anche voi?

Vi abbraccio forte, vostro

Pier Paolo

Presso Francesco Leonetti.
Dattiloscritta con firma autografa.

[1] Cfr. il romanzo di Leonetti *Fumo fuoco e dispetto*, Einaudi, Torino 1956.
[2] Le puntate de *Il libro delle Furie* di Gadda si sono invece interrotte con la quarta, apparsa nel numero 5 di «Officina».

Ai redattori di «Officina» - Bologna

[ill.] aprile 1956

Carissimi

a Firenze ci vado per il Congresso di Studi Romanzi: è facile quindi trovarci: sabato pomeriggio il programma prevede: 15 h. Palais de l'Université; Aula Magna: Communications concernant le thème du quatrième rapport. 16 h.: Palais de l'Université, Aula Magna: Conclusion des travaux: rapport final de m. Gianfranco Contini.

Credo che ripartirò per Roma il sabato stesso verso le 20 o 21. Dunque ci vediamo al Palais de l'Université.

Vi abbraccio forte, vostro

Pier Paolo

Presso Francesco Leonetti.
Dattiloscritta con firma autografa.

Ai redattori di «Officina» - Bologna

Roma, 27 febbraio 1958

Carissimi

«Il Contemporaneo»[1] continuerà a uscire come mensile: e dunque la vostra lettera sarà pubblicata (ed è bene).

Vi invio il Sanguineti (che mi risollecita risposta e permesso di pubblicare altrove la cosa), e il Borghese.

La religione del mio tempo (il primo frammentone) è ricopiato: ma devo fare un'altra serie di correzioni. Comunque sarà pronto a giorni. Scriverò anche il pezzetto contro il Pacelli[2].

Sollecitate, come ho fatto io, Fortini.

Io il giorno 10 devo essere a Modena per una conferenza: non so se questo rende meno utile la vostra venuta a Roma. Decidete voi. Dopotutto è una bella gita, vi farebbe forse bene. Citati mi dà come probabile (salvo restando l'isterismo del Livio) la pubblicazione de *Le miserie*[3] da Garzanti. Se mai c'è sempre pronto Feltrinelli (ma allora io riproporrei Longanesi, che fa edizioni eccezionali e bellissime).

La poesia di Roversi[4], specie la seconda parte, mi sembra bellissima. Nella prima parte mi piace poco il capitolo affluenti (che io, maledetto critico, toglierei di sana pianta, perché mi sembra un po' estetizzante, addirittura con qualche effato dannunziano: mentre come sono deliziosi i pascoliani «galaverna» e «averla»! Sicché da «all'ombra di eriche quiete» salterei subito a «strisciano le chiatte appesantite»).

Questo forse implicherebbe una certa riduzione geografica del titolo, è vero: ma si potrebbe vantaggiosamente intitolare *Lungo il Po*, per es.).

Ottima la noterella contro gli stronzi. Adesso mi accingo a leggere Scalia.

Vi abbraccio affettuosamente, vostro   Pier Paolo

Presso Francesco Leonetti.
Dattiloscritta con firma autografa.

[1] Rivista politico-letteraria di ispirazione marxista.
[2] Cfr. l'epigramma *A un papa*, in «Officina», n. s., n. 1, marzo-aprile 1959.
[3] Raccolta poetica di Leonetti che verrà pubblicata col titolo *La cantica*, Milano, Mondadori 1959.
[4] Cfr. *Pianura padana*, in «Officina», n. 12, aprile 1958.

Ai redattori di «Officina» - Bologna

11 maggio 1959

Carissimi

ho scritto subito un espresso ai milanesi[1] dicendo che, andando il pezzo[2] alla fine con caratteri piccoli, quasi notiziario, tutte le loro obiezioni cadono: la cosa rientra nella prassi polemica normale di una rivista. Ho sollecitato poi i nostri due amici a non voler peccare di superbia, a non voler circondarsi di sacro silenzio: la nostra polemica è sempre onesta, fin troppo. Io sono per la pubblicazione del pezzo. Moravia aspetta con furia le bozze.

Vi abbraccio forte, vostro   Pier Paolo

PS. Da prendere un po' in considerazione solo il quarto punto. Per il mio pezzetto[3] fate tutto voi, purché la struttura resti cosí.

Presso Francesco Leonetti.
Dattiloscritta con data e firma autografe.

[1] I collaboratori di «Officina» che abitavano a Milano, Angelo Romanò e Franco Fortini.
[2] Si riferisce a A. Moravia, *Aforismi linguistici*, in «Officina», n. s., n. 2, maggio-giugno 1959.
[3] *Marxisants*, pubblicato nel medesimo numero di «Officina».

A Alan Brusini - Tricesimo[1]

Roma, 31 marzo 1956

Caro Brusini,

a Trieste ci sono stato, e tornato, da un pezzo: e, a dire il vero, ero io che aspettavo un suo cenno che mi dicesse che a Udine ero aspettato. Non eravamo d'accordo cosí alla Birreria Dreher? La Sua raccolta mi sembra molto buona: il migliore prodotto attuale in Friuli. Certo va qua e là sfrondata e ritoccata. Quanto alla pubblicazione non ho per ora notizie molto allegre: Sciascia è nei guai (un processo per diffamazione di un maledetto fascista) e la sua raccolta ha per ora un programma già fissato. Si tratta insomma di aver pazienza e di rimandare. Mi saluti affettuosamente Ciceri.

Una stretta di mano dal suo

Pier Paolo Pasolini

Presso il destinatario.
Dattiloscritta con data e firma autografe.

[1] Poeta friulano.

A Perin - Sacile[1]

[Roma, 1967]

Gentile Perin,

mi ha fatto un grande piacere la sua lettera; soprattutto per la notizia che mi dà a proposito della mia maestra Ada Costella e del direttore Giongo: li ho vivi e presenti davanti a me, come se li avessi lasciati ieri. La prego tanto di salutarmeli. E cosí certi miei compagni di scuola: ricordo i nomi di «Lavinia», «Norma» (credo figlia di un marmista), «Brenno», «Bonacore»: forse li può rintracciare.

Sono spaventosamente impegnato nel lavoro: ma, proprio per caso, ho scritto in questi giorni delle pagine su Sacile, si tratta dell'episodio iniziale del mio nuovo film, tratto dall'*Edipo* di Sofocle. Fra qualche giorno glielo spedirò. Non credo siano la cosa piú adatta per un bollettino della Filologica[2], ma sono comunque una testimonianza.

Cordiali saluti dal suo

Pier Paolo Pasolini

Fotocopia presso l'Archivio della Società Filologica Friulana, Udine, in cui manca l'indicazione del primo nome.
Dattiloscritta con firma autografa.

[1] Compagno di Pasolini alle scuole elementari di Sacile.
[2] Cfr. *Il figlio della fortuna. Dal soggetto cinematografico di P. P. P. per Edipo Re*, in «Sacile» Società Filologica Friulana, 1964.

A Lucio Caruso - Assisi

[Roma, ottobre 1968]

Caro Caruso,

eccole, corrette un po' in fretta, le pagine di quell'incontro. Mi scusi la laconicità del biglietto. Sto lavorando come un dannato (e oggi, poi, sono sotto l'incubo della condanna a Braibanti[1]: atroce offesa a tutti gli uomini. Perché la «Pro Civitate», come può, non interviene a dire la sua protesta?)

Riceva i piú affettuosi saluti, con tutti gli altri amici, suo

Pier Paolo Pasolini

Presso il destinatario.
Dattiloscritta con firma autografa.

[1] Sulla condanna di Aldo Braibanti vedi: P. P. Pasolini, *I dialoghi*, a cura di G. Falaschi, Editori Riuniti, Roma 1992, pp. 463-65.

A Jon Halliday - Londra[1]

[Torino, 20 novembre 1968]

Gentile Halliday,

purtroppo *Teorema* attende il [lacune nel testo] sabato prossimo, 23 novembre.

Tuttavia, qualunque sia la sentenza, il film all'estero uscirà. Quindi penso che lei avrà occasione di vederlo abbastanza presto a Parigi o forse anche a Londra.

Ho già cominciato il mio nuovo film, che si intitola *Porcile*: sono due storie a montaggio alternato, la prima è la storia di un cannibale (in un mondo mitico: il deserto dell'Etna), la seconda è la storia di un coprofilo (nella Germania di Bonn). Ambedue i personaggi vengono divorati dagli animali (dai cani il primo, dai maiali il secondo). I maiali sono i fascisti, ossia i genitori. Essi rappresentano la bestia conformista. Mentre cannibalismo e coprofilia rappresentano la «diversità» esistenziale che dà orribile scandalo. Pierre Clementi è il cannibale; Jean Pierre Léaud è il ragazzo ricco che ama i maiali; Jacques Tatí suo padre; Ugo Tognazzi un ex nazista con la plastica facciale all'italiana.

Ecco tutto, per quanto riguarda il cinema. Affettuosi saluti, suo

Pier Paolo Pasolini

Presso il destinatario.
Dattiloscritta con correzioni e firma autografe.

[1] Con lo pseudonimo di Oswald Stack ha pubblicato *Pasolini on Pasolini. Interviews with Oswald Stack*, Thames and Hudson, London 1969. Ora in versione italiana: *Pasolini su Pasolini. Conversazioni con Jon Halliday*, Guanda, Parma 1992.

A Jon Halliday - Londra

Roma, 9 novembre 1969

Caro Halliday,

il libro è fatto veramente molto bene (non succede mai in Italia!); la ringrazio di cuore; non l'ho ancora potuto leggere completamente tutto, per il montaggio di *Medea* che mi porta via tutto il tempo, ma già ho potuto rendermi conto con quanta serietà lei ha lavorato. Appena potrò le invierò una piccola lista di precisazioni, che potranno essere inserite in una eventuale seconda edizione. Ancora grazie e complimenti, cordialmente suo,

Pier Paolo Pasolini

Presso il destinatario.
Dattiloscritta con correzioni e firma autografe.

A Jon Halliday - Londra

Roma 5 agosto 1970

Caro Halliday,

devo dirle questo, riguardo *Uccellacci e uccellini*. Che all'Arco film ignoravano tutta la questione che lei in una lettera di maggio mi poneva. In ogni caso io ho dato istruzioni in merito, e se questo suo amico vuole nuovamente rivolgersi all'Arco film, lo faccia senza timore. Spero che lei stia bene. Io mi appresto a girare alla fine di agosto il mio nuovo film[1] e sono dunque tutto in tensione.

Con molti saluti da

Pier Paolo Pasolini

Presso il destinatario.
Dattiloscritta con data e firma autografe.
[1] *Medea*.

A Cesare De Michelis - Venezia

[Roma], 20 gennaio 1971

Caro De Michelis,

deve scusare il ritardo con cui rispondo alla sua lettera, ma non sono stato molto a Roma in questo periodo.

Ho perso anch'io molte cose dell'Academiuta; vi posso mandare alcuni volumetti[1]. Altri potreste trovarli alla Biblioteca di Udine o alla Filologica friulana, sempre a Udine.

Dovrebbe esserci *Seris par un frut* di Domenico Naldini, 4 numeri di «Il Stroligùt» e forse qualche altra cosa.

Ho qui, che però non posso mandarvi perché è unico e in cattive condizioni i *Diarii*, mie poesie edite sempre dall'Academiuta nel 1945.

Auguro buon lavoro ad entrambi, cordiali saluti

Pier Paolo Pasolini

Presso il destinatario.
Dattiloscritta con firma autografa.

[1] Si rivolge oltre che a De Michelis a una sua allieva che stava preparando una tesi di laurea sull'Academiuta di lenga furlana.

A Cesare De Michelis - Venezia

[Roma], 11 febbraio 1971

Caro De Michelis,

non capisco bene in che cosa possono esserle utili i miei compagni dell'Academiuta; ho paura che anche loro abbiano conservato poche cose della nostra attività. Ad ogni modo posso darle due nominativi: Domenico Naldini, mio cugino, che è reperibile presso la casa editrice Longanesi, Milano, via Borghetto 5; e Ovidio Colussi che lavora ancora a Casarsa della Delizia (Pn) in una piccola industria di sua

proprietà. Sperando che il lavoro proceda bene, le invio i
piú cordiali saluti e auguri.

Pier Paolo Pasolini

Presso il destinatario.
Dattiloscritta con firma autografa.

A Mario Gallo - Roma

Roma 7 ottobre 1972

Caro Gallo,

scrivo, forse sconsideratamente, a te; ma forse almeno in
parte la cosa dipende da te. Si tratta di raccomandarti un
trattamento bellissimo, anzi straordinario, che se io non
fossi cosí impegnato in un lavoro già programmato anche
per il prossimo futuro, forse chiederei all'autore di «ven-
dermelo», o di realizzarlo insieme. Si tratta di un testo
provvisoriamente – provvisoriamente – intitolato *Vieni,
dolce Umanesimo* scritto da Vincenzo Cerami. Egli vorrebbe rivolgersi all'Italnoleggio per avere la possibilità di fare
il suo film (che sarebbe il suo primo). Ha già lavorato comunque molto al cinema come sceneggiatore, ed è stato anche mio aiutoregista in *Uccellacci e uccellini*. Mi sembra che
sia proprio il caso di prenderlo in seria considerazione. Nel
caso che tu e i tuoi colleghi foste favorevoli al trattamento,
e voleste vederlo meglio realizzato in una sceneggiatura, bisognerebbe forse affiancare a Cerami un letterato, soprattutto per i dialoghi (Dacia Maraini, Enzo Siciliano, Goffredo Parise): e io assicurerei comunque la mia revisione alla
sceneggiatura a una eventuale «supervisione» al film.

Un saluto affettuoso dal tuo

Pier Paolo Pasolini

Presso gli eredi del destinatario.
Dattiloscritta con data e firma autografe.

Indice dei nomi

Stampato nel settembre 1994 per conto della Casa editrice Einaudi
presso G. Canale & C., s. p. a., Borgaro (Torino)

C.L. 13580

Einaudi Tascabili